THE CHURCH – DIE KIRCHE

DAS KLOSTER: BUCH DREI

CELIA AARON

Übersetzt von

GRIT SCHELLENBERG

GREY EAGLE PUBLICATIONS

Originaler Titel: *The Church*

Für diese Ausgabe :

greyeaglepublications.com

Covergestaltung : Alexandra McLaughlin
Grey Eagle Publications

Aus dem Amerikanischen von Grit Schellenberg
Lektorat: Fehler-Haft.de

ISBN: 978-1-64366-319-7
Print ISBN: 978-1-64366-320-3

KAPITEL EINS

Grace

ICH SPUCKE DAS SPERMA AUS, stehe auf und benutze den Ärmel meines Gewandes, um mir die Reste von meinen Lippen zu wischen.

»Du spuckst aus?« Der Wächter runzelt die Stirn über mich und macht dann den Reißverschluss zu. »Ich dachte mir, ihr Oberinnen wärt Schluckerinnen der alten Schule.«

»Kann ich jetzt gehen?« Ich stehe auf und schiebe mich um ihn herum.

Er hält mich am Arm fest und drückt zu, bis es wehtut. »Fünf Minuten. Das ist alles«

»Okay.«

»Geh.« Er schubst mich, und ich falle beinahe hin, aber der Kies verhindert das, und meine Schuhe rutschen über die Oberfläche, während ich mein Gleichgewicht wiederfinde.

Ich bürste den Staub von meinem schwarzen Rock und eile in den Bestrafungskreis. Es ist elf Uhr dreißig, und der Prophet ist mitten in seiner Predigt. Niemand wird mich vermissen, wenn ich das schnell mache und zurück bin, bevor er fertig ist.

Die drei Kreuze ragen auf, und das mittlere ist schwerer als die anderen. Adam ist darangenagelt, sein Kopf hängt nach unten, und sein Körper ist schlaff. Mein Hals wird eng, und ein Schluchzen droht herauszubrechen, aber ich verkneife es mir. Darin bin ich gut.

Ich eile zum Kreuz. »Adam.«

Er öffnet die Augen.

»Adam, ich bin's.«

»Ich weiß, wer du bist. Was willst du?« Seine Stimme ist immer noch schroff, aber jetzt kratziger. Rau.

Ich sage die ersten Worte, die mir in den Sinn kommen. »Es tut mir leid.«

»Immer dieses Leidtun.« Er bewegt seine Füße auf der winzigen Holzleiste unter ihm und tut sein Bestes, um Halt zu finden.

Aus den Wunden an seinen Händen strömt immer noch Blut, und ich weiß, dass sie schreckliche Narben hinterlassen werden. Ich bin zutiefst vertraut mit Gewebe – wie schnell es beschädigt werden kann, wie schnell es bluten kann und wie langwierig die Verletzung sein kann.

Ich bin fasziniert von den Rissen in ihm, dem Mann, von dem ich früher dachte, er sei unbesiegbar.

»Nun?«

Ich schaue ihm wieder in die Augen. »Deine Mutter arbeitet daran, dich so schnell wie möglich runterzuholen.«

Er schmunzelt, und seine Persönlichkeit ist noch intakt, auch wenn sein Körper zerschrammt und gebrochen ist. »Wie sieht ihr Plan aus? Einen anderen Unschuldigen ermorden und den Vater des Feuers bitten, einzugreifen? Nein danke.«

»Nein.« Ich strecke meine Hand aus, berühre das kalte Holz, und die Textur fühlt sich rau und hässlich an unter meinen Fingerspitzen. »Sie wird mit deinem Vater sprechen.«

»Weil das immer so gut funktioniert.« Er zieht eine Grimasse und verschiebt wieder seine Füße.

So viel Schmerz. Das ist es, was dieser ganze Ort ist – Schmerz. Gegeben und genommen. Ich bin ein wandelndes Zeugnis dafür. Aber ich spiele meine Rolle, wie ich es immer getan habe. Ich warte auf meine Zeit. Ich verletze jeden, der sich mir in den Weg stellt, und ich werde nicht aufhören, bis Adam an meiner Seite und der Prophet in einem namenlosen Grab verscharrt ist.

»Sie kann mehr tun, als du denkst. Aber ich möchte, dass du ihr vertraust. *Mir* vertraust.« Meine Stimme zittert, während ich den tiefsten Wunsch meines Herzens ausspreche – das Vertrauen, das ich zerbrochen habe, wiederherzustellen, den Funken der Liebe zurückzubringen, den ich mit meiner törichten Hingabe an den Propheten ausgelöscht habe.

Er spuckt neben mir auf den Boden. »Niemals.«

»Adam, bitte.« Ich greife nach ihm, aber er ist so weit weg – so wie er es immer war, seit … Seit *sie* gestorben ist.

»Wie kann ich dir vertrauen? *Dir?*« Er schüttelt den Kopf und zuckt zusammen. »Ich kann nicht.«

»Du kannst es.« Ich ergreife das Kreuz so fest, dass meine Knöchel knacken. »Ich kann es dir zeigen.«

»Wie, Jenny? Wie?«

Er nennt mich bei meinem Namen. Meinem *echten* Namen, und ein kleiner Teil von mir wird wiedergeboren.

»Ich werde …« Ich lehne meine Stirn gegen das Holz. »Ich kann vielleicht …«

»Delilah«, er knirscht ihren Namen heraus.

Ich zucke zurück. »Was ist mit dieser Hure?«

»Du kümmerst dich um sie, und ich vertraue dir.«

»Was?« Ich will sie tot sehen, nicht unter meinen Fittichen. In dem Moment, in dem sie ins Kloster kam, in dem Moment, in dem sie *meinen* Adam berührte, war sie eine nicht enden wollende Quelle von Schwierigkeiten. Ich habe darauf gedrängt, dass der Senator sie so schnell wie möglich mitnimmt. Delilah ist nichts weiter als eine weitere Hure, die denkt, sie könne Adam in Versuchung führen. Ich will verdammt sein, wenn ich irgendetwas tue, um sie vor ihrem wohlverdienten Schicksal mit Senator Roberts zu retten. »Warum sollte ich jemals etwas für sie tun? Sie ist der Grund, warum du hier bist. Sie hat dich mit ihrer jungfräulichen Muschi und ihrem freakigen

Aussehen auf den falschen Weg geführt. Wenn sie nicht wäre, würdest du …«

»Jenny!« Er kämpft darum, zu stehen, und mehr Blut strömt aus seinen Handflächen. »Du hast mich gehört. Du beschützt sie, hältst sie von diesem Senator fern. Wenn du das kannst – wenn du mir *zeigen* kannst, dass du fähig bist, das zu tun, was ich von dir verlange – dann, *und nur dann,* werde ich dir vertrauen.« Er endet mit einem heftigen Atemzug, als wäre es sein letzter.

Ich gehe um das Kreuz herum, als ob ich eine harmlose Runde *Ringel-Ringel-Reihe* spiele, während ich darüber nachdenke, was er gesagt hat. Fühle ich mich bedroht? Nein. Natürlich nicht. Ich lache den Gedanken weg. Delilah ist nichts und niemand. Sie hat nicht die gemeinsame Vergangenheit, die Adam und ich haben. Sobald sie weg ist, wird er ihr nicht einmal mehr einen Moment seiner Zeit schenken. Er gehört mir. Er hat immer mir gehört, und eine Jungfrau mit einer beschissenen Einstellung kann das nicht ändern.

»Nun?«, knirscht er.

Ich bleibe vor ihm stehen und schaue zu dem Mann hinauf, dem die Hälfte meiner Seele und mein ganzes Herz gehören. »Wenn ich sie vom Senator fernhalte, dann nimmst du mich zurück?«

»Sorge dafür, dass sie *in Sicherheit* ist, was beinhaltet, sie von diesem Arschloch fernzuhalten. Wenn du das kannst, werde ich dir wieder vertrauen.«

Vertrauen. Adam war früher gut darin. Vielleicht ist er das immer noch. Für mich ist es nur ein Wort, das benutzt werden kann, um Menschen zu kontrollieren, um sie dem eigenen Willen zu beugen. Aber für ihn ist es etwas Größeres. Ich verstehe es nicht, aber ich will es trotzdem. Das und so viel mehr.

Der Gedanke, Delilah zu helfen, brennt wie Säure in meinen Adern, aber es muss nicht alles schlecht daran sein. Immerhin bin ich diejenige am Boden, diejenige, die etwas tun kann. Adam kann vom Kreuz aus nichts machen. Nicht wirklich.

»Hier ist der Deal.« Ich verschränke meine Arme vor der Brust. »Ich werde für ihre Sicherheit sorgen. Du hast mein Wort. Aber wenn das alles hier vorbei ist und du der neue Prophet bist, wirst du sie verstoßen und mich heiraten.«

Sein Mund verhärtet sich zu einem Strich. »Jenny, ich kann nicht …«

Ich drehe mich auf der Ferse um und gehe weg.

»Jenny!«, ruft er, und seine überstrapazierte Stimme versagt.

Ich bleibe stehen und sehe ihn an. »Wie lautet deine Antwort?« Mein Herz vergisst zu schlagen und hängt an den Worten, die als Nächstes aus seinem zerschlagenen Mund kommen.

Er sackt zusammen, und der Schmerz verdreht sein Gesicht zu einer hässlichen Fratze. »Das ist ein Deal.«

KAPITEL ZWEI

Delilah

WARMES WASSER LÄUFT ÜBER MICH, obwohl ich es kaum spüren kann.

Ruth, anscheinend die Anführerin der Frauen in der Kathedrale, steht hinter mir und fragt: »Zu heiß?«

Ich schüttele den Kopf und schlinge meine Arme um mich. »Ich weiß nicht, was ich tun soll.« Meine Gedanken sind zerbrochen, aber dieser eine entsteht mit völliger Klarheit. Ich bin verloren. Adam ist gekreuzigt worden. Und niemand kann uns beiden helfen.

»Du kannst nicht viel tun. Nicht, wenn du hier drin bist.« Sie lehnt an der weißen Fliesenwand, gerade außerhalb der Reichweite des Strahls. »Und nicht, wenn du fast erfroren bist.«

»Ich muss ihn retten. Er kann nicht da oben bleiben.« Ich kann ihn so klar sehen, die Qualen, die aus ihm herausströmen und alles in einem verzweifelten Schwarz malen.

»Der Prophet wird ihn runternehmen.« Sie reicht mir eine Flasche Duschgel. »Irgendwann.«

»Wann?« Ich starre nur auf die Seife, die sie mir hinhält.

»Wir müssen abwarten.«

»Abwarten?« Ich nehme das Duschgel, und meine Bewegungen sind mehr mechanisch als menschlich. »Das ist das Einzige, was du mir gesagt hast, seit ich hier bin.«

Sie hält mir einen babyblauen Badeschwamm hin. »Wenn du eingesperrt bist, von bewaffneten Wachen umgeben und jederzeit unter Beobachtung stehst, ist das alles, was du tun kannst.« Sie schüttelt den Schwamm.

Ich greife danach.

Irgendwo außerhalb des weiten, weißen Badezimmers klingelt eine Glocke.

Sie seufzt. »Ich gehe zum Gottesdienst. Du wirst höchstwahrscheinlich hierbleiben. Ich bezweifle, dass du die Kathedrale verlassen darfst. Ich würde für dich eine Krankheit vortäuschen und bleiben, aber es ist eines der wenigen Male, die ich meinen Sohn Hesekiel zu sehen bekomme. Bleib einfach liegen und wärm dich auf. Ich leg dir Kleidung auf mein Bett, okay?«

»Warum?«

»Warum was?«

»Warum bist du so nett zu mir?« Ich schaue mich in der Weite der leeren Duschkabinen um. Keine der anderen Frauen hat sich mir in der kurzen Zeit, die ich in der Kathedrale war, genähert. Und auch wenn ich weiß, dass Ruth ein Teil von dem ist, was Chastity auf dem Gelände zusammenbraut, heißt das nicht, dass es klug von ihr ist, sich so offensichtlich für mich zu interessieren. Schließlich bin ich ein Problem.

»Manchmal ist das alles, was wir noch haben. Freundlich zu sein.« Sie dreht sich um, und ihr dunkler Zopf fällt über ihren Rücken. »Ich werde nach dem Gottesdienst wiederkommen. Vielleicht werde ich mehr wissen. Aber verlass dich nicht darauf.« Sie verschwindet in dem Kachellabyrinth, und ich bin allein mit meinen düsteren Gedanken und dem Zischen des Wassers.

Ich lehne mich gegen die Wand, und die Vorstellung eines ans Kreuz genagelten Adams dringt in meinen Kopf ein und zwingt mich auf die Knie. Mein Herz ist zerrissen und durchbohrt, und ich frage mich, ob ich das überleben kann. Kann Adam das? Die Tränen kommen nicht. Ich muss sie alle zu Adams Füßen vergossen haben.

Meine Tränen waren dem Propheten, der Genugtuung ausstrahlte, während Adam litt, egal. *Lasst dies eine Lektion für jeden hier sein, der sich mir widersetzen will. Ich bin der Prophet des Herrn, und ich werde die Ungerechten bestrafen!*

Niemand hat ihm geholfen. Nicht einmal Noah, sein eigener Bruder. Der Mann stand einfach nur mit einem versteinerten Gesicht da und beobachtete alles. Aber vielleicht passt das. Wenn er Georgia getötet hat, was ist dann ein bisschen mehr Leid für ihn? Nichts. Wahrscheinlich war er nur froh, dass er es nicht war, da oben, nackt und verletzt. Etwas funkelt unter meiner Verzweiflung und entzündet es mit langsamen blauen Flammen. Adam hat sein Schicksal nicht verdient. Aber hier gibt es viele Leute, die das tun.

Dieselbe Wut, die mich dazu getrieben hat, Georgias Mörder zu finden, beginnt in meinen Adern zu fließen, und sie ist ganz allein auf den Propheten gerichtet. Jeder Mann, der seinen eigenen Sohn foltern würde, hat einen langsamen Tod verdient. Ich lasse den Schwamm fallen und drehe meine Handflächen um. Wasser läuft über meine Haut, und ich spüre jede kleinste Bewegung. Könnte ich diese Hände benutzen, um jemanden zu töten? *Ja.*

Die Wahrheit geht mir durch den Kopf. Als ich hierherkam, wollte ich Antworten und Rache. Jetzt – nachdem ich gesehen habe, wozu der Prophet fähig ist – habe ich mich verändert. Wie könnte ich das nicht? Gewalt und Terror sind harte Mätressen, die alles verderben, was sie berühren. Mich eingeschlossen.

Ich bin nicht mehr auf einen Abschluss aus. Ich bin auf Blut aus.

Ich sollte über meine Gedanken schockiert sein und Angst vor dem haben, was ich vorhabe. Aber dem ist nicht so. Ich rappele mich auf, lehne meinen Kopf zurück und umarme das fließende Wasser, anstatt mich davor zu verstecken.

Ich bin fertig damit, eine Jungfrau zu sein, fertig

damit, so zu tun, als würde ich an den Propheten glauben. Ich werde kämpfen und kratzen und töten, wenn ich muss. Ich weiß noch nicht, wie, aber ich werde einen Weg finden.

Die Himmlische Mission wird brennen. Ich lächele. Es ist ein echtes Lächeln, das bis in mein Innerstes reicht. Reine Freude prickelt auf meiner Haut, wenn ich mir vorstelle, wie der Prophet an ebendiesem Kreuz hängt und das Lebenselixier aus ihm herausquillt.

»Verdammt.«

Ich erschrecke und öffne meine Augen.

Evan Roberts steht vor meiner Duschkabine, und sein Blick schweift über meinen nackten Körper.

Ich drapiere einen Arm über meine Brüste und verschränke die Beine.

»Es ist schon hier drin.« Er klopft an seine Schläfe. »Ganz zu schweigen von dem, was ich auf meinem Handy habe.«

»Was machst du hier?« Ich schieße nach vorne und nehme das Handtuch vom Haken. »Ich bin verdorbene Ware, erinnerst du dich?«

Er lächelt, als ich mich einwickele und das Wasser abdrehe. »Du bist nicht mehr rein, das stimmt.« Er macht einen Schritt und versperrt mir den Weg aus der Dusche. »Aber ich habe gestern Abend etwas Dampf abgelassen und heute Morgen etwas sehr Schönes gesehen.«

Ich funkele ihn wütend an.

»Oh, nicht dich, Liebling, obwohl ich die Show genossen habe.« Er schmunzelt. »Adam am Kreuz –

das war die beste Art und Weise, wie mein Tag beginnen konnte. Ich bin vorbeigekommen, um einen langen Blick auf ihn zu werfen, bevor ich hierherkam. Er wollte nicht mit mir sprechen. Aber ich habe ihm ein paar Dinge erzählt – vor allem darüber, was ich mit dir vorhabe. Wie ich jedes einzelne deiner Löcher ficken werde, bis du blutest. Und dann könnte ich dich teilen. Für diesen Teil habe ich mich noch nicht entschieden. Und, weil ich zeigen will, dass ich immer noch ein fairer Spieler bin, obwohl er mir etwas gestohlen hat, habe ich ihm versprochen, ihm das Video zu schicken.«

Meine Knie drohen nachzugeben, aber ich drücke meinen Rücken durch. Ich werde vor ihm keine Schwäche zeigen. Nie wieder.

Ich trete mit vorgetäuschter Stärke vor. »Ich kann ihn immer noch in mir spüren. Wusstest du das?« Ein Nervenkitzel pulsiert durch mich, als sein Grinsen vergeht. »Vielleicht werde ich ihn immer fühlen, da er mein Erster war.« Ich schließe die Augen und mache ein Mhm-Geräusch. »Gott, was würde ich nicht für ein weiteres Mal mit ihm geben. Nur noch eines mehr …«

Er packt mich am Hals und stößt mich gegen die Kacheln. »Halt den Mund!«

Ich behalte mein Lächeln trotz der Schmerzen am Hinterkopf bei. »Er war so dick, er füllte mich aus, bis ich dachte, ich würde platzen.« Ich beiße mir auf die Lippe. »Ich wollte es von ihm haben. Alles von ihm. Er ließ mich bluten, dann fickte er mich weiter, bis ich kam. Niemand kann seinen Platz einnehmen.«

Sein Griff wird fester, und sein Gesicht ist nur einen Zentimeter von meinem entfernt. »Ist es das, was du willst? Gefickt zu werden, bis du blutest?«

»Ja.« Ich lecke mir die Lippen. »Aber nur von Adam.«

Er drückt stärker zu und schnürt mir die Luft ab. »Du verdammte Versuchung.« Er schiebt seine andere Hand zwischen meine Oberschenkel. »Du willst mich wütend machen?« Er bedeckt mein Geschlecht, und seine Finger wollen bestrafen, nicht Lust verschaffen. »Du hast es geschafft.«

Jemand räuspert sich, und eine Männerstimme hallt durch den leeren Duschraum. »Es tut mir leid, Senator. Aber Sie dürfen die Jungfrau nicht berühren, bis Sie …«

»Bis ich sie gekauft habe. Ich weiß. Ich *weiß* das verdammt nochmal.« Er nimmt seine Hände von mir und tritt zurück. Er stößt einen mühsamen Atemzug aus und verbrennt mich mit seinem harten Blick. Der Psychopath in ihm lodert.

Ich schlucke und unterdrücke die gut verborgene Panik. Vielleicht kann ich meine Angst nicht unterdrücken, aber ich kann mich weigern, ihr nachzugeben.

»Ich werde nie aufhören, über ihn zu reden, an ihn zu denken, ihn an deiner Stelle zu wollen.« Ich ziehe mein Handtuch fester um mich. »Niemals.«

Er macht mir den Weg frei, damit ich vorbeigehen kann, aber ich bleibe an Ort und Stelle stehen. Mein ganzes Vertrauen gehört Adam, niemandem sonst.

Er nimmt die Hände hoch, die Handflächen nach außen gedreht, und geht einen Schritt zurück. »Wenn du denkst, dass dein schlaues Mundwerk mich aufhalten wird, dann kennst du mich überhaupt nicht.«

»Ich will dich nicht kennenlernen, und du willst mich nicht kennenlernen.« Ich eile an ihm vorbei. »Ich werde dich bekämpfen, dir wehtun, alles tun, was ich kann, um dich zu töten.«

»Jungfrau!« Die Wache funkelt mich wütend an. »Pass auf, was du sagst, und kenne deinen Platz.«

Ich schreite an ihm vorbei. »Ich kenne meinen Platz. Er ist unter Adam Monroe.«

Der Wachmann packt mich an den Haaren und dreht mich zu Evan. »Entschuldige dich beim Senator.«

»Nein.« Ich beiße die Zähne zusammen.

Er reißt stärker an mir, als Evan sich mit einem hungrigen Blick nähert. »Ich sagte, entschuldige dich, Schlampe.«

Trotz des aufflackernden Schmerzes an meiner Kopfhaut bleiben meine Lippen fest verschlossen.

Evan greift nach der Vorderseite meines Handtuchs und reißt es weg.

Ich werde nicht nachgeben. Egal, was er tut.

Er leckt sich die Lippen, als der Wächter einen kalten Lauf gegen meine Schläfe drückt. »Entschuldige dich.«

»Nicht bewegen. Keiner von euch beiden.« Evan zieht sein Handy aus der Tasche und hält es hoch.

»Krankes Arschloch.« Ich will seine gottverdammte Kamera zertrümmern.

»Du hast keine Ahnung.« Nach ein paar Kameraklicks grinst er, steckt sein Handy ein, dann gibt er dem Wachmann ein Zeichen. »Jetzt leg das weg.«

»Sie muss …«

»Ich sagte, leg das weg!« Sein Befehl ist wie ein Schuss.

Der Lauf verschwindet ebenso wie der Griff an meinem Haar. Ich hebe mein Handtuch vom Boden auf und rase an der Wache vorbei in den großen Schlafsaal mit dem babyblauen Teppich.

Evan folgt mir zu Ruths Nische. »Ich komme für dich zurück, Delilah.«

Ich entferne mich von ihrem Bett, obwohl ich die Kleidung betrachte, die sie ausgelegt hat. Ich werde nicht zulassen, dass Evan mich unvorbereitet erwischt. »Ich werde dich töten.« Das ist keine Drohung. Nur eine Tatsache.

»Hast du eine Ahnung, wie hart mich das macht?« Er fährt sich mit dem Handballen über den Schritt.

»Ich spiele nicht irgendein Machtspiel mit dir.« Ich schüttele den Kopf. »Das ist kein Vorspiel oder eine Art Köder. Das bin ich, die dir sagt, dass ich dich tot sehen will. Ich weiß nicht, wie ich mich noch klarer ausdrücken soll – ich werde dich verdammt nochmal töten, wenn du mich anfasst.«

Der Wachmann rückt vor, sein finsteres Gesicht grenzt an eine Totenmaske.

»Oh, ich glaube, du wirst es versuchen. Wahrscheinlich mehrere Male, bis ich dich breche.« Evan glättet seine Krawatte und fährt mit der Hand durch sein zu perfektes Haar. »Aber ich *werde* dich brechen.«

»Ich hoffe, du magst den Geschmack deines eigenen Blutes.« Ich weiß nicht, wie man kämpft, aber ich werde alles tun, was nötig ist. Verzweiflung kann jeden in einen Gladiator verwandeln.

»Ich werde deinen Geschmack mehr genießen.« Er schenkt mir ein selbstgefälliges Grinsen. »Aber ich werde nicht den vollen Preis für dich bezahlen. Nicht mehr. Ich gehe hoch zur Kirche und mache einen Kuhhandel. Danach wirst du mir gehören.«

»Ich werde *dir niemals* gehören.« Ich stecke alle Giftigkeit, die ich habe, in meine Worte.

Seine Selbstgefälligkeit verzehnfacht sich, als er sich umdreht und weggeht. »Oh Liebling, ich mag es, wenn du mich unterschätzt.«

KAPITEL DREI

Noah

»VERPFEIF MICH. Mal sehen, ob es mich interessiert.« Ich taumele auf der Straße, die zum Strafkreis führt, an der Wache vorbei. Oder vielleicht gibt es zwei Straßen? Das ist im Moment verschwommen.

»Der Prophet sagte …«

»Verpiss dich!« Ich gehe weiter.

Er gibt auf.

Ich wünschte mir irgendwie, er hätte seine Hände an mich gelegt, damit ich ihm die Scheiße aus dem Leib prügeln könnte. *Verdammt.* Ich denke wie Adam. Nicht gut. Besonders wenn man bedenkt, wohin sein Denken ihn gebracht hat. Ich kichere und rülpse, aber irgendwie schaffe ich es, weiterzugehen.

Der Tag ist kühl, obwohl die Sonne hoch und hell am Himmel steht. Der Morgengottesdienst endete vor einer Stunde. Ich musste teilnehmen und in den

Flügeln warten. Aber ich nahm zwei Flaschen mit und trank sie aus, während mein Vater über das neue Jahr und die neue Zukunft der Himmlischen Mission predigte.

Alles, woran ich denken kann, ist der betäubende Schnaps und Adam. Ich kann immer noch seine Schreie hören. Sie hallen in meinem Kopf wider, wenn die Dinge zu ruhig werden. Also trinke ich, um den Lärm am Laufen zu halten, das Rauschen meines Gehirns in meinen Ohren dröhnen zu lassen.

Adam bewegt sich nicht, als ich mich nähere. Einen Moment lang fürchte ich, dass er so tot ist wie Christus am Kreuz. Aber Adam wird keine Chance bekommen, zurückzukommen. Wenn sie den Stein von seiner Krypta wegrollen, werden sie nur Fäulnis und Tod finden, keinen frischgebackenen Erlöser.

»Halt den Mund«, schimpfe ich mich aus und gehe weiter auf ihn zu, bis ich unter dem Kreuz stehe. »Adam?«

Seine Augen öffnen sich, und er verschiebt seine Füße auf dem schmalen Brett. »Guten Tag.« Seine heisere Stimme verbirgt den Schmerz, den ich in der hellen Sonne nur allzu gut sehen kann. Blutverschmierte Hände, jede mit einem Nagel durchbohrt. Seine Haut ist an den Rändern der Lederriemen, die seine Oberarme am Holz festhalten, bereits aufgescheuert.

Meine Augen tränen. Der Schmerz ist nicht verschwunden. Der Schnaps hat ihn nicht genug betäubt. Scheiße. Meine Knie werden schwach, und ich falle auf den kalten Boden. Riesige, wogende Schluchzer, die nicht zu einem Mann wie mir passen – sie kommen trotzdem, lassen meinen Körper erzittern.

Es ist alles so beschissen, und ich kann nichts tun. Ich kann Adam nicht herunternehmen. Ich kann den Wahnsinn meines Vaters nicht aufhalten. Ich kann mich nicht einmal wie ein anständiger Alkoholiker in den Schlaf saufen. Ich weine, bis meine Nase läuft und ich kaum noch atmen kann.

»Noah.« Seine krächzende Stimme dringt zu mir durch.

»Es tut mir leid.« Die Worte rauschen aus meinem Mund, als ich zu ihm aufschaue.

»Nicht deine Schuld.« Er zuckt zusammen, wechselt wieder die Position, und seine Beine zittern von der Anstrengung.

»Ich kann nichts tun.« Ich schüttele den Kopf.

»Ich weiß.« Er lässt sein Gewicht für einen Moment los und lässt sich von den Lederriemen hochhalten, um seine Beine zu entlasten. Ein leises Heulen entweicht ihm, und seine Hände bluten noch mehr, karmesinrote Tropfen prasseln auf den kargen Boden.

»Oh Gott.« Ich wische über meine Augen und stehe auf. »Ich muss dich runterholen.«

»Nein.« Er beugt seine Beine erneut im Stehen. »Tu es nicht.«

»Du wirst sterben.« Ich trage eine leichte Jacke, aber ich spüre die kühle Luft durchsickern. »Wenn es dunkel wird, ganz sicher. Du wirst erfrieren.«

»Vielleicht.« Er schaut auf mich herab, und ständiger Schmerz zeichnet sein Gesicht. »Aber du kannst dich nicht einmischen. Du willst nicht mit mir hier oben sein.«

Wenn ich nicht so ein Feigling wäre, wäre ich genau dort. Ich hätte auf ihn hören sollen, einige Risiken eingehen sollen. Stattdessen bin ich hier, betrunken, nutzlos und eine verdammte Schande. »Ich kann nicht zulassen, dass er dich tötet.«

»Das wird er nicht.«

»Woher weißt du das?«

»Wenn er mich töten wollte, hätte er es schon getan. Mit mehr Show. Und wahrscheinlich mit Feuer oder irgendeiner Art von übertriebener verrückter Scheiße.«

»Das denkst du dir nur.« Das Kreuz kommt mir verdammt verrückt vor.

»Vielleicht.« Er schüttelt ein wenig den Kopf. »Aber ich bin nicht das, was wichtig ist. Du musst Delilah helfen. Rette sie. Lass nicht zu, dass der Senator sie mitnimmt.«

»Wie?«

»Ich weiß es nicht, und ich kann im Moment nichts dagegen tun.« Er lässt ein schallendes Lachen hören. »Ich bin etwas … gebunden. Eigentlich eher festgenagelt.« Er zuckt zusammen, seine falsche Tapferkeit bricht unter seinem eigenen Gewicht zusammen.

»Wie sind wir hierhergekommen?« Ich drücke meine Handflächen in die Augenhöhlen und versuche, das Bild meines nackten Bruders, der an ein verdammtes Kreuz genagelt ist, wegzureiben. Es gelingt mir nicht. Wird es mir jemals gelingen?

Er antwortet nicht.

Ich schaue wieder auf, das Sakrileg und der Horror verschmelzen zu dem verzweifelten Bedürfnis, zu erbrechen, das ich verdränge. Stattdessen steigt meine Panik. »Ich kann an dich herankommen. Ich brauche einfach – ich weiß nicht – eine Leiter oder so etwas.«

»Das kannst du nicht.« Seine heisere Stimme wird zu einem Flüstern. »Du kannst mich nicht retten, Noah.«

»Wenn es dunkel wird, wird die Temperatur sinken. Du wirst da oben nicht überleben.« Wird Papa ihn so sterben lassen? Egal, was Adam sagt, ich kenne die Antwort nicht, und das macht mir eine Höllenangst.

Er lässt den Kopf hängen. Vielleicht hat er ihn die ganze Zeit nur aus Stolz hochgehalten – oder schlimmer, um mir zu zeigen, dass er es aushält. Er kann es nicht. Niemand kann das.

»Lass es, Noah. Ich habe es dir gesagt. Ich kann dich nicht hier oben neben mir gebrauchen. Kümmere dich um Delilah. Wirf ein Auge auf Dad. Lass dir nichts von Mom erzählen. Und … sprich mit Grace. Schau, ob du mit ihr zusammenarbeiten kannst, um Delilah zu helfen.«

»Grace?« Ich muss mir wohl schon Dinge einbilden. Danke, Schnaps.

»Ja. Sie wird Delilah in Sicherheit bringen wollen.«

»Habe ich gerade eine andere … ich weiß nicht … Realität oder so etwas betreten?«

»Vertrau mir einfach. Aber ihr nicht ganz so sehr. Oder Mama.«

»Mama. Richtig.« Der Schnaps bildet immer noch einen Film über meinen Gedanken, aber sie durchbrechen ihn. »Vielleicht kann sie etwas tun.«

»Sie wird keinen Finger krümmen. Noch nicht. Nicht, bevor sie bereit ist, die Macht zu übernehmen.« Er verengt seine Augen, mein kluger Bruder, der in seiner schmerzenden Hülle immer noch lebt. »Glaub nichts von dem, was sie dir erzählt. Nicht wirklich. Sie ist eine Schlange. Zeig ihr nicht deine Schwächen. Misch Lügen in deine Wahrheit. Wenn du ehrlich zu ihr bist, wird sie diese Informationen benutzen, um dich zur rechten Zeit auszuweiden.«

»Woher weißt du das?«

»Weil ich es so machen würde.« Er runzelt die Stirn. »Du musst gehen.«

»Was? Warum?«

»Ich kann mich nicht mehr lange halten. Meine Beine. Sie sind bereits müde. Ich muss wieder loslassen. Aber wenn ich es tue …«

»Scheiße.« Ich trete auf das Kreuz zu. Vielleicht kann ich es anpassen und ihm eine Art Erleichterung verschaffen.

»Tu es nicht.« Er spannt sich an. »Du kannst es nicht riskieren. Bitte. Geh.«

Ich will brüllen und das verdammte Kreuz aus dem Boden reißen. Aber ich habe ihn hierhergebracht.

Meine Handlungen – oder vielmehr meine Untätigkeit. Weil ich ihn nicht unterstützen wollte, ist er hier. Meine Augen kribbeln. *Scheiße.*

»Es tut mir leid.« Ich werde nicht weinen. Nicht schon wieder. Nie wieder. Ich verdiene das nicht. »Es tut mir so leid.«

»Nichts davon ist deine Schuld. Du warst so jung, als das alles begann.« Seine kratzende Stimme wird weicher. »Du hattest keine Chance, Noah. Überhaupt nicht.«

»Such keine Ausreden für mich.«

»Das sind keine Ausreden. Nur die Wahrheit. Du kannst es nicht ändern. Ich verzeihe dir. Ich werde dir immer verzeihen.«

Allein ihn das sagen zu hören nimmt mir den Atem.

»Bitte.« Seine Stimme versagt. »Geh, bevor ich mich nicht ...« Seine Worte werden von einem kläglichen Stöhnen abgeschnitten, als seine Zehen von der Kante rutschen. »Bitte«, keucht er.

»Scheiße!« Ich will verzweifelt nach oben klettern und helfen.

»Geh.« Es ist keine Bitte, er fleht mich an. Ich habe ihn noch nie betteln gehört, nicht so, nicht so gebrochen, dass ich den Jungen in dem Mann sehe – dasselbe verängstigte Kind, das ich war, als unser Vater mit der Himmlischen Mission begann und uns von allem wegriss, was wir kannten. Dasselbe verängstigte Kind, das ich *bin*.

Gegen jeden Instinkt, den ich habe, wende ich mich

ab und gehe. Meine Schritte sind noch wackelig, aber mit neuer Entschlossenheit.

Kaum bin ich aus dem Bestrafungskreis heraus, reißt sein sengender Schrei durch die kalte Luft, fährt in meine Knochen und direkt in mein Herz.

KAPITEL VIER

VOR EINEM JAHR

Delilah

DER WEISSE PLASTIKSTUHL knarrt unter mir, als ich mich im hinteren Bereich setze. Mehrere andere Frauen betreten den Raum mit lilafarbenen Gotteslobhüllen in den Händen. Der Gottesdienst endete mit der Bitte des Propheten, dass sich alle Frauen, die daran interessiert sind, dem Kloster beizutreten, in einem der Gemeinschaftsräume treffen.

Ich warte, während sich der Raum füllt, mindestens zwei Dutzend Frauen Platz nehmen und einige untereinander flüstern. Während meiner Zeit in der Himmlischen Mission war ich höflich und habe mit Leuten gesprochen, die sich mir genähert haben, aber ich habe keine Freunde gefunden. Dafür bin ich nicht hier. Also sitze ich allein, und die Plätze neben mir werden erst besetzt, als nirgendwo anders mehr etwas frei ist.

Eine junge Frau, vielleicht achtzehn Jahre alt, mit

rotblonden Haaren sitzt zu meiner Rechten und hält ihre Hülle an ihre Brust. »Hallo, ich bin Sabrina.« Ihre Stimme ist leise, das Quieken einer Maus, aber sie ist freundlich.

»Schön, dich kennenzulernen. Ich bin Emily.« Wir geben uns nicht die Hände, aber eine weiche Schicht des Trostes fällt zwischen uns wie ein Pulverschnee.

»Ich hoffe, ich werde ausgewählt.« Sie dreht sich um und schaut mich mit ihren großen, grünen Augen an.

Ich schlucke meine wirklichen Gedanken hinunter und sage: »Ich auch.«

»Wir könnten zusammen Jungfrauen sein. Das Werk des Herrn tun.« Sie lächelt. »Dem Propheten Ruhm und Ehre bringen.«

Meine Rolle als Gläubige scheuert an meinem wahren Ich, aber ich erwidere ihr Lächeln. »Wäre das nicht ein Segen?«

»Der höchste.« Sie nickt und wendet sich ab, wahrscheinlich verloren in Gedanken daran, wie großartig das Kloster sein muss.

Ich weiß es besser, aber es jetzt zu enthüllen – selbst wenn es diesem Mädchen helfen würde – ist nicht Teil des Plans. Also bleibe ich ruhig und warte.

Als der Prophet hereinkommt, strahlt er uns an, und sein Charme ist ein Springbrunnen, der nie versiegt. Das Geschwätz hört auf, und wir alle konzentrieren uns auf den einen Mann, der behauptet, Gottes Plan für unser Leben zu kennen.

»Meine Damen.« Er steht an einem hölzernen Rednerpult an der Vorderseite, und jemand schließt die Tür

mit einem schwachen metallischen Klicken. »Ich bin so froh, euch alle hier zu sehen. Danke, dass ihr gekommen seid.«

Einige Frauen murmeln als Antwort ein »Danke«.

»Ich weiß, es wird viel darüber geredet, was das Kloster ist, besonders wenn die Leute die Jungfrauen in ihren weißen Kleidern und Schleiern sehen. Aber hier, bei diesem Informationstreffen, werde ich euch sagen, was es ist und was nicht.«

Ich weiß, was es ist.

»Das Kloster ist ein Ort der Sicherheit. Ein Ort, wo junge Frauen hingehen und ein Jahr lang leben und lernen können. Dort wird man sich um euch kümmern und euch als heilig behandeln. Jedes Bedürfnis, das ihr habt, wird befriedigt werden, und es wird euch an nichts fehlen. Es gibt nur eine Bedingung, die ihr erfüllen müsst, um berücksichtigt zu werden.« Sein Blick schweift durch den Raum. »Und ich bin sicher, dass ihr jungen Damen kein Problem haben werdet, diese Hürde zu überwinden. Um dem Herrn heilig zu sein, müsst ihr reinen Herzens, reinen Geistes und Körpers *sein. Ich werde nicht ins Detail gehen und eure Empfindungen schockieren, aber wenn ihr nicht sicher seid, was ich meine, könnt ihr gerne eine eurer Schwestern hier fragen, oder, wenn ihr eine Oberin seht, kann sie euch mit ihrem Wissen leiten. Die Oberinnen sind heilige Dienerinnen und dienen mir und den Jungfrauen zu gleichen Teilen mit Liebe und Hingabe.«*

Ich schaue mich um. Ein paar der Frauen zappeln und haben ihre Finger vor sich gefaltet. Andere halten ihre Augen auf den Propheten gerichtet. Ich würde vermuten, dass vielleicht ein Drittel von ihnen gerade disqualifiziert wurde. Sie haben keine Ahnung, wie viel Glück sie haben.

»Wir haben für jede von euch einen Fragebogen, den ihr ausfüllen müsst. Grundlegende Fragen über eure Herkunft, Bildung, Interessen – solche Dinge. Wir wollen natürlich nicht neugierig sein, aber wir brauchen wahrheitsgemäße Antworten.« Er geht auf die Tür zu. Sie öffnet sich, und eine Oberin kommt mit einem Bündel Papiere herein. Sie verteilt sie, und ich ziehe einen Stift aus meiner Handtasche und fange an, meine auszufüllen, während der Prophet uns weiterhin alle Vorteile davon erklärt, eine Jungfrau zu werden.

Name: *Emily Lanier*

Ich schreibe meine Adresse, mein Geburtsdatum und meine Sozialversicherungsnummer auf. Sie werden diese Informationen benutzen, um mich auszulöschen, um mich in die neue Person zu verwandeln, die der Prophet für mich im Kloster erschafft. Ich entdeckte die Art und Weise, wie sie die Opfer auslöschen, als ich nach Aufzeichnungen über Georgia suchte. Ihr Name war rechtsverbindlich in Mary geändert worden, ihre Steuern wurden für sie bezahlt. Sie beanspruchten sogar staatliche Leistungen in ihrem Namen – Lebensmittelmarken und Sozialhilfeschecks, die an eine Himmlische Adresse gesendet wurden. Der Plan des Propheten deckt jeden Winkel ab, hält die Jungfrauen in Abhängigkeit von ihm und verwandelt sie auf fast zellulärer Ebene in das, was er will. Indem ich dies ausfülle, opfere ich mich selbst dafür, zerstört zu werden. Aber ich tue, was ich tun muss für meine Schwester, für Gerechtigkeit.

Ich fülle jede Lücke aus, entschlossen, so transparent wie möglich zu wirken. Ich muss unbedingt hineinkommen.

Als ich zu der letzten Frage auf der ersten Seite komme, zögere ich.

Grund für den Wunsch, Jungfrau werden zu wollen:

»Das Bedürfnis, zu wissen, was ihr Bastarde Georgia angetan habt und warum« – das wäre am zutreffendsten, dicht gefolgt von »Rache«. Ich schreibe weder das eine noch das andere auf und werfe heimlich einen Blick auf Sabrinas Blatt. In einer hübschen Schrift hat sie die Frage mit »Damit ich dem Propheten dienen kann« beantwortet.

Ich weiß, dass eine ähnliche Antwort der Schlüssel ist, den ich brauche, um das Tor zum Kloster zu öffnen. Mit einem tiefen Atemzug drücke ich meinen Stift auf das Blatt.

KAPITEL FÜNF

Delilah

RUTH KEHRT NICHT WIEDER in die Kathedrale zurück, obwohl der Rest der Frauen, oder *Ehefrauen*, wie diese sich selbst nennen, kurz nach dem Ende des Gottesdienstes zurückkommt. Als sie die Haupttür öffnen, wehen Gerüche von Essen durch die Luft, und mein Magen rumort. Ich kann mich nicht erinnern, wann ich das letzte Mal etwas gegessen habe.

Die Frauen gehen ein paar Minuten lang umher, aber keine von ihnen schaut mich an.

»Wo ist Ruth?« Ich nähere mich der Schwangeren, der ich in der Nacht zuvor kurz begegnet war, als ich hier ankam.

Sie schüttelt den Kopf.

»Sag es mir.« Ich greife ihren Ellenbogen.

»Nicht hier.« Sie schüttelt mich ab. »Jetzt lass mich in Ruhe – oder du bringst mich in Schwierigkeiten.«

Ich nähere mich einer anderen Frau, dieser Frau mit demütigen Zöpfen und großen, ausdrucksvollen Augen. »Warum ist Ruth nicht zurückgekommen?«

Sie antwortet nicht, aber der Hauch eines Gefühls – vielleicht aus Mitleid – legt sich auf ihr Gesicht, bevor er verfliegt. »Ich kann dir nicht helfen.« Ihre leise Stimme passt zu ihren Schritten, als sie sich langsam von mir zurückzieht. »Es tut mir leid.«

Mehr als der Hunger nagt an meinen Innereien. Etwas ist mit Ruth passiert. Es scheint, als ob jede Krücke, die mir gereicht wird, in der Sekunde weggenommen wird, in der ich das geringste Gewicht darauf lege. Ich bin der rote Faden in alldem. Vielleicht ist sie deshalb weg. Vielleicht haben sie sie mit mir reden sehen.

Einige der Frauen ziehen sich um, und andere verschwinden im Badezimmer. Ich beobachte sie von meinem Sitzplatz auf einem der Sofas aus, obwohl sich keine von ihnen an mich heranwagt. *Warte,* hatte Ruth so oft zu mir gesagt, und jetzt verstehe ich, warum. Nichts hier ist unter meiner Kontrolle, und ich bin der Gnade der Uhr ausgeliefert – immerzu zu warten, dass etwas passiert, anstatt es selbst geschehen zu lassen. Ich knirsche mit den Zähnen und denke darüber nach, ob ich mich einer anderen Ehefrau nähern sollte. Sicherlich wird eine von ihnen schwach werden und etwas Hilfreiches sagen oder mir zumindest erzählen, was mit Ruth passiert ist.

Ich erhebe mich fest entschlossen von der Couch, als eine leise, dumpfe elektronische Klingel dreimal läutet, die Frauen sich vor den Türen aufstellen und ein Kribbeln elektrischer Erregung durch sie hindurchströmt.

»Was geht hier vor?« Ich trete ans Ende der Reihe und versuche, mich unter die Ehefrauen zu mischen, während die Reihe sich vorwärts bewegt.

»Mittagessen«, flüstert die Brünette vor mir.

Mein Magen krampft wieder, und mir läuft das Wasser im Mund zusammen, während der Duft von frisch gebackenem Brot wie ein zarter Traum um mich herumtanzt. Es ist merkwürdig, wie spezifisch der Geruchssinn wird, wenn man hungrig ist – ich meine den Ich-habe-seit-Tagen-nichts-gegessen-Hunger, nicht den Ich-sehne-mich-nach-meiner-nächsten-Mahlzeit-Hunger. Ich kann sogar die gebräunte Butter und den unangenehmen Geruch von gebackenem Brokkoli ausmachen.

Wir werden den Hauptkorridor entlanggeführt, und der Wachmann achtet nicht auf mich. Aber ich lasse mich nicht täuschen. Ich habe keinen Zweifel, dass er genau weiß, wer ich bin. Was auch immer ich tue, es wird vom Propheten kontrolliert.

Das Gefühl der nervösen Aufregung wächst, als die Frauen schnell den Schlafsaalbereich verlassen. Wir gehen durch den Gang des Kinderzimmers, wo einige der Frauen den Babys liebevolle Worte zuflüstern, dann durch den Flur mit den Kinderzimmern auf beiden Seiten. Jetzt sind sie leer, und die dunklen Räume mit ihrem kindlichen Dekor unheimlich und still.

Als wir den Essbereich in der Nähe der Eingangstür betreten, gehen die Frauen schnell auf die Tische zu, und ich verstehe, warum. Die Kinder sitzen in Abständen, als wären ihnen Tische zugewiesen worden, und einige von ihnen schlendern umher und spielen mit ihren Freunden Fangen. Die Kinder strahlen wie die Frauen – ihre Mütter, nehme ich an –, stürzen sich auf sie und überhäufen sie mit Küssen. Das süße Plätschern des Kinderlachens und das freundliche Summen der Stimmen der Mütter erfüllen den Raum.

Ich folge einer Reihe von Frauen, die zu einem langen Tisch an der hinteren Wand gehen. Keine Kinder heißen sie willkommen, und einige von ihnen blicken mit offenem Neid auf die Mütter, die ihre aufgeregten Kleinen umarmen.

Die Brünette vor mir setzt sich ans Ende des langen Tisches, und ich nehme neben ihr Platz.

»Keine Kinder?«, frage ich sanft.

»Der Prophet hat mich mit seinem Samen gesegnet, aber …« Ihre Wangen werden rot, und sie presst ihren Mund zu.

»Es tut mir leid.« Die Worte sind ausgesprochen, bevor ich merke, dass es seltsam ist, sie zu sagen. Aber es ist ein Reflex. Ich entschuldige mich, weil ich sie verletzt habe. Auch wenn mir der Horror des Ganzen nicht entgeht – sie ist traurig, weil sie von ihrem Vergewaltiger, dem Propheten, nicht schwanger geworden ist. Egal, für wie willig zu sein sie sich auch halten mag, sie ist es nicht. Die Lügen des Propheten brachten sie hierher, und seine bewaffneten Wachen und verschlossenen Türen halten sie fest.

Sie richtet sich auf und faltet ihre Hände auf dem Tisch. »Ich werde bald gesegnet werden. Der Prophet hat es mir gesagt.«

So viele Antworten schießen mir durch den Kopf – die meisten davon mit den Worten *lügendes Monster* – aber ich behalte meine Gedanken für mich. Nichts von alldem ist ihre Schuld, und für eine wahre Gläubige hat es keinen Sinn, sich gegen den Propheten zu wehren. Ich frage mich, ob ich jemals in der Lage sein werde, die Frauen von ihren Wahnvorstellungen zu befreien, oder ob sie wie Vögel sein werden, die viel zu lange eingesperrt waren – wenn man sie herauslässt, *könnten* sie fliegen, aber sie wissen es nicht und versuchen es nie.

Dennoch … auch wenn sie sich weigern, die Wahrheit zu glauben, werde ich sie ihnen zeigen. Diesen Ort physisch zum Einsturz zu bringen ist der eine Teil, aber den Mythos des Propheten zu zerschlagen ist der andere. Ich weiß nicht, wie ich es machen werde, aber ich habe mir vorgenommen, dass ich, wenn nötig, bei dem Versuch sterben werde. Adams verzweifelte Schreie vom Kreuz zu hören zementierte diese Zukunft für mich.

Adam. Ich schließe die Augen und sehe ihn wieder vor mir, hilflos dort hängend wie ein festgesteckter Schmetterling in einer Vitrine. Mein Herzschlag bewegt sich zu meiner Kehle und donnert dort, was mir das Atmen erschwert. Der Prophet muss ihn inzwischen heruntergelassen haben. Er würde seinen ältesten Sohn dort nicht zum Sterben zurücklassen. Das ist die einzige Beruhigung, die ich mir selbst geben kann.

»Ich habe gehört, es ist Mittagszeit!« Der Prophet tritt herein, und seine Arme sind weit geöffnet, als mehrere Kinder zu ihm eilen. Mit seinem weißen Button-down-Hemd und einer khakifarbenen Hose, könnte man meinen, er sei ein ganz normaler Mann mittleren Alters, einer, der in seine Enkelkinder vernarrt ist und an faulen Wochenendnachmittagen beim Fußballspielen einschläft. Die Illusion hält an, schimmert, dann zerplatzt sie. Das hat mit ihm überhaupt nichts zu tun.

Die Kinder schreien nicht »Daddy«, aber man kann keinen Zweifel an ihrer Abstammung haben. Er schnappt sich ein kleines Mädchen mit blonden Zöpfen und küsst es auf die Wange. »Und wie geht es meiner Mary heute?«

Sie kichert und wirft ihre Arme um seinen Hals, wobei sie das Monster fest umarmt. Seine Tarnung wirkt perfekt auf die Kinder, die alle allein durch seine Anwesenheit Glück ausstrahlen.

Grace kommt hinter ihm herein und ihre dunkle Kutte steht im Widerspruch zu dem durchdringenden Babyblau der Wände und dem Sonnenlicht, das durch die hohen, vergitterten Fenster direkt unter dem Dachvorsprung hereinströmt. Mit gesenktem Kopf lässt sie immer noch ihren Blick durch den Raum wandern. Als sie mich im Visier hat, hält sie inne, und ihre Aufmerksamkeit ist wie ein Laserstrahl.

Er hebt ein anderes Kind hoch und schaukelt es in die Luft, und der kleine Junge quiekt vor Freude, während die übrigen Kinder dem Propheten zum mittleren Esstisch folgen. »Ich bin so froh, euch alle an diesem Tag des Herrn zu sehen.« Er setzt den kleinen Jungen auf seinen Schoß und klopft dem nächsten Kind auf den Kopf. »So viele Segen an einem Ort.«

Grace sitzt zu seiner Rechten, und ihr Rücken ist steif.

Er schaut auf und wirft mir einen Blick zu, lässt dann seinen Blick über den Rest der Frauen schweifen, wie ein König, der seinen Harem begutachtet.

Die Frauen scheinen ihren kollektiven Atem anzuhalten.

»Esther, Anna, Eve und Judith.« Er klappert eine Liste ab, und die genannten Frauen antworten, stehen auf und gehen zu seinem Tisch. Sie scheinen ein leichtes Federn in ihren Schritten zu haben, und eine von ihnen wirft einigen der anderen Frauen einen selbstgefälligen Blick zu, während sie geht.

Enttäuschung strömt in einem Fluss durch den Rest des Raumes, die anderen Ehefrauen haben sich sofort entleert. Die Doppeltüren zur Küche öffnen sich, und Oberinnen marschieren mit Tabletts mit Essen und Getränken herein. Ich kann nicht verhindern, dass mir das Wasser im Mund zusammenläuft.

»Vater«, ruft eine der Ehefrauen.

Der Raum steht still, alle Augen richten sich auf die

Frau, die gesprochen hat. Ihr rundes Gesicht rötet sich, aber sie fährt fort: »Vater, an deinem Tisch ist noch ein Platz frei. Wer …«

»Leah.« Der Prophet hält eine Hand hoch. »Die Bibel sagt, dass ›die Weisheit eines Menschen Geduld hervorbringt‹.« Seine Stimme ist wie ein seichter Bach, der über massive, scharfe Felsen fließt. »Warst du dir dieser Stelle in den Psalmen bewusst?«

Sie schluckt. »Nein, Vater.«

»Findest du, dass du Geduld an den Tag legst?«

Sie verschränkt ihre Hände vor sich. »Nein, Vater.«

»Brauchst du Nachhilfe, damit du die Wege der Geduld lernen kannst?«

Ihr Zusammenzucken schickt eine klare Botschaft durch den Raum, und meine Handflächen beginnen zu schwitzen.

»Ich …« Sie blinzelt heftig.

Sag Nein, sag Nein, sag Nein. Niemand bewegt sich, die Aufmerksamkeit aller hängt an ihren Lippen.

Nach einem weiteren Moment des Zögerns sagt sie: »Ja, Vater.«

Sein Mund zeigt ein Lächeln, die kalte Art, die niemanden und nichts wirklich wärmt. »Du sollst sie erhalten. Komm.«

Sie erhebt sich, ihre Wangen sind noch röter als zuvor, und ihre Schritte sind stetig, obwohl sich ihre Brust mit schnellen Atemzügen hebt und senkt.

Der Prophet schiebt seinen Stuhl zurück, und Leah beugt sich über ihn, ihre Bewegungen sind unbeholfen, während sie sich quer über seine Schenkel legt.

Niemand spricht oder rührt sich, als er ihren langen Jeansrock anhebt und ihn über ihren Rücken drapiert, dann ihr weißes Höschen bis zu den Knöcheln herunterreißt.

Der Drang, die Kinder zu packen und wegzurennen, steigt in mir auf, aber sie sehen zu, wie alle anderen auch. Als eines der Mädchen versucht, mit einem anderen Kind in der Nähe zu sprechen, bringt die Mutter es zum Schweigen und wendet ihre Aufmerksamkeit wieder dem Propheten zu.

Der erhebt die Hand. »›Das ist des Klugen Weisheit, dass er auf seinen Weg merkt; aber der Narren Torheit ist eitel Trug‹, spricht der Herr.« Er schlägt ihr mit seiner Handfläche heftig auf den Arsch. Sie bewegt sich kaum, als er sie immer wieder schlägt und die lauten Treffer durch den Raum hallen, während jeder Leahs Erniedrigung zusieht.

Meine Hände verwandeln sich in Fäuste, und jedes bisschen Wut in mir kristallisiert sich zu einem Hass, der so real ist, dass er fast körperlich ist, ein Geist meiner Wut, die ich sehen und berühren kann.

Sie schreit nicht, tut nichts, außer die immer wiederkehrenden Schläge einzustecken, bis das Gesicht des Propheten rosa gefärbt ist, ihm die vorderen Haarlocken in die Stirn fallen und sein Atem stockend wird. Das macht ihn an. Und vielleicht auch die Art, wie alle Frauen hinstarren.

Schließlich hält seine Hand inne, und er zieht das Höschen wieder an seinen Platz, dann schiebt er ihr den Rock herunter. »Nun wandele im Licht meiner

Liebe und mit der Weisheit, geduldig zu sein.« Seine Stimme ist atemlos, das höllische Licht in seinen Augen immer noch hell.

Sie dreht sich um, und Tränen strömen über ihr fleckiges Gesicht, während sie zu ihrem Sitz zurückkehrt. Ich kann ihr Schamgefühl wie einen Schlag in meinem Bauch spüren. Und die verächtlichen Blicke der anderen Frauen schütten noch mehr davon über sie aus. Die Kinder scheinen unbeeindruckt zu sein, ihre kleinen Gemüter sind bereits voller Beschimpfungen und Qualen – ihre Mütter sind nichts weiter als Gegenstände, mit denen der Prophet spielen und die er nach Belieben beiseitelegen kann. Ich sage mir, dass sie zu retten sind, dass zeitlicher Abstand von hier den Schaden, den man angerichtet hat, rückgängig machen wird. Kinder sind widerstandsfähig. Erwachsene sind diejenigen, die sich nicht ändern können.

»Jetzt.« Er winkt den Oberinnen zu, die beginnen, Teller mit Essen zu servieren, als ob das kurze Zwischenspiel nichts weiter war, als wenn jemand bei einem Film auf Pause drückt, belanglos und vorübergehend. So gefühllos gegenüber dem Missbrauch, würden sie wahrscheinlich stillstehen und zusehen, selbst wenn der Prophet Leah vor ihren Augen ermordet hätte. Schließlich haben sie genau das getan, als Sarah … nein. Ich kann im Moment nicht an Sarah denken. Meine Wut durch Trauer ablenken zu lassen ist keine Option.

Der Prophet rückt an den Tisch, als eine Oberin

seinen Teller vor ihm hinstellt und ihm die Serviette über den Schoß drapiert. Mit einem scharfen Blick wendet er seine Augen auf mich. »Delilah, würdest du dich mir bitte anschließen?«

Kälte schießt mir die Wirbelsäule hinunter, und unverhohlen neidische Blicke wenden sich mir aus jeder Ecke des Raumes zu. Die Frau neben mir drückt mir die Ellenbogen in die Seite.

Ich erhebe mich und weiche der am nächsten befindlichen Oberin aus, deren scharfe Augen mich beobachten, während ich mich dem mittleren Tisch nähere. Ich werfe einen Blick zur Tür und sehe eine Wache dort. Nicht, dass ich eine Chance hätte, diesem Ort zu entkommen. Der Prophet hält eine fest geschlossene Faust um die Kathedrale, sogar eine noch festere als um das Kloster. Ich lasse mich auf den Sitz neben ihm nieder und betrachte mit gesenktem Blick den Teller mit dem Essen vor mir – Brathähnchen, grüne Bohnen, Kartoffelpüree, Soße und ein kleines Brötchen. Mein Magen krampft ein weiteres Mal unangenehm.

»Senkt eure Köpfe.« Er hält mir eine Hand entgegen.

Abscheu durchströmt mich, und ich muss mir eine Lawine des Hasses verkneifen, als ich seine Hand nehme. Aber ich kann es entweder tun oder die gleiche Strafe wie Leah erleiden. Oder vielleicht noch Schlimmeres. Er nimmt meine klamme Hand in seine trockene, und ich ergreife die Hand der Frau zu meiner Rechten. Es folgt ein Gebet, eines, das ich nicht höre.

Stattdessen denke ich an Adam, an seine Pläne für unsere Flucht. Sie sind jetzt alle weggebrannt, Asche, genau wie die Asche vom Lagerfeuer der Wintersonnenwende. Dann stelle ich mir Georgia vor, ihr freundliches Lächeln. Auch sie wurde verbrannt, auf die eine oder andere Weise vom Propheten vernichtet, auch wenn sein Sohn Noah derjenige war, der den letzten Schlag getan hat.

»Amen.« Das Wort hallt durch den Raum, und ich ziehe meine Hand von der Frau zu meiner Rechten weg. Aber der Prophet will nicht loslassen. Seine Finger klammern sich um mich, und meine Knochen knirschen aneinander. »Ich bin so glücklich, dich hierzuhaben, meine Liebe.« Er zieht meine Hand an seinen Mund und streicht seine Lippen gegen meine Fingerknöchel.

Ich beiße die Zähne zusammen und atme erst ein, als er mich loslässt. Ich wische mir die Hand am Rock ab und lasse meinen Blick wieder auf meinen Teller fallen. Ich möchte nach Adam fragen, aber ich weiß, das bringt mich nicht weiter. Der Prophet will mich aus einem bestimmten Grund hierhaben, aber er ist eine Schlange, die nur dann kriecht, wenn sie fühlt, dass die Zeit reif ist. *Moment.* Wieder Ruths Name. Ruth. Wo ist sie?

»Iss.« Grace richtet ihr Messer auf meinen Teller. »Sei nicht unhöflich.«

Ein wahnsinniges Lachen wirbelt in meinem Kopf. *Sei nicht unhöflich.* Gott, das ist so verdammt witzig, wenn es von ihr kommt, und das an diesem Ort.

Trotzdem muss ich warten, bis meine Zeit gekommen ist, also nehme ich mein Besteck und schiebe mir etwas Kartoffelpüree in den Mund. Ich schlucke viel schneller, als ich eigentlich wollte, weil seine butterige Weichheit so köstlich ist.

Der Raum wird von dem Summen von leisen Gesprächen gefüllt, hier und da unterbrochen von den lärmenden Geräuschen der Kinder. Unser Tisch ist still, vielleicht wartet er darauf, dass der Prophet spricht.

Ich esse einen Bissen gebratenes Huhn, und dann noch einen weiteren, unfähig, meinem grundlegendsten Bedürfnis zu widerstehen. Aber ich schaue den Propheten an. Er isst langsam, methodisch, immer nur eine Sache auf einmal. Sein Huhn ist das Erste, und er schneidet das Fleisch in quadratische Stücke, führt die Würfel in den Mund und kaut langsam. Wenn ich nicht schon wüsste, was für ein Pyscho er ist, wäre seine chirurgische Art, zu essen, ein todsicherer Hinweis dafür.

Die Stille dauert noch ein paar Minuten an, und ich bin fast fertig mit dem Essen auf meinem Teller. Es ist nichts Spektakuläres, aber es ist so viel besser als das, was ich im Kloster gewohnt bin, dass ich mich fühle, als würde ich ein Fünf-Sterne-Menü zu mir nehmen.

Als sich der Prophet räuspert, erstarre ich.

»Delilah, ich habe gute Nachrichten für dich.« Er legt sein Messer und seine Gabel in perfekten Winkeln auf den Rändern seines weißen Tellers ab.

Ich kann mir nicht vorstellen, welche guten

Neuigkeiten er jemals für mich haben könnte.

»Senator Roberts hat zugestimmt, dich zu erwerben, trotz deiner unglücklichen Situation.«

Mein Essen droht wieder hochzukommen.

Grace klimpert mit der Gabel auf ihrem Teller. »Sir, das ist der Grund, warum ich um etwas Zeit mit Euch gebeten habe. Ich muss …«

Er dreht sich mit einer schnellen Kopfbewegung zu ihr. »Ich war noch nicht fertig.«

»Entschuldigt.« Sie verschließt ihre Lippen und starrt mir in die Augen, als ob sie ihre Schelte in Hass verwandelt, der nur für mich bestimmt ist.

»Wie ich schon sagte«, fährt der Prophet fort, »hat er sich bereit erklärt, dich aufzunehmen und dich so bald wie möglich zu heiraten. Ich erwarte, dass er die Lieferung innerhalb der Woche entgegennimmt.«

Nein. Das Wort wiederholt sich in meinem Kopf. Aber meine Stimme scheint mich verlassen zu haben. Ich ergreife das Messer fester. Es ist ein einfaches Buttermesser – stumpf und gebogen. Wie viel Kraft würde ich brauchen, um es in seinen Hals zu schieben und zu drehen?

»Ich denke, das wäre die Stelle, wo du mir dankst, Delilah.« Er grinst, und seine Augen verengen sich wie die einer Schlange. »Schließlich habe ich dich trotz deines Schadens und deiner Wertlosigkeit in eine strahlende Zukunft geführt.«

Der Raum nimmt wieder einmal diese unheimliche Stille an, und die Frauen schauen mich an, während ihre Kinder selbstvergessen weiterplappern.

Meine Handfläche ist glitschig vor Schweiß, aber wenn ich genug Kraft erzeugen kann, wird das keine Rolle spielen. Das Messer wird tief eintauchen und etwas Wichtiges durchtrennen. Ein Kind hinter mir kichert. Kann ich seinen Vater direkt vor seinen Augen ermorden? Der Gedanke kühlt mein Feuer. Ich kann den Kindern keinen Schaden zufügen. Nicht auf diese Weise. Ich werde mich nicht in das Monster verwandeln, werde sie nicht derart verletzen. Selbst wenn sie sein Blut in sich haben, sind sie unschuldig.

»Nun?« Seine Stimme ist viel schärfer als die Schneide meines Buttermessers.

Ich lockere meinen Griff. »Vielen Dank.« Die Worte brennen, sie sengen sich ihren Weg aus meinen Lungen heraus. Ich habe mir selbst versprochen, dass ich nicht nachgeben würde, aber das bedeutet nicht, dass ich nicht klug sein sollte. Wenn der richtige Augenblick kommt, werde ich zuschlagen und nicht zögern. Dies ist jedoch nicht der richtige Moment. Noch nicht.

»So ist es besser.« Der Prophet widmet sich wieder seinem Essen.

Der Raum scheint sich zu entspannen, die Frauen kehren zu ihrem Essen zurück. Ich habe den unterwürfigen Tanz vollendet, mich dem Willen des Propheten gebeugt, und jetzt ist alles so, wie es sein soll. Es muss niemand diszipliniert werden, und die Kathedrale wird weiterhin reibungslos funktionieren. Ihre Welt ist sicher. Wie Vieh, das darauf wartet, geschlachtet zu werden, atmen und essen die Frauen und ignorieren die Realität ihrer Umgebung –

würden sie überhaupt protestieren, wenn ihr Ende naht?

Nach ein paar Augenblicken fragt Grace leise: »Darf ich?«

»Sprich.« Der Prophet teilt ein Kartoffelquadrat ab und schiebt es auf die Gabel.

»Delilah ist nicht bereit, vor allem nicht für einen Auftrag dieser Größenordnung.« Sie tupft mit ihrer gestärkten weißen Serviette ihre Mundwinkel.

Der Prophet schluckt, dreht sich zu ihr um und runzelt die Stirn. »Du willst, dass sie bleibt?«

»Nein«, antwortet sie schnell, dann zügelt sie ihre Worte. »Aber, wenn sie dienen und Eure Herrlichkeit fördern soll, braucht sie mehr Zeit.«

Er schüttelt den Kopf, seine Verwirrung weht über den Tisch und lässt die nächsten Frauen mit besorgten Augen von ihrem Essen aufblicken. »Du wolltest, dass sie geht, Grace. Ich weiß, was in deinem Herzen liegt. Deine Eifersucht und dein Hass.«

Graces Gesicht erbleicht, aber sie fährt fort. »Ich bin gefallen, eine Frau, die von Eva herabgestiegen ist, und verflucht wie alle Frauen, egozentrisch und töricht zu sein.«

Er nickt, denn ihr Selbsthass passt perfekt zu seinen frauenfeindlichen Lehren. Wenn ich die Fähigkeit hätte, Grace zu bemitleiden, hätte ich es sofort getan. Aber sie verspielte jede Chance auf mein Mitleid in dem Moment, als sie mir den Finger brach, oder wahrscheinlich schon vorher.

Sie faltet die Hände vor sich, das Bild der Reue.

»Aber Prophet, du hast meine bessere Natur inspiriert. Und ich weiß zweifellos, dass Delilah ihre Pflichten nicht in einer Weise erfüllen kann, die dich verherrlichen wird. Sie ist noch nicht bereit. Erst heute Morgen hat sie damit gedroht, den Senator zu töten, als er sie in der Kathedrale besuchte. Ich habe mir das Video angeschaut, um mich zu vergewissern, dass sie in Übereinstimmung mit den Lehren des Klosters an ihrem Platz handelte.«

Der Prophet sieht mich an, und seine dunklen Augen sind anklagend. Ich hebe mein Kinn nur ein kleines bisschen, obwohl mein Inneres kalt wird und ich mir das Wasser auf meiner Stirn wieder einbilde. Werde ich wegen meines Verhaltens ins Pfarrhaus zurückgeschickt?

»Was hat sie zu Senator Roberts gesagt?«

Grace hebt die Hand und winkt dem Wachmann an der Tür zu, demselben, der den Senator heute Morgen begleitet hat.

Die Spitzen meiner Ohren werden kalt.

»Bitte sag uns, was Delilah heute Morgen getan hat.« Grace schaut zu ihm auf, und ihr Gesichtsausdruck ist erwartungsvoll, hungrig.

»Ich brachte den Senator in den Schlafsaal, wie Ihr mich gebeten habt, Prophet. Die da war unter der Dusche.« Er deutet auf mich. »Sie drohte, ihn zu töten. Sie sagte ihm, dass sie nicht tun würde, was er sagte, gegen ihn kämpfen würde, versuchen würde, zu fliehen, und dann sagte sie wieder, dass sie ihn töten würde.«

»Warum hast du mir das nicht früher gemeldet?« Der Prophet zieht seine Serviette vom Schoß und wirft sie auf den Tisch.

»Ich-ich …«, stammelt der Wachmann.

Der Prophet fährt mit der Hand scharf durch die Luft und entlässt die Wache. Er dreht sich zu mir um. »Du hast Adam in die Irre geführt, und jetzt glaubst du, du bist frei, den Mann zu bedrohen, den ich für dich ausgewählt habe? Du glaubst, du weißt es besser als dein Prophet?«

»Du bist nicht mein Prophet.« Die Worte sprudeln heraus, und die Wahrheit liegt in der Luft.

Die Frauen keuchen, und Grace greift nach ihrem Schlagstock.

»Nein.« Der Prophet hält seine Hand zu Grace gerichtet hoch. »Dies ist mein Kreuz, ich muss es tragen.« Er greift nach mir, packt mich an den Haaren, reißt mich von meinem Sitz und schleppt mich zwischen den Tischen entlang hinaus in den Korridor.

Ich kratze an seiner Hand und versuche, zu treten, aber er lässt nicht los. Er ist stark für sein Alter, und trotz des Essens bin ich immer noch müde und schwach.

»Lass los!« Ich schlage um mich, während meine Kopfhaut brennt, und ich fürchte, dass er mir die Haare mit der Wurzel ausreißt.

Er wirft mich auf den Boden im angrenzenden Wohnbereich, und meine Hände gleiten über den babyblauen Teppich und brennen von der Reibung.

»Haltet sie fest!«, brüllt er und reißt seinen Gürtel

aus den Schlaufen.

Ich versuche aufzustehen, aber Grace ist auf mir und schiebt mich zurück auf den Boden, während der Wachmann meinen Arm ergreift und mich festhält.

Grace reißt meinen Leinenrock hoch. Ich trage kein Höschen. Ruth hat mir keines herausgelegt.

»Schlampe!«, brüllt der Prophet.

Schmerzen breiten sich auf meinem Po aus, bevor ich überhaupt den Schlag des Gürtels höre. Ich zucke zusammen, aber Grace und die Wache halten mich in meiner Position. Er schlägt mich wieder, und seine Wut bricht über mein Fleisch herein wie Starkstrom.

»Ich will den Erdboden heimsuchen um seiner Bosheit willen und die Gottlosen um ihrer Untugend willen. Und will des Hochmuts der Stolzen ein Ende machen und die Hoffart der Gewaltigen demütigen.« Er untermalt sein Bibelzitat mit rücksichtslosen Schlägen.

Die quälenden Schmerzen verlassen meinen Mund in einem Strom aus Schreien, aber er hört nicht auf. Sein Gürtel verwüstet meinen Po, die Rückseiten meiner Oberschenkel. Immer und immer wieder schlägt er mich, bis mein Körper nicht mehr als ein Kanal für Schmerzen ist.

Als die Schläge aufhören und ich nichts weiter bin als ein schluchzender Haufen auf dem zu weichen Teppich, beugt sich der Prophet nieder, und sein rotes Gesicht wird von seinen schwarzen Augen verdrängt. »Du *wirst* mir gehorchen. Du *wirst* dem Senator gehorchen. ›Ihr Knechte, seid untertan mit aller Furcht den Herren, nicht allein den gütigen und gelinden, sondern auch den wunderlichen.‹ Es ist mir egal, was er dir antut. Eigentlich hoffe ich sogar«, spuckt er mir ins Gesicht, und die Nässe läuft über meinen Nasenrücken, »er macht es viel schlimmer als alles, was du dir jemals vorgestellt hast. Du hast es verdient, dreckige Hure, für das, was du meinem Sohn angetan hast.« Er reißt mich wieder an den Haaren hoch und zieht mein Gesicht zu seinem. »Du wirst dich mir unterwerfen, mir dienen und gehorsam sein – oder ich werde dich aufhängen wie die Hexe, die du bist. Aber zuerst lasse ich jeden Mann auf diesem Gelände seinen Spaß mit dir haben.« Er schiebt meinen Kopf wieder nach unten und steht auf.

Ich schließe meine Augen und rolle mich zu einem Ball zusammen. Mein Unterkörper pocht vor Schmerzen, und in meinem Kopf sprudelt ein Strom aus Hass und angestauter Wut.

»Grace, nimm sie mit zurück. Lehre sie, gehorsam zu sein. Sobald sie bereit ist, sende eine Nachricht, und ich lasse es den Senator wissen.«

»Ja, Prophet.« Die Selbstgefälligkeit in ihrer Stimme ist eine weitere Wunde.

»Nun, Kinder, kommt und gebt mir Umarmungen und Küsse. Ich muss mich auf den Weg machen.« Seine Stimme ist so ruhig, sogar freundlich.

Ich habe keinen Zweifel, dass seine Kinder mit Liebe in ihren Augen zu ihm eilen.

Grace beugt sich an mein Ohr und flüstert mir leise zischend zu. »Willkommen zurück im Kloster, Hure.«

KAPITEL SECHS

Adam

DIE SONNE GEHT UNTER, versteckt hinter den Bäumen. Ich lecke meine trockenen, rissigen Lippen. Meine Haut kribbelt vom Sonnenbrand, die kalte Luft lässt schmerzende Gänsehaut auf meinem Fleisch entstehen.

Niemand ist seit Noahs Besuch zu mir gekommen, und ich bin froh darüber. Ich kann nicht mehr stark sein. Mein Wille ist noch intakt, aber mein Körper hat aufgegeben. Ich kann es ihm nicht verübeln. Zumindest kann ich meine Zehen nicht mehr spüren. Ich zerfetze sie an der Kante des schmalen Bretts, als ich versuche, mich aufrecht zu halten. Jetzt hänge ich. Und wenn ich ganz stillhalte, ist der Schmerz in meinen Händen nur eine dumpfe, nicht enden wollende Pein. Es fällt mir schwer, zu atmen, aber ich hole immer wieder Luft.

Ich werde hier oben sterben. Ich akzeptierte diese Tatsache in dem Moment, als mein Vater den Bestrafungskreis verließ. Als er sich von mir abwandte, tat er dies mit einer Endgültigkeit. Ich kenne ihn schon viel zu lange, um seine Signale falsch zu deuten. Er ließ mich hier zum Sterben zurück. Ich war zu feige, um Noah die Wahrheit zu sagen, ihm Lebewohl zu sagen. Außerdem würde er versuchen, mich zu retten, wenn er es wüsste. Ich werde nicht zulassen, dass er sich für mich umbringt. Egal wie beschissen die Dinge auch sind, ich halte immer noch an der Hoffnung fest, dass er eine Chance hat. Irgendwo außerhalb dieses abgefuckten Gefängnisses kann er vielleicht ein Leben haben. Er muss nur stark genug sein, um es für sich selbst auszuwählen.

Meine Emily geistert durch die Bäume, ihr weißes Kleid am Rande meiner Sicht. Ich blinzele. Sie ist nicht mehr da. Ein langer Tag mit Blutverlust, Sonnenvergiftung und Kälte kann einem Menschen das antun, nehme ich an.

Meine Augen fallen wieder zu, und ich ziehe mich dorthin zurück, wo ich die echte Emily finden kann. In meiner Erinnerung. Ihre grauen Augen verfolgen mich, und ich hoffe, dass sie niemals damit aufhören. Habe ich ihr jemals gesagt, wie weich ihre Haut ist? Ich kann mich nicht daran erinnern. Es scheint nichts zu sein, was ich sagen würde, egal wie sehr es stimmt. Aber sie ist es – weich und warm und so echt, dass ich es fast unter meinen blutverkrusteten Fingerspitzen fühlen kann.

Geräusche im Wald ziehen meine Aufmerksamkeit auf sich. Ich zwinge meine Augen, sich zu öffnen, und starre in die sich vertiefende Finsternis. Da ist nichts. Bis auf einen weiteren Hauch von Emilys weißem Kleid.

Weiß. Ich möchte sie in einer anderen Farbe sehen – in allen Farben. Ich wette, sie leuchtet immer so hell, egal was sie trägt. Sie erregt meine Aufmerksamkeit auf jeden Fall nackt. Ich versuche, sie mir in einem sonnengelben Kleid vorzustellen, mit Haaren, die ihren Rücken hinunterfallen. Gott, was für eine umwerfende Frau. Sie lächelt mich an und geht ein paar Schritte über eine grüne Wiese. Ich folge ihr. Sie läuft weiter weg.

»Komm zurück.« Ich jage ihr nach, ihr Rock fliegt hoch und zeigt mir ihre langen, blassen Beine. Sie lacht, und das Geräusch ist erfrischend und süß, wie Honig auf meiner Zunge.

Weitere Geräusche reißen mich aus meiner Benommenheit. Der Wald ist jetzt dunkel. Wann ist die Sonne ganz untergegangen? Etwas schimmert in der Dunkelheit. Augen. Ein Hirsch kommt in den Bestrafungskreis, und seine Ohren zucken, während er die Luft inhaliert. Im schwachen Mondlicht sieht er weiß aus, und die Schatten entlang seines Fells sind in Grautönen gezeichnet. Kein Geweih. Ich bin mir ziemlich sicher, dass es eine Ricke ist.

Sie kommt näher. *Träume ich?* Ich kann es nicht mehr sagen.

Ihr Schwanz wedelt, als sie zu mir kommt, dann

hält sie unter meinem Kreuz inne. Schnaubend scharrt sie im Dreck, und die Geräusche grenzen an Missbilligung. Ist sie böse, dass ich hier bin, oder böse, dass ich noch am Leben bin?

Eine Bewegung fällt mir ins Auge, und der Wächter kriecht näher in den Kreis, hat seine Waffe erhoben. Nichts Reines kann hier überleben.

Diesmal nicht. Ich öffne meine ausgetrockneten Lippen und stoße einen kehligen Schrei aus. Die Ricke erschrickt, und ihr weißer Schwanz stellt sich gerade auf, als sie davonrennt und ihre Hufe auf der kalten Erde leuchten, als sie in den Bäumen verschwindet.

»Motherfucker.« Der Wachmann kommt mit immer noch gezogener Waffe zu mir.

»Willst du mich erschießen und mich von meinem Elend erlösen?« Ich grinse ihn an.

Es ist Gray, seine Nase ist immer noch geprellt vom letzten Mal, als wir aneinandergeraten sind. Er zielt auf mein Bein. »Nein. Aber ein paar Löcher mehr in dich zu schießen macht nichts.«

»Ziel auf meine Seite. Ich will diesen Look genau richtig hinbekommen.« Ich würde ihn am liebsten anspucken, aber ich habe kaum Feuchtigkeit im Mund. Kein Grund, verschwenderisch zu sein.

»Gottloses Stück Scheiße.« Er richtet den Lauf nach oben, bis er auf meine Brust zeigt.

»Ich spiele nur die Rolle, die mir gegeben wurde.« Ich versuche, meine Füße abzustellen, aber ich kann das Brett unter mir nicht mehr fühlen.

»Der Prophet hätte dich sofort töten sollen.«

»Stellst du den Allmächtigen in Frage? Pass besser auf, dass dich der Blitz nicht trifft.«

Seine Augen verengen sich, und seine Finger schließen sich um den Abzug, während sich die Mündung noch höher bewegt, bis sie auf mein Gesicht zielt.

»Tu es, Feigling.« Ich schließe meine Augen und warte.

Vielleicht werde ich Faith wiedersehen. Ich würde alles geben, um sie noch einmal zu halten, um ihr zu sagen, wie sehr ich sie liebe. Sogar bei diesem glücklichen Gedanken an ein Wiedersehen schmerzt in der Brust das Bedauern über das, was ich im Begriff bin zu verlieren. *Auf Wiedersehen, Emily.* Ihr weißes Kleid flattert von mir weg, unerreichbar für mich.

Ein Schlag und ein Stöhnen ziehen mich zurück ins Jetzt.

Gray liegt mit dem Gesicht nach unten auf dem harten Boden und bewegt sich nicht.

Eine Frau steht neben ihm, mit einer Pistole in der Hand. »Er ist ohnmächtig, aber er wird leben.« Sie trägt eine schwarze Maske, aber ich erkenne ihre Stimme.

»Ich kenne dich.«

»Ernsthaft?« Sie läuft auf die Bäume zu, und zwei weitere Frauen – ebenfalls maskiert – rennen mit einer Holzleiter herbei.

»Dafür wird er euch töten.« Ich kann nicht sagen, ob das echt ist oder ob ich schon tot bin. Aber wenn ich tot wäre, würde ich dann nicht statt dieser maskierten Menschen Faith sehen?

Sie stellen die Leiter an das Kreuz, und die Erste klettert hinauf. Sie schwingt einen Zimmermannshammer, und das gespaltene Ende zeigt auf meine rechte Hand. »Das wird wehtun.«

»Schmerzen? Das ist neu. Ändert alles ein bisschen für mich. Ich mag deinen Sti…« Meine Worte werden von einem Schrei unterbrochen, als sie sich unter dem Nagel in meiner Hand einhakt und ihn herauszieht.

»Einer weniger.« Sie lässt den Nagel auf den Boden fallen und klettert eine weitere Stufe hinauf, wobei sie sich nach vorne lehnt, damit sie meine andere Hand erreichen kann.

»Tu es nicht.« Ich kann nicht durch den düsteren Schleier vor meiner Sicht hindurchsehen.

»Ich muss es tun. Es tut mir leid.« Sie greift mein Handgelenk und benutzt wieder den Zimmermannshammer.

Ich kann wegen der Qualen nicht atmen, und ich verstehe nicht, warum ich noch bei Bewusstsein bin. Pech gehabt.

Sie sägt die Lederriemen an meinen Armen durch. Ich kann nicht stehen, kann nicht einmal meine Füße fühlen. Vielleicht schwebe ich, bin Jesus zurück auf der Erde auf einem Müllhaufen von Schmerzen statt auf einer Wolke der Herrlichkeit. Das muss es sein.

Mit einem Stöhnen lehnt sie meinen Körper an sich. Alles tut weh.

»Ich brauche Hilfe.« Ihre Worte sind angespannt. »Er ist wie ein Sack Ziegelsteine.«

»Lass ihn herunter.« Die anderen beiden Frauen stehen unter mir, die Hände nach oben gestreckt.

Ich weiß nicht, wie sie es schafft, mich nicht fallen zu lassen. Ihre Muskeln zittern, als sie mich an ihrem Körper hinunter zu den anderen Frauen gleiten lässt. Im letzten Moment gibt die Leiter nach und rutscht zur Seite. Ich falle, die Frauen fangen mich grob auf, und die harte Erde schürft gegen meinen Rücken, als ich aus ihrem Griff gleite.

»Scheiße!« Meine Retterin springt von der taumelnden Leiter und landet auf ihrem Arsch.

»Bist du okay?«, ruft eine der Frauen ihr zu.

»Ja. Ich werde nur für eine Weile ein wundes Steißbein haben.«

»Also das Übliche.« Die dritte Frau kniet vor mir nieder und inspiziert meinen Körper. »Scheiße. Schau dir diese Zehen an.«

»Der Prophet wird euch alle töten.« Ich drehe mich um und starre die erste Frau an. Ihre Augen sind schwarze Punkte in den Löchern ihrer Skimaske, obwohl ich aus dem Gedächtnis weiß, dass ihre Iris ein tiefes Grün haben. »Das wird nicht ungestraft bleiben. Warum tut ihr das?«

Sie stößt einen Seufzer aus, und ihr Atem ist eine weiße Wolke in der kalten Nacht, dann zieht sie ihre Maske ab. »Ich kann dir versichern, dass das nicht meine Idee war, aber du bist wertvoll.« Jez rollt lieblos mit den Augen. »Offensichtlich.«

KAPITEL SIEBEN

Noah

ICH SITZE im Büro meines Vaters, obwohl meine Gedanken etwa eine Meile entfernt im Bestrafungskreis sind, in dem Adam hängt. Es ist schon dunkel, und Adam wird bei den sinkenden Temperaturen nicht lange durchhalten. Ich muss Dad überreden, ihn herunterzunehmen. Scheiße, ich will noch einen Drink, oder vielleicht mehr als nur einen.

Castro schlängelt sich herein, das Gewehr über die Schulter gehängt, als wäre er so eine Art Möchtegern-GI-Joe. Ich balle meine Hände zu Fäusten. Ihn zu Fall zu bringen wäre nicht schwer, wenn wir nur von Mann zu Mann stünden. Aber es hat keinen Sinn, dass ich sauer auf ihn bin. Er ist nur ein Werkzeug in jedem Sinne des Wortes.

»Noah, ich habe Geschäfte zu erledigen, also komm

zur Sache.« Papa tritt herein, und seine Schritte sind trotz seiner Worte gemächlich.

»Adam.«

Er sitzt hinter seinem Schreibtisch und schaut mich an. »Was ist mit ihm?«

»Er muss heruntergenommen werden. Jetzt.«

»Nein.« Er nagelt mich mit einem wütenden Blick fest. »Adam hat seine Wahl getroffen, und jetzt habe ich meine getroffen.«

»Papa.« Ich lehne mich nach vorne und versuche eine Verbindung zwischen uns zu finden. »Bitte. Es ist Adam. Er wird sterben ...«

»Er kannte die Konsequenzen dessen, was er mit dieser Jungfrau tat.« Papa spricht mit Leichtigkeit davon, seinen Erstgeborenen zu töten. »Er muss für seine Sünden bezahlen, so wie wir alle.«

Ich schüttele den Kopf. »Aber, Dad ...«

»Er gehorchte seinem Propheten nicht.« Er trommelt mit seinen Fingern auf den Tisch. »Ich bin ein Abgesandter des Herrn, des Vaters des Feuers. Mir ungehorsam zu sein, bedeutet, Ihnen ungehorsam zu sein. Das kann nicht ungestraft bleiben.«

»Er ist bestraft worden!« Ich stehe auf.

Castro bewegt sich auf der Couch, und seine Hände wandern zu dem Gewehr.

»Du hast ihn den ganzen Tag dort oben gelassen. Er kann froh sein, wenn er keine Finger oder Zehen durch Erfrierungen verliert. Papa, bitte. Er hat genug gehabt.«

»Sohn.« Er lässt das Wort wirken, und die

Sekunden vergehen, während er mich anstarrt. Seine dunklen Augen sind vertraut. Aber sie sind jetzt so hart, noch härter, als ich mich daran erinnere. »Ich habe mein Urteil gefällt. Adam wird am Kreuz bleiben.«

»Er wird sterben!« Ich trete auf ihn zu, und Castro erhebt sich.

»Und das ist seine eigene Schuld!«, brüllt mein Vater und schlägt mit der Hand auf den Tisch. »Er rannte Hals über Kopf auf diese Strafe zu, und ich musste ihm geben, was er verdient. Ich bin der Prophet, Noah! Nicht nur ein Mann, *nicht* dein Vater, nichts außer dem direkten Gesandten des Allmächtigen! Mein Urteil ist endgültig.« Seine Brust hebt sich, während er mich wütend anstarrt.

Mein gerechter Zorn weicht zurück, bis ich nur noch Verzweiflung übrig habe. »Papa, bitte.«

»Verschwinde.« Er lehnt seinen Kopf zurück und schließt die Augen. »Ich habe Meetings.«

»Papa, du …«

»Du hast ihn gehört.« Castro kommt auf mich zu und hält seine Waffe wie ein Baby in den Armen. »Beweg dich.«

Ich starre Papa an, aber er schaut mich nicht an. Ich wurde hinauskomplimentiert, und Adams Todesurteil wurde unterschrieben. Nichts davon lässt sich ändern.

»Ich habe eine Aufgabe für dich.« Seine Stimme ist jetzt ruhig, die Maske wieder an ihrem Platz.

Ich reagiere nicht, stelle mich einfach vor seine Tür und warte. Zion lehnt an der Wand in der Nähe der

Haupttreppe, und sein selbstgefälliges Lächeln ist ein Schlag in meinen Bauch. Ich hasse diesen Kerl.

Vater fährt fort: »Delilah braucht einen neuen Protektor. Sie kehrt ins Kloster zurück. Ich weise dich ihr zu.«

Das Gewicht auf meinen Schultern wird erdrückender, aber das ist mir egal. Ich bin dabei, ein paar Fehler zu machen, große Fehler – also macht ein kleiner Extra-Schwachsinn von meinem Vater kaum einen Unterschied.

»Geh heute Nacht zu ihr. Halt die Zügel stramm. Sie ist außer Kontrolle geraten. Adam ist zu nachsichtig mit ihr umgegangen, und jetzt ist sie eine wilde Schlampe. Bringt sie zurück in die Reihe.«

Ich gehe los, und meine Schritte klingen hohl im vergoldeten Foyer.

»Enttäusche mich nicht, mein Sohn.« Seine kalte Stimme folgt mir. »Am Kreuz ist immer Platz für mehr.«

ICH KRIECHE DURCH DIE BÄUME, und meine dunkle Kleidung wehrt die Kälte und die neugierigen Augen ab. Der eisige Wind erinnert mich daran, dass ich mich beeilen muss, um so schnell wie möglich zu Adam zu gelangen. Aber wenn ich nicht aufpasse, wird mich einer der Wächter verhaften, und dann kann niemand gerettet werden. Anstatt also in Richtung des Strafkreises zu hetzen, gehe ich gemütlich durch das

Unterholz, wobei meine Augen und Ohren auf alle Geräusche und Bewegungen achten. Ein paar Tiere huschen durch das trockene Laub, und der Wind lässt einige der Bäume gegeneinanderschlagen. Ansonsten ist die Nacht ruhig.

Endlich kommen die Kreuze in Sicht. Ich bin auf ihrer Rückseite und starre in die Dunkelheit, um Adams Gestalt auf dem mittleren Kreuz zu finden. Ich kann ihn nicht sehen. Das muss der Winkel sein. Ich kreise ein wenig herum, gehe näher heran und schaue auf die Straße. Der Wächter ist nicht zu sehen, aber ich weiß, dass mindestens einer am Eingang zum Bestrafungskreis stationiert ist. Vater würde Adams Tod nicht dem Zufall überlassen. Ich schlucke den Gedanken hinunter – er kratzt in meiner Kehle wie ein Gewirr von Dornen. Zum hundertsten Mal denke ich heute daran, wie sehr ich einen Drink brauche.

Reiß dich zusammen. So viel schuldest du ihm.

Ich greife in die Tasche und nehme meine Pistole in die Hand. Töten war noch nie etwas, was ich wollte. Aber jetzt sehe ich keinen anderen Ausweg mehr. Wenn die Wache mich erwischt, habe ich keine andere Wahl. Ich hoffe nur, dass ich Adam herunterbekommen kann, ohne dass es jemand sieht.

Ich komme näher und betrete den Rand des Kreises. Die Wolken halten das wenige Mondlicht ab und lassen den Boden im Schatten liegen. Aber ich glaube, ich sehe einen Klumpen in der Nähe des Fußes des Kreuzes. Ich habe Adam immer noch nicht entdeckt, was nicht richtig zu sein scheint. Ich bin nahe genug dran, um einen Blick auf ihn zu werfen, aber … vielleicht täuschen mich meine Augen, denn es scheint, als ob er nicht da ist. Hat Dad seine Meinung geändert?

Ich verdränge diesen kleinen Funken Hoffnung und gehe näher heran. Aber es ist kein Trick. Das Kreuz ist verlassen. Kein Adam. Der Klumpen auf dem Boden stöhnt und rollt sich herum.

Was zum Teufel …?

»Gray?« Ich mache noch einen Schritt und drehe meinen Kopf zum Kreuz. Er ist weg, und so, wie Gray aussieht, war es nicht die Entscheidung meines Vaters, ihn herunterzuholen. Ich schiebe die Pistole in meine Tasche und versuche zu verarbeiten, was zum Teufel hier vor sich geht. Jemand hat Adam gerettet, bevor ich überhaupt hierherkam. Wer?

Gray setzt sich auf und reibt sich den Hinterkopf. »Scheiße.« Als er seine Augen zu dem leeren Kreuz erhebt, spuckt er eine Litanei von Flüchen aus, dann wendet er sich zu mir. »Warst du das?«

»War ich *was?*« Ich grinse. »Ich bin nur hierhergekommen, um mich zu verabschieden, und fand dich Dumpfbacke auf dem Boden. Wo ist Adam?«

Er rappelt sich auf und starrt mit hängendem Kiefer auf das Kreuz. »Scheiße. Scheiße. Scheiße!«

Ich lache, unfähig, meinen Frohsinn unter Verschluss zu halten. »Du hast ihn verloren.« Mein Lachen dringt in die eisige Luft ein, deplatziert, aber so, so gut. »Du hattest nur eine Aufgabe, Arschloch. Eine Aufgabe!«

»Halt die Klappe. Ich …« Er starrt umher, als würde er Adam finden können, der nur darauf wartet, mit dem Hammer wieder an seinen Platz zurückgeschlagen zu werden. »Irgendwo muss er ja sein.«

Ich ziehe mein Handy aus der Tasche. »Ich rufe einfach Dad an und lasse ihn wissen, dass du …«

»Warte!« Er hält seine Hände hoch und sieht mein Telefon an, als wäre es eine scharfe Granate. »Warte einfach kurz.«

Ich habe natürlich nicht die Absicht, Alarm zu schlagen. Noch nicht. Ich möchte, dass Adam die Chance hat, so weit wie möglich wegzukommen, bevor mein Vater es herausfindet. Aber die Erleichterung sorgt dafür, dass ich Gray mehr leiden lasse, als ich sollte.

»Wir müssen es ihm sagen. Du weißt das.« Ich streiche mit dem Daumen über den Bildschirm.

»Gib mir nur eine gottverdammte Minute. Lass mich nachdenken. Lass mich nachdenken. Es war gerade dunkel geworden.« Seine Stimme zittert, als er herumwirbelt und zurück auf die Straße starrt. »Ich sah eine Ricke. Genau. Und dann wollte ich … ich wollte sie töten. Und dann … hat Adam sie verscheucht, damit ich sie nicht erschieße.«

Das ist das Einzige, was ich über Adam weiß, was er nicht einmal von sich selbst weiß: Er hat ein gutes Herz, das unter all der Dunkelheit und dem Schmutz begraben ist.

»Und deshalb habe ich …« Er schaut mich an, und

seine Augen schielen. »Ich ging hierher und sprach mit ihm.«

»Nur nett reden, was? Nachdem er deine Ricke verscheucht hat.« Ich grinse. »Sicher.«

»Und jemand«, er hebt seine Hand an den Hinterkopf, »hat mich niedergeschlagen.«

»Wie sah er aus?«

»Habe ihn nicht gesehen.« Seine Schultern scheinen noch mehr einzusacken. »Hatte nicht einmal eine Chance.«

Ich haue ihm auf den Rücken. »Oh, ich bin sicher, der Prophet wird es dir nicht übelnehmen. Von den Hirschen abgelenkt zu sein und dann von meinem Bruder, dann deinen Posten verlassen zu haben – er wird nicht böse sein. Komm schon, lass es uns ihm sagen.« Ich empfinde unnatürliche Freude über das Entsetzen auf seinem dummen Gesicht. Vielleicht bin ich doch mehr Adam, als ich mir vorstellen kann.

Seine Augen verengen sich. »Du hättest es gewesen sein können.«

Ich zucke mit den Schultern. »Das hätte ich. Aber ich war es nicht. Ich war in der Abenddämmerung bei meinem Vater, nicht hier, um deinen Schädel wie ein Ei einzuschlagen.« Ein Hochgefühl, wie ich es noch nie gefühlt habe, zieht sich in Wellen durch mich hindurch. Ich weiß nicht, wer Adam entführt hat, aber wer immer es war, hat ihm das Leben gerettet. »Ich bin sicher, dass alles in Ordnung sein wird. Komm schon, wir können langsam zurückgehen. Ich gebe dir Zeit, dir zu überlegen, was du dem Propheten sagen willst.«

Als seine Lippe bebt, unterdrücke ich ein Lachen.

Er weiß, was mein Vater mit Menschen macht, die ihn enttäuschen. Und das hier? Dies ist eine Enttäuschung, die so gigantisch ist, dass ich bezweifele, dass Gray lebend aus ihr herauskommen wird.

KAPITEL ACHT

Adam

EMILY FLÜSTERT IN MEINER NÄHE, und ihr Kleid streift gegen mein Bein. Ich möchte nach ihr greifen, aber ich scheine mich nicht bewegen zu können. Mein Mund formt ihren Namen, aber es kommt kein Ton heraus. Ich versuche zu blinzeln und mich umzusehen, aber etwas bedeckt meine Augen.

»Er ist aufgewacht.« Es ist nicht sie. Wer ist das?

»So etwas in der Art. Ich habe nur noch eine Spritze von dem starken Zeug. Das letzte Mal, als ich den Arzt besuchte, wurde ich fast erwischt, so dass ich kaum noch Vorräte habe.« Eine ältere Frau. Ihre Stimme kommt mir bekannt vor, aber ich kann sie nicht einordnen.

»Nun, er wird sie brauchen. Diese beiden Zehen müssen weg. Sie werden absterben und ihn vergiften, wenn wir sie nicht abschneiden.«

Meine Zehen? Ich möchte schreien: »Fasst meine verdammten Zehen nicht an!«, aber nur ein schwaches Ausatmen von Luft schafft es nach draußen.

Hände tasten mich ab, gleiten auf meiner schmerzenden Haut entlang, bis sie mich drücken und an meinen Flanken entlangtasten. »Er scheint in Ordnung zu sein. Was ist mit seinen Händen?« Die ältere Frau beugt sich über mich. Ich kann ihre langsamen Atemzüge spüren.

»Ich tat das Beste, was ich konnte. Er wird bleibende Schäden an den Sehnen haben, die sie zerstört haben, aber die Knochen schienen intakt zu sein. Ich habe die Wunden gesäubert und genäht.«

»Dieser Daumen sieht nicht so gut aus. Vielleicht hat ihn auch der Frost erwischt?« Die ältere Frau quetscht meinen rechten Daumen.

Ich versuche, mich zu bewegen, aber ich bleibe an Ort und Stelle liegen.

»Adam, entspann dich einfach. Wir haben dich gefesselt, damit du dich nicht verletzen kannst.« Ich kenne ihre Stimme. Es ist Jez.

Ich rassele ihren Namen heraus.

Sie nimmt mir die Augenbinde ab, und ich blinzele in das scheinbar unglaublich helle Licht. »Du musst ruhig bleiben. Verstehst du? Wir haben Kunden auf dem Gelände. Wenn einer von ihnen dich hört, ist alles vorbei, und du wirst gleich wieder dort oben am Kreuz hängen, mit mir an deiner Seite.«

Ihre grünen Augen tauchen endlich in meinem Blickfeld auf. Blätter wölben sich über mir, exotische

Pflanzen, die nicht zum Gelände gehören. Mir wird klar, dass ich mich in der Taufkapelle befinde, versteckt hinter dem wilden Garten, den der Prophet Jez in den Räumen erlaubt.

»Emily?« Meine Kehle brennt wie Feuer, obwohl ich mir nicht sicher bin, warum. Die kalte Luft? Das Schreien? Vielleicht hat all das meine Stimme gestohlen.

Sie rollt mit den Augen. »Du meinst Delilah? Immer diese strahlend weiße Fee.«

Ich starre sie wütend an.

»Gut. Ich habe gehört, dass sie zurück ins Kloster geht. Man sagt, dass sie durchgedreht ist und gedroht hat, den Senator zu töten, sollte er auch nur daran denken, sie zu berühren.«

Ich lächele, und meine trockenen Lippen platzen auf.

Jez weicht leicht zurück. »Mein Gott. Du siehst aus wie … Wie auch immer. Sie wird noch eine Weile hierbleiben. Der Prophet will sie gebrochen sehen. Komplett. So kann sie die perfekte Ehefrau für Evan und die perfekte Sklavin des Propheten sein.«

»Sie wird nicht zerbrechen.« Meine Worte klingen wie zerbrochenes Glas.

»Wir alle zerbrechen.« Sie blinzelt heftig, und ihre Vergangenheit spiegelt sich in den Narben auf ihrem Körper und in ihrem Geist. »Jede Einzelne von uns. Irgendwann.«

»Nicht sie. Nicht meine Emily.«

Sie lächelt traurig und lügt mich an. »Sicher. Sie

nicht.« Sie schiebt die Augenbinde wieder an ihren Platz zurück. »Entspann dich einfach. Wir haben noch etwas Arbeit vor uns. Aber zuerst werden wir dich umhauen.«

Jemand berührt meinen Fuß. Meine Zehen.

Scheiße! »Warte, Jez, nicht ...« Aber ich fühle den Stich in meinem Arm, und dann dreht sich meine Welt, die Dunkelheit verwirbelt mit Regenbogen und einem Mädchen in einem weißen Kleid. Sie läuft vor mir weg, und ich verfolge sie.

Ich werde sie immer verfolgen.

KAPITEL NEUN

Delilah

ICH LIEGE AUF DEM BAUCH, den Kopf auf dem Kissen. Egal, wie sehr ich darüber nachdenke, wie weit ich kommen kann, ich lande immer wieder hier. In meinem Zimmer im Kloster.

»Sie sind nicht so schlimm wie einige, die ich gesehen habe.« Chastity schmiert Aloe über die Abdrücke des Gürtels auf meinem Arsch und meine Oberschenkel.

Ich zucke bei der leichten, fürsorglichen Berührung ihrer Finger zusammen.

»Möchtest du darüber reden?« Sie beendet ihre Arbeit und zieht mein Kleid wieder herunter.

»Ich hätte das Messer benutzen sollen.«

»Was?« Sie lehnt sich näher heran, und ihre Stimme ist ein Flüstern.

»Ich hatte ein Buttermesser.« Ich kann immer noch

das warme Metall in meiner Hand fühlen, die Ader in der Kehle des Propheten pulsieren sehen, während er dasaß und sein Mittagessen aß. »Ich hätte es benutzen sollen.«

»So darfst du nicht reden. Nicht, wenn sie dich hören können.«

Mein Blick trifft auf den ihren. »Ich habe es nicht getan. Weißt du, warum?«

Sie schüttelt den Kopf. »Hör auf.«

»Weil ich es nicht vor all seinen Kindern tun wollte. Denn das hätte ihnen Angst gemacht.« Ein trockenes Lachen bricht aus mir heraus. »Weil ich nicht das Monster sein wollte, das jede Nacht ihre Träume heimsucht – die verrückte Frau mit dem blutigen Buttermesser.«

»Schscht.« Sie streicht mit ihrer Hand über mein Haar. »Tu dir das nicht an.«

»Ich hätte das Messer benutzen sollen.« Ich drehe mich in mein Kissen zurück, fühle die Tränen hinter meinen Augen brennen, aber ich vergieße sie nicht.

»Ich muss gehen.«

»Ich weiß.« Meine Stimme ist gedämpft.

»Wenn ich kann, werde ich zurückkommen.« Das Bett bewegt sich, als sie aufsteht.

»Adam.« Ich drehe mich wieder zu ihr um, halte sie an einem Stück ihres fliegenden Rockes fest, als sie weggeht. »Weißt du etwas darüber, was mit ihm passiert ist? Haben sie ihn runtergenommen?«

Ihr Rücken versteift sich. »Ich … Er ist immer noch da oben, soweit ich weiß.«

Sie weiß mehr. Ich spüre es in der Art und Weise, wie sie sich weigert, sich umzudrehen und meinem Blick zu begegnen. »Chastity, bitte …«

»Ich habe es dir gesagt. Er ist dort, *soweit ich weiß*. Es tut mir leid.« Sie eilt aus dem Zimmer, und die Tür fällt hinter ihr ins Schloss.

In meinem Kopf drehen sich die Möglichkeiten. Vielleicht ist er entkommen? Was, wenn … ich weiß nicht … Noah vielleicht ein Paar Eier gewachsen sind und er ihn gerettet hat? Ich schließe die Augen bei dem kranken Gedanken, dem Mann dankbar zu sein, der meine Schwester getötet hat. *Atme.* Darum kümmere ich mich, wenn es so weit ist. Vorher nicht.

Als ich mich auf die Seite drehe, hallt der Schmerz von den Abdrücken auf meinem Hintern wider. Aber ich wurde schon einmal verletzt. Die Wunden werden heilen – auch die wenigen Stellen, an denen er die Haut durchbrochen hat.

Meine Gedanken verirren sich in dunklere Gefilde. Wird Adam in der Lage sein, sich zu erholen? Und – der eine Ort, an den ich nicht gehen will, erscheint – was, wenn er tot ist? Was, wenn Chastity es weiß, aber es mir nicht sagen wollte?

»Halt.« Ich beiße mir auf die Lippe. So zu denken, könnte mich brechen. Und ich versprach Adam, dass ich für niemanden aufgeben würde, außer für ihn.

Der Prophet will mich hier für mehr Training haben, das ist es, wovon Grace ihn überzeugt hat. Ich bin eine Spielfigur in dem Spiel, das diese Schlampe spielt. Sie wollte mich so sehr hier heraushaben, dass sie mich praktisch auf Evan geworfen hat. Aber jetzt will sie, dass ich bleibe. Warum?

Zu viele Fragen peitschen in mir herum wie ein Wirbelwind. Antworten mischen sich nicht in den Sog. Alles ist Lärm und Gewalt und Blut. Ich bewege mich wieder, ignoriere den Schmerz und umarme mein Kissen. Es gibt einen Ausweg aus alldem. Tief in mir weiß ich, dass ich diesen Ort in die Knie zwingen kann. Das Einzige, worüber ich mir nicht sicher bin, ist, ob ich es ohne Adam schaffe. Wenn ich ihn auch verloren habe, weiß ich nicht, ob ich den Willen zum Weitermachen finden kann.

Eine Erinnerung steigt auf – das kleine Mädchen am Lagerfeuer, das mich mit hoffnungsvollen Augen ansah.

»Kann ich eines Tages eine Jungfrau sein?«, hatte sie gefragt.

Ihre Mutter antwortete: *»Wenn du treu und gehorsam bist, kannst du vom Propheten auserwählt werden.«*

Und da ist meine Antwort. Auch ohne Adam, selbst wenn der Schmerz, ihn zu verlieren, meine Seele in eine Million Stücke reißt, werde ich bis zu meinem letzten Atemzug kämpfen, um die Himmlische Mission zu zerstören. Keine Lämmer mehr zur Schlachtung. Nicht, wenn ich es verhindern kann.

MEINE TÜR ÖFFNET SICH, und der Raum ist so spät in der Nacht stockdunkel.

»Wer ist da?« Ich blicke in die Dunkelheit, und meine Nackenhaare stellen sich auf.

»Ich.«

Ich kenne die Stimme nicht. »Fass mich an, und ich schreie. Ich kratz dir deine verdammten Augen aus.« Ich versuche, mich aufzusetzen, aber der Schmerz an meinem Hintern lässt mich seltsam auf einer Hüfte balancieren, während ich mich auf den Angriff vorbereite.

»Ich werde nicht …« Er kommt näher. »Ich werde dir nicht wehtun.«

Es ist Noah. Seine Stimme ist etwas sanfter als die von Adam, seine Haltung etwas weniger aggressiv. Er schaut mich misstrauisch an und umrundet das Bett, um sich ans Fußende zu stellen.

Blut rauscht in meinen Ohren. Sehe ich den Mörder meiner Schwester an?

»Du hättest nicht herkommen sollen.« Ich stehe auf, und die Hiebspuren schmerzen auf meiner Haut.

»Dad hat mich zu deinem neuen Protektor ernannt.«

Ich hebe die Fäuste, obwohl mir klar ist, dass ich wahrscheinlich besonders erbärmlich aussehe. Das ist mir egal. Ich werde so viel Schaden anrichten, wie ich kann, bevor er mich überwältigt.

»Falls du es noch nicht bemerkt hast, ich brauche keinen Schutz.« Ich folge seinen Schritten.

Er hält beide Hände hoch. »Ich bin nicht hier, um dir wehzutun. Ich schwöre es!«

»Also wirst du mir nicht wehtun? Was ist mit

Georgia?« Einfach ihren Namen laut auszusprechen befreit einen Teil von mir – den Teil, den ich sogar vor Adam zurückgehalten habe.

»Georgia?« Er erbleicht.

Schuldgefühle! Mein Herz triumphiert bei diesem Gedanken. Er sieht schuldig aus.

Wie lange habe ich auf diese Gelegenheit gewartet? Zu lange. Die Rache pulsiert in meinen Adern. Ich kümmere mich nicht um die Kamera oder das Mikrofon oder die Oberin im Flur. Alles, was mich interessiert, ist, Rache an dem Mann zu üben, der meine Schwester getötet hat. Überschwängliche Gefühle breiten sich in mir aus, machen meine Schritte beschwingter. Das Gericht ist einberufen, und ich bin sein Schwert.

»Du weißt, von wem ich spreche, nicht wahr?« Ich folge ihm, bis er mit dem Rücken zur Wand steht.

Er nickt und hält die Hände vor sich. »Mary. Sie war meine Jungfrau.«

»Ein Geständnis?« Ich gehe näher an ihn heran und schaue in seine Augen, die ich einst für harmlos hielt. Ich weiß es jetzt besser. »Ich weiß bereits, was du ihr angetan hast. Ich habe den Polizeibericht gelesen. Ich kenne jeden Schnitt, jede Furche, jeden verdammten Bluterguss und weiß sogar, dass der Schnitt an ihrer Kehle etwas mehr als zehn Zentimeter breit war. Gründlich. Du hast dafür gesorgt, dass sie keine Chance hatte.« Trotz meiner Wut ist meine Stimme ruhig. So ruhig wie ein stiller See, in dem direkt unter der Wasseroberfläche eine Kreatur mit messerscharfen Zähnen lauert.

»Ich habe nicht …«

»Du hast es getan.« Ich stehe jetzt direkt vor ihm, unsere Blicke treffen sich, und ich rieche den schwachen Hauch von Whisky in seinem Atem.

»Ich hätte ihr niemals wehgetan. Niemals.«

»Lügner.« Ich hole aus und schlage ihn. Fest.

»Bin ich nicht.« Er nimmt den Schlag hin, dann kehrt sein Blick zu mir zurück. »Ich schwöre bei meinem Leben, dass ich ihr nie wehgetan habe.«

»Ich glaube dir nicht.« Ich schlage ihn wieder. Meine Handfläche brennt bei dem Spiegelbild seines Schmerzes. Es fühlt sich gut an.

»Delilah.« Er ergreift meine Schultern.

Ich kämpfe mich aus seinem Griff heraus.

»Nicht!«, schreit er, während ich aushole und meine Faust ihn mit einem Klatschen von Fleisch auf die Wange trifft. Der Aufprall strahlt durch meine Knöchel, ein tiefer, ruckartiger Schmerz. Aber ich hole wieder aus, stehe in Flammen, bin bereit, ihm wehzutun, ihm wenigstens ein kleines Stückchen der Qualen zu zeigen, mit denen ich jeden Tag lebe, seit er sie mir weggenommen hat.

»Hör auf damit!« Er schlingt seine Arme um mich und drückt meine Hände eng an seine Brust.

Ich trete und kämpfe, aber er schiebt mich zum Bett und legt mich hin. Mein Arsch brennt, und meine Hände wollen ihn verzweifelt in Stücke reißen. Er spreizt mich und drückt mir die Handgelenke neben die Ohren. Ich bin gefangen, zu schwach, um zu entkommen.

Ich spucke ihm ins Gesicht. »Gib dein verdammtes Bestes.«

Er gibt ein leises, frustriertes Geräusch von sich, wie ein Knurren tief in seiner Kehle. »Du musst dich verdammt nochmal beruhigen.«

Ich drehe meinen Kopf weg, meine Brust hebt sich mit jedem Atemzug. Wenigstens habe ich alles gegeben, was ich konnte.

»Hör zu.« Er drückt meine Handgelenke. »Oder warte, nein.« Er schüttelt den Kopf. »Sag mir: Woher kennst du Mar… Georgia?«

»Ihr Name war Georgia, du Stück Scheiße. Nicht Mary.«

»Okay. Georgia.« Er scheint zu versuchen, einen beruhigenden Ton anzunehmen. »Woher kennst du sie?«

Ich drehe mich zu ihm um und lasse ihm meine Ehrlichkeit wie ein Messer durch sein wertloses Herz zuteilwerden. »Sie war meine Schwester.«

Er schließt die Augen und lässt den Kopf hängen. »Scheiße. Sie hat über dich gesprochen.« Seine Stimme ist sanft, und ich könnte schwören, dass die Traurigkeit seine Schultern ein wenig nach vorne rollen lässt, seine Worte mit Trauer färbt. »Du bist ihr Glühwürmchen, nicht wahr?«

Ich schlucke. So hat sie mich immer genannt. Nur Georgia.

»Ich werde dich finden!« Georgias Stimme schießt über

den weiten Garten ihres Vaters, und die Maishalme stehen hoch im dämmrigen Sonnenuntergang.

Ich schleiche mich hinter die breite Eiche mit dem Stamm, der fast wie ein Gesicht aussieht. Ihre Schaukel, nur ein Stück Holzrest zwischen zwei Seilenden, schwingt leicht in der Abendbrise. Der Frühlingsduft des Geißblattes kitzelt meine Nase und droht mich zum Niesen zu bringen und meinen Standort zu verraten. Das wird nicht passieren. Ich drücke mich gegen die warme Rinde, reibe mir mit einer unsanften Bewegung den Ärmel über die Nase und töte jeden Niesreiz mit brutaler Gewalt.

Das Rascheln der Maisblätter lenkt meine Aufmerksamkeit nach rechts. Ich schaue dorthin, aber ich sehe sie hinter den dicken Drahtreihen der kletternden Gurkenranken nicht. Ich schaue auf den Holzzaun, der ihren Hinterhof von den Nachbarn trennt, und frage mich, ob ich durch die Stelle, an der die Bretter lose sind, schlüpfen kann, ohne dass sie mich sieht. Andererseits ist es Betrug, in einen anderen Garten zu gehen. Mist. Ich hätte auf die andere Seite des Hauses rennen sollen.

»Ich weiß, dass du hier drüben bist.« Ihre Singsangstimme ist eine von Lachen durchzogene Drohung, und ich kann nichts für mein Lächeln, während ich versuche, so ruhig wie möglich zu bleiben.

Verstecken spielen ist immer noch eines ihrer Lieblingsspiele, auch wenn wir schon fast Teenager sind. Wir spielen es jedes Mal, wenn ich zu Besuch komme, Zeiten, die immer weiter auseinander gehen, seit meine Mutter ... Nein, darüber werde ich jetzt nicht nachdenken. Ich konzentriere mich auf die Stelle, von der ich denke, dass sie dort ist, vielleicht am hinteren Rand des Gartens. Die Gummisohlen ihrer Turnschuhe machen auf der roten Erde keine Geräusche, während sie sich an mich heranschleicht.

Als ich denke, dass sie dabei ist, aus den Maisreihen zu treten, treffe ich nach sorgfältiger Abwägung die Entscheidung, auf die gegenüberliegende Seite des Gartens zu düsen.

Ich schreie, als ich mit ihr zusammenstoße, da sie auf der anderen Seite des Baumes steht und wir ineinander verhakt hinfallen. Ein paar Krähen heben sich von den Ästen über uns und fliegen krächzend weg in die schwülwarme Dämmerung.

»Hab dich!« Ihr triumphierender Schrei ist mir nur allzu bekannt, und ich lege mich auf dem Gras zurück und gestehe meine Niederlage ein.

»Du bist zu gut darin.« Ich verschränke meine Arme vor der Brust und starre durch die neuen Blätter auf den dunklen Zweigen nach oben. »Es gibt nicht genug Verstecke.«

»Oh, sei kein schlechter Verlierer. Profi-Tipp: Du solltest aufhören, den erstbesten Platz zu nehmen, an dem du dich verstecken kannst. Sei ein bisschen hinterhältiger.« Sie lässt sich neben mich fallen und nimmt die Hände hinter den Kopf. »Außerdem würde ich dich in der Dunkelheit finden können. Du leuchtest, egal wo du bist, Glühwürmchen.«

»Delilah?« Noah runzelt die Stirn und schaut mir in die Augen.

»Geh runter von mir.« Meine Schläfen sind nass, obwohl ich nicht gemerkt habe, dass ich geweint habe.

»Nein. Nicht, bis du aufhörst, mich zu schlagen. Du wirst dich selbst verletzen.«

»Oder dich«, fauche ich zurück.

»Das auch.« Er nickt, und ich merke, dass er darauf geachtet hat, meine Handgelenke nicht zu stark zu quetschen oder zu viel von seinem Gewicht auf meine Hüften zu legen. Er hält sich zurück.

»Du hast sie getötet.« Ich schaue ihm in die Augen, und verleite ihn dazu, mit einer Lüge wegzuschauen.

»Habe ich nicht.« Er hält meinem Blick stand, und seine Stimme ist ruhig und leise. »Ich schwöre bei meinem Leben, dass ich deiner Schwester nie etwas angetan habe.«

Ich spüre ihn im Hinterkopf, das nagende Gefühl, das das Fünkchen Wahrheit in seinen Worten berührt. Die Tränen fließen jetzt ungehemmt, die Rache wird mit dem vertrauten Kübel voller Enttäuschung und Verlust übergossen. Ich lasse los, und mein Körper erschlafft unter ihm. Der Kampf ist vorbei. Er hat es nicht getan. Ich kann es in seinen Augen lesen, und ich hasse die Tatsache, dass ich immer noch nicht die eine Sache erreicht habe, für die ich hierhergekommen bin. *Es tut mir leid, Georgia.* Das denke ich immer und immer wieder und sende meine Entschuldigung in welche Welt auch immer, wo Georgia noch existiert. *Es tut mir so leid, dass ich dich wieder einmal enttäuscht habe.*

»Verdammt.« Er gibt nach, rutscht von mir herunter, setzt sich auf das Bett, und legt den Kopf in seine Hände.

Ich wälze mich auf die Seite, und der Schmerz in

meinem Hintern zwingt mich, mich von Noah abzuwenden. Tränen fließen immer noch, und ich hasse die Schwäche in mir, das völlige Versagen.

»Sie war meine Jungfrau, aber ich habe ihr nie wehgetan. Nicht wie … Nicht wie den anderen. Sie war anders.« Seine Stimme ist so leise, dass ich mich zu ihm lehnen muss, um ihn zu verstehen. »Etwas an ihr. Ich weiß es nicht. Sie erzählte mir Dinge über ihre Kindheit. Über dich. Ich liebte ihre Geschichten über die Highschool, ihr normales Leben. Sie hat irgendwie …« Er schüttelt den Kopf. »Sie zeigte mir all die Dinge, die ich verpasst hatte. Sie hat mich zweifeln lassen.« Er seufzt. »Sie ließ mich an allem zweifeln. Adam hatte jahrelang versucht, den Vorhang zurückzuziehen. Verdammt, ich wusste bereits, was hinter dem Vorhang war, aber ich glaubte trotzdem. Aber mit ihr, sie ließ alles so viel heller erscheinen.«

»Sie leuchtete.« Ich erinnere mich an jeden Moment ihres Leuchtens.

»Das tat sie.« Er nickt. »Und ich hatte solche Angst, dass ich etwas tun würde, um es zu dämpfen. Ich tat, was ich als ihr Protektor tun musste, aber ich behandelte sie anders als die anderen. Grace wusste es.« Sein Tonfall wird hart. »Sie versuchte, es gegen mich zu verwenden. Hat mir gedroht, M… Georgia zu verletzen. Entschuldigung, Georgia.«

»Was wollte Grace?« Ich kann es mir denken, aber ich will es von Noah hören.

»Adam. Sie hat ihn schon immer gewollt.«

Ich biege den Finger, den sie mir gebrochen hat.

»Macht Sinn.« Ich drehe mich um, stöhne und schaue Noah an, obwohl ich meinen Kopf in einem ungünstigen Winkel aufrichten muss, um ihm in die Augen zu schauen. »Erzähl mir mehr über sie.« Ich hungere nach diesen Informationen, nach diesem Blick auf das Leben meiner Schwester, als sie außerhalb meiner Reichweite war.

»Da gibt es nicht viel zu erzählen. Das Kloster hat sich seitdem nicht verändert. Georgia behielt ihre gute Laune, half den anderen Mädchen und versicherte ihnen, dass dieses Leben nicht für immer war.« Er lächelt, aber es ist wehmütig und traurig. »Dafür habe ich Ärger bekommen, weil ich sie an der langen Leine geführt habe, wie Vater sagen würde. Die Jungfrauen sollten nicht wie sie sein …« Er blinzelt. »Wie du. Ich weiß nicht, warum es mir vorher nicht aufgefallen ist. Du erinnerst mich an sie.«

»Was ist mit ihr passiert?«

Er wendet sich ab, und sein Gesicht wird in Dunkelheit gehüllt. »Ich dachte, sie sei weggelaufen. Das dachten wir alle.«

»Ist sie nicht.«

»Ist sie nicht.« Er seufzt.

»Weißt du, wer es getan hat?« Ich halte den Atem an.

»Nein.« Er schaut mich nicht an.

»Noah.« Ich zwinge mich, mich hinzusetzen und ihn anzuschauen. »Sag es mir.«

Er schweigt lange Zeit, und seine Augen sind vor mir verborgen. »Adam ist vom Kreuz runter.«

»Was?« Ich schlage eine Hand vor meinen Mund, um einen Schluchzer der Erleichterung zu unterdrücken, da seine Worte mich überrumpeln. »Ist er? Geht es ihm gut?«

»Ich weiß es nicht.« Endlich blickt er mich wieder an. »Jemand hat den Wachmann niedergeschlagen und Adam runtergenommen. Der Prophet stellt gerade das Gelände auf den Kopf und versucht, ihn zu finden.«

Ich kann kaum glauben, was er gesagt hat. »Jemand hat ihn gerettet?«

»Sieht so aus.«

»Warst du es?«

Er schüttelt den Kopf. »Ich kam zu spät. So wie immer.«

»Alle raus aus euren Räumen. Dies ist eine Durchsuchung!« Ein männlicher Schrei ertönt im Flur.

Ich greife Noahs Hand, und die Dringlichkeit frisst jede Zeit auf, die ich vielleicht gehabt hätte, um über das nachzudenken, was er mir gerade über Adam offenbart hatte. »Bitte … meine Schwester. Bitte sag mir, wer sie getötet hat. Du weißt es. Ich weiß, dass du weißt, wer es war.«

Er erhebt sich. »Ich muss gehen.«

»Nein.« Ich stehe auf und versperre ihm den Weg um das Bett herum. »Sag es mir jetzt!«

Mit einem traurigen Kopfschütteln schiebt er sich an mir vorbei. »Das kannst du nicht von mir verlangen.«

Ich ergreife seinen Arm und halte Noah auf. »Ich verlange es nicht. Sag es mir!«

Er zieht sich zurück und entfernt sanft meine Hand von seinem Arm. »Das werde ich nicht, das werde ich niemals.«

Meine Hände zittern, und ich möchte ihm wehtun, damit er die Leere in mir spürt, die ich immer dann spüre, wenn ich daran denke, was mit Georgia passiert ist.

»Feigling!« Ich schlage ihm auf den Rücken, als er die Tür erreicht.

Er öffnet sie, während sich der Rest der Jungfrauen im Flur drängt und Männer hin und her eilen, und das Geräusch krachender Möbel gemischt mit Rufen wie »Nicht hier!« ertönen.

Eine Oberin steht nur ein paar Meter entfernt, und ihre Augen sind weit aufgerissen bei all der Zerstörung.

»Du bist ein gottverdammter Feigling«, zische ich Noah zu.

Er dreht sich mit gesenktem Kopf zu mir um. »Ich weiß.« Als er meinem Blick begegnet, fühle ich mich, als ob ein stählernes Stück von Adam auf mich schaut. »Aber das wird sich ändern.«

KAPITEL ZEHN

Adam

SCHWEIGEN. Die widerliche Art, die in jede Zelle einzudringen scheint. Ich schlage blinzelnd die Augen auf und starre ins Leere. Pechschwarz. Eine Reihe von dumpfen Schmerzen zerreißt mich, die Qualen pulsieren mit dem Schlag meines Herzens. Sie kommen von überallher, und meine Hände und Füße fühlen sich an, als würden sie weggerissen werden, die Haut ab, die Knochen entblößt, als würden Ameisen zubeißen, das Fleisch zerkauen, das übrig geblieben ist.

Ich versuche, mich aufzusetzen. Meine Stirn stößt gegen Holz. *Was zum Teufel …?* Ich strecke meine Arme zu den Seiten aus, und meine Ellenbogen treffen auf weiteres Holz. Ich liege in einem Sarg. Ich schüttele den Kopf, versuche, die aufsteigende Panik zu unterdrücken, aber meine Atmung beschleunigt sich, und mein Schmerz nimmt mit jedem gequälten Schlag meines verzweifelten Herzens zu.

Meine Hand gegen das Holz zu drücken ist ein Fehler. Schmerzen kriechen meinen Arm hinauf, und ich muss tief durchatmen, als ich in der Dunkelheit Sternchen sehe. Stattdessen benutze ich mein Knie, hebe mein rechtes Bein an und stoße gegen den Deckel meines Sarges. Er ist robust und bewegt sich trotz meiner Bemühungen kaum. Eine Schweißperle rollt mir die Stirn hinunter bis zur Schläfe, und ich zwinge mich, mich zu entspannen. Oder zumindest versuche ich es. *Denk nach.* Es muss einen Ausweg aus dem hier geben – was auch immer *dem hier* ist.

Wie bin ich hierhergekommen? Ich wandere mit meinen Gedanken zurück zum Kreuz, zu Jez. Ich führe meine Hände in dem engen Raum vor meiner Brust zusammen. Ich taste sie ab und merke, dass sie beide gut bandagiert sind. Warum sollte sich jemand die Mühe machen, mich zu verarzten, nur um mich lebendig zu begraben? Vielleicht haben sie nur irgendein krankes Spiel gespielt. Vielleicht hat mein Vater sie dazu angestiftet.

Noch mehr Schweißperlen bilden sich auf meiner Haut, und ich könnte schwören, dass die Kiste sich enger um mich herum schließt. *Atme. Atme.* Ich drücke meine nackten Füße nach unten und taste den Raum ab. Mein linker Fuß fühlt sich eng und heiß an, und ich stöhne bei dem reißenden Schmerz, der von meinen Zehen ausgeht. Ich benutze stattdessen meinen rechten

Fuß und strecke mich nach unten, bis ich das Holz spüre. Eine perfekte Hülle ohne Ausweg.

Ich atme tief ein und schreie, und meine heisere Stimme klingelt laut in meinen Ohren, obwohl ich merke, dass sie nicht viel weiter hallt als bis zum Holz um mich herum. Jemand müsste direkt neben mir stehen, um sie überhaupt zu hören. Und wenn ich unter der Erde bin … ich schlucke heftig, mein Mund ist trocken und meine Eingeweide ziehen sich voller Entsetzen zusammen.

Ich schreie wieder, bis meine Stimme versagt und die Stille zurückkehrt. Gefangen. Ich schließe die Augen, obwohl die Dunkelheit schon vollkommen ist. Sie erscheint, Emily, und ihr weißes Kleid flattert, während sie mich mit intensiv grauen Augen beobachtet. Ich möchte nach ihr rufen, aber nichts kommt mir über die Lippen.

Sie kommt näher, und ihre Mundwinkel heben sich mit einem leichten Lächeln nach oben. »Du bist in einer ziemlichen Zwickmühle.«

Gott, neckt sie mich, während ich lebendig begraben bin? Ungezogenes kleines Lamm. »Ich komme hier schon wieder raus.«

»Bist du sicher?« Sie legt sich neben mich und dreht ihren Kopf.

Wir sind so nah, dass sich unsere Nasen fast berühren.

»Ein Kinderspiel.« Ich schwöre, ich kann den Duft ihres Haares riechen.

»Ich hoffe, du hast recht.« Sie greift nach oben und

klopft mit ihren Knöcheln auf das Holz. »Hier drinnen zu sterben scheint noch schlimmer zu sein als am Kreuz.«

»Bist du sicher?« Ich versuche, meine Hand zu ihr zu schieben, um sie zu berühren, aber meine Finger treffen auf Holz und meine Wahrnehmung verblasst und bringt mich in die völlige Dunkelheit zurück. »Emily?«

Etwas klopft draußen, und dann kann ich Bewegung spüren. Der Sarg rutscht seitwärts, zuerst die untere Hälfte, dann die obere Hälfte. Ich werde angerempelt, und Staub fällt auf mein Gesicht und klebt an meiner verschwitzten Haut, während ich stark durch die Nase ausatme, um sie zu reinigen.

Mit einem schabenden Geräusch wird der Deckel weggezogen. Ich blinzele gegen das Licht an, als die Hände meine Arme ergreifen und mir in eine sitzende Position helfen.

»Mein Gott, du hättest uns beinahe verraten.« Jez kommt in mein Blickfeld, und ihre Angst bildet Krähenfüße neben ihre Augen. »Hast du eine Ahnung, wie knapp das war?«

Ich schaue ihr über die Schulter. Wir befinden uns in einem engen Raum unter der Taufkapelle. Vogelscheiße überzieht eine dünne Leiste hinter ihr, und Pflanzen hängen über uns. Einer ihrer Vögel schaut nach unten, hat den Kopf zur Seite geneigt. Ich habe sie noch nie singen gehört, in keinem der Jahre, die sie hier sind.

»Warum habt ihr mich in einen Sarg gelegt?« Ich

versuche, meine Beine über den Rand zu schwingen, aber ich kann es nicht.

Eine andere Frau, die ich nicht erkenne, packt meine Beine und hilft mir auf, während Jez ihre Schulter unter meinen Arm gräbt und mein Gewicht stützt, während sie mich hinstellen. Ich stöhne, als das Blut zu meinen Füßen rauscht.

»Maggie, leg alles zurück und mach es zu.« Jez zuckt mit ihrem Kinn zu der Holzkiste, die ich gerade verlassen habe.

Maggie schnappt sich ein paar Zeitschriften, CDs und andere Schmuggelware von einem Haufen auf dem Boden und schiebt alles in die Kiste.

»Es ist unser Versteck. Zum Glück für dich war der Raum gerade groß genug, um dich zu verstecken.« Sie zieht mich über die kleine Treppe nach oben und heraus. Maggie folgt uns und schiebt einen riesigen Pflanzenkübel wieder an seinen Platz zurück, von dem aus die Wedel eines exotischen Baumes den schmalen Durchgang hinter dem Garten verbergen. Aus jedem Blickwinkel sieht es so aus, als gäbe es hier hinten nichts als Schmutz und Pflanzen.

»Vater kam nachschauen?« Ich lasse mich von Jez zu einem der Stühle vor dem Garten führen.

»Ja. Seine Arschloch-Brigade hat die Wohnung verwüstet und hätte deinen lärmenden Arsch gefunden, wenn nicht einige meiner Mädchen sie abgelenkt hätten. Aber wir müssen trotzdem vorsichtig sein. Seine Augen sind überall.« Sie zeigt nach oben auf die Kamera in der Ecke der Decke. »Wir haben den

Blickwinkel der Kameras langsam verändert – lächerlich langsam, einen Zentimeter pro Tag im Laufe der Wochen – und sie haben es nicht bemerkt. Mein Bereich hier hinten ist sauber, aber du darfst diesen Raum nicht verlassen, sonst sehen sie es.«

Das Zimmer wurde durchwühlt, die Kleidung liegt überall verstreut und die Tür zu ihrem privaten Schlafzimmer ist weit geöffnet, die Matratze steht an einem Ende.

Ich strecke mein linkes Bein aus und starre auf den dicken Verband, der die untere Hälfte meines Fußes verdeckt. »Meine Zehen?«

»Du hast zwei von ihnen verloren, den kleinen und den daneben.« Sie zuckt mit den Schultern und setzt sich in einen anderen der knalligen Kirchenstühle mit goldenen Kissen. »Ich habe Abigail ausgeredet, den dritten abzunehmen. Er hat nicht die richtige Farbe, aber ich denke, er wird es schaffen. Die Spitzen all deiner Zehen lösen sich vielleicht irgendwann ab, aber sie wachsen wieder nach. Zumindest sagt das Abigail.«

Ich habe schon so viel von mir selbst an diesen Ort, an meinen Vater, verloren, dass ein paar Zehen unwichtig erscheinen sollten. Aber das sind sie nicht. Ich weiß, dass er mich dort zum Sterben zurückgelassen hat. Sein Wunsch ging nicht in Erfüllung, aber die Tatsache, dass ich Teile meines Körpers verloren habe, sagt mir, dass ich mit meiner Denkweise richtiglag – ich muss ihn zusammen mit all seinen Protektoren ausschalten. Er wird vor nichts zurückschrecken, und ich auch nicht.

Ich lege meinen Fuß auf den abgenutzten Teppich. »Abigail aus dem Kloster? Wie ist sie hier überhaupt reingekommen?«

Jez schmunzelt. »Oh, wir haben unsere Wege.« Sie zeigt auf meinen linken Fuß. »Wahrscheinlich wirkt die Betäubung immer noch, aber ich kann mir vorstellen, dass du in einer Welt voller Schmerz sein wirst, sobald sie nachlässt.«

Ich halte meine bandagierten Hände hoch und sage: »Ich bin schon drin.«

»Auch wieder wahr.«

Auch wenn ich ihr glaube, wenn sie sagt, dass meine Zehen weg sind, kann ich sie immer noch fühlen, so als ob sie sich gegen den dicken weißen Verband drückten. Werde ich noch laufen können? Ich humpelte zu dem Stuhl hinüber – obwohl ich zugegebenermaßen Hilfe hatte. Aber ich muss so nah an hundertprozentiger Verfassung sein, wie ich kann, wenn der Kampf beginnt. Und ich habe keinerlei Zweifel, dass ein Kampf kommen wird, und zwar bald. »Geht es Emily gut?«

»Schon wieder sie? Es geht ihr gut. Sie ist zurück im Kloster.« Sie schaut durch die Glasmalerei hinter mir, als ob sie von hier aus das Kloster sehen könnte. »Das ist eine gute und eine schlechte Nachricht.«

»Wie meinst du das?«

Sie zuckt mit den Schultern. »Es ist gut, dass sie noch nicht zum Senator gehen musste. Die schlechte Nachricht ist, dass sie einen neuen Protektor bekommen hat.«

Ich spanne mich an. »Wen?«

»Noah.«

Meine Schultern entspannen sich. Noah ist keine Bedrohung. Sie wird in Sicherheit sein. Aber die Eifersucht, die wie ein Güterzug durch mich braust … wenn er sie berührt. Wenn er … irgendetwas mit ihr *macht*. Meine Hände fangen an, sich zu Fäusten zu ballen, aber der elendig brennende Schmerz lässt mich sie wieder entspannen. Noah würde sie nicht anfassen. Oder? Ich schüttele den Gedanken ab. Er würde es nicht tun. Besonders jetzt nicht, wo er weiß, dass ich immer noch lebe. Das muss sich überall auf dem Gelände und sogar noch weiter verbreitet haben. Der Prophet wird vor nichts zurückschrecken, um mich wieder an das Kreuz zu nageln.

»Ich dachte mir schon, dass du so reagieren würdest.« Jez schenkt mir ein einseitiges Grinsen, und ihre grünen Augen funkeln.

»Also, hier bin ich.« Ich schaue mich um. »Wie sieht der Plan aus?«

»Plan?« Sie schlägt ihre Beine übereinander, und ihre winzigen schwarzen Shorts bedecken kaum die Ware.

»Ihr habt mich hierhergebracht. Ich muss annehmen, dass das einen Grund hatte. Was machen wir hier? Wer ist außer Abigail bei dir? Wie sieht der Plan aus?« Was ich wissen möchte, ist, ob sie am Plan meiner Mutter beteiligt ist. Aber ich will diese Karte noch nicht ausspielen. Ich möchte lieber, dass sie es mir sagt, als das preiszugeben, was ich weiß.

»Alles was du tun musst, ist genesen.«

»Das ist nicht gut genug.«

Sie seufzt und stößt hörbar einen langen Atemzug aus, der die verirrten dunklen Haarsträhnen entlang ihrer Wange anhebt. »Tu mir einen Gefallen und schau dich an. Deine Hände sind gefickt, dein Fuß ist gefickt, du siehst aus, als hättest du gerade zwölf Runden durch einen Fleischwolf gedreht. Selbst wenn ich einen Plan hätte, kämst du darin als Letzter vor. Als Allerletzter.«

Ich kenne Jez schon seit Jahren, seit der Zeit, als sie eine der ersten Jungfrauen war. Sie war immer stur und grob, und nicht einmal ihre Zeit im Kloster hat sie verändert. Darum ist sie hier in der Kapelle gelandet, eine unwillige Madame für noch unwilligere Mädchen. Als sie versuchte, mit Chastity zu fliehen, war ich einer der Männer, die sie fanden. Sie haben es nicht aus dem Lager herausgeschafft. Ich musste ihre Bestrafung durchstehen – die Narben auf ihrem Rücken, die mein Vater ihr nach und nach zugefügt hat. Sie vergoss keine einzige Träne. Es überrascht mich nicht, dass sie die Führung übernommen hat, was auch immer für eine Rebellion sich zusammenbraut. Trotzdem wird sie mich brauchen, damit es funktioniert. Sie weiß es nur noch nicht.

Ich lehne meinen Kopf zurück auf das Kissen. »Sag mir, was du ausgekocht hast, und ich sage dir, ob du gleich zu Beginn oder langsam am Kreuz sterben wirst.«

Ihr Rücken versteift sich. »Ich brauche den Sohn des Propheten nicht für kluge Ratschläge, kapiert?«

»Du brauchst jemanden, der den Propheten in- und auswendig kennt, der weiß, wie es auf der höchsten Ebene aussieht, wie man am besten an ihn herankommt und wie man das alles hier ohne Kollateralschäden zu Fall bringt.«

»Kollateralschäden?« Sie lehnt sich nach vorne, die Ellenbogen auf den Oberschenkeln. »Wer soll das sein?«

Ich neige meinen Kopf zu ihr. »Die Himmlischen Idioten. Die Schafe, die dem Propheten glauben.«

»Warum sollte ich sie retten?« Ihre Augen sind jetzt aus Granit, und ihr Mund ein harter Strich. »Was haben sie je für mich getan, für die Mädchen hier, für die im Kloster?«

Mir gefällt die Kälte in ihrer Stimme nicht, die Art, wie sie all diese Leben ablehnt – sogar Kinder. Sie sind dumm, sicher. Aber das ist kein Kapitalverbrechen. Unbehagen läuft als Schauer meinen Rücken hinunter. »Jez, sie haben nichts getan, um …«

»Nein.« Sie steht auf. »Sie haben sich dazu entschieden, wegzuschauen, nichts sehen zu wollen. Alles, was sie tun müssten, ist, den Vorhang zurückzuziehen, aber das tun sie nicht. Sie wollen in dieser Fantasie leben, in der der Prophet von dem unsichtbaren Mann im Himmel auserwählt wird. Unschuldig?« Sie wirft ihr Haar über die Schulter. »Du machst wohl Witze. Sie sind die Wurzel von all dem in seinem Innersten.« Sie hält ihre Handfläche so, als ob die Kirche dort stünde. Sie betrachtet sie aus allen Blickwinkeln und grinst. »Diese ganze Scheiß-Show ist auf ihnen aufgebaut. Ihrem Geld. Ihrem Glauben. Ihrem Anspruch. Ihrem selbstsüchtigen Bedürfnis, sich auserwählt zu fühlen. Darum dreht sich letztendlich alles. Alle von denen, die die Schwelle überschreiten, die dem Propheten folgen – sie tun es, weil sie nicht über ihre eigene Nasenspitze hinaussehen können. Sie wollen sich als etwas Besonderes fühlen. Sie füllen dieses Loch in sich selbst mit unserem Elend.« Sie zermalmt die imaginäre Kirche in ihrer Handfläche, und ihre Augen glühen. »Und nun will ich ihnen zeigen, was ihre Hingabe an ein falsches Götzenbild wert ist.«

KAPITEL ELF

Delilah

GRACE GEHT mit sicheren Schritten den langen Flur hinunter, während ich ihr am Trainingsraum vorbei folge, wo die anderen Jungfrauen sind. Sie holte mich heute Morgen aus meinem Zimmer, und ihre Art war irgendwie noch strenger als sonst. Ich hatte die Nacht damit verbracht, immer wieder aus dem Schlaf zu schrecken, da meine Gedanken immer wieder zu Adam zurückkehrten. Ist er in Sicherheit? Wer hat ihn heruntergenommen?

»Augen nach unten.« Grace dreht sich nicht einmal um, aber sie weiß irgendwie, dass ich auf ihren schmalen Rücken starre.

Ich senke mein Kinn und beobachte meine Füße, während wir weiter den Korridor hinuntergehen bis zu den Schlafsälen der Oberinnen. Wir gehen weiter, bis wir ihr Büro erreichen – das Zimmer, in dem sie mir den Finger gebrochen hatte.

»Setzen.« Sie zeigt auf denselben Stuhl, als sie um ihren Schreibtisch herumgeht.

Ich nehme den anderen. Die schmerzende Haut auf meinem Hintern protestiert, aber ich zeige den Schmerz nicht.

Sie zieht eine Braue hoch, sagt aber nichts, als ich Platz nehme. Die Monitore leuchten hinter ihr, und mein Zimmer ist auf dem mittleren Bildschirm zu sehen.

Sie setzt sich auf ihren Stuhl, lehnt sich zurück, blickt mich an, und ihr unausgesprochener Hass ist wie ein Laserstrahl.

Ich halte ihrem Blick stand. Sie schüchterte mich von dem Moment an ein, als ich den Boden des Klosters betrat. Aber jetzt nicht mehr. Sie kann mich immer noch auf vielerlei Weise verletzen, aber ich mache keinen Rückzieher.

Nach einer Minute intensiver Stille, die sich wie eine Stunde anfühlt, sagt sie: »Weißt du, als du hierherkamst, dachte ich, dass dich wegen deines freakigen Aussehens niemand haben will.«

Ich lächele. Das ist die Antwort, von der ich weiß, dass sie sie am meisten ärgern wird.

Ihre Augen funkeln. »Aber ich hatte Unrecht. Ein Freak zu sein machte dich begehrenswerter. Es ist deine Andersartigkeit, die diese idiotischen Männer an dir mögen. Sogar Adam. Er wurde wegen deines Aussehens von dir angezogen. Von nichts weiter.«

»Rede dir das nur weiter ein.« Mein Lächeln bleibt an seinem Platz.

Ein Muskel neben ihrem Auge zuckt, aber sie fährt fort: »Vielleicht denkst du, nur weil du eine genetische Katastrophe bist, bist du wirklich etwas Besonderes. Dass du etwas mehr zu bieten hast, als eine Nebenattraktion zu sein.« Sie schüttelt den Kopf. »Du bist genau wie die anderen. Arsch in die Luft für die Einläufe, isst die vergifteten Früchte, wann immer sie angeboten werden, und lutscht den Schwanz deines Protektors, wann immer du die Chance dazu bekommst. Du bist nicht anders als jede andere Jungfrau, egal was du denkst.«

Ich betrachte sie und versuche, den Grund für ihre fortgesetzten Angriffe herauszufinden. Es muss Adam sein. Ihre Eifersucht ist die einzige Emotion, die sie jemals zeigt. Für jemanden, der so geschickt im Spielen von Psychospielchen ist, ist sie alles andere als gut beim Verbergen ihrer Intentionen. Ich weiß genau, an welchen Schrauben ich drehen muss. »Ich nehme an, du denkst, du warst die andere. Die besondere Jungfrau, die sich von den anderen abhebt. Aber dann hat Adam dich weggeworfen, nicht wahr? Genau wie all die anderen Jungfrauen.«

Sie beugt sich nach vorne, und ihre Schultern sind angespannt. »Ich *war* etwas Besonderes. Und ich *bin* es immer noch. Adam gehört mir.«

»Ist das so?« Ich greife zwischen meine Beine und täusche ein Zusammenzucken vor. »Denn ich kann ihn immer noch in mir spüren, sogar jetzt noch.«

»Du verdammte Schlampe!« Sie taumelt über den Schreibtisch und greift nach mir, aber ich weiche zurück, und ihre Hand verfehlt mich knapp.

Ich stehe auf und entferne mich vom Schreibtisch.

Sie richtet sich auf und greift nach ihrem Schlagstock. Ich nehme meine Hände hoch, bin bereit für den Kampf.

Sie schließt die Augen, atmet tief durch die Nase ein und aus dem Mund wieder aus.

Ich bin misstrauisch, stehe mit dem Rücken zur Wand und beobachte sie genau.

Sie lässt ihren Schlagstock im Holster und sinkt wieder in ihren Stuhl. »Setz dich.« Sie zeigt auf meinen Sitz.

»Damit du dich auf mich stürzen kannst?« Ich habe noch nie gesehen, dass sie sich zurückhält. Es ist, als sei sie an einer Leine und hätte gerade einen Millimeter zu weit gezogen. Jetzt wurde sie zurück zu ihrem Besitzer gezerrt, ausgeschimpft und dazu gebracht, sich zu benehmen.

»Nein, du kleine Närrin. Damit wir reden können.« Sie lehnt sich zurück, wie die personifizierte Entspanntheit.

Ich richte mich auf und ziehe meinen Stuhl noch ein paar Zentimeter vom Schreibtisch weg, dann setze ich mich. »Worüber?«

»Leider ist unsere liebste *First Lady*«, mir entgeht das Gift in ihren Worten nicht, »in Montgomery beschäftigt und kann keine Zeit mehr für dein Training aufwenden. Stattdessen bin ich dafür zuständig, dich auf deine Ehe mit Senator Roberts vorzubereiten.«

»Ich werde ihn töten.« Ich spreche mit ruhiger, fester Stimme.

Sie schnalzt mit der Zunge. »Ich fürchte, du verstehst nicht, wie wichtig dieser Auftrag für den Propheten und die Himmlische Mission ist. Uns ist nicht entgangen, dass er, nachdem er ein paar Strippen gezogen hat, einen Sitz im Committee on Ways and Means bekommen hat, der …«

»Es ist mir egal, ob er für das Präsidentenamt kandidiert – wenn ich die Chance bekomme, werde ich ihn töten, bevor ich zulasse, dass er mir oder irgendjemand anderem jemals wieder wehtut.« Ich meine jedes Wort ernst, und ich denke, sie weiß es.

Sie hält ihre Stimme ebenfalls ruhig und fährt hartnäckig fort. »Wie ich schon sagte, dieser Sitz würde ihm ein breites Maß an Kontrolle über die staatliche Finanzierung geben. Projekte, von denen die Himmlische Mission ein Stück abhaben möchte, Wege, Geld in unsere göttlichen Kassen zu leiten, anstatt es den Heiden zu geben. All dies ist eine hohe Priorität für den Propheten. Nun, trotz meiner Bemühungen, Evan zu einer passenderen Braut zu überreden, hat er sich trotz deines kranken Geistes und Körpers für dich entschieden. Also muss ich mit dir tun, was ich kann. Zuerst müssen wir auf den Gehorsam zurückkommen. In diesem Bereich bist du so mangelhaft, dass es wehtut.«

»Du hörst mir nicht zu.« Ich beuge mich vor und

erwidere ihren steinernen Blick mit meinem eigenen. »Ich werde ihn niemals heiraten. Ich werde kämpfen und kratzen und krallen und alles tun, was ich tun muss, um ihn zu vernichten.«

»Oh, ich habe zugehört. Genau wie der Prophet. Als ich ihm deine kleine Tirade im Badezimmer der Kathedrale zeigte, war er sehr verärgert. Aber er ist auch ein Problemlöser.«

»Ich glaube, du wolltest sagen ›auch ein Psychopath‹.«

»Komisch, dass du das erwähnst.« Sie lächelt, dann greift sie nach der Fernbedienung.

Mit einem Knopfdruck wird der mittlere Bildschirm dunkel und erwacht dann flimmernd wieder zum Leben. Er ist auf Nachtsicht eingestellt, die Szene in seltsamen Grüntönen und glänzendem Silber. Aber mir entgehen die Details nicht. Die Frau ist an den Tisch geschnallt, mit einem glänzenden Wassertropfen auf der Stirn. Mein Magen zieht sich zusammen, meine Hände werden klamm, und ich glaube, dass ich mich übergeben muss.

Grace legt die Fernbedienung mit einem harten Schlag nieder. »Ich denke, du wirst kooperieren. Oder nicht?«

Ich kann sie nicht anschauen, kann meine Augen nicht von dem pechschwarzen Raum im Pfarrhaus wegreißen, in dem meine Mutter gefesselt ist und leidet. »Das könnt ihr nicht machen.«

»Das haben wir schon«, säuselt sie.

»Jemand wird es herausfinden. Sie werden nach ihr suchen. Sie werden herausfinden, dass ihr …«

»Eine Süchtige?« Sie lächelt, selbstgefällig und voll. »Wer würde einen Junkie vermissen? Vielleicht ihr Dealer. Vielleicht die Typen, denen sie für Geld einen bläst. Aber niemand, der wichtig ist. Niemand, der sie als vermisst melden würde. Sie ist Abschaum. Wie die Mutter, so die Tochter. Ich wette, sie werden nicht einmal merken, dass sie wochenlang weg ist. Warum sollten sie?« Sie steht auf und stellt sich hinter mich. »Wenn sie auf der Deponie oder tot in der Gosse landen würde, würden die Leute denken, ›sie hat es verdient‹. Sogar ihre eigene Tochter hat sie im Stich gelassen.« Ihre Worte kriechen in mein Ohr. »Wenn du dir nicht die Mühe machst, ihr die Wahrheit zu sagen, und nicht weißt, wo sie lebt oder was sie tut, warum sollte es dann jemand anderes tun?«

»Halt die Klappe.« Ich blinzele durch meine Tränen hindurch, kann aber nicht vom Bildschirm wegsehen. Mamas Arme sind neben ihr ausgestreckt, gefesselt, genau wie ich es war. Der Tropfen blitzt im gleichen Intervall durch die Dunkelheit, und ich kann fühlen, wie das Wasser sich in meinen Schädel bohrt, genau wie in ihren. Er hat mich gebrochen, aber meine Mutter ist schon zerschlagen. Was wird das mit ihr machen? »Lass sie gehen.«

»Du erteilst mir keine Befehle, Freak.«

»Ich werde tun, was du willst. Lass sie einfach gehen.«

»Oh, die Zeit des Feilschens ist vorbei.« Sie dreht

sich wieder zu ihrem Schreibtisch zurück und greift nach der Fernbedienung. »Du wirst tun, was man dir sagt, wann man es dir sagt. Wenn du das tust, wird deine Mutter im Pfarrhaus bleiben. Unverletzt.«

»Unverletzt?« Meine Stimme erhebt sich mit einer Welle von Panik. »Das nennst du unverletzt?«

»Das nenne ich unangenehm.« Sie drückt auf die Fernbedienung, und der Bildschirm wechselt zu einem Raum mit einer Handvoll Männer, die herumsitzen und Karten spielen. »Das nenne ich wahre Bestrafung. Diese Wachen sind im Moment außer Dienst, aber ein Anruf von mir wird sie auf den Weg ins Pfarrhaus bringen. Ich denke, es würde nur ein oder zwei brauchen, um sie festzuhalten, während sie sich abwechseln. Andererseits ist sie jetzt so dünn von der Sucht, dass sie sich wahrscheinlich nicht mehr anstrengen müssten. Vielleicht würde sie sie anflehen, es zu tun, solange sie ihr einen Schuss versprechen.«

Die gesamte Zeit über wusste ich, dass Grace ein Monster war. Ich habe gesehen, wozu sie fähig ist. Aber das hier fühlt sich an wie ein stumpfes Messer, das durch mein tiefstes Inneres gerammt wird.

»Das kannst du nicht machen«, wiederhole ich taub.

»Ich kann. Und noch mehr, ich würde dich dazu bringen, zuzusehen, was sie mit ihr machen. Ich würde auch zuschauen und jede Minute davon genießen. Weil es Gerechtigkeit ist. Weil sie es verdient hat, genau wie du. Der Herr freut sich, wenn Schlampen wie du und deine Mutter bekommen, was sie verdienen.«

Der Wunsch, mich auf sie zu stürzen und zu versuchen, sie mit meinen bloßen Händen zu erwürgen, überwältigt mich fast. Aber dieses Bild von meiner Mutter, die durch die gleiche Hölle geht, durch die ich gegangen bin, hält mich auf meinem Platz.

»Ich habe deine Akte gesehen.« Sie setzt sich in ihren Stuhl, und wendet dem Video von den Männern, die auf dem Monitor spielen, den Rücken zu. »Deine Mutter hat dich aufgegeben. Sie sorgte sich mehr darum, high zu werden, als um dich. Wenn ich so eine Mutter hätte, würde mich das«, sie deutet mit der Hand auf die Leinwand, »nicht allzu sehr stören. Genau das habe ich dem Propheten gesagt, als er vorschlug, dass wir sie mitnehmen und hierherbringen sollten. ›Das wird auf keinen Fall funktionieren‹, sagte ich ihm. Respektvoll natürlich. Aber er war anderer Meinung.« Sie zeigt auf mich. »Er wusste, dass du schwach und gefühlsduselig bist. Und er hatte recht. Schau dich an. Heulst wegen der armen süchtigen, hurenden Mama, der du scheißegal bist.«

»Halt den Mund.« Ich grabe meine Nägel in die Armlehnen des Stuhls.

»Das werde ich nicht tun. Und ich würde auf meinen Tonfall achten, wenn ich du wäre.« Sie öffnet ihre Schublade und holt einen schwarzen Ordner heraus, den sie zu mir herüberschiebt. »Wir müssen mit den heutigen Lektionen anfangen. Du willst den Propheten nicht enttäuschen, nicht, wenn deine Mutter auf dem Spiel steht.«

Ich starre auf den schwarzen Ordner, während

Grace mich mit Adleraugen beobachtet. Die kleine Wahl, die ich zu haben glaubte, hat sich in Luft aufgelöst. Ich strecke eine zitternde Hand aus, nehme den Ordner und lege ihn auf meinen Schoß.

»Gut.« Sie faltet ihre Hände auf dem Schreibtisch. »Lass uns über deinen zukünftigen Ehemann sprechen.«

Ich öffne den Ordner. Aber ich mache auch noch etwas anderes. Ich treffe eine Entscheidung. Den Mörder meiner Schwester zu töten ist nicht mehr genug. Die Himmlische Mission abzufackeln ist nicht genug. Wenn ich das Böse vernichten will, muss ich am Stamm des Baumes beginnen und ihn fällen, dann die Wurzeln einzeln ausgraben und die Erde salzen, wenn ich fertig bin. Jedes Stück davon muss verwelken und sterben, und ich muss sicher sein, dass an diesem Ort nie wieder etwas wachsen wird.

»Er genießt es, anderen Männern dabei zuzusehen, wie sie seine Spielsachen ficken.« Ihr Grinsen breitet sich weit über ihr Gesicht aus. »Wusstest du das? Du wirst von Fremden zerrissen werden, während er es filmt.« Sie zeigt auf den Ordner. »Schau unter der dritten Registerkarte. Wir haben Standbilder von ein paar Videos. Recherchematerial für dich.«

Ich halte ihren Blick noch einen Moment lang fest, eine stille Botschaft in der Luft zwischen uns – sie übermittelt die selbstgefällige Kraft, ich die Wahrheit.

Du wirst die Erste sein, die stirbt.

KAPITEL ZWÖLF

Noah

»WENN DU WEISST, wo er ist und du es mir nicht sagst …« Die Augen meines Vaters huschen um sein Büro herum, und seine dunklen Iriden sind riesig. »Du weißt schon. Du bist wahrscheinlich derjenige, der ihn runtergenommen hat. Du musst es wissen!«

Ich wünschte, es wäre so. Aber ich habe nichts herausgefunden. »Papa, wenn ich es wüsste, würde ich es dir sagen.« *Definitiv eine lange Nase und kurze Beine.*

Er streicht mit der Hand über seinen Schreibtisch, schiebt einen Briefbeschwerer und einige Dokumente weg, aber er achtet darauf, seinen kostbaren Koksbehälter zu umgehen. »Castro! Hol Rachel!«

»Papa. Ich schwöre, ich weiß es nicht.« Ich fahre mir mit einer Hand über das Gesicht, und mein Mehrtagebart kratzt an meiner Handfläche. »Ich war bei dir, als er entführt wurde, erinnerst du dich?«

»Warst du das?« Er setzt sich, und seine Schultern hängen herab. »Das ist richtig.« Er winkt Castro, der zur Tür gegangen war, mit der Hand zu. »Vergiss es.«

Das eiserne Band um mein Herz entspannt sich, als Castro wieder seinen Platz einnimmt.

Mein Vater starrt mich an, und ich frage mich, ob er überhaupt geschlafen hat. Als er herausfand, dass Adam weg war, schickte er jeden einzelnen seiner Schergen auf das Gelände. Jedes Gebäude wurde durchsucht, und das Gelände wurde von Männern mit Hunden durchkämmt. Eine Spur führte vom Kreuz weg, in den Wald und auf die Straße, aber dann verschwand sie. Wer Adam mitnahm, hatte Zugang zu einem Fahrzeug.

»Du könntest es trotzdem wissen.« Papas Worte kommen genuschelt aus seinem Mund.

»Das tue ich nicht.« Ich zucke mit den Schultern und erwidere seinen Blick fest.

»Ich möchte, dass das Gelände noch einmal durchsucht wird. Er muss irgendwo da draußen sein. Vielleicht … ich weiß es nicht … vielleicht versteckt er sich auf dem Land, das du gerade für den Ackerbau freiräumen willst. Vielleicht hofft er, dass du ihn finden wirst.«

Ich könnte darauf hinweisen, dass es keine Möglichkeit gibt, dass Adam draußen in der Kälte überleben würde – kein Essen, kein Wasser, keine Unterkunft – aber ich tue es nicht. »Ich werde noch einmal ein paar Männer das Gebiet durchsuchen lassen.«

»Ich will, dass er heute gefunden wird!« Er tastet nach seiner kreuzförmigen Schachtel mit dem weißen Pulver. »Dies ist eine Schande. Eine Beleidigung für mich, für den Herrn, für den Vater des Feuers. Wer ihn genommen hat, wird neben ihm am Kreuz stehen.« Er zeigt auf mich. »Verstehst du das? Ich will, dass dieser Verräter gefunden und gekreuzigt wird. Keine Gnade für ihn. Keine Gnade für jeden, der versucht, meinen Willen zu untergraben. Ich bin der Prophet des Herrn!«

Ich finde es erstaunlich, dass ich so lange an ihn geglaubt habe, wie ich es tat. Wenn ich ihn jetzt betrachte – einen alten Mann, verwirrt und süchtig – kann ich ihn nicht mit dem allmächtigen Propheten in Verbindung bringen, für den ich ihn hielt. Stattdessen ist er ein altersschwaches Monster, eines, das junge, hoffnungsvolle Frauen mit großen Träumen und strahlenden Augen jagt. Was noch schlimmer ist, ich war die ganze Zeit ein Teil davon. Ich habe Georgia vielleicht nicht getötet, aber ich habe nicht verhindert, dass ihr all die schlimmen Dinge passieren. Ich hätte sie eine Million Mal retten können, aber ich habe es nie getan. Weil ich ein Narr war. Weil ich glaubte, dass dieser gebrochene Mann vor mir, der mit einem geübten Schniefen Kokain in seine Nase zieht, heilig war. Jetzt weiß ich, dass er, wenn überhaupt, das personifizierte Böse ist.

Vielleicht zeigt sich mein Hass auf meinem Gesicht, weil er seine Augen verengt. »Warum siehst du mich so an?«

»Ich schaue dich nicht irgendwie an. Ich denke nur an all die Disziplin, die meine neue Jungfrau benötigt.«

Sein Gesicht verzieht sich noch mehr. »Diese Schlampe ist die verdammte Pest. Nichts als Ärger von dem Moment an, als sie hier ankam. Hat meinen Sohn verdorben. Versuchte, diesen Deal mit dem Senator zu ruinieren. Wovon hat sie gestern Abend gesprochen? Ich habe gesehen, wie sie dich geschlagen hat. Aber du hast sie schließlich auf Spur gekriegt.« Er zeigt auf mich. »Eine feste Hand, Noah. Keine lange Leine für diese da. Sie muss für ihren Posten bereit sein. Der Senator ist zu wichtig.«

»Ich kann nicht glauben, dass er sie immer noch will.«

»Er will sie, aber er ist ein Narr. Sie wird ihn genauso vergiften wie Adam, wenn wir sie nicht unter Kontrolle bekommen.« Er ist fertig mit seinem Kokskonsum, dann lehnt er sich zurück, und seine Stimmung hellt sich auf. »Aber ich habe sie jetzt unter meiner Fuchtel. Sie wird sich anpassen.«

»Wie hast du das geschafft?«

»Ich habe ihre Schwachstelle gefunden.«

Ich schlucke – alles, was er ihr antut, wird die Dinge für mich verkomplizieren. Ich versprach Adam, dass ich auf sie aufpassen würde. Habe ich eine Möglichkeit, das zu tun? Nein. Im Moment nicht, aber ein Versprechen ist ein Versprechen.

»Ich habe ihre Mutter drüben im Pfarrhaus.« Ein leichtes Lächeln breitet sich auf seinem Gesicht aus, als das Koks in seinen Blutkreislauf gelangt. »Als Druckmittel.«

Komplikation? Check.

Ich stehe auf und strecke mich. »Nun, es ist Zeit für meinen Besuch. Ich werde sehen, ob sie heute eher geneigt ist, ein gutes Mädchen zu sein.«

»Keine blauen Flecken«, warnt er. »Jetzt, wo sie beschädigt ist, müssen wir sie für Senator Roberts so sauber wie möglich halten. Er ist nicht allzu glücklich mit der Verzögerung, also müssen wir das mit anderen Dingen mildern. Keine blauen Flecken …« Er klopft mit den Fingern auf den Schreibtisch. »Und fick sie nicht in den Arsch. Ich will keine Beweise dafür, dass sie noch mehr berührt wurde als schon geschehen.«

Ich täusche Empörung vor. »Aber Dad, wenn ich nicht …«

»Ich habe Nein gesagt.« Seine Stimme bleibt sanft, als ob er wüsste, was für ein vernichtender Schlag das für mich ist. »Aber du kannst sie immer noch deinen Schwanz lutschen lassen. Das hinterlässt keine Spuren.«

Ich seufze. »Damit muss ich wohl leben.«

»Braver Junge.« Er nickt. »Du warst schon immer mein Liebling, weißt du?«

Sein Liebling, weil ich dumm und leichtgläubig bin. Ja, ich weiß. »Danke, Dad. Ich werde mich darum kümmern, wenn es dir recht ist?«

»Eine feste Hand, nicht vergessen.« Er winkt mich weg.

»Ja, Sir.« Ich gehe heraus, hinunter ins Erdgeschoss,

und mein Körper lockert sich mit jedem Schritt. Allein von seiner Nähe spannen sich meine Muskeln an, verdrehen sich, bis es sich fast wie ein Krampf anfühlt.

»Hey.« Castro folgt mir die Stufen hinunter.

Scheiße. Ich weiß nicht, was er will, aber es kann nichts Gutes sein. Andererseits weiß er vielleicht, wo Adam ist.

»Draußen.« Er schiebt sich durch die Hintertür in der Nähe der Bar, und wir treten hinaus in die kalte Nacht.

»Was?« Ich spreche leise und lehne mich an die Ziegelmauer.

»Deine Mutter hat eine Botschaft für dich.« Er holt eine Packung Zigaretten aus seiner Tasche und bietet mir eine an.

Ich schüttele den Kopf. Ich liebe mein Nikotin, aber ich habe meine Prinzipien, mit wem ich eine Zigarette teile. »Was ist die Botschaft?«

Er nimmt einen langen Zug. »Sie weiß, wo Adam ist.«

»Sie hat ihn runtergenommen?«

»Nein.« Er bläst den Rauch in die Luft, bis er über seinem Kopf eine Rauchfahne bildet, eine komische Blase über einem Idioten. »Aber wir wissen, wer es war. Er ist auf dem Gelände.«

»Wo?«

»Das ist nicht wichtig. Was du wissen musst, ist, dass der Plan immer noch läuft. Alles wird für einen reibungslosen Übergang vorbereitet sein. Jetzt, wo Adam in Sicherheit ist – *pendejo*«, er spuckt und fährt dann fort, »will Rachel immer noch, dass er der Anführer wird. Aber wenn er es nicht kann, wird sie dich zum neuen Propheten machen. So oder so, der alte Prophet wird weg sein, und *sie* wird das Sagen haben. Verstanden?«

»Ich eigne mich nicht zum Propheten.«

»Genauso wenig wie dein *puto* Bruder, aber so ist es nun einmal.« Er zuckt mit den Schultern. »Das ist es, was sie will, und ich werde es ihr ermöglichen.«

»Wann soll das alles stattfinden?«

Sein Blick wandert weg. »Bald.«

»Bald wie morgen oder bald wie nächste Woche?«

»Bald. Deine Mutter hat alles gut im Griff, und ich werde an ihrer Seite sein und mich um die Geschäfte kümmern.«

»Warum? Ich meine, warum unterstützt du sie?« Ich starre ihn an. Castro ist vielleicht vierzig, dunkle Haare, fitter Körperbau. Ich kann nicht sagen, dass er attraktiv ist – hauptsächlich, weil ich fast sicher bin, dass ich ihn abgrundtief hasse –, aber er könnte sich eine Frau suchen, sich niederlassen, vielleicht ein paar Kinder haben, die nach ihm kommen und sich in totale Arschlöcher verwandeln. Mama ist nicht hässlich oder so, aber die beiden zusammen ergeben für mich keinen Sinn.

Er nimmt einen weiteren langen Zug, während er seine Augen auf mich gerichtet hält. »Jahrelang habe ich deinem Vater gedient. Seit Jahren macht er mich nicht zum Protektor. Als er Zion beförderte, hätte das meine Chance sein sollen. Als dieser Wichser Newell geschnappt wurde, war es definitiv an der Zeit. Dann hätte er es tun müssen. Stattdessen befördert er dieses Stück Scheiße Trey. Nicht mich. Nicht denjenigen, der seit Jahren tagein, tagaus dort war.«

»Du bist also eifersüchtig auf Zion und Trey.«

Er schnippt die Zigarette weg. »Manchmal denke ich, du bist genauso dumm wie dein Bruder.«

»Arschloch.« Es ist ein Reflex.

Er schüttelt den Kopf. »Eifersüchtig? Nein. Ich bin *rechtschaffen*. Deine Mutter weiß, dass ich würdig bin. Sie behandelt mich mit dem Respekt, den ich verdiene. Sie nimmt mir das nicht übel.« Er deutet auf sein Gesicht. »Es ist ihr egal, wo ich herkomme oder wer meine Eltern waren.«

Es macht bei mir klick, als er das sagt. Seit Jahren lehrt mein Vater privat, was Adam *weiße Vorherrschaft für Dummköpfe* nennt. Es liegt nicht an den spitzen Hüten und dem Kreuzverbrennen, aber es gibt einen Grund, warum alle Jungfrauen weiß sind. Sogar als wir eine Zweigstelle der Himmlischen Mission in der ärmeren Gegend von Birmingham eröffneten, war es nur zum Schein. Nichts weiter. Mein Vater wollte den Zustrom aller farbigen Menschen auf den Hauptcampus stoppen. *Ihnen ihre eigene Kirche bauen, ihren Zehnten einsammeln, und das war's*, hatte er gesagt. *Problem gelöst.*

»Du bist nicht besser als ich. Dein *pendejo*-Bruder ist sicher nicht besser als ich. Deine Mutter weiß das. Sie sieht, dass ich führen kann.« Er richtet sich auf, und seine Brust bläht sich ein wenig. »Das ist es, worum es hier geht.«

Ich kratze mich am Kiefer. »Okay, gut. Jetzt verstehe ich es. Du bist also eifersüchtig und sauer, dass Papa diskriminiert.«

Er wirft seine Hände hoch und stürzt sich in eine Litanei von Flüchen auf Spanisch, dann öffnet er die Hintertür, geht hinein und schlägt sie hinter sich zu.

Zum ersten Mal seit einiger Zeit will sich ein echtes Lächeln auf meine Lippen schleichen. Kein Wunder, dass Adam sich so gerne mit diesem Typen anlegt. Es ist einfach und macht viel zu viel Spaß.

KAPITEL DREIZEHN

Delilah

ICH SCHAUE AUF, als sich die Tür öffnet und Noah hereinkommt. Er ist so anders als Adam. Er scheint mich nicht in die Knie zwingen und mich auf all die animalischen Arten und Weisen beherrschen zu wollen, die Adam aufleben lassen. Ich frage mich zum millionsten Mal, wo Adam ist und ob es ihm gut geht.

»Hey.« Noah geht hinüber zum Bett und setzt sich neben mich. »Wie war dein, ähm, Tag?«

Ich würde über die Banalität seiner Frage lachen, aber ich kann es nicht. Ich kann nicht lachen oder lächeln und scheine nichts anderes zu tun, als zu ertragen. »Ich hatte schon bessere.«

»Du und ich, wir beide.« Er lehnt sich zurück und breitet sich auf meinem Bett aus, die Hände hinter dem Kopf verschränkt und die Augen geschlossen. »Leg dich neben mich.«

Ich umklammere mein Kleid, und mein Körper will sich nicht bewegen. Nicht für ihn.

»Komm schon, Jungfrau. Ich bin hier, um an deinem Gehorsam zu arbeiten.« Er senkt seine Stimme zu einem Flüstern. »Tu es – oder wir werden beide in den Arsch gefickt.«

Guter Punkt. Ich rutsche neben ihn und lege mich auf den Rücken. Mein Hintern brennt immer noch, aber Abigail kam vorhin vorbei, um nach mir zu sehen. *Er heilt,* hatte sie gesagt. *Scheint so, als würdest du dieser Tage andauernd heilen.*

Noah ist ein großer Mann, wie sein Bruder, aber er bleibt auf seiner Seite des Bettes, und sein einziger Übergriff ist sein Ellenbogen auf meiner Seite des Kissens.

»Was hast du heute mit Grace gemacht?«

Smalltalk. Ist das Smalltalk?

»Sie zeigte mir …« Einen Haufen verstörender Fotos, die von meinem Verlobten geschossen worden waren. Ich versuche es noch einmal. »Sie zeigte mir einige Informationen über den Senator. Dinge, die ich wissen muss, um ihm eine gute Ehefrau zu sein.«

»Ist es das, was du vorhast?«

»Was?«

Das Grinsen in seiner Stimme ist beißend. »Eine gute Ehefrau sein?«

»Ja.«

»Wie willst du ihm gefallen?«

»Ich werde in vollkommenem Gehorsam sein.«

Er dreht sich um, um mich anzusehen, seine blauen

Augen glühen trotz seines nonchalanten Tons. »Ich meine, wie willst du ihn ficken? Willst du deinen Mund, deine Hände oder deine Muschi benutzen?«

Seine Worte sind wie körperliche Schläge, und ich krieche vor ihm zurück.

»Nicht so schnell.« Er streckt seine Hand aus und packt mich, ringt mit mir, bis ich rittlings auf ihm bin, mein Kleid eng um meine rechte Hüfte verdreht ist und die Spuren auf meinem Hintern brennen.

Meine Brust knallt gegen meine Rippen, und die Angst betäubt mich für einen Moment.

»Zeig es mir.« Er steckt wieder die Hände hinter den Kopf, seine Augen auf mich gerichtet. »Zeig mir, wie du seinen Schwanz reiten wirst.«

»Noah, bitte …«

»Eine feste Hand, Delilah.« Er blickt in die Kamera. »Das ist es, was ich bei dir haben muss. Eine feste Hand, die dich auf den richtigen Weg zurückführt.«

Das ist alles nur Show. Er steckt mit drin. Ich sage mir diese Dinge immer und immer wieder, aber das ändert nichts an der Scham, die mir in die Wangen kriecht. Es hält die Tränen nicht davon ab, hinter meinen Augen zu prickeln. Er muss mich für die Kamera erniedrigen. Zur Show. Aber meine Erniedrigung ist so echt wie eh und je.

Er streckt seine Hand nach oben aus, greift nach meinem Kleid, zieht es von meiner Hüfte und bündelt es in seiner Faust. »Reite mich, Jungfrau.«

Ich schließe die Augen und bewege meine Hüften. Meine Haut kratzt an der Naht seiner Jeans, aber ich mache weiter. Mit geschlossenen Augen kann ich so tun, als wäre Adam unter mir. Auch wenn mir alles sagt, dass es ein anderer Mann ist. Noah riecht nicht gleich, spricht nicht mit der gleichen rauen Stimme. *Nein, es ist Adam.* Ich zwinge meinen Geist zur Nachgiebigkeit und stelle mir vor, wie Adam mich mit seinen unergründlichen dunklen Augen anstarrt. *»Reite mich, kleines Lamm.«*

Meine Hüften lockern sich, und ich lasse mich mehr gehen, lasse mich Adam unter mir spüren. Sein Schwanz verhärtet sich, seine Schenkel spannen sich an, seine Atmung wird schneller. Seine Hände graben sich in meine Hüften, während ich mich immer wieder an ihm reibe. Meine Brustwarzen verhärten, kribbeln vor Verlangen, als ich mir die Lippen lecke und an ihn denke, an seine Hände, seinen Gürtel, seine Zunge.

»Verdammt.« Eine Stimme. Nicht Adams.

Ich werde langsamer und höre auf. Als ich die Augen öffne, finde ich Noah unter mir, sein Kiefer angespannt, und seine Augen schwer und intensiv. Mehr Schamgefühl, mehr Peinlichkeit – alles sammelt sich in meinem Herzen. Ich bedecke mein Gesicht.

»Delilah.« Seine Stimme ist schroff. »Das reicht für den Moment. Du lernst dazu. Der Senator wird mehr als zufrieden mit deiner Fähigkeit, zu ficken, sein.«

Ich klettere von ihm herunter und lege mich wieder hin.

Er dreht sich zu mir, den Rücken zur Kamera. »Es tut mir leid«, flüstert er.

»Es ist in Ordnung.« Ist es das?

»Wir müssen es tun. Verstehst du? Wir müssen das tun.«

Ich nicke und schaue ihn an. »Ich weiß.«

Er runzelt die Stirn. »Nicht weinen.« Er wischt meine Tränen mit seinem Daumen ab. Er ist sanft. Er ist viel weicher als Adam, aber ich spüre etwas Stählernes darunter.

»Ich will stark sein. Ich versuche es.«

»Das bist du. Du bist genau wie deine Schwester.« Sein Hals schließt sich beim letzten Wort, und er schweigt für eine lange Zeit.

Wie konnte ich denken, dass er derjenige war, der Georgia verletzt hat? Gott, ich bin so blind. Es war nicht Noah. Aber Noah weiß, wer es war.

»Sag mir, wer ihr wehgetan hat. Bitte.«

»Ich kann nicht.«

»Warum nicht?« Mein Flüstern wird ein wenig zu laut, und er drückt seinen Finger an seine Lippen.

Ich versuche es noch einmal. »Warum willst du es mir nicht sagen?«

»Ich kann es einfach nicht. Bitte frag mich nicht.«

»War es Adam?«, platzt es aus mir heraus.

»Nein. Aber das ist alles, was ich sage. Vielleicht wird eine Zeit kommen, in der du es herausfinden wirst, aber ich kann dir versprechen, dass es nicht durch mich sein wird.«

Ich habe den Drang, die Hand auszustrecken und ihn zu kneifen. Das tue ich nicht. »Wen beschützt du? Es muss jemand sein, der dir nahesteht.«

Er zuckt zusammen, aber er antwortet nicht.

Stattdessen wechselt er das Thema. »Etwas bahnt sich an. Eine Veränderung. Ich weiß nicht, wann, aber sie ist auf dem Weg.«

»Welche Art von Veränderung?«

»Es wird einen Kampf geben. Du musst dich einfach nur in Sicherheit bringen. Wenn dir etwas zustößt, wird Adam mich töten.«

»Geht es ihm gut?«

»Ich denke schon. Er ist irgendwo auf dem Gelände.«

»Wo?«

»Ich habe ein oder zwei Vermutungen, aber ich kann ihnen im Moment nicht nachgehen. Papa ist zu misstrauisch. Paranoid, seit Adam verschwunden ist. Ich muss vorsichtig sein.«

»Kannst du etwas für mich tun?«

Er atmet laut aus. »Ich bezweifle es. Aber was ist es?«

»Meine Mutter, sie haben sie im Pfarrhaus. Könntest …«

»Ich kann sie nicht rausholen.«

Diesmal kneife ich ihn wirklich.

»Aua.« Er funkelt mich wütend an.

»Ich war noch nicht fertig. Sie haben sie. Könntest du sie wenigstens besuchen? Ihr sagen, dass alles gut werden wird?«

»Was soll das bringen?«

»Ich war da, wo sie ist. Ich weiß, wie es sich anfühlt. Wenn du nur irgendwie an sie rankommst. Sag ihr …«

Ich schlucke. »Sag ihr, dass ich sie rausholen werde. Es wird nicht lange dauern.«

Seine Augen werden weich. »Du willst also, dass ich sie anlüge?«

Ich balle meine Hände zu Fäusten. »Das ist keine Lüge.«

»Klingt für mich nach einer.«

»Ich verschwinde von hier. Ich werde …«

»Was? Was wirst du tun? Schau, ich will deine Rettungsfantasie nicht zerplatzen lassen, aber du bist hier drin gefangen. Kein Entkommen für dich oder deine Mutter oder irgendeinen von uns. Solange du nicht ein ganzes Waffenlager hast, von dem ich nichts weiß, sprengst du dir nicht den Weg nach draußen frei.«

»Das stimmt.« Alles, was er gesagt hat, entspricht der Wahrheit. Aber ich habe eine Möglichkeit gefunden, einen Weg, diesen Ort zum Einsturz zu bringen. Er baut nicht auf Gewehre und Krieg. Zumindest noch nicht.

Obwohl ich versuche, nicht daran zu denken, habe ich noch eine Karte übrig, die ich ausspielen kann. Ein Schachmatt, das mich teuer zu stehen kommen wird.

Er runzelt die Stirn. »Wenn du mit dem, was ich hier sage, übereinstimmst, worüber reden wir dann überhaupt?«

»Sag es ihr einfach, okay? Sag ihr, ich komme sie holen. Kannst du das für mich tun?«

»Ich werde es versuchen.« Er setzt sich auf. »Bis morgen, Jungfrau.« Er steht auf, schreitet zur Tür und öffnet sie grob. »Arbeite für das nächste Mal an deinen manuellen Fähigkeiten mit Schwänzen. Und ich hoffe, dein Würgereflex ist nicht vorhanden.« Er knallt die Tür zu.

Ich rolle mich zu einem Knäuel zusammen, starre die Wand an, und in meinem Kopf wirbeln Pläne und Strategien. Adam ist vorerst in Sicherheit. Mama ist es nicht. Das sind die Parameter, in denen ich arbeiten muss. Ich kann das schaffen. Ich kann sie beide retten.

Auch wenn die Kosten höher ausfallen, als ich eingestehen muss, sogar mir selbst gegenüber.

KAPITEL VIERZEHN

Adam

»HEILIGE SCHEISSE, wo hast du das her?«

Ich halte meine Augen geschlossen. Auf der Couch von Jez liegend, habe ich in den letzten drei Tagen viele interessante Gespräche gehört. Dieses hier ist das interessanteste von allen.

»Weißt du, dass Noah eine Crew hat, die all diese Hektare für die Landwirtschaft rodet?«

»Ja«, antwortet Jez.

»Sie horten Dynamit für die steinigen Gebiete, die sie mit normaler Ausrüstung nicht nutzbar machen können. Sie wollen den Felsen in kleinere Stücke brechen, die sie mit ihren Bulldozern wegfahren können.«

»Willst du mich verarschen?« Jez lacht. »Wir werden das Benzin überhaupt nicht brauchen, wenn wir mehr davon bekommen können.«

»Dies ist nur eine Probe. Es gibt noch mehr. Eine Tonne mehr in einem Lagerschuppen auf dieser Seite des Geländes.«

»Wie viel kannst du klauen?«

»Genug.«

»Wann?«

»Ich werde ein paar Tage brauchen. Ich soll nur da draußen sein, um den Arbeitern Mittagessen und Erfrischungen zu bringen, und das nur einmal am Tag. Wenn ich Glück habe, schenken sie mir keine Aufmerksamkeit, und ich kann mich auf dem Rückweg am Schuppen vorbeischleichen. Ich kann das, was ich mitnehme, unter dem Sitz meines Golfwagens verstecken und es dann an einem sichereren Ort verstauen. Aber wenn jemand hinsieht, kann ich nichts machen und es erst am nächsten Tag noch einmal versuchen.«

Ich öffne die Augen und beobachte das Hin und Her zwischen Jez und Chastity. Sie schenken mir keine Aufmerksamkeit, entweder weil sie glauben, dass ich schlafe, oder weil es ihnen egal ist, dass ich wach bin.

Jez hält eine Stange Dynamit in der Hand, die genauso aussieht wie im Film – eine schmale Röhre in einer khakifarbenen Hülle mit Warnhinweisen überall und einer schwarzen Lunte, die an einem Ende heraushängt.

»Wir müssen das Heiligtum zum Einsturz bringen. Diesen Sonntag, verstanden? Kannst du so viele Stangen bekommen?«

»Wie viele davon braucht man dafür?« Chastity

nimmt die Stange zurück und hält sie vorsichtig, während sie Jez zuflüstert.

Massenmord. Das ist es, was direkt vor meinen Augen geplant wird. Mein Vater hat diese Frauen dazu getrieben, hat sie über die Klippe und in den dunklen Abgrund darunter gestoßen. Ich habe Dinge getan, die mich bis zum Tag meines Todes verfolgen werden, aber das alles verblasst im Vergleich zu dem, was Jez und Chastity in hektischem Flüstern planen. Aber das ist es, was mein Vater macht. Vergiftet alles und jeden, den er berührt. Das ist sein böser Plan – ihr ganzer Plan ist nur eine weitere Sprosse auf seiner Leiter aus Hass, Mord und Macht.

»Also, ich denke, zwanzig. Wir platzieren sie um diese breiten, runden Säulen im Bereich des Atriums, an den Seiten und hinten.« Chastity blickt mich an und runzelt die Stirn.

»Schön, dich wiederzusehen. Du bist also auch an dem Massenmordplan beteiligt?« Ich strecke mich, und meine Phantomzehen schmerzen.

Chastity wendet sich mir mit durchdringenden Augen zu. »Es war meine Idee, also würde ich Ja sagen.«

»Ich verstehe.«

Sie blickt mich wütend an. »Nein, tust du nicht.«

»Lass es mich anders formulieren. Ich sehe, dass du und Jez hier euren verdammten Verstand verloren habt und vorhabt, Tausende von Menschen abzuschlachten. Richter, Jury und Henker in einem. Ein Todesurteil, nur weil sie verzweifelt genug waren, auf die Lügen des

Propheten hereinzufallen. Und nicht nur sie.« Ich setze mich auf und zucke zusammen, als das Blut in meinen Fuß rauscht. »Auch ihre Kinder. Ihr werdet sie alle töten.«

Chastity tritt auf mich zu, mit geraden Schultern, und ihre Augen leuchten. »Glaubst du, dass wir diese Entscheidung leichtfertig getroffen haben?«

»Es ist mir egal, wie viel Händeringen nötig war. Was ihr vorhabt, ist das Schlimmste vom Bösen.«

»Nein. Dein Vater. Er ist das Schlimmste vom Bösen.«

»Also tötet ihn. Nur ihn.« Ich halte meine bandagierten Hände hoch. »Ich hoffe, ihr seht, dass ich bei diesem Plan gerne helfen würde. Er muss gehen, und ich bin mehr als bereit, zu helfen. Aber das bedeutet nicht, dass ihr alle töten müsst …«

»Ich muss.« Chastity schüttelt den Kopf. »Ich muss die Himmlische Mission zerstören. Es reicht nicht aus, der Schlange den Kopf abzuschlagen. Ein anderer Kopf wird an der gleichen Stelle wieder auftauchen.« Sie deutet mit dem Kinn auf mich. »Du, dein Bruder, einer der Protektoren, irgendein Arschloch in der Menge, das glaubt, von Gott berührt zu sein. Und dann wird es nie aufhören.«

»Also, töte die Protektoren. Das ist mein Plan gewesen.«

Ihre Augen weiten sich. »Du hattest geplant …«

»Jeden Einzelnen von ihnen zu töten, genau wie meinen Vater. Ja.«

»Was ist mit dem Kerl in der Menge?« Jez plumpst

auf ihren goldenen Plüschsessel und schleudert ein Bein über die schmuddelige Armlehne. »Wie können wir ihn aufhalten?«

»Kümmere dich darum, wenn es passiert.« Ich lehne mich nach vorne und nehme ein Stück Käse von einem Tablett, das sie für mich hingestellt haben. »Sicherlich kannst du sehen, dass es falsch ist, so viele zu töten.«

»Falsch.« Chastity lacht. »Adam Monroe belehrt mich über richtig und falsch.« Sie kichert. »Ach, Gott, das ist gut.« Sie krümmt sich vor Lachen, und legt sich die Hand über den Mund, während sie versucht, ihre Heiterkeit zu kontrollieren.

»Es ist falsch, und du weißt es.«

Sie setzt sich aufrecht hin, und das Lachen verstummt mit einem wütenden Unterton. »Nein.« Ihre Finger fliegen zu den Knöpfen an der Vorderseite ihres Halses und bearbeiten sie schnell.

Ich nehme eine zu reife Erdbeere und kaue sie, während Chastity sich umdreht und ihr Kleid auszieht. »Das ist falsch. Was er mir und Jez, den Mädchen in der Kapelle und in der Kathedrale angetan hat.« Ein bösartiges Netz aus Narben bedeckt die blasse Haut ihres Rückens. Kreise aus rosafarbener, erhobener Haut sind hier und da verteilt. Zigarettenverbrennungen, mit freundlicher Unterstützung des Propheten. »Ich bin nicht einmal die Schlimmste. Zwei Mädchen in der Kathedrale fehlen Finger. Weißt du, warum?«

Ich nicke.

»Sag es«, zischt Chastity und knöpft ihr Oberteil wieder zu.

Die Worte wollen nicht ausgesprochen werden, da die Wahrheit genauso ekelhaft und krank ist wie mein Vater. Aber ich sage es trotzdem. »Sie hatten eine Fehlgeburt.«

»Gottverdammt.« Jez reibt sich die Augen. »Das hatte ich vergessen. Vielleicht verdrängt. Scheiße, ich weiß es nicht.«

»Ein Finger für eine Fehlgeburt. Es gibt noch viel mehr, was dort vor sich geht. Ruth erzählt uns wahrscheinlich nur die Highlights.«

»Ruth hat mit dieser Sache zu tun?« Das ist eine noch größere Überraschung als selbst Chastity. Ruth stammt aus der ersten Jungfrauenernte. Leise, besonnen und unfehlbar ruhig, war sie wie eine Glucke für alle Mädchen, die in der Kathedrale landen.

»Ja. Sie und andere. Und wir alle kennen den Plan. Und wir *alle* sind uns einig, dass wir, um die Fäulnis zu stoppen, jedes Stückchen der Himmlischen Mission zerstören müssen.«

»Hast du von Ruth gehört?«, fragt Jez Chastity.

»Ja. Heute früh. Sie sagte, dass sie wegen Schmuggelware in der Kathedrale verhaftet wurde. Musste einen Tag im Pfarrhaus verbringen, ist aber jetzt draußen.«

»Verdammt. Ich dachte, sie wäre zu clever, um erwischt zu werden.«

Chastity zuckt mit den Schultern. »Ich auch, aber

jetzt ist alles gut. Sie ist bereit, wieder an die Arbeit zu gehen.«

»Gut.« Jez nickt. »Sonntag kann nicht früh genug kommen.«

»Du liegst falsch.« Ich merke, dass ich sie genauso behandle wie meinen Vater, wenn er schimpft oder Pläne schmiedet. Ich bleibe so ruhig wie möglich, lasse ihn wüten und antworte mit gleichmäßiger Stimme, vernünftigen Worten. Natürlich funktioniert es bei ihm nicht, und den Gesichtsausdrücken von Jez und Chastity nach zu urteilen funktioniert es bei ihnen auch nicht. »Warum bin ich überhaupt hier? Was ist meine Rolle in alldem? Ich mache bei euren Mordplänen nicht mit. Ihr könnt mich genauso gut dem Propheten zurückgeben.«

»Du bist eine Versicherung.« Chastity schnappt sich ihren schwarzen Mantel und zieht ihn an. »Wenn die Dinge den Bach runtergehen, werden wir dich dem Propheten für unsere Freiheit anbieten.«

»Ich glaube nicht, dass das funktionieren wird. Er hat mich gekreuzigt, erinnerst du dich? Ich bin nicht sicher, ob er daran interessiert ist, mich zurückzubekommen.«

Chastity lächelt, und ich sehe die Dunkelheit in ihr, die vor ein paar Jahren noch nicht da war. In einer Sache hatte sie recht: Der Prophet verdirbt alles, was er anfasst. »Er gräbt immer noch das Gelände um und sucht nach dir. Er will unbedingt, dass du zurückkehrst. Wahrscheinlich, damit er dich wieder an das Kreuz nageln kann, wo du hingehörst.«

Diesen Punkt kann ich nicht abstreiten. Sarahs Blut an meinen Händen reicht aus, um mich zum Tode zu verurteilen, ganz zu schweigen von meinen anderen Sünden. »Tun wir so, als würde der Handel mit mir nach Plan verlaufen. Du übergibst mich, er gibt dir die Freiheit, du gehst hier raus. Seine Männer werden dich in wenigen Stunden gejagt und zurückgeschleppt haben. Du weißt das, richtig?«

Chastity zuckt mit den Schultern. »Wir werden das in Angriff nehmen, wenn es dazu kommt.«

»*Wenn* es dazu kommt«, wirft Jez ein.

»Also bin ich ein Gefangener, nehme ich an?«

»Im Moment ja.« Jez erhebt sich. »Wenn du Ärger machst, werden wir dich fesseln, knebeln und wieder in die Kiste stecken.«

»Gut zu wissen.« Ich lehne mich zurück und tue so, als würde ich es mir bequem machen, während sich mein Inneres wie Lava dreht und brodelt. Es ist nicht schlau, aber ich muss fragen. »Mir ist klar, dass ich nicht in der Lage bin, um Gefallen zu bitten, aber ich hatte gehofft, dass ihr Delilah mit in euren gewagten Plan einbeziehen könntet, sollte er unwahrscheinlicherweise doch funktionieren.«

»Ich werde sie am Sonntag von der Kirche fernhalten. So viel schulde ich ihr.«

»Du schuldest ihr etwas?« Ich bin verloren.

»Das ist für ihre Schwester.« Sie schnappt sich ihre Handschuhe vom kleinen Tisch neben der Tür. »Ich tue das nicht für dich.«

»Ihre Schwester?« Was zum Teufel …? Nichts in

Emilys Aufzeichnungen deutete jemals auf eine Schwester hin. »Wovon redest du?«

Chastity schüttelt den Kopf und tritt auf die Tür zu, die Lippen in einem eisernen Strich zusammengepresst.

»Chastity, bitte. Wer ist ihre Schwester?«

»Ich habe genug für die Monroes getan.« Sie dreht mir den Rücken zu.

Scheiße. Eine Schwester? Eine Erinnerung geistert durch meinen Verstand, eine Tatsache, die ich übersehen habe, ein paar Informationen, die ich hätte weiterverfolgen sollen. Aber es ist weg. Das spielt keine Rolle. Das Warum ist mir egal. Ich will nur, dass Emily sicher und weg von diesem Ort ist, wenn es überhaupt möglich ist. Die vergangenen Tage habe ich mit Gedanken an sie verbracht. Jez wollte keine Fragen über sie beantworten, wollte mir nicht einmal sagen, ob sie an diesen Scheißkerl von Senator verkauft wurde. Aber ich habe mich geweigert, es zu glauben, habe mich geweigert, der Verzweiflung nachzugeben. Es muss einen Weg geben, sie zu retten. Da Jez und Chastity auf einer höllischen Selbstmordmission sind, muss ich außerhalb der Kapelle nach Hilfe suchen. Aber das wird nicht einfach sein, nicht wenn jeder auf dem Gelände nach mir sucht.

Jez reibt eine Hand über Chastitys Rücken. »Beruhige dich. Du musst heilig aussehen, wenn du hier rausgehst.«

Chastity macht einen tiefen Atemzug und stößt die Luft unbeholfen wieder aus. Dann umarmen sie und

Jez sich und geben sich einen entschieden unkeuschen Kuss.

»Sei vorsichtig.« Jez greift nach der Tür, die zum Rest der Kapelle führt.

»Noch eine Frage, Chastity.« Ich schaue zu ihr hinauf. »Wenn du mit deinem explosiven Endspiel fertig bist, was hast du dann mit mir vor?«

Sie zieht ihre Kapuze hoch und geht hinaus, gibt mir nicht mehr als die Andeutung eines Grinsens, das Versprechen meines Todes.

KAPITEL FÜNFZEHN

Delilah

WIR GEHEN aus dem Kloster und steigen in den weißen Bus. Wir sind auf dem Weg zum Tempel für das LSD-Ritual, aber diesmal an einem Donnerstagabend. Es scheint, als hätte Adams Verschwinden alles durcheinandergebracht, und selbst jetzt kann ich noch ein paar Taschenlampen im Wald sehen – die Schläger des Propheten suchen immer noch nach seinem verlorenen Sohn.

Chastity nimmt neben mir Platz. Ich schaue auf, aber Grace steht mit dem Rücken zu uns, ihre Augen sind auf die Straße vor uns gerichtet.

»Sonntag. Bleib zum Gottesdienst im Kloster. Tu so, als ob du krank wärst. Tu alles, was nötig ist, um zurückzubleiben.«

»Warum, was …«

Sie steigt schnell aus und läuft den Gang zurück.

Verdammt.

Ich muss mehr wissen, vor allem, weil ich vorhabe, heute Abend einen Zug zu machen – einen, der mich wahrscheinlich in eine noch schlimmere Situation bringen wird.

»Was war das?« Eve kauert sich neben mich.

»Weiß nicht.« Ich drehe mich zu ihr um. Es ist Tage her, seit ich die Chance hatte, mit jemandem anderem als Grace oder Noah zu sprechen. Sie halten mich isoliert, sorgen dafür, dass ich an einem separaten Tisch esse, allein, und erlauben mir nicht, mit dem Rest der Jungfrauen zum Training zu gehen. Vielleicht ist der letzte Teil ein Segen, aber die Isolation kratzt an mir.

Ich beuge mich näher an Eve heran. »Wie geht es dir?«

Sie starrt auf ihre Hände. »Nicht so großartig. Ich musste meinen Freier vor zwei Tagen treffen.« Ihre Schultern sinken noch mehr ein. »Er kommt aus South Carolina. Er betreibt eine Art Waffen- und Munitionsherstellung da draußen. Alt. Fett.« Sie zittert. »Grabscher.«

»Es tut mir leid.« Ich will sagen, dass ich sie hier heraushole, dass sie nicht zu dem alten dicken Mann in South Carolina gehen muss, aber ich bin mir nicht sicher, ob ich das Versprechen halten könnte. Noch nicht.

»Wenigstens will er mich noch nicht. Aber er hat dem Propheten gesagt, welche Art von Training ich brauche.« Sie verschränkt ihre Arme über dem Bauch und drückt ihre Ellenbogen zusammen. »Er hat eine Schwäche für Blut. Für Schneiden. Hinterlässt Narben in seltsamen Mustern.«

Mein Mund wird trocken. Eve wird die Folter des Klosters verlassen, nur um in eine noch tiefere Hölle geschickt zu werden. Ich kann nicht sagen, ob ich wütend oder traurig bin. Eine Mischung aus beidem, nehme ich an.

Alles, was ich sehen kann, ist ihr Profil, ihre Haut ist fahl, ihre Augen zusammengepresst. Wenn ich in diesem Moment ein Bild von ihr malen könnte, könnte ich es leicht *Verzweiflung* nennen. Das ist alles, was den Jungfrauen geblieben ist – außer denjenigen, die wahre Gläubige sind, die glauben, dass nach ihren Prüfungen hier auf Erden ein Himmel auf sie wartet.

Der Bus rumpelt über das Gelände. In gleichmäßigen Abständen stehen Männer entlang der Straße, mit umgehängten Gewehren. Kein Wunder, dass der Prophet darauf abzielt, einen Waffenhersteller an den Haken zu bekommen.

Wir halten vor dem Tempel an und steigen aus dem Bus in den bitterkalten Abend hinaus. Die pompösen Wände des Tempels begrüßen uns, Gemälde des Propheten, die uns auf Schritt und Tritt den Gang entlang begleiten. Wir ziehen uns vor den goldenen Türen aus, die in den runden Raum führen, und die Oberinnen nehmen unsere Kleidung. Wir schämen uns nicht mehr, stehen in einer Reihe, gehorsam und still.

Als wir hineingeführt werden, wandern meine Augen automatisch zu der Stelle, wo Adam früher war, sein Blick mit dem meinen verbunden, während er auf dem Boden kniete. Er ist nicht da, seine Abwesenheit ist eine offene Wunde. Noah kniet an seiner gewohnten Stelle, und diesmal schaut er zu mir anstatt zu seiner ehemaligen Jungfrau.

Die Oberinnen weisen uns an, auf dem Boden vor dem Thron Platz zu nehmen, treiben alle Jungfrauen in das große Pentagramm, das den Boden in Goldadern durchquert. Ich versuche, auf dem Boden der Tatsachen zu bleiben, die Angst zu kontrollieren, die mich innerlich zerfrisst. Der Weg, auf dem ich mich befinde, führt nicht zu einem glücklichen Ende. Nicht für mich. Aber vielleicht werden meine Handlungen heute Abend einen Weg für mich frei machen, um mit dem systematischen Abbau von allem zu beginnen, wofür die Himmlische Mission steht.

»Meine Kinder.« Der Prophet lächelt, obwohl er irgendwie gealtert und überanstrengt aussieht. Seine Stirn ist runzliger, die Furchen neben seinen Augen dunkler. Vielleicht bin ich nicht der Einzige, der wegen Adam nicht schlafen kann.

Die Oberinnen bringen die Tabletts mit vergiftetem Essen herein und stellen sie zwischen uns auf, bevor sie hinausgehen und die Türen hinter sich schließen.

»Ich bin so froh, jede von euch zu haben. Esst, trinkt, amüsiert euch. Seid wie Kinder. ›Wahrlich ich sage euch: Es sei denn, dass ihr umkehret und werdet wie die Kinder, so werdet ihr nicht ins Himmelreich kommen.‹« Er macht eine Geste auf das Essen. »Esst, meine Lieben. Heute Abend werden wir uns an der Liebe des Herrn erfreuen.«

Ich schnappe mir eine Traube, tue so, als würde ich sie essen, dann greife ich nach einer anderen, während ich die ganze Zeit dieselbe in meiner Handfläche halte. Die anderen Jungfrauen nehmen den Wein, trinken und essen mit Hingabe. Ich verstehe, warum. Die Drogen geben uns einen Aufschub von diesem Ort. Auch wenn sie einen am Ende offen und leer zurücklassen, ist es immer noch besser als die schmerzende Berührung der Realität.

»Wir hatten unsere Prüfungen, schwierige Zeiten und Enttäuschungen. Aber heute Abend fühle ich, dass wir auf dem richtigen Weg sind. Hier bei euch lieblichen Engeln weiß ich von nichts, was den Himmel davon abhalten könnte, Gottes Wort an all jene zu verbreiten, die es hören müssen.« Er lächelt, und seine glänzenden Augen verschlingen alle Jungfrauen vor ihm.

Ich habe einmal einen Film gesehen, in dem eine Mumie die Seelen der Menschen, die sie getötet hatte, aussaugte, bis sie austrockneten und weggeweht wurden. Der Prophet erinnert mich daran, so wie er die Frauen vor ihm hungrig betrachtet, als wolle er jeder von uns jedes bisschen Jugend, Herz und Seele stehlen.

»Komm, Kleines.« Er geht zu Hannah. »Setz dich zu mir und teile für einen Moment deine vollkommene Unschuld mit mir.«

Sie steht auf, ihre Haltung ist gebeugt, da die

Drogen noch nicht vollständig wirken, und setzt sich neben ihn. Er zieht sie an seine Seite und flüstert ihr ins Ohr. Sie reagiert nicht, ihre Augen sind nach unten gerichtet. Es ist schwer, sie mit dem Mädchen in Einklang zu bringen, das beinahe mit Sarah, Eve, Chastity und mir entkommen wäre. Was wir taten, erforderte Mut, und vielleicht war es ein dummer Versuch, aber Hannah sah ihre Chance und ergriff sie. Jetzt ist sie ausgebrannt. Das Licht, das sie in sich trug, ist erloschen, und ich frage mich, ob es jemals wieder leuchten wird.

Der Preis für unsere Freiheit war zu hoch. Wir haben bezahlen müssen, und Sarah am allermeisten. Eine heiße Nadel durchbohrt mein Herz, als ich an sie denke, daran, wie stark sie war, auch nur davon geträumt zu haben, einen Ausweg zu finden. Ich hoffe, dass ich sie irgendwie stolz machen kann, auch wenn ich nur einen Bruchteil ihres Mutes besitze.

Die Jungfrauen neben mir kichern und betatschen sich gegenseitig, als Hannah den Thron verlässt und sich auf ihrem königsblauen Kissen niederlässt. Sie schnappt sich eine Handvoll Trauben und isst sie.

»Delilah.« Der Blick des Propheten findet mich, und er führt mich bis zu seinem Podest.

Ich dachte, ich würde mehr Zeit haben. Das habe ich nicht. Ich stehe auf und gehe zu ihm, sitze auf dem purpurroten Kissen, während er seinen Arm um mich schlingt.

Seine Hand ist trocken und ledrig, als er meinen

Oberarm drückt. »Und wie genießt mein gefallener Engel sein Fest?«

Mir dreht sich der Magen um, und der verzweifelte Drang, zu rennen, wandert meine Wirbelsäule hinauf und herunter.

»Spielt keine Rolle.« Er grinst. »Die Drogen werden dir eine angenehme Zeit verschaffen, ob du willst oder nicht.« Seine Hand bewegt sich auf und über meine Schulter, seine Fingerspitzen greifen nach meiner Brustwarze. »Es gibt eine Sache, die ich bereue, weißt du?«

Ich schlucke und versuche, meine Galle in Schach zu halten. »Welche?«

»Ich wünschte, ich hätte Adam – bevor ich ihn ans Kreuz genagelt hatte – gefragt, wie sich deine Muschi anfühlt.«

Meine Schultern spannen sich an, aber seine Hand presst sich auf mich, und er legt seine andere Hand um meinen Bauch. Ich drücke meine Beine zusammen.

»Stell dich nicht so an.« Er streicht mit seinen Fingern über meine Haut und bewegt sich tiefer, während ich gedanklich schreie. »Du hast sie Adam gegeben. Warum sie also nicht mit mir teilen?« Seine Finger halten inne. »Obwohl ich ungern sage, dass dein Senator darauf bestanden hat, dass du nicht noch mehr verwöhnt wirst, als du es bereits wurdest.« Er streicht tiefer, und seine Finger dringen in die empfindliche Haut zwischen meinen Oberschenkeln ein.

Meine Augen tränen. Ich möchte ihm sagen, dass er aufhören soll, aber ich weiß, dass es dadurch nur noch schlimmer wird. Er vergewaltigt mich nicht völlig, seine Finger streichen nur über die nackte Haut, aber es reicht. Es ist genug, dass ich kotzen, wegrennen und schreien will.

»So weich und blass.« Er nimmt seine Hand weg, nimmt dann meine Brust und drückt fest zu. »Wie konnte etwas so Zerbrechliches meinen erstgeborenen Sohn verderben?« Der Rand in seiner Stimme wird scharfkantig. »Wie hast du, ein wertloses Stück Arsch, seinen Untergang verursacht?« Er kneift meine Brustwarze, verdreht sie und lässt dann los.

Ich atme zitternd ein, als sich sein Griff an meiner Schulter lockert.

»Ich nehme an, das spielt jetzt keine Rolle.« Er stimmt einen freundlicheren Ton an. »Was geschehen ist, ist geschehen, und der Senator will dich immer noch haben.«

»Ich hatte gehofft, mit Euch darüber reden zu können.« Allein diese Worte zu sagen ist wie einen Dolch aus meinem Körper zu ziehen.

Seine Augen weiten sich, dann legt sich ein nachsichtiges Lächeln über seine Lippen. »Was hat meine lilienweiße Hure zu sagen?«

Ich kann seine Beleidigungen ertragen. Sie bedeuten mir nichts. Genauso, wie er mir nichts bedeutet. Aber ich bin für mehr als Worte hier. »Ich habe heute Morgen mit Grace gesprochen, aber sie hat meine Bitte, mit Euch zu sprechen, abgelehnt.«

»Fahr fort.« Er legt seine Hand auf meinen

Oberschenkel und lässt sie dort liegen, als ob ich ein Möbelstück wäre.

»Ich bin bereit für meine Aufgabe.« Ich schaue ihm in die Augen, obwohl ihre schlangenähnliche Natur einen Schauer durch mein Herz schickt. »Ich bin bereit, das zu sein, was Ihr von mir für den Senator braucht.«

Er zieht eine Braue hoch. »Bist du bereit, in vollkommenem Gehorsam zu sein?«

»Ja, Prophet.« Ich lasse meinen Blick fallen. »Ich will Euren Willen tun.«

»Oh, mein Liebling.« Er zwickt mir ins Bein. »Ich wünschte, ich könnte das glauben.«

»Es ist die Wahrheit.« Ich ringe mit den Händen. »Wenn Ihr mich zum Senator schickt, verspreche ich, dass ich ihm gehorsam sein und Euch zu Willen sein werde. Ihr werdet sehen.«

»Warum dieser plötzliche Sinneswandel?« Seine Hand tastet sich mein Bein hoch. »Was hat den Unterschied gemacht?«

»Ich sehe jetzt, dass ich gegen Euch gesündigt habe. Grace und Noah lehrten mich das. Ich war so in mich selbst vertieft, dass ich mein Herz nicht für Eure Worte öffnete. Aber jetzt weiß ich es besser. Und es tut mir leid. Und eines Tages hoffe ich, all der Liebe, die Ihr mir gezeigt habt, würdig zu sein.«

Er kippt mein Kinn hoch. »Wie soll ich dir glauben? Nach allem, was du getan hast? Du hast versucht zu fliehen, meinen Sohn ins Verderben geführt und dann gedroht, deinen einzigen wahren Gefährten zu töten.«

»Ich weiß.« Ich denke an Sarah, an ihr Blut, und an Adam, seine Schreie am Kreuz. Meine Augen tränen, genau wie ich es beabsichtigt habe. »Und ich werde ein Leben lang versuchen, das gute Mädchen zu sein, das Ihr euch wünscht.« Ich rutsche auf den Boden und knie zu seinen Füßen. »Ich werde dich stolz machen. Bitte gebt mir diese Chance, für alles, was ich getan habe, zu büßen.« Obwohl ich das Risiko eingehe, zu würgen, nehme ich seine Hand und küsse ihren Rücken. »Bitte, Prophet. Lass es mich Euch zeigen.«

»Mir zeigen?« Er fährt mir mit der anderen Hand durchs Haar.

»Ja, bitte.«

Er grinst, und ein Schauder läuft durch mich hindurch.

»Du kannst mir zeigen, was für ein gutes Mädchen du bist.« Er öffnet sein karmesinrotes Gewand und greift nach seiner Hose. »Mit deinem Mund.«

Galle steigt in meinem Hals auf, aber ich zwinge sie wieder herunter. Ich werde tun, was ich tun muss. Ich blinzele, und eine Träne rollt mir über die Wange.

»Perfekt.« Er öffnet den Reißverschluss seiner Hose, und ich schließe die Augen.

KAPITEL SECHZEHN

Noah

ICH RASE AUS dem Tempel heraus und in die Nacht hinein. Ein leichter Nieselregen schwebt herab und überzieht alles im Elend, während ich zu meinem Auto eile. Kaum ist der weiße Bus weggefahren, folge ich ihm, aber biege dann links ab, als er nach rechts zum Kloster abbiegt.

Ich blinzele und sehe Delilah auf ihren Knien. Ihre tränenvollen Augen schauen mich nur eine Sekunde lang an, bevor mein Vater ihre Aufmerksamkeit wieder auf sich zieht.

Scheiße. Ich bleibe neben der kleinen weißen Kirche stehen, und Kies fliegt unter meinen Reifen hervor. Ich springe aus dem Auto und rase die Treppe hoch. Die übliche Wache hat Dienst und schenkt mir keine Beachtung, als ich durch die Doppeltüren in die Schlafzimmer stürme. Ein paar Mädchen sehen mich müde an und unterhalten sich dann weiter. Nur ein paar von ihnen arbeiten, und ihr falsches Stöhnen hüllt mich ein wie billiges Parfum.

Ich eile vorbei zur Tür am Ende des Mittelgangs und gebe einen Scheiß darauf, als eine von ihnen mich anschreit: »Du kannst da nicht reingehen!«

Jez' Türgriff bewegt sich nicht, als ich ihn drehe, also schlage ich auf das morsche Holz und fordere sie auf, zu öffnen.

»Was zum Teufel …?«, krächzt sie, und ich höre Bewegung.

»Ich trete die Tür ein, wenn du nicht öffnest, wenn ich bis fünf gezählt habe.« Ich habe keine Zeit für ihren Blödsinn. Er ist hier. Das muss er sein. Ich habe überall auf dem Gelände gesucht, wo er sein könnte. Ich habe Castro heute Nachmittag sogar noch weiter befragt, obwohl der Wichser mir nur versichert hat, dass er nicht im Haupthaus ist. Nutzlos. Aber wenn Mama ihn nicht irgendwohin weggezaubert hat, ist die Kapelle der einzige mögliche Ort.

Ich zähle herunter. Als ich bei fünf angelangt bin, mache ich einen Schritt zurück und trete zu. Gerade als mein Fuß die Tür einschlagen sollte, öffnet Jez sie.

Oben ohne und mit einem gelangweilten Blick fragt sie: »Was ist so dringend?«

Ich stürme hinein und schlage die Tür hinter mir zu. »Er ist hier. Ich weiß, dass er es ist.« Trotz meines überstürzten Auftritts halte ich meine Stimme gedämpft.

»Wer?«

Ich trete auf sie zu und blicke ihr ins Gesicht. »Ich will dich nicht verletzen, aber ich werde es tun.«

Sie lacht schnaubend, dreht mir den Rücken zu und zeigt mir die Zigarettenverbrennungen, die ihr in einer akkuraten Linie über den Rücken laufen. »Mehr als Daddy es tat?« Der Blick, den sie mir über die Schulter zuwirft, ist eine Mischung aus Spott und Schwermut, und ich möchte sie erwürgen.

»Rück ihn raus. Jetzt.«

»Hier gibt es nichts außer Mädchen, Baby.« Sie dreht ihren Zeigefinger in einer kreisenden Bewegung. »Dies ist ein Bordell. Keine Jungs erlaubt, außer sie bezahlen.«

Ich schiebe mich an ihr vorbei und schaue in ihr Schlafzimmer. Es ist leer. Man kann dort keinen erwachsenen Mann verstecken. Als ich mich umdrehe, sehe ich ein anderes Mädchen aus der Kapelle auf einem der goldenen Stühle sitzen. Babylon ist glaube ich ihr Name.

»Sie war vorher nicht da.« Ich zeige auf sie. »Du. Woher kommst du?«

»Ich bin schon die ganze Zeit hier gewesen.« Sie spreizt die Beine, und das winzige Stückchen Spitze, das ihre Muschi bedecken sollte, enthüllt alles, außer der Stelle, an der die Babys herauskommen. »Willst du mehr von mir sehen?«

»Nein, ich will wissen, wo mein Bruder ist.« Ich schaue hoch zu den Blättern, und zwei bunte Vögel starren auf mich herab, still wie immer.

»Wir wissen es nicht.« Jez schnappt sich ein kurzes

Kleid von dem Kleiderständer in ihrem Schlafzimmer und schlüpft hinein. »Wir haben ihn nicht gesehen. Die Wachen haben uns schon zweimal durchsucht.«

Ich höre ein leises Klopfen und drehe meinen Kopf ruckartig zu dem breiten Buntglasfenster auf der Rückseite der Kirche.

Babylon lässt einen ihrer Füße auf den Boden fallen und macht ein ähnliches Geräusch. »Gehen wir in mein Zimmer. Holen wir noch ein paar andere Mädchen.« Sie steht auf, kommt zu mir, und ihre Hände ergreifen die Vorderseite meines Hemdes. »Wir können Spaß zusammen haben.«

Noch ein Schlag, und dieser kommt definitiv vom Taufbrunnen.

»Lass mich los.« Ich schiebe mich an ihr vorbei und laufe um den Rand des breiten Pflanzengefäßes herum, und der dunkle Dreck ist bedeckt mit Ranken und üppigem Grün. »Du hast ihn hier versteckt. Irgendwo.« Als ich nach unten schaue, sehe ich einen kleineren Pflanzenkübel aus Beton, der etwas aus dem Lot ist.

»Ich habe es dir gesagt. Wir sind schon durchsucht worden.« Jez nähert sich, und sie strahlt Anspannung aus.

»Nein.« Ich halte eine Hand hoch. »Bleibt zurück.« Ich schnappe mir den Kübel und reiße ihn weg. Erde fällt über die Seite, und ein Teil davon kaskadenartig die blaugrüne Treppe hinunter, die an einem schmalen Brunnen endet – das, was von der alten Taufkapelle übrig geblieben ist.

»Noah, komm schon.« Die Stimme von Jez hat sich um eine Oktave erhöht. »Da hinten gibt es nichts außer Dünger für die Pflanzen. Lass uns dir zeigen …«

»Verpiss dich.« Ich lasse mich die Treppe hinunterfallen und taste mich an der Rückseite der Holzkonstruktion entlang, die den Garten darüber stützt. Ein Haufen Leckerbissen liegt am Rand, alle Arten von Schmuggelware, die ohne Rückfahrkarte in den Bestrafungskreis führen würde. »Böse Mädchen.« Ich schnalze mit der Zunge und ziehe an einer der hölzernen Querlatten. Sie lösen sich mühelos und offenbaren eine dahinter versteckte Kiefernholzkiste.

»Noah, ich warne dich.« Jez ist verschwunden, ihre Stimme kommt aus dem Hauptsitzbereich.

»Wenn du nach einem Gewehr greifst, hoffe ich, dass du einen Schalldämpfer dafür hast. Wenn du einen Schuss abfeuerst, wird die Wache ansonsten schneller auf dich losgehen als eine Sackratte auf einen Sack.«

»Schneller als eine was?«, murmelt Babylon.

Ich ergreife ein Ende der Kiste und ziehe daran.

»Verdammt!« Definitiv Adams Stimme, obwohl sie gedämpft ist.

Meine Anspannung lässt nach, und ich fühle mich, als könnte ich endlich zum ersten Mal seit Tagen wieder tief durchatmen. Mein Bruder lebt. Ich kann das Grinsen nicht zurückhalten, das sich auf meinem Gesicht ausbreitet und bis zu meinen Zehen hinunter zu reichen scheint. Mit einem weiteren Ruck habe ich die Kiste weit genug herausgeholt, um den Deckel öffnen zu können.

Ich ziehe ihn hoch und schiebe ihn zurück. »Guten Morgen, Sonnenschein.«

»Das wurde auch verdammt nochmal Zeit.« Er blinzelt mir zu und sieht fertig, erschöpft, ein bisschen angepisst und sehr erleichtert aus.

»Auch schön, dich zu sehen.«

Er setzt sich mit einer Grimasse auf. Seine Hände sind mit sauberen, weißen Bandagen umwickelt. Aber mit seinem Fuß stimmt etwas nicht.

»Was ist da passiert?« Ich deute mit meinem Kinn auf den bandagierten Fuß.

»Habe einige Zehen verloren. Frostbeulen.«

»Ernsthaft?«

»Ich mache keine Witze über den Verlust von Körperteilen.«

Die schiere Lächerlichkeit seiner Worte lässt mich schnauben. Er lächelt auch, und ich ziehe ihn für eine kräftige Umarmung zu mir.

Ich weine nicht. Das ist nicht das, was ich tun würde. Niemals. Freudentränen sind nichts für mich. Aber meine Augen kribbeln, und ich scheine nicht aufhören zu können, die Scheiße aus ihm herauszuquetschen.

»Es ist alles in Ordnung.« Er klopft mir mit seinen verletzten Händen unbeholfen auf den Rücken. »Es geht mir gut, Noah.«

Ich atme tief durch, auch wenn es mir ein paarmal die Luft nimmt, und lasse ihn los. Nach einem schnellen Wischen über meine – supertrockenen –

Augen betrachte ich ihn noch einmal von oben bis unten. »Kannst du laufen?«

»Ja. Es ist seltsam, aber ich kann meine Zehen immer noch fühlen.«

»Sind alle weg? Ich kann das nicht glauben.« Ich starre auf die Verbände.

»Nur zwei. Der kleine und der daneben. Ich werde gut laufen können.«

»Das ist also nicht so schlimm. Schätze ich.« Ich zucke mit den Schultern. Es ist immer noch ziemlich schlecht, aber es hat keinen Sinn, sich deswegen aufzuregen.

»Hol mich hier raus.« Er staubt sein zu großes weißes T-Shirt ab – es muss eines sein, was die Kapelle zur Hand hatte.

Ich helfe ihm heraus. »Jesus, du wiegst immer noch eine gottverdammte Tonne.«

»Es steckt alles im Schwanz.«

Ich schnaufe wieder.

»Ich bin so froh, dass dies ein herzerwärmendes Wiedersehen war.« Jez steht mit einem langen Jagdmesser in der Hand am Kopf der Treppe. »Aber du musst gehen, Noah.«

»Ohne ihn gehe ich nirgendwohin.« Ich werfe Adams Arm über meine Schultern und helfe ihm zur Treppe. »Also kannst du genauso gut zurücktreten.«

»Er gehört uns.« Sie tritt zur Seite, damit ich vorbeigehen und Adam auf das Sofa setzen kann.

Er reibt den Holzstaub von seinen Haaren. »Ich

kann hier nicht für immer bleiben, Jez. Irgendwann wird mich jemand finden.«

Sie fuchtelt mit dem Messer und kommt näher. »Du gehst, wenn ich es sage. Und ich sage *nichts*.«

»Ich will dich nicht verletzen.« Ich halte meine Hände hoch.

»Das ist neu, wenn es von einem Monroe kommt.« Sie schmunzelt und zeigt auf mich. »Geh einfach.«

»Nö.«

Adam seufzt. »Jez, du musst mich gehen lassen. Wenn ich hier gefunden werde, töten sie dich und vielleicht alle Mädchen da oben. So ist mein Vater. Verbrannte Erde. Das weißt du.«

»Ich bin bereit, dieses Risiko einzugehen. Ich habe dich genommen. Du gehörst mir. Chastity hat Pläne.«

»Chastity?« Ich stelle mir die nette Oberin vor, die mit der Narbe. »Sie ist ein Teil davon?«

»Sie ist der Kopf des Ganzen.« Jez sagt es voller Stolz. »Ich weiß, dass ihr zwei denkt, ihr könnt den Propheten irgendwie stürzen, aber wir haben das im Griff. Ihr müsst euch einfach zurücklehnen und uns das regeln lassen. Auf jeden Fall bleibt Adam hier.«

Adam dreht sich zu mir um. »Sie planen, die Kirche während des Sonntagsgottesdienstes in die Luft zu sprengen.«

Mein Kiefer fällt buchstäblich herunter, und ich sehe Jez an, als wäre sie eine Fremde. »Hast du deinen verdammten Verstand verloren?«

»Nein. Wie ich deinem Bruder erklärt habe, ist dies die einzige Lösung.«

»Das ist die verrückteste Lösung.« Ich starre sie an und suche nach einem Zweifel in all ihrer Entschlossenheit. Es gibt keinen. Sie glaubt an das, was sie sagt. *Verdammt*.

Mit ihr kann man nicht diskutieren, aber auf keinen Fall lasse ich meinen Bruder zurück. Nicht schon wieder. »Schau, wenn du mit diesem Schweinemesser auf mich losgehen willst, nur zu, aber ich nehme Adam mit.«

»Und wie willst du hier rauskommen, ohne dass sie dich sehen, du Genie?« Sie zeigt mit der Spitze des Messers auf die Kamera an der Decke.

Ich stürze mich auf sie. Unvorbereitet versucht sie, die Klinge auf mich herabzuschwingen, aber ich bekomme ihr Handgelenk zu fassen.

»Lass mich los!« Sie schubst mich mit der anderen Hand, aber ich halte sie fest und erhöhe den Druck.

»Lass es fallen.« Ich habe noch nicht meine ganze Kraft eingesetzt, aber ich werde es tun, wenn ich muss. »Das hätte niemals funktioniert, okay? Lass es einfach fallen.«

»Fick dich.« Ihr Knie in meinem Schritt hinterlässt einen schmerzhaften Eindruck, und ich fühle, wie mein Mittagessen meinen Hals hinaufkriecht, angesichts des seltsamen Schmerzes, der sich anfühlt, als würde man sterben.

Ich lasse ihr Handgelenk los und falle zurück. Beide Hände greifen nach dem Schaden zwischen meinen Beinen. Sie springt auf mich zu, aber Adam wirft sich von der Couch und fällt auf meine Angreiferin.

Scheiße, mit einem Messer zwischen ihnen wird nichts Gutes passieren.

Ich bekomme keine Luft. Noch nicht. Mein bestes Stück tut noch zu weh. Aber ich schiebe mich auf meinen Knien vorwärts. Adam hat ihr Handgelenk mit seinen beiden bandagierten Händen eingeklemmt, aber sie versucht, ihm ein Auge auszustechen.

Ich schiebe mich vorwärts, nehme ihr das Messer weg und ziehe Adam zurück.

Er stöhnt und drückt seine Finger neben sein Auge. »Gottverdammt!«

Sie krabbelt zurück, bis sie gegen einen ihrer lächerlichen Stühle stößt. »Scheiße.«

Schließlich schnappe ich nach Luft, obwohl ich vermute, dass meine Eier auf absehbare Zeit in meiner Kehle stecken bleiben könnten.

»Jez, du weißt, dass das nicht fair war«, sagt Adam. Er zeigt auf meinen Schritt.

»Scheiß auf deine Fairness.« Sie schaut auf das Messer in meiner Hand.

»Komm und hol es dir.« Meine Stimme zittert etwas, aber ich komme endlich auf die Beine.

»Das ändert nichts.« Sie reibt sich die gerötete Stirn. Adam muss sich eine Kopfnuss eingehandelt haben.

»Ich nehme ihn mit. Das ist endgültig. Wenn du mich verpfeifst, verpfeife ich dich, und so weiter und so fort.« Ich ziehe Adam auf die Beine. Er ist außer Atem, und er scheint blasser zu sein als noch vor wenigen Minuten. Ich habe Angst, dass er ohnmächtig wird, bevor wir überhaupt zur Tür hinauskommen.

Ich wende mich an Jez und frage: »Gibt es einen Hinterausgang?«

Sie verschränkt die Arme vor sich und schaut mich wütend an. Von ihr kann ich keine Hilfe erwarten.

»Du weißt, dass du auch Ärger bekommst, wenn wir erwischt werden, wenn wir von hier weggehen.«

»Das ist ein Risiko, das ich bereit bin einzugehen. Chastity hält mir den Rücken frei.« Sie hat ihre Selbstsicherheit nicht verloren. »Wer hält dir deinen frei?«

»Scheiße« Ich gehe an ihr vorbei und in ihr Zimmer. Es gibt kein Ausgangsschild, das auf eine Tür zeigt, nur mehr Buntglas und Holzverkleidung. Vielleicht habe ich das nicht bis zum Ende durchdacht. Eigentlich bin ich sicher, dass ich das nicht habe. Dinge durchzudenken ist streng genommen nicht meine Stärke. Als ich mich wieder umdrehe, halte ich abrupt inne und starre auf den Kleiderständer, der als Jez' Schrank dient.

Eine Idee – natürlich keine gute – blitzt in meinem Kopf auf, und ich ziehe ein Kleid von seinem Bügel und gehe zurück zu Adam. »Ausziehen.«

Seine Augen weiten sich, und er fällt auf die Couch. »Auf keinen Fall.«

»Das ist unsere einzige Chance.«

»Das ist dumm.« Er schüttelt den Kopf über das schwarze Kleid mit dem langen Rock und der strengen schwarzen Kutte.

»Warum hast du überhaupt ein Oberinnenkostüm?«, fragt er Jez.

Sie zuckt mit den Schultern. »Einige der Jungs, die hierherkommen, stehen drauf. Der Kick des Unerreichbaren.«

»Wirst du deine Meinung darüber ändern, uns hier rauszuhelfen?« Adam zieht sich sein Shirt über den Kopf.

»Ich sollte dich eigentlich hierbehalten, da werde ich dir nicht dabei helfen, rauszukommen. Nicht, wenn ich mein Mädchen im Stich lasse.« Sie bewegt sich nicht von der Stelle.

Ich halte Adam das Kleid hin, unfähig, meine Belustigung trotz der schrecklichen Umstände zu verbergen. »Benimm dich damenhaft, okay?«

Er reißt es mir aus der Hand. »Hol mich einfach hier raus, und ich trete dir dafür später in den Arsch.« Er zieht sich das Kleid über den Kopf. Es ist zu eng, aber es muss reichen.

»Folge meiner Führung. Du bist eine betrunkene Hure. Ich bin ein betrunkener Freier. Wir stolpern gemeinsam hinaus in die Nacht. Ich werde dich stützen, damit du den abgefuckten Fuß nicht verrätst.«

»Das wird niemals funktionieren.« Er zieht den Kragen der Robe um sein Gesicht.

»Vielleicht möchtest du deinen Enthusiasmus ein bisschen steigern.« Ich klopfe ihm auf die Schulter. »Schließlich wirst du derjenige sein, der dem Wachmann einen bläst, wenn etwas schiefgeht.«

KAPITEL SIEBZEHN

Delilah

GRACE HOLT mich früher als sonst aus meinem Zimmer, und ihr Gesicht ist eine unbewegliche Maske des Zorns. »Zieh dich an.« Sie wirft mir ein weißes Gewand zu – so etwas tragen Jungfrauen nur, wenn sie das Kloster verlassen.

Ich stelle keine Fragen, ziehe einfach das Gewand über mein weißes Kleid und schlüpfe in meine Schuhe. Außerdem kann ich erraten, warum sie wütend ist. Gestern Abend habe ich über ihren Kopf hinweg gehandelt und den Propheten persönlich darum gebeten, zum Senator gehen zu dürfen. Ich hatte Grace schon früher am Tag gefragt. Sie hatte über die Idee gelacht und mir versichert, dass ich noch lange nicht so weit sei.

»Beweg dich.« Sie schiebt mich zur Tür hinaus und in den Hauptschlafsaalbereich. Mit schnellen Schritten überholt sie mich und geht den Flur hinunter, hinaus in den bewölkten Morgen. »Das war ein Fehler.« Sie startet den Golfwagen, kein Fahrer heute. »Das wirst du sehen.« Wir fahren los und den Hügel hinauf in Richtung des Haupthauses. »Ich hoffe, er tut dir alle schrecklichen Dinge an, die ihm einfallen.«

»Ich weiß.« Ich ziehe das Gewand enger um meinen Hals, um die Kälte abzuwehren. »Das hast du mir bereits gesagt.«

Sie richtet ihren eisigen Blick auf mich. »Vielleicht wird er dich töten. Ein Mann wie er würde dafür nie in Schwierigkeiten geraten. Eine Wegwerfschlampe wie dich zu töten würde keine Rolle spielen.«

»Vielleicht.« Ich habe über diese düstere Möglichkeit nachgedacht. Diese Leute waren in der Lage, Georgia loszuwerden. Wahrscheinlich wäre es sogar noch einfacher für Evan, besonders jetzt, wo meine Mutter nicht einmal die Chance haben wird, nach mir zu suchen. Ich würde gerne denken, dass, wenn ich verschwinden würde und sie frei wäre, sie sich auf die Suche machen und Antworten verlangen würde. Das zu denken ist einfacher, als sich der Wahrheit zu stellen.

Wir halten in der Nähe der Hintertür.

Grace greift in mein Gewand und reißt mich zu sich. »Ich dringe nicht zu dir durch. Wenn du mit dem Senator von hier weggehst, kommst du nicht mehr zurück. Nie mehr.« Sie schüttelt verwirrt den Kopf. »Warum rennst du auf ihn zu?«

»Warum versuchst du, mich zum Bleiben zu

überreden?« Ich erwidere ihren eisigen Blick. »Du versuchst seit Tagen, Panik zu verbreiten, und tust alles, was du kannst, um mich hierzubehalten und nicht zu Evan gehen zu lassen. Warum?«

Sie zuckt zusammen. Weil ich sie beobachte, weil ich leicht die Umrisse ihres Netzes erkennen und seinen seidigen Strähnen ausweichen kann.

Sie schüttelt mich ein wenig, und ihre Frustration kocht in dem erhöhten Ton ihrer Stimme. »Selbsterhaltung funktioniert bei dir nicht, wahrscheinlich weil deine Freak-DNA kaputt ist. Da du nicht mit dem Rest der Klasse mitzulaufen scheinst, lass es mich für dich deutlich machen. Wenn du mit ihm von hier weggehst, werde ich aus diesem Haus hinausgehen, mit diesem Golfwagen zum Pfarrhaus fahren und anfangen, Teile von deiner Mutter abzuschneiden.«

Meine Ohren rauschen, und mein Körper wird kalt. »Nein.«

»Doch.« Sie lässt mich los. »Ich werde es tun. Mit ihren Fingern beginnen, mich dann zu ihrem Gesicht vorarbeiten, und dann kommt der Rest. Aber ich werde dafür sorgen, dass sie überleben wird. Ich werde sie nicht töten. Und ich werde ihr den Grund dafür sagen, warum das mit ihr geschieht – weil sie ihrer Schlampe von Tochter nicht wichtig genug war, um sie zu retten.«

Ich führe meine zitternden Hände zusammen. »Warum bist du so?« Die Frage ist so ehrlich wie aussichtslos. Nach meiner Erfahrung reflektieren

Monster ihr Handeln nicht, sie handeln einfach. Immer und immer wieder zerstören sie alles, was nötig ist, um ihren Willen durchzusetzen.

»Ich bin stark, Delilah.« Ihre blauen Augen sind aus Stein, ihr Rücken gerade. »Etwas, was du nie sein wirst. Nun, wenn du nicht willst, dass ich dir die Stücke in Kisten schicke, wirst du sofort mit dieser Dummheit aufhören. Geh.« Sie dreht sich um, bleibt stehen und glättet dann ihr ohnehin schon glattes schwarzes Kleid.

Ich stehe wie betäubt da, und mein Körper ist in einer Art Schock von dem schmerzhaft lebendigen Bild, das Grace gezeichnet hat. *Was soll ich tun?*

»Komm schon.« Sie packt meinen Ellenbogen und zieht mich ins Haus.

Der Leibwächter des Propheten steht gleich hinter der Tür, und seine dunklen Augen richten sich auf Grace, als wir hineingehen.

»Bleib hier.« Sie stößt mich gegen die Bar und geht ein paar Meter weiter, um ein geflüstertes Gespräch mit dem Mann zu führen. Als sie fertig ist, kehrt sie an meine Seite zurück, und ihre Wangen haben etwas Farbe bekommen. Es müssen gute Nachrichten gewesen sein.

Wir gehen die Treppe zur Hauptebene hinauf, und sie führt mich in den vertrauten Raum mit dem Klavier und den Sofas. Mir dreht sich der Magen um, und ausnahmsweise bin ich froh, dass das Kloster kein Frühstück anbietet. Hier drin zu sein und mich daran zu erinnern, was mir Evan auf genau dieser Couch angetan hat, würde mich wahrscheinlich in die Ecke kotzen lassen, wenn ich etwas im Magen hätte.

»Nicht bewegen.« Sie geht zur Tür und hält dann inne. »Und vergiss nicht deine süße kleine Mama drüben im Pfarrhaus.«

Als sie weg ist, setze ich mich auf die andere Couch, auf der ich nicht angegriffen wurde … noch nicht. Meine Finger verknoten sich wie meine Gedanken. Ich hatte einen Plan – keinen großartigen, aber es war ein Plan, aber jetzt haben die Drohungen von Grace alles auf den Kopf gestellt. Ich kann hier nicht weg. Meine Mutter war nicht für mich da, aber das bedeutet nicht, dass ich ihr jetzt den Rücken zuwenden kann. Nicht, wenn ich weiß, dass Grace ihre Drohungen und die Durchsetzung der Konsequenzen absolut ernst meint.

Ich lege meinen Kopf in meine Hände und behalte den Schrei in mir, der durch meinen Verstand hallt. Ich kann ihn nicht herauslassen. Und schlimmer noch, ich kann nicht *herauskommen.*

»Liebling.« Evan tritt ein.

Ich zucke zusammen. Und ich hasse es, dass ich zusammenzucke.

Er lächelt, setzt sich neben mich und streckt seine langen Beine aus. »Ich höre, dass du verzweifelt versuchst, mir zu gehören. Ist das wahr?«

Meine Strategie ist im Eimer. Vorläufig. Aber vielleicht kann ich das irgendwie umdrehen.

»Ich habe mich verändert.«

»Hast du?« Er schlingt seinen Arm um meine Schultern, zieht mich zu sich heran, und sein teures

Aftershave ist würzig und männlich. »Was hat dich dazu gebracht, deine Meinung zu revidieren?« Er nimmt mein Kinn und zieht mein Gesicht zu seinem. Dann verengen sich seine Augen. »Was ist das?« Er streicht mit seinem Finger über die Prellung neben meinem Auge.

»Ich hatte einen Unfall.« Ich zucke mit den Schultern. »Es spielt keine Rolle.«

»Lüg nicht.« Sein Gesichtsausdruck wechselt zu Wut.

Ich schiebe mich näher an ihn heran, obwohl ich jedes bisschen Kontakt zwischen uns hasse. »Okay, jemand hat mich geschlagen. Aber das spielt jetzt keine Rolle mehr. Du bist hier.« Ich kann den Bluterguss nicht fühlen, aber ich erinnere mich genau, wie ich ihn bekommen habe. Gestern Abend, als der Prophet wollte, dass ich ihm einen blase, bekam er ihn nicht hoch. Irgendwie war ich schuld, und der Schlag mit dem bloßen Knöchel an die Seite meines Gesichtes war meine Strafe.

Er lacht leicht. »Was hast du vor, Liebling? Ich weiß, dass du nichts mit mir zu tun haben willst. Das ist einer der Gründe, warum ich verrückt nach dir bin.« Er kuschelt sich in mein Haar und sagt: »Sag mir noch einmal, wie du mich töten willst.«

Ich schiebe mich von ihm weg. Es ist mein Instinkt. Und nicht das, was ich eigentlich tun sollte. Verdammt.

»Siehst du?« Er schmunzelt. »Du hast dich nicht verändert.«

»Doch, habe ich!« Ich klettere auf seinen Schoß und

setze mich auf ihn. Mein Herz verkrampft sich und erschaudert, aber mein Verstand ist genau da, wo er sein muss.

Seine Augen leuchten vor Überraschung, und er legt seine Hände auf meine Hüften. »Das sollte gut sein.«

»Schau, ich gebe zu, dass ich nichts davon will. Ich will frei sein.«

Seine Finger graben sich in meine Haut. »Niemals.«

»Ich weiß.« Ich schiebe mich vorwärts, bis ich auf seiner Erektion sitze, auch wenn ich staubtrocken bin. »Ich weiß, dass ich nicht frei sein kann. Also bin ich lieber bei dir als hier.« Ich fahre mit den Fingerspitzen an der Prellung entlang. »Sie tun mir im Kloster weh.«

Er grinst. »Ich werde dir auch wehtun, Liebling.«

Meine Handflächen werden klamm, und ich lege sie auf seine Schultern. »Ich weiß. Aber du wirst mir auch Lust bereiten, nicht wahr?«

»Ja.« Er sagt das Wort, als ob es offensichtlich wäre.

»Das bekomme ich hier nicht.« Ich bewege meine Hüften langsam und streichele ihn durch seine Hose. »Alles, was ich bekomme, ist Schmerz.«

Er bewegt seine Hände auf meinem wunden Arsch. »Davon werde ich dir auch viel geben, aber ich gebe dir noch etwas Vergnügen dazu. Obwohl ich mir nicht sicher bin, ob du ein gutes Mädchen für mich sein wirst. Nur gute Mädchen dürfen kommen.«

»Ich werde darum kämpfen.« Ich fahre mit den Händen meinen Bauch hoch und umfasse meine Brüste. »Aber ich kann nicht gewinnen, oder?«

»Nein.« Seine Stimme wird leiser, seine Augen sind auf meine gerichtet. »Du wirst nie gewinnen.« Er knetet meinen Arsch, beugt sich nach vorne und beißt meinen Nippel durch den Stoff meines Kleides und meines Gewandes.

Es tut weh. Er beißt zu fest zu. Ich wimmere, genau so, wie er es will.

»Aber ich kann noch nicht gehen.« Ich schiebe mich zurück, aber er zieht mich wieder auf seine Erektion.

»Noch nicht?« Er wird wütend, und seine Augen irgendwie dunkler. »Warum nicht?«

Habe ich ihn zu hart gemacht? Ich will ihn an meiner Seite haben, ich will ihn verrückt nach mir haben. Aber ich kann noch nicht gehen. Ich muss das etwas verschieben. »Es gibt noch ein paar weitere Lektionen, wie ich dir gefallen kann. Ich möchte sicherstellen, dass ich deine Bedürfnisse verstehe.«

»Das glaube ich nicht.« Er schiebt mein Kleid hoch, dann reibt er seine Handflächen an der nackten Haut meiner Oberschenkel. »Du musst jetzt mit mir kommen.«

»Nein.« Ich schüttele den Kopf.

Er klatscht mir auf den Hintern. »Da ist sie. In der einen Sekunde schmierst du mir Honig ums Maul, in der nächsten forderst du mich heraus.«

Das Brennen treibt mir fast die Tränen in die Augen, meine Haut erholt sich immer noch vom Gürtel des Propheten. »Ich kann noch nicht gehen. Ich bin noch nicht bereit.« Gott, ich habe das verpfuscht.

»Du bist bereit, wenn ich sage, dass du es bist.« Er zieht mich an sich, bis sich unsere Nasen beinahe berühren. »Und ich sage, du bist jetzt bereit.«

»Evan.« Der Prophet kommt herein, die Hände hinter dem Rücken verschränkt und mit einem leicht missbilligendem Gesichtsausdruck. »Sie können nicht zu weit mit ihr gehen.«

Evan ergreift mein Kinn und dreht mein Gesicht zum Propheten. »Ich habe gesagt, dass ich keine Flecken auf ihr haben will. Sehen Sie sich das an. Möchten Sie es mir erklären?«

Er setzt sich auf das Sofa uns gegenüber. »Unfälle passieren. Besonders, wenn eine Jungfrau ungeschickt oder unhöflich ist.« Sein vernichtender Blick berührt mich nicht. Nicht mehr.

»Ich will sie jetzt.« Evan zieht mir das Kleid herunter und sorgt dafür, dass mein Hintern bedeckt ist.

Ich nehme an, er will sein Eigentum noch nicht ausgestellt wissen.

»Jetzt?« Der Prophet schüttelt den Kopf. »Sie ist noch nicht bereit.«

»Ich sage, sie ist es. Sie will mit mir kommen.«

»Ist das wahr, Delilah?«, fragt der Prophet.

»Ja, aber ich …«

»Gut, dann können wir einen Deal machen. Aber ich fürchte, angesichts ihrer beschädigten Natur müssen Sie sie heiraten, bevor sie mit ihr schlafen. Eine kleine Versicherungspolice. Ich bin mir sicher, Sie verstehen das. Ich kann nicht zulassen, dass Sie sie benutzen und sie dann aus Trotz wegwerfen.«

»Ich werde mein Wort halten.« Evan setzt mich neben ihn, und seine eisigen Augen sind auf den Propheten gerichtet. »Ich hoffe, Sie haben keine Zweifel daran.«

»Natürlich nicht.« Der Prophet setzt einen beschaulichen Gesichtsausdruck auf. »Ich glaube, ich habe eine Lösung, die uns alle glücklich machen sollte. Wie wäre es, wenn wir eine kurze Zeremonie beim Gottesdienst an diesem Sonntag abhalten, es offiziell machen? Und dann können Sie sie mitnehmen und sich auf den Weg machen. Planen Sie später ein großes Fest, sobald Sie sie gebrochen haben.«

Evans Finger schlingen sich um meinen Oberarm und drücken fest genug, um blaue Flecken zu hinterlassen. »Ich hätte sie lieber heute.«

»Ich fürchte, das können Sie nicht.« Obwohl er seinen Tonfall in Seide hüllt, ist darunter Metall. »Aber Sonntag wäre der perfekte Zeitpunkt.«

Evan dreht sich zu mir um. »Kannst du so lange warten, Liebling?«

Ich nicke und verstecke meine Erleichterung in einem gehorsamen, nach unten gerichteten Blick. »Ja.«

»Nun, ich denke, das muss wohl reichen.« Er seufzt. »Obwohl ich es verdammt nochmal hasse, zu warten.«

»Es ist das Beste. Sie werden sehen.« Der Prophet steht auf. »Ich habe den Papierkram in meinem Büro. Wollen wir …?«

»Geben Sie mir eine Minute mit ihr.«

Die Augen des Propheten verengen sich, offensichtlich gefällt ihm der Befehlston in Evans Stimme nicht, aber er entfernt sich trotzdem. »Natürlich.«

Evan schiebt seinen Arm hinter meinen Rücken und drückt mich auf die Couch. Furcht überzieht jeden Gedanken in meinem Kopf mit einem öligen Schleier, aber ich muss mich zusammenreißen. Er drückt seinen Körper an meinen, und seine unversöhnlichen Muskeln und sein harter Schwanz versprechen mir, dass er immer größer, stärker und schneller sein wird.

»Gott, die Dinge, die ich dir antun werde, Liebling …« Er fährt mit seinen Zähnen entlang der Linie meines Kiefers. »Du wirst mich so sehr hassen.« Er presst seinen Arm fester auf meinen Rücken, und drückt mir die Luft aus der Lunge, bevor er loslässt und meinen Nacken küsst.

»Wirst du …?« Die Frage bleibt mir im Hals stecken.

»Was?« Er zieht sich zurück, blickt mir in die Augen und kann das Monster kaum zurückhalten.

»Wirst du mich wirklich teilen?«

Er lächelt, als ob er von meiner Angst lebt. Und vielleicht tut er das. »Stört dich das?«

»Ich habe das Video gesehen. Ich habe gesehen, was du gerne tust …«

»Ich schaue gerne zu, filme, genieße es Bild für Bild. Und dann ficke ich gerne.« Er presst seine Lippen an mein Ohr. »Angst?«

Ja. Ich falte mich in mir selbst zusammen, mache

mich innerlich klein und versuche, meine Seele vor ihm zu verstecken. Aber ich weiß, dass ich es nicht kann. Es gibt kein Entkommen vor ihm.

»Ich werde dich teilen, Liebling. Mit Freunden. Ich habe mich noch nicht entschieden, ob ich sie dich richtig ficken lasse oder nicht. Aber du musst sie lutschen, sie in deinen Arsch lassen, ihr Sperma über deine Titten reiben. Dann werde ich dich ficken, während sie zusehen. Wie klingt das?«

Er muss fühlen, wie ich zittere, denn er lacht tief in seiner Kehle. Er drückt seine Lippen an mein Ohr und flüstert: »Ich mag dich wütend, Liebling. Aber ich *liebe* es, wenn du Angst hast.«

KAPITEL ACHTZEHN

Adam

»MEIN GOTT, das ist verdammt verrückt.« Noah kniet am Fußende des Bettes, und sein Blick ist auf meinen nackten Fuß gerichtet. »Sie sind einfach weg.«

»Ich weiß.«

»Was glaubst du, was sie mit ihnen gemacht haben?«

»Was?«

»Was haben sie mit den zwei Zehen gemacht, die sie abgeschnitten haben?« Er kratzt sich am Ohr und starrt auf meinen Fuß.

»Ich weiß es nicht. Ich schätze, sie haben sie weggeworfen.« Ich seufze. »Wirst du die Nähte auf Infektionen kontrollieren oder nur gaffen?«

Gregory steht unbewegt in seinem Terrarium hinter Noahs Rücken, und Felix schlängelt sich neben der Tür entlang. Ich bin in dem freien Raum, den Noah als Zufluchtsort für seine Haustiere nutzt. Keine Kameras hier drin. Noah hält den Raum verschlossen, seit den angeblichen Überresten von Gregory, die wir Dad untergeschoben haben. Mein Bruder ist sehr geschickt darin geworden, sich um die Überwachung herumzubewegen.

»Sie haben es gut vernäht. Alles sieht sauber aus. Ich kann die Fäden glaube ich noch nicht ziehen. Die Haut ist immer noch irgendwie … wund, wo sie sie abgeschnitten haben.« Er hält den Handrücken vor seinen Mund und würgt ein wenig.

»Weichei.«

»Ja.« Er nickt und stellt sich hin, die Hände in die Hüften gestemmt. »In diesem Fall stimme ich dir zu. Ich kann mit dem Scheiß nicht umgehen. Spürst du sie noch?«

»Ja. Soweit mein Gehirn weiß, sind diese beiden Zehen noch am Leben und wohlauf.« Er setzt sich neben mich, ergreift meine rechte Hand und beginnt dann, den Verband abzuwickeln.

»Ich dachte wirklich, wir würden in der Kapelle verhaftet werden. Scheiße, das war knapp.«

»Ich war gut. Du warst derjenige, der sich verdächtig verhielt. Alles, was wir tun mussten, war vorbeischwanken, aber du musstest anfangen zu reden. ›Ich habe wirklich sehr viel getrunken. Ich bin wirklich betrunken. Wow, ich weiß nicht, ob ich fahren kann. Mann, ich musste …‹«

Seine Wangen röten sich. »Ja, ja, ja. Aber wir sind rausgekommen.«

»Du bist ein nervöser Redner.«

»Was auch immer.« Er ist fertig mit dem Auswickeln meiner Hand und starrt sie an. »Das ist …«

»Ich weiß.« Ich kann meine Faust auf beiden Händen nicht schließen. Ich habe es mehrmals versucht, aber der Schmerz ist zu intensiv. »Ein Teil der Verletzung ist dauerhaft.«

»Verdammt, Adam.« Er dreht meine Hand um und starrt auf die Stiche in meiner Handfläche. »Scheiße.«

Ehrlich gesagt ist es das Einzige, was es zu sagen gibt. Ich nicke einfach und entspanne mich, während er die andere Hand losbindet und sie inspiziert.

Er räuspert sich. »Nichts ist infiziert. Diese Nutten wissen, wie man eine Wunde verschließt und dafür sorgt, dass sie verschlossen bleibt. Gott segne die Kapelle.«

»Übertreib mal nicht.« Ich zucke zusammen, als er den Rücken meiner rechten Hand abtastet. Am ersten Tag, als ich aufwachte – wirklich aufwachte –, erbrach ich mich von den Schmerzen. Aber das braucht Noah nicht zu wissen. Das hier ist erträglich. Ich kann es sogar aushalten, als er etwas antibiotische Salbe auf die Wunden streicht.

»Stimmt. Aber sicherlich wird Jez diesen ganzen Dynamit-Plan noch einmal überdenken.« Er nimmt einen frischen Verband aus einer Packung und macht sich an die Arbeit.

»Das denke ich nicht. Papa hat sie zu lange zu weit getrieben.«

Er hält mit dem Wickeln inne und schaut mich mit

blauen Augen an, von denen ich nicht glaube, dass sie jemals anders als jungenhaft aussehen werden. »Vielleicht bin ich naiv, aber ich kann nicht glauben, dass Jez das tatsächlich durchziehen würde.«

»Aber es ist nicht nur sie. Chastity, Ruth und einige der anderen Frauen stecken mit drin. Und es ist nichts Spontanes – sie haben es schon eine Weile geplant. Ursprünglich dachten sie, sie könnten den Ort niederbrennen, aber dank Dads Farmplänen haben sie jetzt das Dynamit in die Hände bekommen.«

Erkenntnis spiegelt sich auf seinem Gesicht wider. »Oh Scheiße. Das Zeug, das wir benutzen, um die Steine zu beseitigen.«

»Genau. Sie haben bereits genug gehortet, um die Kirche zum Einsturz zu bringen, und sie haben vor, es während des Gottesdienstes zu tun. Sie halten das für Gerechtigkeit.«

»All diese Kinder. Wie zum Teufel kann das jemals Gerechtigkeit sein?« Er klatscht mir den Verband auf die Hand.

Ich verkrampfe von dem Schock des Schmerzes, der durch meinen Arm rauscht.

»Tut mir leid, Mann.« Er entspannt sich und geht langsamer vor. »Entschuldigung.«

»Schon in Ordnung. Das ist eine Menge zum Verarbeiten.« Wir müssen sie aufhalten. Dieser Teil bleibt unausgesprochen zwischen uns. Egal welche Sünden die Mitglieder der Himmlischen Kirche auch immer haben mögen, sie verdienen es nicht, zu sterben.

Nach einer Weile fragt er: »Also müssen wir uns um das kümmern, was Mom gerade ausheckt, die Dynamitbanditen und was noch? Ich habe das Gefühl, dass mir etwas fehlt.« Er runzelt die Nase. »Oh ja, das ist es – unser verrückter Vater. Wir haben an alles gedacht. Moment, noch eine Sache. Deli… ich meine Emilys Mutter ist im Pfarrhaus.«

Meine Augenbrauen stoßen an meinen Haaransatz. »Was?«

»Ja. Anscheinend hat Emily nicht so mitgespielt, wie Dad es wollte, also hat er sie in der Kathedrale ausgepeitscht und ihre Mutter als Druckmittel entführt.«

Ich nehme alles auf, was er gesagt hat, aber es wird eine Weile dauern, bis ich es verdauen kann. Ich muss es sacken lassen. Aber jetzt muss ich erst einmal nach dem einen Thema fragen, dem er ausgewichen ist. »Also, ist sie jetzt deine Jungfrau?«

Er zögert und beginnt damit, meine andere Hand zu verbinden. »Ja.«

»Was hast du mit ihr gemacht?« Die Worte brennen verdammt nochmal, während ich sie ausspreche, aber ich muss es wissen.

Er zuckt mit den Schultern. »Ich drohte ihr superlaut, damit Papa es hören kann. Dann lag ich neben ihr auf ihrem Bett …«

Meine Finger schließen sich, aber der Schmerz zwingt mich, meine Handflächen wieder zu öffnen. »Was noch?«

»Hey, ich habe sie auf keine Art und Weise gefickt.

Ich würde nie meinen Schwanz in deinem Mädchen befeuchten, okay?« Er sieht mir immer noch nicht in die Augen.

»Erzähl mir alles. Komm schon, Noah.«

»Warum?« Er macht die Bandagen an den Händen fertig und wechselt dann zurück zu meinem Fuß. »Warum ist das wichtig?«

»Bitte.« Ich schließe die Augen, als er die Salbe auf meine Geisterzehen tupft.

»Ich habe sie …« Er holt tief Luft und spuckt den Rest der Worte in einem Stoß aus. »Mich ein bisschen trocken reiten lassen, für die Kamera.«

Mein Herz reißt in meiner Brust, und eine blendende Wut droht auszubrechen. Ich will ihn erwürgen, ihn zusammenschlagen, weil er sie angefasst hat. *Nicht seine Schuld,* sage ich mir. Auch wenn ich weiß, dass er schuldlos ist, bleibt das Gefühl, das Bedürfnis, das, was mir gehört, um jeden Preis zu schützen.

»Sie mag mich nicht, falls du dich dadurch besser fühlst.«

Das tue ich. Ich zucke unverbindlich mit einer Schulter.

Er fährt schnell fort: »Sie fragt ständig nach dir. Und wenn ich sie berühre, dann reagiert sie nicht – ich weiß nicht … sie reagiert nicht so, wie es Mädchen normalerweise bei mir tun. Da gibt es nichts. Wirklich nicht. Sie will mich nicht.«

»Willst du sie?«

Seine sekundenbruchteillange Pause ist ein Messer

in meinem Bauch, aber dann sagt er: »Ich mag sie. Früher dachte ich, dass sie seltsam aussieht, aber jetzt sehe ich sie in einem anderen Licht. Sie ist wunderschön. Stark. Ich kann verstehen, warum du auf sie stehst.«

»Das beantwortet meine Frage nicht.«

Er wickelt meine Zehen ein und hat seinen Kopf nach unten gerichtet, so dass ich seine Augen nicht sehen kann. »Ich will sie nicht, nicht so wie du.«

Ich atme langsam aus und versuche, seine letzten Worte immer wieder in meinem Kopf abzuspielen und die früheren damit zu verdrängen. Wenn ich die Gedanken von den beiden zusammen nicht loswerde, ganz weit weg bekomme, wird es mich zerreißen. Und ich kann nicht zulassen, dass jemals wieder etwas zwischen uns kommt. Wir müssen zusammenhalten, um das durchzustehen.

»Es gibt noch mehr«, sagt er leise.

»Mehr?« Ich mache mich bereit. »Sag es mir.«

»Sie ist nicht die, für die du sie hältst. Nun …« Er zuckt mit den Schultern. »Ich meine, sie ist es, aber sie ist noch mehr.«

»Ich kann dir nicht folgen.«

»Erinnerst du dich an die Jungfrau, die Mama …« Er schluckt hörbar. »Die, die sie getötet hat?«

»Ja, Georgia.« Etwas beginnt in meinem Kopf zu brennen, eine Erinnerung, die ich nicht ganz zuordnen kann. »Was ist mit ihr?«

Er wickelt den Verband um meinen Fuß, und ich

merke, dass er mit dem Rest ringt. Er denkt, ich weiß
nicht, wie sich Georgias Tod auf ihn ausgewirkt hat.
Aber ich weiß es. Ich kann nicht sagen, ob er sie liebte,
aber sie bedeutete ihm sehr viel. Als sie gefunden
wurde, veränderte er sich. Wurde dunkler. Und ich
vermute, dass er damals mit dem Trinken begann.

»Noah, sprich weiter.«

Er räuspert sich. »Emily ist ihre Schwester. Nun, Halbschwester. Verschiedene Mütter. Georgia sprach manchmal über sie. Glühwürmchen – das war der Spitzname, den Georgia ihr gab. Ich habe es nicht erkannt, als ich es hätte tun sollen. Aber Emily hat es mir verraten. An dem Tag, als sie versuchte, mich zu töten. Als sie dachte, ich sei derjenige, der Georgia verletzt hat.« Er schüttelt den Kopf. »Ich hätte ihr niemals wehgetan. Ich dachte sogar daran … Nun, das spielt jetzt keine Rolle.«

Meine Erinnerung kommt mit voller Kraft zurück, wie ein Schlag in den Bauch. Ich blinzele, als ich den Hinweis erkenne, der mich zur echten Emily hätte führen sollen. Als ich mit ihrer Mutter sprach, sie bezahlte, damit sie aufhörte, Fragen über ihre Tochter zu stellen, hatte sie gesagt: *»Bitte töten Sie sie nicht wie Georgia.«* Damals hatte ich einfach angenommen, dass sie von dem Mord gelesen hatte, als er geschah. Aber wenn ich jetzt darüber nachdenke, ergibt das keinen Sinn. Sie war damals eine Süchtige in Louisiana, und die Himmlische Mission tat ihr Bestes, um die Geschichte aus den Medien herauszuhalten. Es ist unmöglich, dass sie ohne eine Verbindung zu Georgia davon erfahren hätte. Emily war diese Verbindung.

Ich grabe meine Handballen in meine Augenlider. »Scheiße.«

»Ich nehme an, du wusstest es nicht.«

»Nein.« Ich kann Emilys Zuneigung zu ihrer Schwester, um ihr auf dem verschlungenen Pfad zum Himmel zu folgen, kaum begreifen. Sie war hier und hat die ganze Zeit versucht, Georgias Mörder zu finden. »Sie hat es mir nie erzählt.« Warum hat sie es mir nicht erzählt? Ich versuche, die Rollen zu tauschen, mich in ihre Lage zu versetzen. Sie ist an einem fremden Ort und weiß nicht, wem sie vertrauen kann. Nicht einmal mir. Der Gedanke tut weh, aber ich verstehe sie. Und einmal glaubte sie, dass es Noah war? *Scheiße.* Ich fahre mir mit den Fingern durchs Haar und ziehe daran. *Natürlich* konnte sie es mir nicht sagen, wenn sie dachte, dass mein Bruder es getan hat. Und die Wahrheit ist irgendwie schlimmer. Nicht Noah, sondern meine Mutter. Meine Mutter nahm ihrer Schwester das Leben. Es gibt nichts wiedergutzumachen, keinen Ausweg.

»Es ist ein ziemliches Durcheinander.« Noah scheint meine Gedanken zu lesen.

»Du hast ihr nicht gesagt, dass es Mom war, richtig?«

»Nein.« Er ist damit fertig, meinen Fuß zu bandagieren, und sieht mich schließlich an. »Ich konnte es nicht tun.«

Ich mache ihm keine Vorwürfe. Ich habe gelernt,

dass Emily eine Naturgewalt ist. Sie hat nicht viel Macht im Kloster, aber was sie hat, setzt sie mit verheerender Wirkung ein. »Du sollst sie morgen Abend sehen?«

»Ja.« Seine Antwort klingt misstrauisch.

»Ich gehe.«

»Auf keinen Fall.«

Felix springt auf das Bett und stellt sich auf meine Brust, dreht sich dann dreimal um, bevor er sich mit seinem Schwanz in meinem Gesicht niederlässt.

Ich versuche, ihn von mir wegzuschieben, aber seine Krallen graben sich in mein Hemd. »Verdammt.« Ich spreche um ihn herum. »Ich werde einen Kapuzenpullover tragen, husche an deiner Stelle hinein und halte den Kopf gesenkt.«

»Du kannst nicht mal laufen, Dummkopf.«

Ich zeige auf den Joint auf dem Nachttisch. »Ich werde genug rauchen, um den Schmerz zu dämpfen.«

»Zu riskant. Wenn dich jemand sieht, bist du am Arsch. Und jemand *wird* dich sehen. Besonders, wenn du direkt ins Scheinwerferlicht rennst. Du wirst wahrscheinlich Zion fragen, ob er Cheetos hat.« Er steht auf. »Ich lasse dich hier nicht raus, nur damit du wieder ans Kreuz genagelt werden kannst. Vergiss es.«

Er hat recht. Ich weiß, dass er recht hat, aber ich kann mein Bedürfnis nach ihr nicht unterdrücken. Ich muss sie sehen, muss etwas tun, um ihr gebrochenes Herz zu beruhigen. Ihre *Schwester*. Ich kann nicht glauben, dass ich es vorher nicht verstanden habe. Ich wusste, dass sie mir etwas verheimlichte, aber einen rechtschaffenen Rachefeldzug hätte ich nicht ahnen können – nicht, bevor ich den Hinweis von ihrer Mutter bekam. Aber ich war damals zu dumm, um eins und eins zusammenzuzählen. Diese Offenbarung ändert alles und nichts. Ich muss sie sehen. Eine gefährliche Idee kommt mir in den Sinn. »Warte, wie wäre es, wenn du sie hierherbringst?«

Er zieht eine Braue hoch. »Ich kann sie nicht einfach aus dem Kloster ausleihen. Sie ist kein Buch aus einer Bibliothek.«

»Warum nicht?« Ich hebe Felix hoch und lege ihn neben mir auf das Bett. Er wirft mir einen mürrischen Blick zu, und seine orangefarbenen Augen sind halb geöffnet.

»Er wird gleich wieder auf dich springen«, lenkt Noah mich ab.

»Bring sie hierher, okay? Lass dir was einfallen, aber hol sie her. Bitte.«

Felix klettert, getreu Noahs Vorhersage, wieder auf meine Brust und entscheidet sich diesmal dafür, sein Gesicht gegen mein Kinn zu legen.

»Komm schon, Noah. Ich lasse mich von deinem Kater benutzen. Das ist das Mindeste, was du tun kannst.«

Er lächelt das orangefarbene Fellknäuel an, das versucht, mich zu ersticken, aber resigniert, als er mir in die Augen sieht. »Schau, ich kann nichts versprechen. Aber ich kann es versuchen.«

»Das ist alles, worum ich bitte.«

»Nein, du verlangst noch mehr Ärger, zusätzlich zu

dem Scheißhaufen voller Ärger, den wir schon haben.«

»Vielleicht«, gebe ich nach und streichele Felix. »Aber ich muss sie sehen. Ich kann nicht tun, was getan werden muss, bis ich nicht weiß, dass sie in Sicherheit ist, okay?«

»Gut.« Er hebt den Deckel von Gregorys Terrarium an und streichelt mit dem Zeigefinger über den Kopf der alten Echse. »Aber sobald das erledigt ist, müssen wir Ernst machen. Mit Papa, der Kapelle, allem.«

»Ich meine es ernst.« Ich lehne mich zurück und schließe die Augen. »Wir werden uns um alles kümmern, auch um Mom.«

»Mann, ich würde ihr nicht von Mama und ihrer Schwester erzählen. Ich hoffe, das ist nicht ein Teil deiner Motivation, sie sehen zu wollen.«

»Ich weiß es nicht.« Ich bin mir nicht sicher, ob ich es ihr sagen kann, geschweige denn, ob ich es ihr sagen sollte. Aber sie verdient es, es zu erfahren … irgendwann.

Felix gräbt seine Krallen wieder ein und fühlt sich wie zu Hause, vollkommen entspannt mit dem wirbelnden Scheißsturm um uns herum.

Alles spitzt sich zu, wie eine sich langsam bewegende Welle auf dem Ozean, die immer höher und höher wird, je mehr sie sich dem Ufer nähert. Wenn sie zuschlägt, werden einige von uns in der Lage sein, sie zu überstehen, und einige von uns werden mitgerissen werden. Ich kann nur hoffen, dass Noah, Emily und ich robust genug sind, um unsere Füße auf dem Boden zu behalten.

KAPITEL NEUNZEHN

Delilah

ICH GEHE die kurze Länge meines Zimmers auf und ab. Grace hat mich heute nicht abgeholt. Stattdessen ging ich in den Fernsehraum – diesmal mit einer Oberin, die direkt vor der Tür stand – und sah mir Videos über *Die Reise des Propheten* an, die aus mehreren Propagandastücken bestanden, die sich um sein Leben drehten.

Obwohl langweilig, gab es einige Highlights. Adam trat einige Male auf, immer im Hintergrund, und seine dunklen Augen beobachteten alles, was vor sich ging, als würde er sich jedes Detail einprägen wollen. Die jüngere Version von ihm grinste nicht so viel, aber es lag trotzdem in ihm, der berechnende Verstand und der eindringliche Charakter, der auch jetzt noch aus dem Bildschirm springt.

Nach einem Mittagessen aus gedünstetem Gemüse wurde ich auf mein Zimmer zurückbegleitet und für den Nachmittag abserviert. Seitdem laufe ich auf und ab. Die Sonne ist schon lange untergegangen, und ich habe mir nicht die Mühe gemacht, das Licht einzuschalten. Ich setze meinen Spaziergang in der Dunkelheit fort.

Der Sonntag taucht groß in meinem Kopf auf, der dunkle Sturm aus meinen Träumen, der darauf wartet, mich zu verschlingen. Grace sagte kein Wort zu mir, als wir gestern das Haus des Propheten verließen, aber ich konnte spüren, wie es in ihr brodelte. Ich bin immer noch hier, so, wie sie es wollte, aber der Sonntag ist nur noch zwei Tage entfernt. Wenn ich den Senator heirate und gehe, weiß ich, was Grace meiner Mutter antun wird.

Ich drehe mich abrupt um, als ich fast an der hinteren Wand bin, und laufe zurück zur Tür. Mich auf Evans Seite zu schlagen hat ein bisschen zu gut funktioniert. Ich unterschätzte ihn und ging davon aus, dass der Prophet sich immer noch dafür entscheiden würde, mich für mindestens ein oder zwei Monate hierzubehalten. Ich hätte diese Zeit genutzt, um Evan bei seinen Besuchen unter die Haut zu gehen, um ihn davon zu überzeugen, dass der Himmel eine Bedrohung ist. Aber all das ist jetzt geplatzt. Ich kann ihn immer noch bearbeiten, versuchen, ihn gegen den Propheten aufzubringen, aber ich werde völlig unter seiner Kontrolle sein. Und Evan ist nicht der Typ, der sich leicht verbiegen lässt.

Mein Fuß stößt gegen die Wand neben der Tür, und ich drehe mich wieder um, wobei mein Kleid eindrucksvoll um meinen Körper wirbelt, während ich immer wieder denselben Weg abschreite. Noah ist gestern nicht gekommen, also konnte ich nichts erklären. Ist ihm etwas zugestoßen? Es fühlt sich seltsam an, sich um Noah zu sorgen, vor allem, weil ich davon überzeugt war, dass er Georgia ermordet hat. Aber jetzt sorge ich mich um ihn, auch wenn ich mir wünschte, es nicht zu tun. Es scheint, als ob jeder, der mir etwas bedeutet, von der Himmlischen Maschinerie zerquetscht wird.

Meine Tür fliegt auf und lässt mich innehalten.

Graces höhnisches Grinsen begrüßt mich. »Zieh dir Schuhe an. Wir gehen aus.«

Ich eile um mein Bett herum und schlüpfe in meine Schuhe. »Wohin gehen wir?«

»Halt die Klappe.« Sie dreht sich um und geht weg.

Ich folge ihr und halte mit ihrem schnellen Tempo Schritt. Es hat keinen Sinn, noch mehr Fragen zu stellen. Diesmal hat sie mir kein Gewand mitgebracht, also werden wir wohl nicht zum Haus des Propheten gehen. Das ist eine Erleichterung, aber es wirft auch die Frage auf, wohin wir dann gehen.

Die kalte Nacht begrüßt uns, und wir steigen in ein Golfcart. Grace fährt die Straße entlang, und der eisige Wind beißt sich durch mein dünnes Kleid. Als wir an der Hauptstraße des Geländes ankommen, glaube ich für einen Moment, dass sie nach rechts zum Pfarrhaus abbiegt – entweder, um einen grausamen Besuch bei meiner Mutter abzustatten, oder um ihr Schicksal zu teilen – aber sie biegt nach links zum Haupteingang ab.

Ich kauere mich zum Schutz vor dem Wind zusammen, als sie den Hügel hinaufrast aber der Motor des Golfwagens nur ein leises Summen ist. Sie fährt an der Rückseite des Hauses des Propheten vorbei und hält vor einem der kleineren, die es flankieren, an.

»Ich werde in einer Stunde zurückkehren. Warte draußen. Wenn du auch nur einen Fuß vor dieses Haus setzt, wirst du gefunden und ins Pfarrhaus gebracht. Ich werde dich auf jeden Fall neben deiner Mutter unterbringen, damit du ihre Schreie hören kannst. Verstanden?«

Ich nicke.

»Geh.« Sie zeigt auf die schwarze Haustür.

Ich möchte fragen, wer hier wohnt, was ich hier tue und ungefähr ein Dutzend anderer Dinge, aber ich widerstehe dem Drang nach Antworten. Ich steige einfach aus dem Golfcart und gehe zur Tür. Sie fliegt auf, als ich mich nähere, und Noah steht genau dahinter, trägt einen Kapuzenpulli, und eine handgerollte Zigarette oder ein Joint hängt aus seinem Mund. Er winkt mich herein.

»Du kennst die Regeln«, ruft Grace.

»Ich habe das bekommen, was ich wollte, und du hast bekommen, was du wolltest.« Er zeigt auf die Straße, die zum Kloster führt. »Jetzt verschwinde, und wir sehen uns in einer Stunde.«

Ich trete ein, und Noah schlägt die Tür hinter mir zu. Er hat die Kapuze immer noch auf.

»Ich hasse diese Schlampe. Am Anfang dachte ich immer ›Oh, ich fühle mich schlecht für sie, wegen diesem oder jenen‹, aber vor ein paar Jahren habe ich erkannt, dass sie einfach durch und durch verrottet ist.« Er sagt das alles unter dem Einfluss dessen, was – vom Geruch her – definitiv ein Joint ist, der von seinen Lippen baumelt.

»Das hätte ich dir sagen können.« Ich schaue mich in seinem Haus um. Die Böden sind aus schönem, dunklem Holz, konservativ aber zeitgemäß eingerichtet und groß – ein tolles Zuhause für eine Familie.

»Du kennst sie wahrscheinlich besser als ich.« Er zuckt mit den Schultern. »Beschissenes Pech für dich.«

Mir wird schlagartig bewusst, dass ich allein mit ihm in seinem Haus bin. »Was mache ich hier?«

Er zieht den Joint von seinen Lippen und bietet ihn mir an. »Willst du?«

»Nein, danke.« Ich schüttele den Kopf. Die erzwungenen LSD-Trips haben definitiv meine Meinung bestärkt, niemals wieder Drogen zu nehmen.

»Okay, cool.« Er geht vor mir her, und seine nackten Füße sind lautlos auf dem Boden. »Komm mit nach oben. Wo ich *sie definitiv nicht ficken werde!*« Er zeigt mit dem Joint auf den Deckenventilator im Wohnzimmer, während er vorbeigeht, als ob er denjenigen, der ihn beobachtet, sehen und direkt mit ihm kommunizieren könnte.

Ich bin nicht weniger verwirrt, als ich war, als Grace kam, um mich zu holen, aber ich folge ihm die Treppe hinauf. »Was hast du Grace gegeben, um mich hierherzubringen?«, frage ich leise.

Seine Jeans hängen tief um seine Hüften, der Gummizug seiner Boxershorts ist sichtbar. Ich lasse meinen Blick nach unten wandern und schaue auf die Treppe, während ich hinaufsteige.

»Informationen.«

»Oh.«

Am oberen Ende der Treppe wendet er sich nach links und geht zum Ende des Flurs. »Hier rein. Zieh dich aus und leg dich aufs Bett.«

Mein Inneres verkrampft sich. In der Mitte des dunklen Raumes steht ein großes Bett, und die weißen Laken und die Bettdecke sind durcheinander. »Was machst du …«

»Tu einfach, was dir gesagt wird, Jungfrau.« Sein Tonfall wird schroff, dann betritt er das Badezimmer und schließt die Tür hinter sich.

Ich schlucke heftig, und meine Hände zittern, als ich nach dem Saum meines Kleides greife. Vielleicht liege ich bei Noah falsch. Warum hätte er mich sonst hierherbringen lassen? Er wird mich verletzen, mich benutzen. Ihm zu vertrauen war ein Fehler.

Ich ziehe mein Kleid aus und lege es über das Fußende des Bettes. Mein Herzschlag pulsiert in meinen Schläfen, während ich zwischen die kühlen Laken krieche und sie bis zu meinem Kinn hochziehe.

Sie riechen nach ihm, aber auch nach einer Art Waschmittel. Mich juckt es, die Lampe neben mir einzuschalten, damit ich sehen kann, was kommt. Aber das könnte eine schlechte Idee sein. Vielleicht ist es besser, wenn ich es nicht weiß. Ich erinnere mich an das Lamm bei der Wintersonnenwende, wie es sich mit arglosen Augen umsah, völlig ahnungslos von seinem Schicksal. Wäre es besser, ignorant zu sein?

Die Badezimmertür öffnet sich, und ich umklammere das Laken. Ich zittere, und mein Körper rebelliert offen, als Noah neben mir ins Bett kriecht.

»Noah, bitte tu's nicht.«

»Pst.« Eine kühle Hand ruht auf meiner Schulter und ich drehe mich um, um ihn anzuschauen.

Ich blinzele. Er legt mir schnell eine Hand auf den Mund. »Nicht ein Wort.« Seine Stimme ist leise, ein leises Rumpeln, der Kapuzenpullover verbirgt sein Gesicht im Schatten.

Tränen trüben meine Sicht, und ich küsse die bandagierte Handfläche. *Adam.*

Er zieht seine Hand weg und kommt näher, schlingt seine Arme um mich, während ich mich zu ihm drehe und mein Gesicht in seinem Nacken vergrabe. Ich halte ihn fest und drücke ihn so stark, dass ich nicht weiß, ob er atmen kann. Meine Seele wird wieder zusammengenäht, mit seiner verstrickt, während er meinen Rücken streichelt.

»Psst, kleines Lamm. Meine Emily.«

Ich versuche, nicht zu schluchzen, aber ich kann es

nicht zurückhalten. Die Erleichterung öffnet einen Pool von Emotionen in mir, und ich verschlinge meine Beine mit seinen und lasse unsere Körper verschmelzen, um mich selbst davon zu überzeugen, dass er es ist, dass er wirklich hier ist.

Er fährt fort, mich zu beruhigen, flüstert in mein Ohr, und seine Hände bewegen sich auf meiner nackten Haut.

Als ich endlich sprechen kann, sage ich leise: »Deine Hände.«

»Es wird ihnen gut gehen.« Er küsst meine Stirn, dann meine Wangen. Sein Kapuzenpullover bedeckt die meisten seiner Haare und versteckt ihn vor der Kamera.

»Ich hatte solche Angst.«

»Ich weiß.« Seine Lippen wandern zu meinem Hals und hinterlassen eine Spur aus Feuer.

Sorgen huschen mir durch den Kopf. »Ist das sicher? Kannst du hier sein?«

»Das ist mir egal.« Er bewegt sich zurück zu meinem Gesicht und beansprucht mich in einem Kuss, der jeden Gedanken aus meinem Kopf auslöscht. Sein Geschmack, seine Hände, alles an ihm. Ich habe mich danach gesehnt. Und obwohl ich wusste, dass ich ihn auf irgendeiner Ebene brauchte, war mir nicht klar, wie sehr.

Seine Zunge streicht über meine, und er bewegt sich auf mir, schiebt seine Hüften zwischen meine Beine, während ich mich für ihn öffne. Er küsst mich, als ob er ohne diesen Kuss sterben würde, und ich erwidere ihn mit der gleichen Leidenschaft. Hastig und ungeduldig teilen wir unsere Seelen, und ich möchte ihm alles geben. Es gibt so viel, was ich sagen muss. Ich muss ihm Georgia beichten, ihm sagen, wer sie war, ihm sagen, wer ich bin. Ich muss ihm sagen, was es mir angetan hat, ihn am Kreuz zu sehen, was für eine tiefe Narbe der Anblick in meinem Herzen hinterlassen hat. Aber alles, was ich tun kann, ist, ihn zu küssen.

Ich wimmere, als sein harter Schwanz auf die köstlichste Weise gegen mich drückt und nur seine Jeans uns trennt. »Ich will dich«, hauche ich, als er den Kuss beendet und sich zu meinem Nacken bewegt, küssend und beißend.

»Wir können nicht.« Er bewegt sich tiefer, saugt meine Brustwarze in seinen Mund und peitscht die Spitze mit seiner Zunge aus, während er meine andere Brust knetet.

Jede Berührung sendet einen Hitzeschock zwischen meine Schenkel, und das Verlangen ergießt sich dicker als Honig über mich. »Bitte.« Ich grabe meine Hände in sein Haar und ziehe an den Strähnen, während er mich intensiver küsst. »Ich will dich schmecken.«

Er stöhnt an meinem Bauch, dann rollt er sich auf seinen Rücken und zieht mich mit sich. »Setz dich auf mein Gesicht.« Mit rauen Händen positioniert er mich, bis ich mich auf ihm abstütze, meine Knie auf beiden Seiten seiner Schultern, mein Gesicht über seiner Taille. Als er leckt, zucke ich. Ich möchte seinen Namen sagen, aber nichts kommt über meine Lippen, außer einem heftigen Keuchen. Seine Zunge kommt zurück, und ich brenne vor Verlangen. Ich kratze an seiner Jeans, befreie seinen Schwanz, lecke über die Spitze, und seine Nässe ist salzig auf meiner Zunge.

Ich nehme ihn so weit in den Mund, wie ich kann, begierig darauf, Lust zu geben und zu nehmen. Als er seinen Mund auf mich drückt und mich auf sein Gesicht herunterzieht, stöhne ich um seinen dicken Schwanz herum, dann lutsche ich seine Spitze. Er lässt nicht locker, seine Fingerspitzen drücken sich in meine Hüften und zwingen mich, mich direkt auf ihn zu setzen, während sein Mund die Kontrolle übernimmt.

Meine Erregung steigert sich immer mehr, während ich versuche, mich auf ihn zu konzentrieren. Auf und ab wippend, saugend und leckend, benutze ich eine Hand an seinem Schaft und bewege sie im Einklang mit meinem Mund. Seine Hüften zucken hoch, mir entgegen, und er passt sich meinem Rhythmus an. Als er seine Zunge in mich drückt, zittern meine Schenkel, und ich höre auf zu saugen. Ich will mehr. Ich will ihn ganz in mir haben. Vielleicht wird es uns wieder ganz machen, uns zusammenhalten, trotz des zerbrechenden Bodens unter unseren Füßen.

»Bitte.« Ich küsse die Seite seines Schwanzes und ziehe meine Zunge wieder nach oben. »Bitte«, wimmere ich wieder.

»Scheiße«, knirscht er heraus, dann stößt er mich von sich.

Mit einer schnellen Bewegung ist er hinter mir, und

seine Hände liegen auf meinem Hintern. »Spreize die Beine für mich.«

Ich schiebe meine Knie auseinander, und er reibt seine nasse Eichel auf meiner glatten Haut auf und ab.

Er zieht seine Finger an einem der Gürtelabdrücke entlang. »Ich hasse seine Spuren auf dir.«

»Ich hasse sie auch.«

Er beugt sich vor und beißt mir ins Ohr. »Wir müssen es so aussehen lassen, als würde ich deinen süßen, kleinen Arsch ficken.«

Ich weiß, dass er ein noch größeres Risiko eingeht, aber ich kann keine Sekunde mehr ohne ihn in mir sein – dieses Band, das ich nur mit ihm teile.

Er positioniert seinen Schwanz und schiebt sich vorwärts. Ich greife in die Laken, lasse meinen Kopf fallen und zwischen den Schultern hängen. Er rutscht tiefer, und meine Nässe ebnet ihm den Weg, bis er vollständig in mir ist. Ich krümme meine Zehen und atme hörbar aus. So voll, aber ich brauche mehr. Ich bewege mich vorwärts und drücke mich dann wieder nach hinten.

»Scheiße.« Er stöhnt und beißt mir zwischen die Schultern, zieht sich heraus und stößt wieder zu. Er hält sich nicht zurück, fickt mich hart, zerstört und baut mich mit jedem Aufprall wieder auf. Ich vergrabe mein Gesicht im Kissen und schreie vor Lust auf, als er um mich herumgreift und seine Finger mit meiner Klitoris spielen.

Meine Atemzüge kommen in kurzen Stößen, alles in mir verdichtet sich um den einzigen Punkt, den seine Finger streicheln. Er ist unerbittlich, sein Schwanz füllt mich perfekt aus, seine schweißglatte Haut klatscht gegen meine. Ich drücke meine Stirn in das Kissen und stütze mich mit den Händen am Kopfteil ab, um mich ihm entgegenzuschieben.

Er stöhnt und dringt härter in mich, meine Ausdauer spornt ihn an, schneller zu werden. Ich liebe jeden Stoß, die Geräusche, den Schweiß, von Adam ausgefüllt zu werden.

»Ich kann nicht …« Ich weiß nicht, welche Worte ich als Nächstes sagen wollte, da mein Orgasmus in einem blendenden Nebel auf mich zurauscht. Er trifft mich aus dem Nirgendwo und überall, mein Körper zieht sich zusammen und dehnt sich mit einem Lustschwall aus. Wellen überrollen mich, und ich kann kaum atmen. Meine Hüften verkrampfen, mein Atem stockt, und alles, was ich fühlen kann, ist er – wir. Nichts existiert außerhalb von uns.

Er stößt noch ein paarmal kräftig zu, dann zieht er sich zurück. Sein Sperma spritzt in kräftigen warmen Explosionen auf meinen Po, und sein Stöhnen ist gequält und erotisch. Meine Beine rutschen weiter auseinander, und ich liege ganz auf dem Bett. Er lässt meine Hüfte los, und seine Handfläche massiert die Stelle, wo er mich gedrückt hatte.

Ich möchte ihm sagen, dass ich ihn liebe, aber das kann ich nicht. Nicht hier. Nicht jetzt. Es ist nicht sicher. Als mein Hochgefühl nachlässt, begreife ich, dass dies ein Fehler war. Was, wenn er erwischt wird?

Die Angst durchdringt mich, und ich drehe mich um, um ihn anzuschauen.

Er nickt mir kurz zu und steigt vom Bett. Mit einem humpelnden Gang, der in meinem Kopf viele Fragen aufwirft, geht er ins Bad und kommt mit einem Waschlappen zurück. Er reinigt mich schweigend, dann legt er sich neben mich.

Ich werfe das Laken über uns und kuschele mich an ihn. Nach mehreren langen Schlägen der Stille kehrt meine Atmung wieder zur Normalität zurück, und ich spüre die Gefahr in der Luft. Sie überzieht alles wie Ruß. Wir hätten das nicht tun sollen.

»Bist du in Ordnung?« Er steckt meine Haare hinter mein Ohr.

»Ich? Was stimmt nicht mit deinen Füßen?«

Sein Blick zuckt zu meinen Lippen. »Spielt das eine Rolle? Wir haben nur noch wenig Zeit.«

»Ja, es spielt eine Rolle.« Ich lehne mich zu ihm und beiße ihm ins Ohr. »Sag es mir.«

Er gleitet mit einer Hand zu meiner Hüfte hinunter und drückt mich. »Es ist keine große Sache. Ich habe nur … ich habe nur ein paar Zehen durch Erfrierungen verloren.«

Ich zucke zusammen. Er hat gelitten, um mich aus Evans Klauen zu retten, und er hat teuer dafür bezahlt. Ich schließe die Augen und schmiege mich an seinen Hals. »Es tut mir leid.«

»Ich brauchte sie nicht wirklich. Die waren sowieso irgendwie extra, oder? Du wirst einfach nicht in der Lage sein, *This Little Piggy* mit mir zu machen, wie du es dir erträumt hast.« Er küsst mich auf den Scheitel, und ich lächele bei seinen lächerlichen Worten. Sein Sinn für Humor verbirgt sich hinter einem verächtlichen Äußeren, aber er ist vorhanden – warm und reichlich. Ich wünschte, es gäbe mehr Zeit für uns, damit ich all seine Ecken und Winkel, die Facetten, die seine Persönlichkeit ausmachen, erforschen könnte.

Sein Kuss verweilt. »Du musst bald gehen, aber ich möchte, dass du einige Dinge weißt. Bleib dem Gottesdienst am Sonntag fern. Die Scheiße wird untergehen. Kannst du das tun?«

Mein Herz versinkt in einem Säurebottich, blubbernd und blasenbildend, während er versucht, mich vor einem Schicksal zu warnen, das bereits in Stein gemeißelt ist. »Ich muss dort sein.«

»Warum?«

Ich klammere ihn näher an mich, aus Angst, ihn zu verlieren, aus Angst vor so viel. Aber ich kann nicht lügen. Nicht jetzt. »Weil ich an diesem Tag den Senator beim Gottesdienst heiraten soll.«

Er zieht mich von sich weg, und seine dunklen Augen brennen in mich hinein. »Du kannst ihn nicht heiraten.«

Ich schüttele den Kopf, meine Augen tränen wieder. »Ich muss es tun.«

»Nein.« Er ergreift meine Arme. »Auf keinen Fall.«

»Ich habe keine andere Wahl. Der Prophet hat meine Mutter. Ich kann diesen Ort nicht von innen heraus bekämpfen. Ich muss es von außen tun. Vielleicht, wenn ich Evan überzeugen kann …«

»Ihn von was überzeugen?« Seine Stimme ist angespannt, und er bemüht sich, sie leise zu halten. »Er ist nicht jemand, mit dem man vernünftig reden kann.«

»Ich muss es versuchen. Es ist meine einzige Chance, den Propheten aufzuhalten. Ich werde Evan benutzen, um ihn gegen die Himmlische Mission einzusetzen.«

»Wie gedenkst du ihn zu beeinflussen, Emily?« Feuer wütet in seinen Augen, und sein Körper ist angespannt. »Womit willst du das machen?«

Scham brennt in meinen Wangen, aber ich sage ihm die Wahrheit. »Ich werde ihm geben müssen, was er will.«

Er drückt seine Stirn an meine, seine Hände umklammern mich fest. »Er will *dich*, Emily. Er will dich in zwei Hälften brechen und dir dein verdammtes Mark aussaugen. Das ist die Art von Mann, die er ist.«

»Ich weiß.« Meine Stimme zittert. »Aber es ist der einzige Weg.«

»Nein.«

»Es ist bereits entschieden. Es ist vorbei, Adam.« Ich drücke meine Handfläche an seine Wange. »Ich werde ihn am Sonntag heiraten. Und ich werde tun, was ich tun muss, um ihn auf unsere Seite zu ziehen.«

»Ich werde sterben, bevor ich dich zu ihm gehen lasse.« Er knirscht mit den Zähnen.

»Ich will dich lebendig haben.« Tränen fließen über meinen Nasenrücken. »Weg von hier. Du verdienst so viel mehr als dieses Leben. Du verdienst Liebe, eine Familie, einen Ort, den du dein Eigen nennen kannst.«

»Ich will diese Dinge aber nur mit dir.« Er legt seine Hand über meine. »Ich liebe dich.«

Alles in mir zerreißt bei seinen ernsten Worten. Ich will ihn so sehr, und ich will das Leben, das ich beschrieben habe. Wir beide, befreit aus dem Netz des Propheten. Aber das wird nicht passieren. Wir waren von dem Moment an, als wir uns sahen, dem Untergang geweiht. Nichts kann unter der harten Sonne des Propheten gedeihen.

»Ich liebe dich auch.« Ich lasse die Worte herausschwappen. Frei, und doch irgendwie ein Gefängnis.

Diese Worte binden uns aneinander, auch wenn wir kurz davor sind, auseinandergerissen zu werden. Er zieht mich in seine Arme und drückt mich fest an sich. Ich fühle sein Brandzeichen auf meinem Herzen, das meine Seele versengt. Ihn gehen zu lassen ist das Schwerste, was ich je getan habe. Aber ich muss es tun. Es ist die einzige Chance, die ich habe, ihn zu retten.

»Das werde ich nicht zulassen«, flüstert er mir ins Ohr. »Ich liebe dich zu sehr. Das wird nicht passieren.«

Es ist bereits geschehen. Ich halte mich an ihm fest und wünschte, unsere Liebe könnte das Unvermeidliche aufhalten.

Ein schwaches Klopfen an der Badezimmertür erschüttert die Ruhe.

»Verdammt.« Er küsst meine Stirn, dann meine Nase und meine Lippen. »Es ist Zeit.«

Ich küsse ihn von ganzem Herzen, und ich hoffe, dass er mein Siegel auf seinem Herzen fühlt, mein

Versprechen, dass ich ihn immer lieben werde, egal, was passiert. Das ist alles, was ich geben kann. Und ich gebe mich ihm aus freien Stücken hin. Sein kleines Lamm. Ich werde mich gerne opfern, um ihn zu retten, um ihm eine Zukunft zu geben und um zuzusehen, wie der Himmel brennt.

KAPITEL ZWANZIG

Grace

DIE NACHT VERHÜLLT MICH, während ich mich ins Haupthaus schleiche und zu der Metalltür im Keller eile. Castro wartet drinnen, und die Spitze seiner Zigarette leuchtet orange in der Dunkelheit.

»Was?« Er lehnt an der Wand, nonchalant, obwohl sein größter Feind direkt über uns steht. Wenn wir hier unten erwischt würden, würde der Prophet uns beide töten.

Ich stehe neben ihm, so nah, dass ich den abgestandenen Zigarrenrauch in seinem dunklen Haar riechen kann. »Noah hat Adam. Er ist nicht mehr in der Kapelle.«

Er blickt mich an. »Woher weißt du das?«

»Noah hat es mir gesagt.«

»Warum?«

»Er brauchte einen Gefallen.« Mein Blut kocht bei

dem, was ich aufgeben musste, um diese Information zu bekommen. Diese Hure Delilah verbringt Zeit in Noahs Haus. Ich zweifele nicht daran, dass sie Adams Bett wärmte, ihre Beine spreizte und ihm gab, was er wollte. Das ist alles, was sie jedem zu bieten hat – ihre Freak-Muschi.

»Sonst noch etwas?«

Ich nicke. »Die Verräter der Kapelle planen etwas für Sonntag. Ich weiß nicht, was, aber es könnte unsere Pläne durchkreuzen.«

»Wir machen weiter, egal, was passiert. Die Zeit ist gekommen. Der Vater des Feuers hat ihr gesagt«, er blickt an die Decke, als ob er Rachel durch die Balken sehen kann, »dass die Zeit jetzt gekommen ist, und es an einem heiligen Tag geschehen muss. Diesen Sonntag. Was hast du über die Huren aus der Kapelle gehört?«

»Nichts Bestimmtes, aber Chastity war häufiger dort.« Ich schüttele den Kopf. »Sie denkt, ich weiß es nicht. Was für eine Idiotin. *Natürlich* weiß ich das. Vor zwei Tagen besuchte sie sogar zufällig die Kathedrale, um mit Ruth zu sprechen. Es ist etwas Großes. Ich kann es fühlen.«

»Soll ich sie jetzt auffliegen lassen und zum Propheten bringen?«

»Das denke ich nicht. Aber frag natürlich *sie*. Sie weiß es am besten.« Ich täusche Rachel gegenüber Ehrerbietung vor. Ich bin auf ihrer Seite, sicher. Aber ich könnte mich nie vor einer Frau verbeugen. Es verstößt gegen Gottes Gesetz. Sobald Adam fest auf dem Thron sitzt, werde ich ihn überzeugen, sie und diesen aufgesprungenen Mexikaner loszuwerden. »Aber es könnte zu unseren Gunsten laufen.«

Er zuckt mit den Schultern. »Ich habe kein Problem damit, sie ihre kleine Rebellion inszenieren zu lassen. Es wird mehr Spaß machen, sie abzuschießen, als sie still und leise loszuwerden.«

Ich weiß es nicht. Zu sehen, wie sie an Seilen schwingen oder an Kreuzen hängen, klingt für mich nach Gerechtigkeit, aber es sind sechs in die eine Richtung, ein halbes Dutzend in die andere. Sie sind ein Problem, das gelöst werden muss, sobald Adam Prophet ist. Wir werden sie benutzen – entweder als Ablenkung oder als Sündenböcke –, wenn die Zeit reif ist.

»Sonst noch etwas?« Er wirft seine Zigarette auf den Betonboden und zerquetscht sie mit der Sohle seines Stiefels.

Mein Blick wandert tiefer in den Raum, zu der Stelle, wo Adam seine sterbende Faith gewiegt hat. Ein Schauer kriecht durch meine Knochen. Ist sie hier und beobachtet mich? Verurteilt mich? Ich wünschte, sie wäre noch am Leben. Dann würde Adam mich nicht hassen. Wenn es Faith nicht gegeben hätte, wären Adam und ich noch zusammen und würden vielleicht schon über die Himmlische Mission herrschen. Aber dieses Kind hat alles ruiniert. Ich hätte sie beim ersten Anzeichen loswerden sollen, aber das habe ich nicht. Törichterweise dachte ich, ein Kind würde uns einander näherbringen. Wie dumm.

»Grace?« Castro hat zu mir gesprochen.

»Entschuldigung. Ich habe nicht zugehört. Was?«

»Hast du noch mehr?« Seine Ungeduld regt mich auf. Obwohl er ein Mann ist, hat er mir nichts zu sagen. Nicht bei seiner dunklen Haut und fragwürdigen Herkunft.

»Nur noch eine Sache. Sonntag. Ich will Delilah tot sehen. Sie muss weg. Sonst bedroht sie Rachels Plan. Diese Missgeburt ist in der Lage, Adam den Kopf zu verdrehen, und sie wird ihn von der zukünftigen Herrlichkeit der Himmlischen Mission wegführen. Sie muss verschwinden.«

Er zuckt mit den Schultern. »Kein Problem. Ich werde mich darum kümmern.« Er stößt sich von der Wand ab und geht an mir vorbei.

Der gleiche Schauer kriecht mir über den Rücken, und mein Blick kehrt zu der Stelle zurück, an der Faith gestorben ist. Ich richte meinen Rücken auf. Sie kann mich so lange verfolgen, wie sie will. Das spielt keine Rolle. Ich bin noch am Leben, und das will ich auch bleiben. Sie ist nur noch Staub, und ich lasse nicht mehr zu, dass sie mich von Adam trennt.

KAPITEL EINUNDZWANZIG

Adam

EMILY SITZT AUF IHREM BETT. Kopf nach unten, Augen geschlossen, als ob sie betet. Betet sie? Ich nehme an, sie glaubt nicht an Gott, nicht nach dem, was sie hier gesehen hat. Der kleine Bildschirm flackert. Ich schlage mit einem Handballen auf die Seite, und er beruhigt sich wieder. Noah verlegte die Kabel dafür von seinem Schlafzimmer aus den Flur hinunter, unter meiner Tür hindurch und zu einem kleinen Monitor, den er auf der Kommode neben Gregorys Terrarium aufstellte.

Samstagmorgen bedeutet, dass sie mit dem Rest der Jungfrauen in der Klasse sein sollte. Aber sie ist allein, ihre Finger sind ineinander verdreht, ihr Kopf zuckt unruhig. Aber es gibt keine Möglichkeit, sie von hier aus zu beruhigen. Außerdem … was würde ich sagen?

Sie geht ihren Weg, auch wenn ich ihn versperren und sie retten werde.

»Er ist hier.« Noah spricht durch die Tür. Ich habe ihn nicht den Flur entlangkommen hören.

»Bring ihn hoch.« Ich schalte den Fernseher aus und setze mich im Bett auf. Schwach auszusehen ist keine Option.

Noah zieht sich zurück, und ich werfe die Decke über meine Füße und verstecke die Bandagen um meine fehlenden Zehen. Ich kann nichts gegen meine Hände tun, aber er wird sowieso wissen, dass die gefickt sind.

Ich höre Schritte auf der Treppe, und dann öffnet Noah meine Tür. Castro betritt den Raum als Erster, und sein Kopf bewegt sich wie eine Drehscheibe, während er die Umgebung inspiziert. Als er zufrieden ist, dass niemand aus der Ecke springt, richtet er seinen Blick auf mich.

»Traurig zu sehen, dass du noch am Leben bist, *pendejo*.« Er muss nicht ausspucken, damit ich spüre, wie er vor Verachtung trieft.

Als ob mich das einen Scheiß interessieren würde. Wenn dieser Wichser es bis zum Sonntagsgottesdienst schafft, dann nur, weil ich tot bin. »Sag, was du sagen wolltest, und dann verpiss dich.«

Er qualmt vor Wut. »Ich sollte dich an deinen Vater ausliefern.«

»Mach nur weiter.« Ich seufze gelangweilt. »Mal sehen, wie Mama darüber denkt.«

Seine Augenbrauen ziehen sich zusammen, aber er

sagt nichts weiter dazu. Das hätte keinen Sinn. Mama mag viel skrupelloser sein, als ich mir je vorgestellt hatte, aber sie will nicht, dass ich gekreuzigt werde. Ich bin schließlich Teil ihres großen Plans. Außerdem weiß sie, dass ich hier bin, seit Noah den Deal mit Grace gemacht hat, Emily in sein Haus zu bringen, damit ich sie sehen kann. Eine kostspielige Gegenleistung, aber sie war es wert. Und wenn Mama bis jetzt nichts verraten hat, wird sie es auch weiterhin nicht tun.

»Deiner Mutter ist gesagt worden, dass an diesem Sonntag der Tag gekommen ist. Der Vater des Feuers wird dich zum Propheten krönen, sobald der alte zerstört ist. Du musst bereit sein, das zu tun, was getan werden muss.«

»Und was ist das?« Als ob am Sonntag nicht schon genug los wäre. Scheiße.

»Nimm den Platz deines Vaters ein – den du nicht verdienst.« Er verliert keine Zeit, den letzten Teil anzumerken. »Und folge der Anweisung deiner Mutter für die Zukunft der Himmlischen Mission. Nachdem der Übergang abgeschlossen ist, musst du dich mit den Huren beschäftigen. Und zwar allen.«

Noah lehnt sich gegen den Türrahmen, den Kopf zur Seite geneigt. »Über welche Huren reden wir? Papa scheint alle Frauen hier unterschiedslos so zu bezeichnen.«

»Alle von ihnen«, sagt Castro. »Kein Kloster mehr. Keine Kapelle mehr. Und wir werden die Kathedrale und alles darin niederreißen müssen. Das sollte nicht schwierig sein. Ein Feuer wird dafür sorgen. Verriegel die Türen und brenn sie nieder.«

Noah schaut an ihm vorbei zu mir. »Warum habe ich das Gefühl, er meint ›Türen verriegeln‹, um die Frauen und Kinder darin festzuhalten?«

»Weil es genau das ist, was er meint.« Der abgebrühte Scheißkerl hat sich in den rachsüchtigen Plan meiner Mutter eingekauft und will ihn bis zu seinem blutigen Ende durchziehen. Ich dachte nicht, dass ich ihn noch mehr hassen könnte. Aber ich tue es.

Castro nickt. »Niemand von ihnen ist noch im System. Sie werden einfach verschwinden. Einige der Jungfrauen müssen wir behalten – sie zu Oberinnen machen, um Rachel und dir selbst zu dienen. Einige werden in Dankbarkeit für den Vater des Feuers brennen müssen.«

»Und die Mädchen der Kapelle?« Noahs Augen sind weit aufgerissen, fast schon komisch. Aber nichts von alldem ist lustig.

Castro zuckt mit den Schultern. »Sie können das Gelände nicht verlassen. Wir können sie entweder in der Kathedrale einsperren oder es auf eine andere Art und Weise tun. Ein paar Kugeln für Zielübungen an ihnen verschwenden, denke ich.«

Noah steckt seine Hände in seine Taschen. »Also, mal sehen, ob ich hier mitkomme – du willst die meisten Frauen und Kinder auf dem Gelände ermorden?«

»Es ist Gottes Wille.« Castro starrt mich an. »Und

es wird auf Befehl des neuen Propheten geschehen. Verstanden?«

»Was?« Ich grinse. »Mama ist zu schüchtern, um den Völkermord anzuordnen?«

»Du bist der neue Kopf. Du wirst ihrer Führung folgen, aber sie wird unsichtbar bleiben. Vieles wird so sein, wie es jetzt ist.« Er lächelt fast, und seine Lippen zucken. »Und ich werde dein Sekundant sein, obwohl ich nur auf Rachel höre.«

»Klingt nach einem beschissenen zweiten Mann.« Ich lehne meinen Kopf zurück und tue mein Bestes, um entspannt zu bleiben, während Castro ruhig all die Schrecken erklärt, die meine Mutter geplant hat. »Also, wie wird der Sonntag ablaufen?«

»Alles, was du tun musst, ist, dort zu sein. Bleib irgendwo in der Menge, ohne dass dich ein Protektor sieht. Ich kümmere mich um den Rest.«

»Ohne beleidigend sein zu wollen, Castro.« Noah hält inne, dann überlegt er es sich noch einmal. »Obwohl … eigentlich mit aller Beleidigung. Du bist ein niederer Fußsoldat, der keine Ahnung hat, worauf er sich da eingelassen hat. Warum sollten wir also darauf vertrauen, dass du in der Lage bist, irgendetwas zu tun, um den Propheten aufzuhalten?«

Castro wirbelt mit dem Kopf herum. »Je mehr du wie dein Bruder klingst, desto entbehrlicher wirst du. Wir brauchen nur ein Monroe-Arschloch, damit das alles funktioniert. Nicht zwei.«

Ich lehne mich nach vorne. »Rede weiter so mit

Noah, und du wirst diesen herrlichen Sonntag, den du umrissen hast, nicht mehr erleben.«

Castro wendet seine Aufmerksamkeit wieder mir zu. »Alles, was du tun musst, ist, dort zu sein. Ich bin lange genug an der Seite deines Vaters gewesen, dass ich das Messer hineinstecken und drehen kann, bevor er überhaupt merkt, dass ich eines habe.«

»Willst du ihn vor der Gemeinde hinrichten?« Ich hebe eine Augenbraue. »Hört sich nach einer schlechten Option an. Das würde definitiv eine Panik auslösen.«

»Du brauchst die Einzelheiten nicht zu wissen. Sei einfach da. Der Vater des Feuers hat Rachel versprochen, dass dies perfekt funktionieren wird.« Er blickt auf seine Uhr. »Scheiße, ich bin spät dran.« Er dreht sich um und streift Noah im Vorbeigehen. »Sei da und sei bereit. Der Vater des Feuers wird dafür sorgen, dass alles an seinen Platz kommt.« Seine Schritte donnern die Treppe hinunter, und die Haustür knallt zu.

»Ich hasse diesen Kerl verdammt nochmal.« Noah schließt die Schlafzimmertür und setzt sich ans Fußende des Bettes.

»Er ist ein Idiot, Mom zu glauben.« Ich reibe mir die Augen und zweifele an mir selbst. Hätte ich Castro von der Verschwörung mit dem Dynamit erzählen sollen? Andererseits, vielleicht muss ich den Dingen einfach nur ihren Lauf lassen. Verwirrung und Chaos arbeiten beide zu meinem Vorteil. »Irgendein Wort darüber, wo Jez und die Mädels das Dynamit versteckt haben?«

»Nein.« Er zieht die Decke von meinem Fuß und schaut auf die Bandage. »Ich kann jetzt nicht in die Kapelle gehen. Jez hat die Mädchen in höchste Alarmbereitschaft versetzt. Aber ich habe die ganze Straße zwischen dem Lagerschuppen und dem Hauptgelände abgesucht. Wenn sie es da draußen versteckt haben, haben sie verdammt gute Arbeit geleistet. Ich habe nichts gesehen, was fehl am Platz war.«

»Sie wären nicht dumm genug, es in der Kapelle zu lagern. Zumindest glaube ich nicht, dass sie es tun würden.« Ich zucke zusammen, als er meine Zehen auswickelt. Obwohl ich den Schmerz erwarte, ist er immer noch ein Schock für meinen Körper, genauso wie meinen verstümmelten Fuß zu sehen. »Vielleicht finden wir es nicht rechtzeitig.«

Er greift über das Bett nach dem Verband, und als sein Ärmel hochrutscht, sehe ich einen hässlichen roten Kreis aus verbranntem Fleisch auf der Innenseite seines Handgelenks.

»Hey.« Ich zeige darauf. »Was zum Teufel …?«

Er zieht seine Hand schnell zurück. »Nichts.«

»Noah.« Ich beuge mich vor und blicke ihn an. »Sag es mir.«

Er zuckt halbherzig mit den Schultern. »Dad hat mich gleich heute Morgen zu sich gerufen. Hat das Video von letzter Nacht gesehen.«

Meine Hände werden feucht. »Und?«

»Ich durfte sie nicht in den Arsch ficken. Die Regeln des Senators. Also habe ich eine kleine Erinnerung bekommen. Das ist alles.« Er greift nach dem Verband. »Es wird heilen.«

Scheiße, ich bin ein Arschloch. »Ich habe nicht einmal daran gedacht …«

»Gott, wenn er wüsste, was wirklich in diesem Raum passiert ist.« Er schnaubt. »Mach dir keine Sorgen. Es ist nur ein kleines Brennen. Du hast schon viel Schlimmeres erlitten.« Er kniet sich hin und begutachtet meine Zehen.

»Du solltest etwas draufmachen.« Ich inspiziere meine Nähte. Sie halten, die wunde Haut heilt ab, ohne sich darum zu kümmern, dass Teile von mir fehlen.

»Sicher.« Er seufzt. »Papa stand heute Morgen neben sich.«

Ich werfe ihm einen schiefen Blick zu.

»Mehr als sonst, meine ich. Er sprach immer wieder über das Feuer. Er sagte, das Feuer hätte zu ihm gesprochen und ihm von seinem Untergang erzählt. Und er war besorgt. So sehr, dass er sich nicht mehr hinsetzen konnte. Er ging einfach auf und ab und murmelte, bis er mich anschrie, dass ich gehen solle. Ich glaube, er hat seit Tagen nicht mehr geschlafen.«

»Fledermausscheiße.« Ich glaube immer noch nicht, dass mein Vater irgendeine göttliche Intuition hat, aber vielleicht schlagen seine normalen menschlichen Warnsignale bei dem Scheißsturm aus, der um ihn herum aufzieht.

»Er war kurz davor, die Fassung zu verlieren. Ich

bin einfach gegangen. Castro war da, aber er ging mir aus dem Weg. Es ist alles ein Haufen Scheiße. Wo wir gerade davon sprechen … Was werden wir wegen morgen machen?«

»Wir werden tun, was Mama will. Ich werde auftauchen, in der Menge untertauchen und auf meinen Moment warten. Wir müssen beide nach Jez Ausschau halten. Wenn sie – oder Chastity oder Ruth – mit einem Rucksack voller Dynamit auftaucht, wird die Angelegenheit sehr schnell brenzlig. Wir müssen sie nur verdammt nochmal da rausholen, bevor sie etwas Dummes tun.«

»Ich werde sehen, ob ich mich heute mit Chastity treffen kann. Sie zur Vernunft bringen kann. Sie ist die Rädelsführerin, wie es scheint.«

»Sie ist härter, als ich dachte. Auch klüger. Aber sie hat eine Schwäche für Emily. Nutz das aus, wenn du kannst. Sag ihr, dass Emily diesen Sonntag zum Gottesdienst kommen wird. Sie hat keine andere Wahl, als aufzutauchen.« Mein Kiefer spannt sich bei dem Gedanken an, *warum* sie dort sein muss. Es ist ihr gottverdammter Hochzeitstag. Meine Eingeweide krampfen. Ich werde dieses Stück Scheiße von einem Senator mit meinen bloßen Händen töten, wenn ich die Chance dazu bekomme. Ich lasse die Wunden in meinen Handflächen gerne wieder aufreißen, wenn ich ihm dafür das Genick brechen kann.

»Adam.« Noah schaut zu mir hoch. »Evan wird sie nicht bekommen. Entspann dich.«

»Ich bin entspannt«, antworte ich, ein bisschen zu

laut. Felix springt auf mich, als ob meine erhobene Stimme eine Einladung wäre. »Großartig«, stöhne ich.

Er legt sich auf meine Brust und seinen Kopf unter meinem Kinn ab.

Noah lächelt ihn nachsichtig an. »Lass Felix seine Katzenmagie einsetzen. Du wirst dich besser fühlen.«

»Besser?« Ich streichele den Kater gegen besseres Wissen. »Er lässt meine Augen höllisch jucken, das ist alles.«

»Er wird dich davon abhalten, verrückt zu werden. Er tut es zumindest bei mir.« Noah zuckt mit den Schultern.

Ich streichele immer wieder über das schnurrende Fellknäuel. »Es gibt zu viele Akteure, und ich kann nicht das ganze Spielfeld überblicken.« Der Mangel an Kontrolle nagt an mir. Ich will wissen, was als Nächstes passiert. Mehr als das. Ich will, dass es passiert, weil *ich* es passieren lasse. Aber dieser Luxus ist längst vorbei. Es gibt zu viele Fraktionen und viel zu viele Variablen. Ich muss mich auf das konzentrieren, was wichtig ist – Emily und Noah zu beschützen und den Dynamitanschlag zu vereiteln.

Noah steht auf. »Ich werde sehen, ob ich zufällig auf Chastity treffe und sie in einen Würgegriff nehmen kann.«

»Guter Plan.« Ich hasse es, in diesem Bett zu liegen, anstatt etwas zu tun. Aber ich kann mich nicht bewegen, ohne Misstrauen zu erregen, vor allem nicht tagsüber.

Er öffnet das Terrarium und lässt ein paar lebende

Grillen hineinfallen. »Entspann dich einfach hier. Lass deine Gehirnzellen weiter arbeiten, um einen Ausweg für uns zu finden. Ich werde die Beinarbeit machen.« Er schließt den Deckel, beugt sich vor und sieht zu, wie Gregory sein Mittagessen ignoriert. »Arschloch.« Er zeigt auf Felix und sagt: »Sei brav«, dann macht er dasselbe mit mir. Ich blende ihn aus, so gut ich kann.

Als sich die Haustür schließt, schalte ich den Fernseher wieder ein und schaue Emily zu. Sie hat sich jetzt hingelegt, und ihr Gesicht ruht auf ihren gefalteten Händen. Ein Engel. Nein, ein Glühwürmchen. Ich schmunzele über die Anspielung, denn ihre Schwester hatte recht. Emily *leuchtet* wirklich in der Dunkelheit und bringt Licht in die dunkelsten Teile meiner Seele.

Sie zuckt zusammen und setzt sich auf. Ich stoße Felix weg und lehne mich nach vorne. »Was zum …?«

Mein Vater kommt in Sichtweite und hält ihr seine Hand hin. Was macht er dort? Nach einem Moment des Zögerns schaut sie mit weit aufgerissen Augen auf und ergreift seine Hand.

Er reißt sie vom Bett. Die Wut brodelt in mir wie geschmolzener Stahl, und ich drücke die Fernbedienung mit meiner schmerzenden Hand.

Als er sie aus dem Zimmer zerrt, höre ich sie nicht schreien, aber ich kann es in meinen Knochen spüren.

KAPITEL ZWEIUNDZWANZIG

Delilah

DER PROPHET ZERRT mich aus meinem Zimmer, sein Griff schmerzt, und sein Gang ist schnell, aber unsicher. Chastity klebt mit dem Rücken an der Wand, während wir vorbeigehen, und ihre Augen sind voller Fragen, aber ihr Mund schweigt. Ich eile weiter, und meine nackten Füße klatschen auf den Holzboden.

»Der Vater des Feuers versuchte heute Morgen mit mir zu sprechen.« Seine Worte sind halb gemurmelt, und ich kann sie kaum verstehen. »Er sagte mir, dass du mein Untergang bist. *Du.*« Er bleibt so schnell stehen, dass ich fast gegen ihn renne. Er wendet seine dunklen Augen auf mich und starrt mich an. »Aber wenn ich dich töte, wird mein Untergang noch schneller kommen. Warum ist das so? Warum du?« Er stößt mich gegen die Wand, seine gewohnt ruhige Fassade verschwindet, und das verblüffte Gesicht eines

Verrückten rückt an ihre Stelle. »Warum? Wer bist du?«

Ich schüttele den Kopf. Wie kann ich antworten? Es gibt nichts zu sagen.

»Du.« Er sticht mir einen Finger in die Brust. »Du bist nichts.« Spucke fliegt von seinen Lippen. »Niemand. Nur eine weitere Hure. Das ist alles.«

Hat er so mit Georgia gesprochen, bevor er sie töten ließ? Der Gedanke schießt mir in den Kopf und brennt sich ein. Er kann mir drohen und mich beschuldigen, so viel er will, aber seinen Untergang – was immer das bedeutet – hat er selbst verschuldet. Seine Sünden werden zehnfach auf ihn zurückfallen, und ich werde diejenige sein, die ihn beobachtet, wenn er unter ihrem Gewicht zermalmt wird.

»Komm mit mir.« Er zieht wieder an meinem Arm.

Grace steht an der Hintertür und hält sie offen, während wir vorbei- und in den sonnigen, kalten Morgen hineineilen. Ich kann nichts anderes als ihre übliche Selbstgefälligkeit erkennen, als wir an ihr vorbeigehen.

Er schubst mich in ein wartendes Auto. Ich krabbele weg, als er sich neben mich setzt und die Tür zuschlägt.

»Fahr!« Er klatscht auf die Kopfstütze seines Fahrers, und der Wagen schießt vom Kloster den Hügel hinauf, dann biegt er rechts ab. Weg vom Haus des Propheten und tiefer in das Gelände.

Der Prophet umfasst meinen Hals. Ich drücke meinen Rücken gegen die Tür, aber es gibt kein

Entkommen vor ihm. Eine dünne Schicht weißen Pulvers umgibt seine Nasenlöcher, und sein Atem ist von Whisky durchzogen.

»Du weißt, wo er ist, nicht wahr?« Er drückt zu, aber nicht fest genug, um mir die Luft abzuschneiden.

»Ich weiß nicht …«

»Adam!«, schreit er mir ins Gesicht. »Du hast ihn genommen. Du musst es sein. Du hast ihn irgendwohingezaubert. Hexe!«

Ich schüttele den Kopf. »Nein.«

»Und will die Zauberer bei dir ausrotten, dass keine Zeichendeuter bei dir bleiben sollen.« Er schüttelt mich und schlägt mich dabei mit dem Hinterkopf gegen das Glas. »Die Zauberinnen sollst du nicht leben lassen.«

Mein Herz krampft in meiner Brust, und ich kann nicht zu Atem kommen. Er hat das bisschen Selbstbeherrschung verloren, das er hatte. Wenn es nicht seine Äußerungen über seinen schnelleren Untergang gäbe, hätte ich keinen Zweifel, dass er mich töten würde.

»Ich bin es nicht.« Ich bekomme kaum ein Wort heraus. »Keine Hexe.«

Er verzieht das Gesicht. »Du bist, was ich sage, was du bist, was der Vater des Feuers mir sagt, was du bist. Du gehorchst deinem Propheten mit deiner heidnischen Art nicht. Ich werde dich leiden lassen.« Seine Stimme wird leiser, die ganze Weichheit seines üblichen Tonfalls verschwindet. »Sag mir, was du mit meinem Sohn gemacht hast.«

»Ich habe nichts …«

»Sag es mir, du Hure von Babylon!« Meine Ohren klingeln, als er mir ins Gesicht schreit.

Ich schließe die Augen und versuche, mich vor ihm zu verstecken, in mir selbst zu verschwinden, wohin er mir nicht folgen kann.

»Sir.« Eine andere Stimme dringt in meine selbst auferlegte Dunkelheit ein. »Wir sind da.«

Die Hand des Propheten zieht sich zurück, und ein kalter Lufthauch dringt in das Auto ein, als der Fahrer aussteigt.

Ich öffne die Augen wieder und ziehe an meinem Türgriff. Er bewegt sich nicht. Mein Bedürfnis, zu fliehen, ist archaisch und schlägt in meiner Seele wie eine Trommel. *Raus, raus, raus.* Als sich meine Tür öffnet, springe ich aus dem Auto und stolpere auf den Schotterweg, der in das kurze, dunkle Gebäude führt – still wie ein Grab. Der Ort, wo ich zerbrochen bin. Der Ort, an dem meine Mutter leidet.

Der Prophet fängt mich ab, sein rauer Griff an meinem Arm zieht mich nach vorne.

Ein Schrei entweicht mir, und meine Feigheit ertönt. Aber er hört nicht auf, selbst als meine Füße an den Felsen entlangrutschen und ich versuche, mich aus seinem Griff zu befreien. Es gibt kein *frei.* Nicht von ihm. Nicht von diesem Ort.

Der Wächter an der Tür verlässt seinen Posten, um meinen anderen Arm zu ergreifen, und die beiden ziehen mich in die Finsternis, den langen, engen Gang hinunter. Ich kenne diesen Ort zu gut, und ein einzelner phantomhafter Wassertropfen rieselt auf meine Stirn.

»Welcher?«, fragt der Prophet.

»Hier.« Der Wächter bleibt an einer Tür in der Mitte des Flurs stehen und stößt sie auf.

Im Inneren ist nichts. Das schwarze Loch im Zentrum der Galaxie, das trübe Wasser eines stinkenden Brunnens, der keinen Boden hat.

Ein Klicken ertönt, und dann fällt grelles Licht von einer nackten Glühbirne auf die Betonziegelwände und die Frau, die an den Tisch gebunden ist. Ihr blondiertes Haar ist verfilzt, und ihre Augen sind gegen den Angriff des Lichts geschlossen. Ihr entkleideter Körper ist mit blauen Flecken und Schnitten übersät, und sie zittert, als der Wassertropfen von oben herabfällt und sie an der gleichen Stelle trifft, wo ich es auch jetzt noch spüren kann.

Ich kann das Schluchzen in meinen Lungen nicht aufhalten, die Verzweiflung, die sich wie eine Million Spinnen über meinen Körper ausbreitet, deren winzige Beine in jeden Winkel eindringen, jeden Nerv streicheln, bis ich gequält werde. »Lass sie gehen«, würge ich heraus.

»Sie bleibt hier.« Der Prophet stößt mich in die stählernen Arme der Wache und stellt sich neben sie.

Meine Mutter öffnet langsam ihre Augen. Als sie den Propheten sieht, versucht sie, sich zurückzuziehen, aber sie kann nirgendwohin. An ein Kreuz geschnallt, flach auf dem Rücken, ist sie dem Propheten ausgeliefert. Ich spüre, wie das Holz in meinen Schädel drückt, schmecke das Gummi und Leder des Knebels.

»Mama.« Ich versuche, nach ihr zu greifen, aber der Wächter gestattet es nicht.

Ihr Blick zuckt zu mir, und ihre Augen weiten sich.

»Deine Mutter gehört zu mir, Hexe. Sie wird dieses Gelände niemals verlassen. Solange du am Leben bist, werde ich sie hierbehalten.« Er dreht sich zu mir um, und seine Augen sind schwarze Pfützen des Hasses. »Nicht die ganze Zeit im Pfarrhaus. Ich bin kein Monster.« Er grinst, als ob er sich völlig bewusst ist, dass er die schlimmste Art von Monster ist und schwelgt darin. »Sie wird als Oberin dienen. Sich nützlich machen, anstatt ihren Weg des Verderbens fortzusetzen.« Er zeigt auf die Nadelspuren auf ihren Arminnenseiten. »Wir fanden sie in einem verlassenen Haus. High, kaum bei Bewusstsein. Sie sagten mir, dass sie sich, so wie sie aussah, gerade für einen Schuss ausgehurt hatte. Hatte immer noch verkrustetes Sperma auf ihrer abgenutzten Fotze.«

Ich kann die Tränen, die mir über die Wangen laufen, nicht aufhalten. Wie über so vieles andere habe ich keine Kontrolle hierüber. Es gibt nichts, was ich für sie tun kann. Der Griff des Wächters und der Wahnsinn des Propheten werden weiterhin wild um sich schlagen, und ich habe keine Macht, sie aufzuhalten. Noch nicht.

»Der Grund, warum ich dich hierhergebracht habe«, er dreht sich zu mir um, »ist, damit du weißt, dass, wenn du mir nicht gehorchst, wenn du irgendetwas tust, um deine Platzierung beim Senator zu gefährden …« Er geht weiter in den Raum hinein und nimmt ein Skalpell von einem Tisch in der Ecke.

»Tu es nicht.« Ich spanne mich gegen den Griff des Wächters an. »Bitte.«

»Du musst lernen, Hexe.« Der Prophet kehrt mit dem Messer in der Hand an Mamas Seite zurück.

Sie gibt ein schrilles Geräusch von sich.

»Bitte!«, schreie ich, aber der Wächter hält mir mit der Handfläche den Mund zu.

Er schneidet sie. Langsam und flach fährt er mit dem Messer über ihre Brust.

»Halt!«, schreie ich gegen die Hand des Wächters. Mama schließt die Augen, und der hohe Ton erstirbt in ihrer Kehle, als er seinen Schnitt beendet. Blut sammelt sich entlang der Linie und fließt in dünnen Rinnsalen an ihren Seiten herunter. Ein Beben geht durch sie hindurch, und sie scheint nicht genug Luft durch ihre Nase zu bekommen.

Meine Knie werden schwach und ich kann kaum noch stehen. Ich muss ihr helfen, sie trösten, etwas tun, um dies zu stoppen.

Der Wächter lässt seinen Griff an meinem Mund los und schlingt seinen Arm um meine Taille, um mich aufrecht zu halten.

»Bitte, ich werde alles tun. Bitte tu ihr nicht mehr weh.«

Er lässt das blutige Skalpell auf den Tisch fallen, wendet sich wieder mir zu, und sein Benehmen ist jetzt glatter, als ob ihn das Blutziehen wie ein Schlaflied besänftigt hätte. »Du wirst alles tun, worum ich dich bitte, und du wirst tun, was der Senator sagt. Wenn du dich fügst, wird deiner Mutter kein Schaden zugefügt. Wenn du es nicht tust, schneide ich ihr das Leben Stück für Stück weg.«

Er geht auf die Tür zu. Der Wächter schleppt mich hinaus. Ich greife nach meiner Mutter, komme aber nicht nahe genug heran, um sie zu berühren, um ihr zu sagen, dass ich es in Ordnung bringen werde, um ihr zu sagen, dass das alles ein vorübergehender Alptraum ist und dass ich sie retten werde. Der Prophet knallt ihre Tür zu, als er geht, und wirft sie in eine so vollständige Dunkelheit, dass sie einen bei lebendigem Leib auffrisst.

»Bitte«, flüstere ich, obwohl ich nicht weiß, mit wem ich spreche. Meine Bitten haben weder den Propheten noch irgendjemanden an diesem gottverlassenen Ort erreicht. Hier gibt es kein Mitgefühl, keine Hilfe.

Der Wächter führt mich hinaus in den kalten Morgen, und die Sonne spielt über mein Gesicht, spendet aber keine Wärme. Er schiebt mich hinten in den Wagen, und der Prophet setzt sich neben mich. Er summt ein wenig, der Folter-Muntermacher hat seine Laune gehoben, während meine in Verzweiflung versinkt.

Ich schrumpfe an der Tür zusammen, als er sich zu mir dreht, und seine Lippen fast zu einem Lächeln verzogen sind.

»Ich muss die Zeichen falsch gelesen haben. Die

Flammen können das tun. Es ist mehr eine Kunst als eine Wissenschaft, weißt du?« Er packt mein Kinn und reißt mein Gesicht zu seinem. »Aber es macht jetzt mehr Sinn. Du wirst mir *nicht* zum Verhängnis werden, Hexe. Ich werde deines sein.«

NOAH SCHLEICHT sich in mein Zimmer und schließt sanft die Tür hinter sich. Er ist früh dran. Ich rühre mich nicht vom Bett, als er neben mich rutscht und sich zu mir umdreht.

»Hallo.« Er legt seine Hand auf meine Hüfte.

»Wie geht es ihm?« Ich sage Adams Namen nicht, aber er weiß, wen ich meine.

»Gut. Nun … Er ist besorgt. Er sah, wie Papa kam, um dich zu holen.« Seine hellblauen Augen, so anders als Adams, blicken tief in meine. »Ich habe herausgefunden, dass er dich zu deiner Mutter gebracht hat. Geht es dir gut?«

»Nein«, flüstere ich.

Er zieht mich näher heran, aber hält seine Hüften zurück. »Ich ging danach zu ihr, um den Schnitt zu versorgen. Ich habe ihr versichert, dass sie nicht lange hierbleiben würde.«

»Ich hoffe, du hast recht.« Ich lasse ihn mein Haar streicheln, obwohl es falsch ist und er nicht derjenige ist, den ich will. Ein bisschen Trost von einem Freund – meine Gedanken halten inne. Es ist merkwürdig, dass ich Noah jetzt als einen Freund betrachte, wo ich ihn doch noch vor kurzem tot sehen wollte. Aber der Himmel erschafft seltsame Weggefährten.

»Ich muss sie hier rausschaffen.« Ich habe meinen Plan nicht geändert. Evan an meine Seite zu ziehen ist meine einzige Chance, sie zu retten. Und ich werde alles aufgeben, um sie und Adam in Sicherheit zu bringen.

»Das werden wir.«

»Was wird morgen passieren?« Ich drücke meine Stirn an seine Schulter.

»Sehr viel. Zu viel. Aber du bist meine Priorität. Ich habe Adam geschworen, dass ich dich beschütze, wenn die Scheiße untergeht.«

Ich mag die Härte in seiner Stimme nicht, das Versprechen von Blut, möglicherweise seinem und Adams Blut. »Erzähl mir alles.«

»Die kurze und nette Version geht so: Chastity, Jez und einige andere planen, die gesamte Kirche während des Gottesdienstes in die Luft zu jagen.«

Ich weiche zurück und starre ihn an. Chastity würde das tun? Tausende von Unschuldigen töten? »Nein.«

Er zieht mich wieder zu sich und hält mich fest. »Hör einfach zu. Das ist ihr Plan. Ich werde sie aufhalten. In der Zwischenzeit wird Adam in der Menge sein. Mom, Castro und Grace planen einen großen Coup, wahrscheinlich kurz vor oder nach dem Gottesdienst. Sie wird Dad nicht vor allen Leuten umbringen. Aber«, er zuckt mit den Schultern, »sie ist ein bisschen verrückt, also weiß ich es nicht. Castro ist auf ihrer Seite und will mir nichts anderes sagen als irgendeinen vagen Blödsinn. Ich schätze, sie wollen nicht, dass ich ihre große Enthüllung versaue.«

Ich kann das alles nicht begreifen. Rachel? Ich habe immer gedacht, sie sei eingeschüchtert, eine Geisel im Kontrollspiel des Propheten. Aber ich habe mich geirrt. Wenn sie einen Weg gefunden hat, ihn zu zerstören, dann hat sie viel mehr Mumm, als ich mir je erträumt hätte. Ein Hoffnungsschimmer entzündet sich in mir, und ich schwöre, ich könnte Rachel küssen. So viele Menschen verbünden sich gegen den Propheten. Ist dies der Ausweg für uns alle?

»Ich habe versucht, zu Chastity zu gelangen, um ihr ihren Plan auszureden, aber sie ist im Moment schwer zu erwischen. Ich werde es wieder versuchen, wenn ich dein Zimmer verlasse. Wenn sie sich nur zurückhalten könnte, wird Mom vielleicht Dad ausschalten, und dann können wir es irgendwie von dort aus regeln.«

»Was will deine Mutter mit der Himmlischen Mission machen, wenn dein Vater weg ist?«

»Das ist komplizierter.« Er seufzt. »Sie will, dass es weitergeht. Anders, aber eigentlich gleich.«

»Weitermachen?« Ich ergreife sein Hemd. »Warum?«

»Sie hat ihre Gründe. Aber ich hoffe, Adam und ich können es ihr ausreden.«

»Es muss in Flammen aufgehen, Noah.« Säure steigt in meinem Hals auf. »Alles davon. Wir können es nicht weitergehen lassen.«

»Ich weiß.« Er quetscht meine Schulter. »Ich weiß, okay? Aber wir müssen erst den morgigen Tag überstehen. Wenn wir das getan haben, finden wir vielleicht den richtigen Weg, um es zu beenden.«

Diese Nachricht verändert alles. Vielleicht muss ich Evan nicht heiraten, um zu bekommen, was ich will. Aber es steht auf Messers Schneide, und wenn ich ihn nicht heirate, laufe ich Gefahr, mich selbst daran zu verletzen. »Was ist mit dem Senator? Und meiner Mutter?«

»Hängt vom Timing ab.«

»Wir sollen zu Beginn des Gottesdienstes heiraten«, zische ich.

»Ich weiß es nicht.« Er schüttelt den Kopf. »Es hängt alles davon ab, was Mama macht.«

»Dann muss ich es also durchziehen.« Ich nehme einen tiefen, beruhigenden Atemzug und erinnere mich daran, dass dies mein Ziel war – herauszukommen und Evan zu bearbeiten. All die anderen Rettungsleinen könnten reißen. Also muss ich stark bleiben und es durchziehen.

»Vielleicht.« Er umarmt mich wieder. »Aber danach werden wir alles klären. Du musst nicht … du weißt schon, bei ihm bleiben oder so.«

»Wir werden sehen.« Ich schlucke meine Bitterkeit herunter. Noah lässt einen Ausweg vor mir baumeln, aber ich kann ihn nicht nehmen. Noch nicht. Nicht, bevor ich sicher weiß, dass die Himmlische Mission zerstört werden wird.

Er legt sein Kinn oben auf meinen Kopf. »Du bist irgendwie verrückt.«

»Was?«

»Das ganze Ding, das du da zusammenbraust, um den Ort niederzureißen. Ich meine, es ist brillant, aber auch verrückt.«

Ich zucke mit den Schultern. »Evan ist ein mächtiger Mann. Wenn ich ihn benutzen kann, werde ich ihn benutzen.«

Er schluckt. »Wegen Georgia?«

Ich schiebe ihn weg und schaue ihn an. »Ja. Das alles geschieht ihretwegen. Und weil ich nicht will, dass andere Mädchen in die Falle des Klosters tappen. Ich weiß, dass es das ist, was sie wollen würde.«

Seine blauen Augen glänzen. »Ich weiß.«

Etwas in mir schmilzt, und ich kann meine Verbindung zu Noah fühlen. »Du hast sie auch geliebt, nicht wahr?«

Er blinzelt, und seine Wimpern sind nass. »Ich glaube nicht, dass ich damals dazu fähig war. Ich war zu sehr von meinem Vater geblendet. Dumm, weißt du? Aber jetzt …« Als er wieder blinzelt, entkommt ihm eine einzige Träne. »Jetzt, ja. Ich glaube, ich habe sie geliebt.«

Ich lege meinen Arm um seinen Hals und ziehe ihn zu mir heran. Er hält sich an mir fest, und er zittert nur einmal, während seine Tränen auf mein Kissen fallen, wo sie niemand sehen kann. Wir bleiben für eine Weile so, verloren in Gedanken an sie und was hätte sein können.

»Bitte sag Adam, dass ich ihn liebe«, flüstere ich. »Für den Fall, dass ich nicht die Chance dazu bekomme.«

»Er weiß es.« Seine Stimme ist abgehackt und belegt. »Er liebt dich auch.«

Als er sich räuspert und mich sanft zurückstößt, sagt er: »Du sollst wissen, dass ich nichts zurückhalte. Nicht über Georgia oder irgendetwas anderes. Was auch immer morgen passiert, ich werde für Gerechtigkeit für sie und für uns sorgen.«

Ich nicke, und ein Gelübde wird zwischen uns abgelegt. Ein Band, geschmiedet aus Schmerz und Verlust. Ein Band, das nicht gebrochen werden kann.

KAPITEL DREIUNDZWANZIG

Delilah

GRACE SCHWEBT am Sonntag in aller Herrgottsfrühe in mein Zimmer. »Wach auf. Heute ist dein Tag.« Sie steht am Fuße meines Bettes und hat ein Lächeln auf dem Gesicht. Ein echtes, das zeigt, was sie hätte sein können. In einem anderen Leben schön, aber in diesem Leben gibt es nur Boshaftigkeit. Ich frage mich, wer gestorben ist, um sie so glücklich zu machen, aber ich stelle die Frage nicht.

»Dein Hochzeitskleid.« Sie drapiert ein weißes Kleid auf meiner Bettdecke und hält einen wallenden weißen Schleier in den Händen. »Steh auf. Mach dich bereit. Es wird ein großer Tag werden.« Ihr Ton ist fröhlich, was mir einen Schauer über den Rücken jagt, während ich aufstehe und zur Toilette gehe.

Als ich in den Spiegel schaue, sehe ich, dass der Schlafmangel seinen Tribut gefordert hat, ganz zu schweigen davon, was die Schrecken des Propheten auf meinem Gesicht und Körper angerichtet haben. Zehn Jahre älter, zu dünn und glanzlos – ich bin ein Geist von mir selbst. Nicht länger das leuchtende Glühwürmchen, bin ich jetzt eine Erscheinung, die unbemerkt bleiben kann.

Als ich im Badezimmer fertig bin, kommt Abigail mit ihrem Schminkkoffer unter einem Arm durch meine Tür.

»Ich übernehme ab hier.« Grace schnappt sich den Koffer und scheucht Abigail hinaus.

Ich sitze auf dem Bett, verunsichert wegen dieser neuen, glücklichen Grace.

»Reiß dich zusammen.« Sie öffnet den Koffer und holt eine Haarbürste hervor. »Es ist schließlich dein Hochzeitstag.« Sie schiebt den Koffer zurück, setzt sich neben mich und dreht meine Schultern, damit sie mir die Haare bürsten kann. Sie summt ein wenig, während sie die Borsten durch die verfilzten Strähnen zieht, die Knoten, die durch das Werfen und Drehen während meiner schlaflosen Nacht entstanden sind. Ihre Berührung ist fest, aber sie tut mir nicht mehr weh, als sie muss. Ich frage mich, warum. Aber auch diese Frage bleibt ungestellt.

»Weißes Haar.« Sie kichert und konzentriert sich auf die Enden. »Manche heidnischen Frauen würden für diese Art von Haarfarbe bezahlen. Platinblond nennen sie es.« Sie macht ein Pfft-Geräusch über die Dummheit von jedem, der Haare wie ich haben will.

Diese Grace wirkt schon eher wie die übliche Grace

für mich. Spott war schon immer eine ihrer Lieblingswaffen.

»Da, das ist besser.« Sie lässt die Bürste in das Etui fallen. »Dreh dich um. Ich werde dir etwas Farbe geben.«

Ich gehorche und beobachte, wie sie sich durch Abigails begrenzte Farbpaletten gräbt. Sie entscheidet sich für eine Puderdose mit verschiedenen Rosatönen und eine andere mit hellen Brauntönen. Die Farben sind grell und erinnern mich an eine andere Zeit, einen anderen Ort.

»Du kannst so ziemlich jede Farbe tragen, weißt du?« Georgia beugt sich herunter und sieht mich in ihrem Spiegel an. »Wie eine leere Schiefertafel.«

»Soll das ein Kompliment sein?« Ich versuche, meine Nervosität zu überspielen. Mama will nicht, dass ich Make-up trage. Sie sagt, das erweckt einen falschen Eindruck und sieht immer grell auf mir aus. Andererseits, wenn ich mit Georgia zusammen bin, bin ich weit weg von Mamas neugierigen Augen. Ein bisschen spielen kann nicht schaden, nicht, wenn ich es sofort abwischen kann.

»Das ist es wirklich.« Sie gräbt sich durch die Stapel von Paletten in ihrer obersten Schublade. Einige der Farben sind zu nichts mehr zu gebrauchen und andere nicht einmal angerührt. »Mein Teint bedeutet, dass ich mich von Blau und Rot fernhalten muss. Blaues sieht einfach schrecklich aus, egal was passiert, weil es mit meinen Augen kollidiert. Und Rottöne unterstreichen den rosa Unterton meiner Haut. Es ist ein Chaos.«

»Mmhmm.« Ich habe nie einen Unterton *bemerkt, aber*

es hat keinen Sinn, das zu erwähnen. Ich bin gut vertraut mit Georgias Fähigkeit, jeden ihrer eingebildeten Fehler darzulegen und stundenlang über sie zu klagen.

»Aber du, alles ist gleichmäßig und perfekt.« Sie schaut mir auf die Nase. »Ich sehe nicht einmal Poren.«

»Ist das schlecht?«

»Es ist unglaublich, und ich bin neidisch!« Sie kehrt zu ihrer Schublade mit Farben zurück und holt eine Palette mit braunen und eine weitere mit rosa Farben hervor. »Lass uns konservativ anfangen, okay? Vielleicht können wir, wenn wir den dezenten Look gemacht haben, noch einmal von vorne anfangen und einen Meerjungfrauenlook machen – oder«, ihre Augen weiten sich, »einen Pfauenlook!«

»Dezent klingt besser.« Ich lehne mich zurück.

»Sei kein Dummkopf.« Sie kippt mein Kinn hoch. »Jetzt schließ die Augen.«

»Schließ die Augen.« Grace steht über mir, ein Hauch von Ungeduld zeigt sich auf ihrem zu sehr strahlenden Gesicht.

Ich tue, was sie sagt, und warte, während die kitzelnde Bürste ihre Arbeit an meinen Augenlidern verrichtet. So kann ich so tun, als wäre es wieder Georgia, die verzückt highlightet und konturiert und Gott weiß was sonst noch macht. Aber es machte mir nichts aus. Weil es sie glücklich machte. Jetzt stört es mich, weil es Grace glücklich macht.

»Besser.« Sie tupft mir etwas Pink auf die Wangen. »Zu viel.« Sie fasst den Saum meines Kleides an und wischt etwas ab. »Auf deiner leichenblassen Haut bewirkt ein kleines bisschen viel, nicht wahr?« Sie schrubbt ein wenig mit meinem Kleid weg und lässt dann den Stoff herabfallen. »Du siehst jetzt zumindest lebendig aus. Lass uns etwas mit deinen Lippen machen. Sie sind wie zwei ausgehungerte Würmer. Und dieses Auge«, sie runzelt die Stirn über den blauen Fleck, den der Prophet hinterlassen hat, als er nicht hart werden konnte. »Ich glaube, hier ist etwas Abdeckstift nötig.«

Sie arbeitet noch ein paar Minuten lang, fügt Wimperntusche und einige andere Dinge hinzu, damit ich *nicht mehr wie eine Leiche* aussehe. Als sie fertig ist, tritt sie zurück. »Du wirst nie schön sein, aber das kommt dem so nah wie möglich.«

»Du bist so schön, Glühwürmchen. Mit oder ohne Make-up.« Georgias Stimme läuft auf Zehenspitzen über mein Herz.

»Jetzt dein Kleid.« Sie schnippt mit den Fingern. »Aufstehen. Ich will es an dir sehen.«

Ich stehe auf und bin bis in meine Seele müde. »Ich dachte, du wolltest, dass ich bleibe? Jetzt bist du glücklich, dass ich gehe?«

Sie wirft mir einen kurzen Blick zu. »Ich wollte, dass du bleibst. Aber die Dinge liegen jetzt anders. Es ist ein neuer Tag. Du kannst gehen. Ich bin glücklich, dass du verschwindest.«

»Warum die plötzliche Meinungsänderung?« Ich weiß, warum. Sie glaubt, dass heute der Tag ist, an dem der Prophet stürzt.

»Kann ich mich nicht einfach nur für dich freuen?« Sie hält mir das Kleid an die Schultern. »Du wirst heiraten. Das ist doch etwas zum Feiern, oder? Jetzt zieh das Kleid an und lass uns sehen, wie es wirkt.«

Ich greife meinen Saum und hebe mein Kleid über meinen Kopf. Ihr prüfender Blick betrachtet jeden Zentimeter meines abgemagerten Körpers.

»Wenigstens hast du etwas Gewicht verloren, während du hier warst. Aber nicht genug.« Sie kommt näher. »Arme hoch.«

Sobald das Kleid angezogen ist, tritt sie zurück. »Perfekt.«

Ich schaue nach unten. Ich trage etwas, was man als einen kastenförmigen, weißen Sack bezeichnen könnte, der bis zu meinen Knöcheln hinunterreicht. Nicht, dass es mich interessiert, wie mein *Hochzeitskleid* aussieht. Selbst wenn ich Evan heute heirate, in meinem Herzen bin ich bereits mit Adam verheiratet.

»Ich habe auch einen Schleier für dich ausgesucht, aber den können wir in der Kirche anziehen.« Sie lächelt wieder, und ihre Zähne erinnern an ein Krokodil, obwohl sie gerade und glatt sind. »Zieh deine Schuhe an.«

»Wir gehen jetzt?«

»Ja. Der Senator möchte ein wenig Zeit mit dir verbringen, bevor der Gottesdienst beginnt.«

Ich schlüpfe in meine Schuhe. »Ich dachte, es bringt Unglück für den Bräutigam, die Braut vor der Hochzeit zu sehen.«

Sie lacht, und das Geräusch ist explosiv und laut.

Ich starre sie an und versuche zu analysieren, was auch immer ihr durch den Kopf geht. Sie zu durchschauen ist unmöglich, aber ich weiß, dass etwas Falsches unter der Oberfläche dessen, was ich sehen kann, brodelt. Alles ist aus dem Lot. Ein mulmiges Gefühl schlingert durch meinen Magen.

Sie verringert ihr Kichern. »Oh, ich glaube, du hast recht mit dieser Tradition. Es wird *definitiv* Pech bringen.«

KAPITEL VIERUNDZWANZIG

Noah

ICH SCHIEBE CHASTITY AN DIE WAND, und ihr erstickter Schrei ist genau das, was ich hören wollte. »Sag es ab.«

Sie erholt sich, ihre Augen schließen sich und ihr Gesicht wird stoisch. »Keine Chance.«

»Warum nicht?« Ich schaue den Flur hinunter. Die Wände des Klosters haben Ohren, aber wir sind im Moment allein.

»Warum nicht?«, zitiert sie mich ungläubig. »Ich kann dir eine Million Gründe nennen. Alle von ihnen gute.«

»Unschuldige Menschen zu ermorden?«

»Sie sind nicht unschuldig.« Sie stößt mich zurück.

Ich lasse sie gewähren. »Die Kinder sind es. Das Volk, das vom Propheten getäuscht wird …«

»Du meinst die, die damit einverstanden sind, alle

zu unterdrücken, die nicht wie sie sind? Diejenigen, die mit dem Propheten übereinstimmen, dass Homosexuelle inhaftiert werden sollten, Frauen, die Abtreibungen haben, getötet werden und gemischtrassige Ehen annulliert werden sollten?« Ihre Stimme zittert vor Wut. »Diese Leute? Diejenigen, die ihre Kinder in dieser Jauchegrube aufziehen, die ihnen die gleichen *Werte* beibringen wie der Prophet?«

»Sie haben noch eine Chance. Zu lernen. Anders zu entscheiden. Rauszukommen!« Ich zwinge mich, leiser zu sprechen. »Wenn du über sie richtest und sie deswegen auslöschst, bist du nicht besser als er.« Ich schüttele meinen Kopf. »Nicht besser.«

»Falsch.« Sie tritt zu mir, ihr Gesicht rot, die Narbe an ihrer Schläfe ein wütender Hieb. »Sie haben sich mit ihren eigenen Sünden umgebracht. Was ich tue, wird alle Frauen auf diesem Gelände befreien. Jede Sexsklavin – und das ist es, was wir sind – wird endlich selbst entscheiden können. Und es werden keine neuen hierhergebracht werden, um missbraucht, verkauft, gefoltert, *ermordet* zu werden.« Ihre Augen werden ein klitzekleines bisschen weich. »Ist es dir egal, was sie ihr angetan haben? Georgia?«

»Meine Mutter wird dafür bezahlen.«

Sie nickt. »Weißt du, lange Zeit dachte ich, du hättest sie getötet.«

»Ich hätte nie …«

»Ich weiß. Dieses Gespräch allein sagt mir, dass du nicht das Zeug dazu hast, Leben zu nehmen.« Ihre Weichheit verschwindet wieder. »Aber ich tue es. Für all die Leben, die der Prophet gestohlen hat, muss es eine Antwort geben. Das ist es.«

»Nein, das muss nicht sein. Das bist nicht du. Du bist freundlich. Ich habe es gesehen. Die Art, wie du die Jungfrauen behandelst, die Art, wie du deinen Kopf hochhältst, egal was passiert.«

Sie schüttelt den Kopf. »Du kennst mich nicht. Du weißt nicht, was sie mit mir *gemacht* haben.« Ihre Augen werden feucht, aber sie hält ihre Tränen zurück. »Die Zeit, die ich im Pfarrhaus verbracht habe. Die Dinge, die sie mir angetan haben, um mich zu verändern. Das haben sie auch mit Jez gemacht.« Ihre Stimme zittert bei der Erwähnung von Jez' Namen. »Immer und immer wieder. Mann nach Mann. Wir wurden vergewaltigt und geschlagen und wieder vergewaltigt. Der Prophet sagte, dass es uns verändern würde, uns zu Frauen machen würde, die der Herr lieben würde. Frauen, die sich an Männer als unsere einzige Rettung klammern würden. Und so kamen die Männer tagelang nach unserem ersten Fluchtversuch. Und wir wurden geknebelt, festgeschnallt, gezwungen, ihre Berührungen, ihre Erniedrigungen zu ertragen.« Sie zeigt mit dem Finger in mein Gesicht. »Also wehe, du denkst *jemals,* dass du mich kennst. Du weißt nicht eine gottverdammte Sache.«

Ich lasse ihre Worte wirken. Ekelerregenderweise überraschen sie mich nicht. »Es tut mir leid für all das, für alles, was dir angetan wurde. Aber du kannst nicht …«

Sie stößt ein bellendes Lachen aus. »Es tut dir

leid?« Sie klopft sich auf die Narbe auf der Stirn und sagt: »Und diese hier ist nicht einmal von einem Mann. Das war Grace, die mir zeigte, dass ich weniger wert bin als nichts, wenn ich ihr nicht gehorche.« Sie macht ihren Rücken gerade. »Niemand hier ist heilig. Niemand hier verdient es, noch einen Tag länger zu leben. Die Leute, die in diese Kirche gehen, unterstützen jeden Akt der Grausamkeit, der hier geschieht. Sie drücken ein Auge zu, verschließen ihre Herzen vor der Wahrheit. Ich kann sie nicht retten, wenn sie keine Anstrengungen unternommen haben, sich selbst zu retten.«

Sie ist bereits verloren. Das sehe ich jetzt. Dieser Ort hat sie verdorben. So wie es mit Grace, mit mir, mit unzähligen anderen gemacht wurde. Ich dringe nicht zu ihr durch, auch wenn ich es noch einmal versuchen muss.

»Was ist mit Emily? Sie wird dort sein. Sie muss es sein. Die anderen Jungfrauen? Sie werden wie immer in der ersten Reihe stehen. Wie willst du sie retten?«

Ihre Lippen verdichten sich zu einem dünnen Strich, alles an ihr ist steinig und rau.

Ich massiere mir den Nasenrücken. »Du hast gar nicht die Absicht, sie zu retten, oder? Du hast sie genau wie alle anderen verurteilt. Du sagst, du willst sie befreien, aber wenn du das tust, hast du ihr Todesurteil unterschrieben.«

»Ich will ihnen nicht wehtun, aber das ist Krieg. Und das muss blutig enden.« Sie geht einen Schritt zurück. »Sie zu töten ist wirklich eine Gnade. Lieber tot sein als vom Propheten versklavt. Es muss alles weg. Es ist der einzige Weg, um sicher zu sein.«

»Egal, wer verletzt wird?«

»Es ist Krieg«, wiederholt sie, als ob es etwas ist, was sie sich selbst oft sagt.

Ich habe sie verloren. Ich hatte sie wahrscheinlich nie. »Ich kann dich das nicht tun lassen.«

Sie geht mit hocherhobenem Kopf den Flur hinunter. »Tu, was du tun musst, Noah. Aber ich werde nicht aufhören. Erst wenn es Gerechtigkeit gibt.« Ihr Rock wirbelt herum, als sie sich umdreht und den Korridor hinunterläuft. Ihre Schritte verflüchtigen sich und verstummen schließlich.

Ich ziehe einen Flachmann aus meiner Tasche und nehme einen großen Schluck, aber der kühle Schnaps tut nichts, um mich zu beruhigen. »Scheiße. Das lief ja gut.«

KAPITEL FÜNFUNDZWANZIG

Delilah

GRACE SCHWEIGT zum Glück auf unserer kurzen Fahrt zum Haus des Propheten. Vielleicht hat sie ihr ganzes Gift schon verbraucht, obwohl ich das bezweifele. Wir treten durch den Keller ein, und das Haus ist ruhig, während wir die Treppe hinauf und in das große Foyer gehen.

Mein Magen krampft, als wir an meinem unbeliebtesten Zimmer im Haus vorbeikommen, wo das Klavier still in der Ecke steht. Aber sie führt mich nicht dorthin. Stattdessen durchqueren wir das marmorne Foyer, die breite Treppe zu unserer Rechten. Der Duft von Speck und Keksen liegt in der Luft, und das leichte Klirren von Silberbesteck auf Porzellan begrüßt uns, als wir einen verzierten Speisesaal betreten.

Evan sitzt nahe am Kopf des Tisches, lächelt und

spricht mit dem Propheten, während die Männer frühstücken. Der Leibwächter des Propheten, Castro, wie Noah ihn nennt, sitzt auf einem Stuhl in der Ecke des Raumes, und sein wachsames Auge ist auf mich gerichtet, während ich Grace folge.

»Hier ist die errötende Braut!« Der Prophet steht nicht auf, während er mich anstrahlt. All der Zerfall vom Vortag ist begraben, verborgen unter seinem dünnen Furnier aus Höflichkeit und Freundlichkeit. »Setzt euch. Lasst uns vor dem Gottesdienst gemeinsam ein gutes Frühstück genießen.«

Grace nimmt den Platz ein, der dem Propheten am nächsten ist, und zeigt auf den Stuhl neben sich. Ich setze mich, die Augen nach unten gerichtet, als ein Diener einen Teller mit Essen vor mich stellt. Nicht das Zeug, das wir im Kloster bekommen, sondern richtiges Essen – ein weiches Brötchen mit Bratensoße, fluffige Rühreier und drei Scheiben dünnen, knusprigen Speck. Mein Magen knurrt laut, und Evan lacht.

Ich schaue ihn an. Er sieht heute besonders gut aus, sein Gesicht ist frisch rasiert, und seine Haare sind ordentlich geschnitten. Er trägt einen engen dunkelgrauen Anzug und ist mit seinen blauen Augen, die glänzen wie Eis, das Bild männlicher Schönheit, während er mich anschaut. »Iss auf, Delilah. Du wirst Energie für heute brauchen.«

Ermutigende Worte, wenn sie von jemand anderem gekommen wären – von ihm sind sie eine Drohung.

Grace reicht mir eine Serviette, und ich breite sie

auf meinem Schoß aus. »Tu, was dein Mann dir befiehlt.«

Er ist nicht mein Mann. Ich beiße mir auf die Zunge, damit ich die Worte nicht ausspreche. Aber Evan schmunzelt, als wüsste er, dass ich sie gedacht habe.

Ich hebe mein Besteck auf und schneide ein Stück Brötchen ab. Als ich es in den Mund schiebe und kaue, scheint sich der Raum zu entspannen, als ob die Wände den Atem angehalten hätten.

»Jetzt, Evan. Erzähl mir mehr über Washington. Ich hatte noch nie ein großes Verlangen nach Politik, aber Washington scheint auf der Überholspur zu sein, nicht wahr? All die Macht, die dort herumwirbelt.«

Evan wendet schließlich seinen adleraugenähnlichen Blick wieder auf den Propheten. »Es ist definitiv anders, als hier zu Hause zu sein. Es ist immer irgendetwas los, irgendeine Art von Deal wird gemacht, und es gibt tonnenweise Ärger, in den man hineingeraten kann, wenn man nicht Herr der Lage ist.«

»Ich wette, Sie sind immer auf der Höhe.« Der Prophet lacht. »Ein junger Bock wie Sie. Was würde ich nicht dafür geben, die Uhr zurückzudrehen.«

Grace isst mit höchster Präzision, und ihr schwaches Lächeln strotzt vor bösartig-positiver Energie. Ich versuche zu essen, aber mein Magen rebelliert und schmerzt von dem zu reichhaltigen Essen.

Der Prophet und Evan machen weiterhin Smalltalk. Ich bin erleichtert, dass sie nichts von mir erwarten.

Jedenfalls nicht in diesem Moment. Schließlich hat uns Grace immer gelehrt, dass man Jungfrauen besser sieht und nicht hört.

Ich nehme kleine Bissen und trinke den Orangensaft, der neben meinem Teller steht. Er ist zu süß, und der Zuckerschock ist wie eine Offenbarung auf meiner Zunge.

»Wir haben große Pläne. So viel kann hier in der Himmlischen Mission erreicht werden, und wir können sogar noch mehr tun mit ein wenig Hilfe von unseren Freunden im Kongress.« Der Prophet beendet seine Mahlzeit.

Evan legt seine Serviette neben den Teller. »Sie wissen, dass die Himmlische Mission immer meine Unterstützung hat.«

Der Prophet hält inne, als ob er weitere Versprechen erwartet, aber Evan schweigt. Eine säuerliche Atmosphäre scheint für einen Moment zu entstehen, dann erhebt sich der Prophet, und seine fröhliche Maske sitzt wieder an ihrem Platz. »Der Gottesdienst wird bald beginnen, aber ich muss mich erst noch um eine Angelegenheit kümmern.« Er blickt auf Grace und mich. »Und ich denke, es wird für euch alle ein Vergnügen sein, dabei zu sein. Für dich auch, Evan.«

»Sicher, obwohl ich vorher gerne noch etwas private Zeit mit Delilah verbringen würde, wenn das in Ordnung ist?«

»Natürlich.« Der Prophet bittet Grace, sich ihm

anzuschließen. »Wir werden in meinem Büro sein. Kommen Sie rüber, wenn Sie bereit sind.«

»Vielen Dank.« Evan lässt mich nicht aus den Augen, als der Prophet, Grace und Castro uns verlassen. Sobald der Raum leer ist, steht er auf und geht zu meiner Seite des Tisches.

Als seine Hände meine Schultern berühren, zucke ich zusammen.

Er drückt sie. »Fast meine, Liebling.«

Ich bewege mich nicht, atme kaum, aber er greift nach meinem Arm und zieht mich auf die Beine, dann umarmt er mich. Ich zwinge mich, seine Umarmung zu erwidern, und lege meine Arme um ihn, auch wenn es sich falsch anfühlt, jedes Stückchen davon falsch und schmutzig und befleckt.

»Mach dir keine Sorgen um dieses Kleid.« Er küsst mich auf den Kopf. »Wir werden in ein paar Monaten eine weitere Zeremonie abhalten. Eine echte. Du kannst jedes Kleid haben, das dir gefällt. Eine große Torte, einen riesigen Empfang, Tanzen, Blumen – alles davon. Diese Hillbilly-Zeremonie ist nur eine kleine Formalität.« Er zieht sich zurück und betrachtet mich. »Ich bin nicht wie sie.«

Ich bin zu verunsichert, um zu antworten. Was will er von mir hören? Dass ich ihm glaube? Das tue ich nicht.

»Du wirst schon sehen.« Er ergreift meine Oberarme. »Ich habe einige Macken, das gebe ich zu.«

»Macken?« Ich kann die Ungläubigkeit nicht zurückhalten.

»Meine dunkle Seite, ja.« Er schaut mich an, und ich schwöre für einen Moment, dass er tatsächlich versucht, auf einer Ebene als Gleichberechtigter mit mir zu sprechen. »Ich kann sie nicht leugnen, und ich möchte, dass du darin schwelgst, so wie ich es tue. Du hast es in dir – den Kampf, das Feuer. Irgendwann wirst du unsere Sitzungen zu schätzen wissen, du wirst schon sehen. Aber das ist nur ein Teil unseres gemeinsamen Lebens. Ich will, dass diese Ehe funktioniert. Ich möchte, dass du an meinem Arm strahlst, wo immer wir hingehen. Du bist meine Zukunft.« Er streichelt meine Wange, und seine Handfläche ist warm, seine Worte zuckersüß wie verborgenes Gift.

Ich werde nie irgendetwas für dich sein.

Er blickt in das Foyer hinaus. »Diese Hinterwäldler sind nur ein Sprungbrett für uns.«

Ich nicke. Er sagt genau das, was ich will – dass ihm die Himmlische Mission egal ist, es ihn nicht interessiert, was mit diesem Ort geschieht. Das wird es für mich so viel einfacher machen, ihn davon zu überzeugen, den Propheten zu vernichten. Aber ich halte immer noch an der Hoffnung fest, dass ich keine Überzeugungsarbeit leisten muss, dass ich letzten Endes bei Adam sein werde, in Sicherheit vor Evans Griff.

»Komm schon.« Er seufzt. »Lass uns das hinter uns bringen, damit ich dich nach Hause bringen kann.«

»Nach Hause?«, frage ich.

»Ich habe ein Haus in Birmingham, erinnerst du

dich?« Sein Lächeln lässt mir einen Schauer über den Rücken laufen. »Es ist alles für uns vorbereitet. Alles, was wir für unsere kleinen Flitterwochen brauchen.« Er zieht mich mit sich und führt mich über den Flur ins Büro des Propheten. Noah und Castro sind schon da – Noah trinkt, und Castro ist mürrisch. Grace sitzt wie ein aufmerksamer Vogel auf einem der Ledersessel, und in der hinteren Ecke sitzt Ruth, die freundliche Frau aus der Kathedrale. Ihre Augen sind geschwollen, ihre Lippe ist aufgeplatzt, und stumme Tränen rinnen über ihre Wangen.

»Was ist das für eine Angelegenheit?« Evan geht zu dem Stuhl neben Grace, setzt sich hin und zieht mich dann auf seinen Schoß.

Ich schaue auf die elenden Gesichter um mich herum und sitze da, mit Evans Hand auf meinem Rücken, während sein Daumen einen Kreis auf dem steifen Stoff des Kleides reibt. Ich bin ein geschätzter Besitz, ein verwöhnter Hund. Ruth gibt keinen Laut von sich, aber ihre Tränen sind frisch, und die blauen Flecken bilden sich erst jetzt um ihre geschwollenen Augen. Was geschieht hier?

»Nur eine Kleinigkeit, um euch zu zeigen, wie ernst es mir mit der Zukunft der Himmlischen Mission ist.« Der Prophet lächelt, sein blauer Seersucker-Anzug tut sein Bestes, um jeden davon zu überzeugen, dass er ein Südstaaten-Gentleman ist statt ein sadistischer Teufelsanbeter.

Ich schaue Noah nicht an. Das kann ich nicht. Ich bin mir sicher, dass unser Geheimnis gelüftet wäre, unsere Allianz offensichtlich, wenn wir Augenkontakt herstellen würden. Also starre ich auf die Armlehne des Stuhls und warte auf das, was der Prophet für mich auf Lager hat, auf Ruth, auf das Opfer in seinem Netz, das er verschlingen will.

»Hol sie.« Er zeigt auf Castro.

Der Mann steht auf und geht weg, aber nicht weit.

Der Prophet öffnet seine oberste Schreibtischschublade und zieht ein Messer heraus.

Ich schlucke heftig, und schwarze Flecken füllen mein Blickfeld. Es ist dasselbe Messer, das Sarah die Kehle durchgeschnitten hat. Ihr Gesicht taucht in meinem Kopf auf – der leere, tote Blick in ihren Augen, als ihr Blut vergossen wurde. Ich krümme mich unwillkürlich weg, zurück in Evans Arme.

»Psst«, flüstert er mir ins Ohr. »Das spielt keine Rolle. Nichts hier tut das. Er wird dich nicht anfassen, Liebling. Du gehörst mir.«

Der Prophet fährt mit dem Daumen leicht an der Klinge entlang und nickt dann. »Scharf genug.«

Castro kommt zurück und schleppt eine Frau in einem Oberinnen-Kleid herein. Ihr helles Haar ist zu vertraut, und ich beuge mich vor, um sie besser zu sehen. Ich halte mich an der Armlehne des Stuhls fest und schüttele den Kopf. *Nein.*

»Siehst du, selbst für einen Mann wie mich gibt es Probleme, die ich lösen muss, bevor sie zu groß, zu überwältigend werden.« Der Prophet geht um seinen Schreibtisch herum und lehnt sich gegen die

Vorderseite, während Castro Chastity an den Haaren zieht und ihr übel zugerichtetes Gesicht freilegt.

Noah schiebt sich auf der Couch hin und her, greift aber nicht ein.

»Erst vor ein paar Tagen erfuhr ich von Ruth, dass einige meiner süßen, hingebungsvollen Mädchen vorhatten, mich umzubringen.« Der Prophet schnalzt und schaut Evan mit komisch erhobenen Augenbrauen an. »Können Sie das fassen?«

Evan zieht mich enger an sich heran. »Das kommt überraschend.«

An diesem Tag war Ruth nicht in die Kathedrale zurückgekommen – war das der Grund? Hatte der Prophet von ihrem Plan Wind bekommen?

»So ist es.« Der Prophet nickt. »Es war ein ziemlicher Schock, das kann ich Ihnen sagen. Aber Ruth hat schließlich die Wahrheit zugegeben. Ich musste meinen Sohn einbeziehen, armer Junge. Hesekiel ist zäh wie seine Mutter.« Er zeigt auf Ruth. »Sie hat ihn gut erzogen. Er hat nicht geweint … am Anfang.«

Ruth schnappt nach Luft und bedeckt ihren Mund mit ihrer Hand.

»Sie ist eine gute Mutter. Deshalb werde ich sie am Leben lassen.« Er wendet seine Aufmerksamkeit Chastity zu. »Aber du, meine Liebe, hast keinen Wert mehr. Zu viele Fehler. Zu viele Versuche, mir ungehorsam zu sein. ›Der Zorn Gottes wird alle treffen, die ihm ungehorsam sind.‹ Du, Chastity, hast mein Gesetz viel zu lange missachtet. Ich habe immer vergeben. Aber jetzt ist diese Zeit zu Ende. Du und deine Freundinnen planten, die Kirche zu zerstören.« Er tritt zum Sofa, auf dem Noah mit versteinertem Gesicht sitzt, und greift dahinter. Der Prophet schnappt sich einen Schulranzen, steht auf und zieht eine Stange Dynamit heraus. »Törichte Frau. Was würde das bringen? Selbst wenn ihr uns alle töten würdet, würden mehr Krieger des Herrn aufstehen, um unsere Plätze einzunehmen.« Er schüttelt den Kopf und lässt die Tasche sanft auf seinen Schreibtisch fallen, wobei weitere khakifarbene Röhren darin herumrollen.

»Fick dich.« Sie spuckt auf den polierten Holzboden.

»Papa, du musst das nicht tun.« Noah steht auf und fährt sich mit der Hand durchs Haar. »Schick sie ins Pfarrhaus. Oder vielleicht könntest du …«

»Noah, ich habe dich nicht um deine Meinung gebeten.« Die Stimme des Propheten wird im Handumdrehen kühl.

»Ich weiß, aber du kannst das nicht tun.« Er tritt auf seinen Vater zu.

Der Prophet wirbelt zu ihm herum. »Ich kann nicht? Hast du vergessen, dass ich von Gott auserwählt bin, die Gläubigen zu führen?«

»Ich habe nichts vergessen, aber Chastity verdient es nicht, zu sterben.« Er legt so viel Vertrauen in seine Worte, als ob sie nicht auf die tauben Ohren eines Wahnsinnigen fallen würden, als ob er glaubte, dass seine Bitte um Barmherzigkeit funktionieren könnte.

Ein Teil von mir hofft mit ihm, aber der größere Teil von mir verzweifelt.

»Ich entscheide, was die Menschen verdienen, mein Sohn. Nicht du.« Der Prophet dreht seinen Kopf zum Flur und schreit: »Zion!«

»Papa, nicht.« Noah schüttelt den Kopf. »Tu das nicht.«

Einer der Protektoren kommt mit seinem Sturmgewehr in der Hand herein.

»Zion, bitte begleite meinen Sohn zum Morgengottesdienst in die Kirche.«

Die Augen des Protektors springen von Chastity zu mir und dann zum Propheten, aber er tut, was man ihm sagt. »Komm schon.« Er richtet die Waffe auf Noah.

»Papa …«

»Geh!«, brüllt der Prophet.

»Beweg dich.« Zion geht um Noahs Rücken herum und drückt ihm den Lauf in den Rücken. »Du hast ihn gehört. Mach dich auf den Weg. Jetzt.«

»Nein.« Noahs Stimme ist stark. »Ich werde es nicht zulassen.« Er hebt seine Fäuste, seine einzigen Waffen.

»Ich dachte mir schon, du könntest mich auf diese Weise verraten.« Der Prophet blickt finster drein und zuckt mit dem Kinn Richtung Zion, der sein Gewehr umdreht und den Kolben hart auf Noah Hinterkopf schlägt. Noah stöhnt, krümmt sich und sackt bewusstlos zu den Füßen seines Vaters zusammen.

»Nein!«, schreie ich, hilflos in den Armen meines

Fängers. Heiße, wütende Tränen bilden sich, und der Hass brüllt in mir. Für den Propheten. Für Castro. Für den Mann, der mich festhält und diese Horrorshow weiterlaufen lässt.

»Bring Noah ins Wohnzimmer.« Der Prophet winkt mit einer abweisenden Hand. »Ich werde ihn später züchtigen.«

»Ja, Herr.« Zion schultert sein Gewehr, greift nach Noahs Füßen und zieht ihn aus dem Raum.

»So.« Der Prophet kehrt zur Chastity zurück. »Wo waren wir?«

»Ich habe dir gesagt, dass du mich mal kannst«, sagt sie.

Ich erstarre, und Evans Arme halten mich fester, während sich die Szene zu ihrem unvermeidlichen Ende hinzieht. *Bitte aufhören, bitte aufhören.*

Der Prophet ergreift ihr Gesicht und drückt es bösartig zusammen. »Immer noch trotzig. Sogar nach allem, was ich Castro dir antun ließ.«

Sie lacht, der Klang ihrer Stimme ist hart. »Ich konnte nicht einmal sagen, wann er drinnen war. So groß ist Castros Männlichkeit.«

»*Puta!*« Castro schüttelt sie, und ihre Arme fliegen wie die einer Stoffpuppe herum. Einer von ihnen bewegt sich zu viel, so als ob er an mehreren Stellen gebrochen ist.

Nein. Ich kann nicht hier sitzen und das geschehen lassen. Ich werde es nicht tun. Noah hat Stellung bezogen, und jetzt muss ich dasselbe tun.

Der Prophet nähert sich ihr mit dem Messer in

seiner rechten Hand. »Und mach dir keine Sorgen um deine Mitverschwörerinnen. Ich habe Männer draußen, die nach ihnen suchen. Es ist nur eine Frage der Zeit. Wir werden sie finden und uns um sie kümmern. Jez vor allem. Ich gebe ihr eine kleine Extra-Lektion, wie man Männern gefällt, bevor ich sie wie die Hexe aufhänge, die sie ist. Sie und ihre Handvoll Huren werden im Bestrafungskreis hängen, eine Mahlzeit für die Krähen und alle anderen Kreaturen sein, die kommen werden, um daran teilzunehmen.«

»Lass mich los.« Ich kämpfe gegen Evans Griff an, trete ihm an die Beine und versuche, mich aus seinem Schoß zu drücken. »Lass mich gehen.«

Der Prophet wirft mir einen amüsierten Blick zu. »Sie sind sicher, dass Sie damit umgehen können, Senator?«

»Das wird kein Problem sein, danke.« Evan reißt mich an seine Brust und hat einen Arm um meine Taille gelegt, während seine Hand auf meinen Mund klatscht. »Du musst das durchstehen, Liebling«, flüstert er mir ins Ohr. »Die Regeln sind hier auf dem Gebiet des Propheten anders.«

Ich kratze an seiner Hand und schreie, will verzweifelt zu Chastity gelangen.

Sie dreht sich zu mir um, und ihre hellen Augen sind klar. »Zünde es an, Glühwürmchen. Lass sie nicht länger damit durchkommen. Für Georgia. Für mich. Für Sarah. Für uns alle. Zünde. Es. An.«

»Das ist genug albernes Gerede. Der Vater des Feuers wartet. Du bist nicht rein, aber er wird dich nehmen. Dich benutzen. Dich von innen heraus verbrennen.« Der Prophet weist Castro an: »Halte sie gut fest. Ich will nichts auf meinen Anzug bekommen.«

Ich kämpfe gegen Evans Arme, aber das ist sinnlos. Als die Klinge des Propheten schließlich Chastitys Kehle durchtrennt und ein karmesinroter Fluss zu Boden fließt, schreie und schreie und schreie ich.

KAPITEL SECHSUNDZWANZIG

Adam

ICH HABE die Kapuze meines Pullis aufgesetzt, als ich in der Menge verschwinde, die im Eingang des Heiligtums versammelt ist. Der Prophet lächelt von vergrößerten Fotos, die an den Wänden hängen, hat seinen Blick immer auf die Versammlung gerichtet, zählt seine Günstlinge.

Ich lasse ein Paar vorbeigehen, das über die Schulnoten seiner Tochter redet – sie finden sie zu hoch in Mathe. Das murmelnde Durcheinander der Seelen hat sich an die Erlasse meines Vaters angepasst. Die Kleider der Frauen berühren fast den Boden, und einige von ihnen tragen dickes Make-up, um blaue Flecken zu kaschieren. Die Kinder sind immer noch freudig, rennen und kichern miteinander, aber sie werden bald ausreichend gebrochen sein. Sobald ihre Eltern sie nach Monroeville bringen, gibt es kein

Entkommen mehr. Ihre Kindheit wird so abrupt enden wie meine, und mit ebenso viel Kummer.

Meine Hände in die Taschen gesteckt, humpele ich auf die Doppeltüren zu, die zum Klassenzimmer der Kirche führen. Einige Leute sind darin, die meisten von ihnen eilen umher und bereiten sich auf den Gottesdienst vor. Mit gesenktem Kopf gehe ich in den nächsten Raum. Es ist dunkel, und ich berühre den Lichtschalter nicht, während ich die nächste Stützsäule überprüfe. Breit und weiß gestrichen, könnten drei Männer sich kaum um sie herum an den Hände halten. Es gibt ein Dutzend davon in dem Gebäude, von denen jede ein wesentliches Stück der Kirche trägt. Als ich diese hier umkreise, finde ich nichts – keine Manipulation, kein Dynamit. Eine erledigt, bleiben noch elf.

Ich öffne die Tür, dann lasse ich sie schnell schließen. Die Frauen aus der Kathedrale marschieren ein, und ihre antiquierten Kleider und Frisuren verdecken die Tatsache, dass sie Sexsklavinnen sind. Ihre Kinder sind nicht bei ihnen. Seltsam. Mein Vater mag es nicht, wenn meine Brüder und Schwestern jemals einen Gottesdienst verpassen. Ich schaue durch den Spalt eines Fensters in der Tür, sehend, aber ungesehen. Noah sollte schon längst hier sein. Wir hatten vereinbart, uns zu treffen und nach den Saboteuren der Kapelle zu suchen. Aber er ist nicht hier. Ich werde es allein machen müssen. Sorge schleicht sich in meine Gedanken – um Noah und Emily. Aber wenn ich zu lange verweile, werde ich das nicht schaffen oder vielleicht einen Fehler machen. Keine guten Aussichten.

Sobald der Flur von den Frauen der Kathedrale frei ist, öffne ich die Tür und gehe in den nächsten Raum. Diese Säule ist halb in der Wand begraben, aber die zugänglichen Seiten sind frei. Ich überprüfe sie gerade noch einmal, als ich höre, wie sich die Tür hinter mir öffnet.

Scheiße. Ich drücke mich an die Wand in den kleinen Spalt, der durch die Säule entstanden ist.

»Wo ist sie?« Jez' Stimme erreicht meine Ohren.

»Sie sollte vor dreißig Minuten hier sein.«

»Hast du was?« Jez' Stimme erhebt sich.

»Dynamit? Nein. Sie hat es genau im Auge behalten und sollte es eigentlich herbringen.«

»Ohne sie sind wir am Arsch. Wo ist sie?«

Die Tür öffnet sich wieder, und Licht aus dem Flur formt ein Rechteck auf dem Boden, bevor es wieder dunkel wird.

»Ruth und Chastity fehlen.« Es ist die Stimme der alten Oberin, Abigail. »Jemand sagt, sie wurden beide vor über einer Stunde ins Haus des Propheten gebracht. Und dass sie nicht wieder herausgekommen sind.«

Fassungsloses Schweigen. Ihr Plan ist in die Hose gegangen. Irgendwie hat der Prophet es herausgefunden.

»Was werden wir tun?« Die Frauenstimme, die ich nicht erkenne, ist das Flüstern einer Maus. »Wenn er Chas…«

»Es wird ihr gut gehen«, sagt Jez nachdrücklich. »Sie ist zäh. Aber wir müssen das vorerst ohne sie machen. Wir haben immer noch das Benzin unter der Kapelle gelagert. Ich nehme ein paar von den Mädchen, fahre hin, sammle alles ein und bringe es hierher. Wir gehen einfach zurück zu Plan A. Kein Problem.«

»Aber es *gibt* ein Problem.« Ich trete aus meinem Versteck, und mein Fuß schmerzt bei jedem Schritt.

»Scheiße!« Jez weicht zurück und hält dann inne. »Was zum Teufel machst du hier drin?« Sie trägt eine unauffällige Bluse und einen einfachen Rock, und mit ihren zu einem Dutt hochgesteckten Haaren und nicht einem Hauch von Make-up im Gesicht ist sie zu jemand anderem geworden. Nicht mehr Jez, die gnädige Frau, sondern eine weitere Anhängerin des Propheten, hingebungsvoll bis ins Mark.

»Ich habe nach Sprengstoff gesucht. Du wirst es nicht glauben, aber ich habe gehört, dass ein paar Psycho-Arschlöcher versuchen wollen, die Kirche in die Luft zu jagen. Verrückt, oder?«

Sie zieht ein Messer aus der Tasche ihres Jeansrocks. »Du und dein vorlautes Mundwerk. Ich sollte dich aus Prinzip ausweiden.«

»Ich bin nicht derjenige, um den ihr euch Sorgen machen müsst. Wenn er Ruth und Chastity hat, weiß er, was ihr vorhabt. Ihr habt Glück, dass die Protektoren euch noch nicht ausgeschaltet haben. Sobald sie es tun …« Ich lasse einen leisen Pfiff hören.

»Scheiße.« Sie schüttelt den Kopf. »Was für ein Durcheinander.«

»Wenn ihr überleben wollt, müsst ihr so viele Mädchen aus der Kapelle holen, wie ihr könnt, und euch aus dem Staub machen. Sie werden einige von euch fangen, aber nicht alle. Die meisten der Protektoren und einige der Wachen sind hier in der Kirche für den großen Gottesdienst.«

»Wir laufen nicht weg.« Jez steckt das Messer wieder in ihre Tasche.

»Dann sterbt ihr.« Ich bin kein Fan ihres Mordkomplotts, aber ich bin auch kein Narr. Sie sind Opfer dieses Ortes, befleckt von der reinsten Form der Grausamkeit. Für sie ist ihr Plan gerechtfertigt – sogar Gerechtigkeit.

»Was ist mit dir? Ich sehe dich nicht von hier weghumpeln, trotz all deiner Ratschläge, den Schwanz einzuziehen und wegzulaufen.«

»Ich habe noch etwas zu erledigen.« *Ich muss noch meine Liebe retten.* »Das heißt nicht, dass du dich und einige deiner Mädchen nicht retten kannst.«

Das Mädchen, das ich nicht erkenne, wechselt von einem Fuß auf den anderen. »Vielleicht hat er recht. Vielleicht sollten wir …«

»Nein.« Jez dreht sich zur Tür. »Geht in die Menge. Haltet die Augen offen. Ich gehe zum Haus des Propheten, um Chastity zu finden.«

Abigail seufzt, und ihre runzlige Stirn ist noch runzliger als sonst. »Dieser Ort ist eine Todesfalle für dich, Mädchen.«

»Ich muss gehen. Für Chastity.« Jez geht, und die

Tür klickt hinter ihr zu, während Abigail ihre Hände ringt.

»Alles fällt auseinander«, murmelt die alte Oberin vor sich hin, dann geht sie mit dem anderen Mädchen auf den Fersen weg.

Ich schaue vorsichtig nach draußen und beobachte, wie sie im eigentlichen Heiligtum verschwinden. Der Menschenstrom lässt nach, und die meisten nehmen ihre Plätze für die große Show ein. Wo zum Teufel ist Noah? Ich drücke meine Stirn an die Tür und versuche, zu überlegen, wo er sein könnte. Vielleicht auf der anderen Seite, die Pfeiler auf Dynamit überprüfen, das nie kommen wird? Ich weigere mich, an die düstereren Alternativen zu denken.

Ich starre auf die Bühnentür ganz am Ende des Saals. Dort wird mein Vater hereinkommen, kurz bevor es Zeit ist, anzufangen. Ich balanciere auf meinem guten Fuß und warte. Nach etwa zehn Minuten öffnet sich die Tür, und meine Mutter kommt herein, ihr Hinken bremst sie. Castro hält sie am Ellenbogen fest und führt sie die Treppe hinauf und durch die Tür. Sie werden ihre Chance wahrnehmen. Meine Mutter kommt normalerweise zum Gottesdienst, aber sie hat einen zugewiesenen Platz in der Menge, umgeben von Mitgliedern der Himmlischen Polizei und den Protektoren. Sie verstößt gegen das Protokoll. Die Erwartung vibriert durch mich wie ein Trauerlied. Alles ist dabei, unterzugehen.

Ich fahre mit meinen Fingern über die Pistole in

meiner Tasche und versichere mich, dass ich es tun werde, wenn sie es nicht schafft. Mein Vater muss heute sterben. Die Himmlische Mission muss *enden*. Bevor noch mehr Menschen verloren gehen, bevor Emily an ein Monster verkauft wird, bevor noch jemand in die Falle meines Vaters tappt.

Die Tür öffnet sich wieder, und der Atem gefriert in meinen Lungen. Emily kommt herein, Evan hinter ihr. Ihr Gesicht ist gezeichnet und blass, und ihre Schultern sind nach vorne gekrümmt, als ob sie sich in einer Schutzhaltung befindet und versucht, ihre weichsten Stellen vor Angreifern zu schützen. Evan flüstert ihr etwas ins Ohr und führt sie dann zur Treppe. Als sie oben ankommt, dreht sie sich um, und ihr Blick ruht auf der Tür, wo ich stehe, als ob sie mich im Dunkeln sehen könnte. Die Traurigkeit in ihr zieht mich an und drängt mich zu ihr hin, ohne Rücksicht auf die Konsequenzen. Ich lege meine Hand auf die Türklinke, und mein Herz rast, als wäre ich wieder durch die Bäume gesprintet und ihr hinterhergerannt. Sie starrt einen Moment länger umher, ihre grauen Augen suchen etwas. Ich drücke die Klinke herunter und bin im Begriff, die Tür zu öffnen.

Sie dreht sich um, und Evan führt sie durch die Tür zur Bühne. Die Tür schließt sich wieder. Meine Hand entspannt sich, die Tür fällt zu. Emily ist weg, aber ich fühle sie. In meiner Seele, in jedem Teil von mir, der noch am Leben ist. Ich werde sie nicht enttäuschen. Nicht noch einmal.

Ich warte und warte, bis alle an ihrem Platz sind.

Als sich die Tür wieder öffnet, schreitet mein Vater mit einem halben Dutzend Protektoren herein. Er reicht Zion einen schwarzen Ranzen und gibt Anweisungen, die ich nicht hören kann. Als er fertig ist, nickt Zion und bittet die Protektoren, ihm zu folgen. Mein Vater steigt die Treppe zur Bühne hinauf, zu seinem hoffentlich letzten Auftritt.

Nach ein paar Minuten verlasse ich den dunklen Raum und schiebe mich durch eine der Seitentüren zum Heiligtum. Die Plätze sind bereits besetzt, und ein Ensemble auf der Bühne singt eine Hymne, während die Menge leise murmelt. Ich steige die Stadiontreppe hinauf und wähle den einzigen freien Platz auf dem rechten Seitengang.

»Was für ein gesegneter Morgen.« Der Mann auf dem Platz neben mir ist schon zu fröhlich für meinen Geschmack.

»Guten Morgen.« Ich spreche weiter mit tiefer Stimme und lasse die Kapuze meines Pullovers aufgesetzt.

Er versteht den Wink nicht. »Bist du regelmäßig hier?«

»So was in der Art.«

»Nun, ich bin Gene. Freut mich, dich kennenzulernen.« Er streckt seine Hand aus.

Meine sind immer noch bandagiert und stecken in den Taschen. »Es tut mir leid, aber ich bin erkältet, also wäre es nicht …«

»Kein Grund, weiterzureden.« Er lacht. »Ich brauche keine Krankheiten nach Hause zu bringen.

Habe ein Neugeborenes zu Hause bei meiner Frau. Aber ich habe meine Tochter und meinen Sohn zum Gottesdienst mitgebracht. Ich verpasse nicht gern etwas, nicht, wenn der Prophet in Flammen steht, so wie die letzten Sonntage.«

Ich könnte lachen, aber ich tue es nicht. Stattdessen nicke ich mit, während er weiter meinen Vater verehrt. Ich habe dem Kerl immer noch nicht ins Gesicht gesehen, aber ich kann ihn mir vorstellen. Guter alter Junge. Vielleicht mit einem Bart. Lachfältchen neben seinen Augen. Scheint harmlos zu sein. Aber wenn er die Lehren des Propheten genießt, gibt es einen Teil von ihm, der hasst. So sehr hasst, dass er einmal in der Woche hierherkommt, um ihm zu frönen, um ihn unter dem Deckmantel der Religion freizulassen. Jez will ihn für diesen Hass vernichten. Ich halte an der Hoffnung fest, dass er sich ändern kann, dass seine Kinder einen anderen Weg wählen können. Vielleicht bin ich naiv. Je mehr er redet, desto sicherer bin ich mir in diesem Punkt.

»… und was er über die Frauen sagte, die sich bedecken müssen? Amen. Er ist genau richtig, findest du nicht?«

»Mmhhm.« Ich blende ihn wieder aus, als die Sänger sich dem Ende ihres Liedes nähern.

Es ist fast Showtime.

KAPITEL SIEBENUNDZWANZIG

Delilah

DIE STIMMEN des Chores dröhnen leise über die Lautsprecher hinter der Bühne, ihre Version von *Great is Thy Faithfulness* ist ruhig und sanft.

»Wir sind zuerst dran.« Evan hält meine Hand, und sein Selbstvertrauen nimmt mir die Luft.

Alles, was ich sehen kann, ist Blut. Das Leben von Chastity fließt über den perfekt polierten Boden, der Prophet tritt zurück, damit seine Schuhe nicht bespritzt werden, Castro lässt sie auf den Boden sinken. Nichts wird das jemals wiedergutmachen. Mein Körper ist betäubt, mein Herz sediert. Ich habe ein Ziel, aber es ist hinter einem Schleier aus Karmesinrot verloren – die dicke, sirupartige Flüssigkeit, die alles umhüllt, was ich sehe.

»Du stehst das durch, und dann sind wir frei zu Hause.« Evan drückt meine Finger leicht zusammen.

»Dann wird alles gut werden. Du wirst diesen Ort und diese Leute vergessen. Ich verspreche es.«

Sein Versprechen klingt leer wie seine Seele. Das, was hier passiert ist, kann ich nicht vergessen. Keines der Dinge, die mit mir oder Georgia oder Adam oder Sarah oder Chastity geschehen sind. Selbst wenn der Himmel in Schutt und Asche gelegt wird, werden die Narben, die er mir zugefügt hat, für immer in mir bleiben. Unauslöschliche, erhabene Spuren, die ich nicht erklären kann und nicht berühren will, aus Angst, die alten Wunden wieder aufzureißen.

Ein junger Mann kümmert sich um den Propheten, der vor einem Spiegel mit großen, nackten Glühbirnen sitzt, so wie man es in jedem anständigen Showbiz-Film sieht. Puder im Gesicht, Zeug in den Haaren, und dann der letzte Schliff – ein Mikrofon, das sich hinter seinem Ohr entlangschlängelt und in der Nähe seines Mundes endet.

Der Prophet erhebt sich, aber etwas springt ihm ins Auge. Er wendet sich den dunkleren Tiefen hinter der Bühne zu, und ich folge seinem Blick. Etwas bewegt sich dort hinten.

Jemand berührt meine Haare. Ich drehe den Kopf und sehe Grace hinter mir, aus deren Mund Haarnadeln ragen.

Sie runzelt die Stirn. Sie versucht, mir etwas zu sagen.

Ich nehme an, dass sie *nicht bewegen* meint, also drehe ich mich zurück zur Bühne. Völlig unberührt von dem Mord an Chastity, heftet sie mir den weißen

Schleier an die Haare und wirft mir den Stoff über das Gesicht. Er hängt bis auf meine Brust herab, wirft einen weißen Filter über alles.

»Wunderschön«, sagt Evan, als der Chor gegen Ende des Liedes lauter wird.

Der Lärm hinter mir erregt meine Aufmerksamkeit, und ich werfe einen Blick auf die Aufregung.

Der Prophet, rotgesichtig und wütend, zeigt mit dem Finger auf Rachel, und seine Stimme erhebt sich. Sie muss diejenige gewesen sein, die sich im Seitenbereich bewegt hat. Castro steht neben ihr, sein Gesicht ruhig, die Hand in der Tasche.

»… lügende Hure. Dies wird nicht ungestraft bleiben. Castro, bring sie runter zur Versammlung und behalt sie im Auge.«

»Das kann ich nicht tun.« Castro zieht eine Pistole aus der Tasche und richtet sie auf den Propheten. »Es ist am besten, du tust, was Rachel sagt. Mach die Ankündigung. Tritt zurück.«

Ich gehe auf sie zu, um sie besser hören zu können.

Evan greift nach meinem Ellenbogen. »Tu es nicht.«

Ich schüttele ihn ab und gehe noch einen Schritt, bevor er mich wieder packt. »Delilah, das ist eindeutig eine Familienangelegenheit, aus der wir uns verdammt nochmal raushalten müssen.«

»Du, Castro?« Der Prophet schüttelt den Kopf. »Undankbarer Bastard. Nach allem, was ich für dich getan habe. ›Der, mit dem ich mein Brot geteilt habe, hat sich gegen mich gewandt.‹«

»Versuch nicht, die Bibel bei mir anzuwenden, alter

Mann.« Castros dunkle Augen blicken wütend, und seine Stimme zittert. »Nach allem, was ich von dir erduldet habe. All die Male, die du mich übergangen hast. Du bist der Verräter, nicht ich.«

»Leon, es hat keinen Sinn, zu streiten.« Rachel hält eine Hand hoch. »Alles, was du tun musst, ist, zu verkünden, dass du zurücktrittst und dass Adam deinen Platz als Prophet einnehmen wird. Wenn du es nicht tust, wird Castro dich erschießen, und ich werde die Ankündigung selbst machen.«

Der Prophet scheint die Drohung zu ignorieren, so wie er über seiner Frau aufragt, jedes bisschen von ihm angespannt. »Du bist diejenige, die Adam entführt hat? *Du?*«

Es kommt mir so vor, als ob ich durch ein Milchglasfenster einen Film anschaue und versuche, den Charakteren zu folgen und zu erraten, was als Nächstes passieren wird.

»Darum geht es jetzt nicht.« Unerschrocken blickt sie ihn an. Ihre Schwäche ist verschwunden. War sie immer eine Scharade? An ihrer Stelle scheint Eisen durch ihre Wirbelsäule zu laufen, und die Bösartigkeit in ihrem Blick wird nur durch den Schleier gemildert, der meine Sicht trübt. In dem trüben Licht kann ich sehen, dass Adam ihr Feuer hat, den gleichen unbezähmbaren Willen, zu überleben, weiterzumachen und zu gewinnen. Vielleicht kann sie das durchziehen. Mein Herz hüpft bei dem Gedanken daran, wie leicht es sein könnte, wenn sie den Propheten mit einem glatten Zug ausschaltet.

»Du bist eine Hexe!«, schreit der Prophet, und seine Stimme ist wahrscheinlich bis zu den Jungfrauen in der ersten Reihe zu vernehmen. »Ein böses Ding, das hierhergeschickt wurde, um mich zu quälen!« Er wendet sich an Grace, die schweigend in der Nähe des Bühneneingangs zugesehen hat. »Geh und hol Zion oder irgendeinen anderen Protektor. Ich möchte, dass Rachel und Castro bis nach dem Gottesdienst festgehalten werden.«

Grace greift nach der Tür und legt das Schiebeschloss um. Ihr selbstgefälliges Lächeln wird wieder sichtbar, und zum ersten Mal scheint der Prophet etwas von seinem Dampf zu verlieren. »Grace, tu es jetzt!« Seine Stimme zittert.

Sie lehnt sich gegen die Tür und verschränkt die Arme mit einem knappen Kopfschütteln.

»Du!« Er zeigt auf den jungen Mann, der wie erstarrt neben dem Schminksessel steht. »Geh da raus und hol Hilfe!«

Verunsichert, lässt er seinen Schminkpinsel fallen. »Ich, okay …«

»Jetzt!«, schreit der Prophet, und der Mann blickt auf die helle Bühne und beginnt, sich zu bewegen.

Grace verfolgt ihn wie ein Puma einen Hirsch.

»Tu es nicht!« Ich stürze mich auf ihn, aber Evan zieht mich zurück.

»Lass es, Delilah«, knurrt er vor meinem Schleier.

Der arme Mann geht ein halbes Dutzend Schritte auf die Bühne zu, bevor Grace auf ihm ist. Ich sehe die Klinge nicht, aber ich kann an der ruckartigen

Bewegung ihres Armes erkennen, dass sie ihm immer wieder in den Rücken sticht. Sein Schrei wird von den letzten Noten des Chores überdeckt, und ich fühle seinen Körper zu Boden fallen. Grace wischt ihr Messer an seinem weißen Hemd ab, dann steht sie auf.

»Hexen, ihr alle!«, ruft der Prophet.

Der Chor wird ruhig, das Lied ist vorbei.

»Vielleicht bin ich das.« Rachel lächelt und lenkt seine Aufmerksamkeit wieder auf sich. »Aber das macht nichts. Entweder du tust, was ich sage, oder du stirbst jetzt und erstickst an deinem eigenen Blut. Es liegt an dir, lieber Ehemann.«

»Der Vater des Feuers wird dich bestrafen.« Er streicht die Vorderseite seiner Jacke glatt, sein Tonfall wird wieder gleichmäßig und vernünftig. »Dieses Spiel wirst du nicht gewinnen, Rachel. Und wenn es vorbei ist, wirst du mit den anderen Huren im Bestrafungskreis gehängt.«

»Deine Drohungen machen mir keine Angst. Nicht mehr.« Sie umklammert ihre Hände vor sich, ihr einfaches weißes Hemd und ihr schwarzer Rock verbergen die komplizierte Frau im Inneren. »Wirst du mir gehorchen?«

Castro hebt seine Pistole an die Stirn des Propheten, als ein grünes Licht an der Frontwand der Bühne gleich hinter dem schimmernden goldenen Vorhang blinkt. Es ist Zeit für den Propheten, sich an seine Gemeinde zu wenden.

»Oder soll ich dich von Castro erschießen lassen?« Sie zuckt mit den Schultern. »So oder so, deine Zeit ist abgelaufen. Dies ist jetzt Adams Welt. Er soll herrschen.«

»Du meinst *deine*«, spöttelt der Prophet. »Aber ich habe Neuigkeiten für dich, liebe Frau, Adam kann nicht kontrolliert werden. Nicht von mir. Und schon gar nicht von einem willensschwachen Weib wie dir.«

Sie zuckt mit den Schultern. »Ich bezweifele, dass das der Fall ist, aber selbst wenn es so ist, habe ich noch einen Sohn.«

Evan schlingt seinen Arm um mich und zieht mich langsam zurück. »Wir müssen gehen. Jetzt.«

Grace bemerkt seine Bewegungen und huscht um uns herum, um uns den Weg abzuschneiden. Noch ein paar Schritte weiter, und wir würden in die Lichter der Bühne getaucht werden, der Putschversuch im Vollbildmodus. Aber diese kurze Strecke ist wie ein Fußballfeld, auf dem uns Grace den Weg versperrt.

»Wir gehen.« Evan legt einen Befehlston in seine Stimme, der bei Grace jedoch auf taube Ohren stößt.

Sie hält mir die Klinge ins Gesicht. »Senator, es steht Ihnen frei, zu gehen. Aber Delilah bleibt hier. Leider nützt sie mir nichts mehr.«

»Sie gehört mir.«

Ihre Augen richten sich auf seine, und ich sehe, wie gestört sie wirklich ist. Wie weit entfernt von Vernunft. Sie wird uns beide töten. Ich weiß es, und, wie es scheint, Evan auch.

Sein Griff lockert sich. »Wir hatten eine Abmachung.«

»Die Himmlische Mission steht unter neuer

Leitung.« Sie schwingt die Klinge hin und her, wie eine Schlange, die sich selbst verzaubert. »Und frühere Abmachungen sind hinfällig. Sie gehen jetzt, oder ich weide Sie aus. Sie ist so oder so tot. Aber Sie haben die Wahl.«

Evan lässt mich los, schiebt mich zur Seite und nimmt dann seine Fäuste hoch. »Du hast keine Chance. Ich bin stärker und schneller.«

Grace lacht und richtet ihr Messer auf den blutbefleckten Mann ein paar Schritte entfernt. »Ich wette, er dachte dasselbe.«

Ich suche nach einem Ausweg. Nur die Dunkelheit im hinteren Teil der Bühne ist eine Option, aber ich weiß nicht, wo oder wie weit sie reicht.

Evan grunzt frustriert, und sein Blick springt von mir zu Grace.

»Sie wird Sie töten«, ruft Rachel, und ihre mütterliche Stimme steht im Widerspruch zu ihren dunklen Worten. »Es ist ihr egal, wer Sie sind. Mir auch.«

»Evan, Sie müssen mir hier helfen.« Der Prophet versucht, den südlichen Gentleman-Schalter umzulegen, aber er klingt einfach verängstigt. »Wir können nicht zulassen, dass diese Frauen …«

Grace huscht auf Evan zu. Er springt sofort zurück, als sie zustößt, und das Messer nur knapp seinen Bauch verfehlt. »Scheiße!«, schreit er und huscht zum Bühneneingang davon.

Ich nutze die Ablenkung und laufe in die Dunkelheit des hinteren Teiles der Bühne, vorbei an den Stoffkulissen, die von der Decke hängen und der Kulisse des Weihnachtsschauspiels. Mein Herz pocht, und ich reiße mir den Schleier vom Gesicht, behalte ihn aber in der Hand.

Eine große, weit geöffnete Tür winkt zu meiner Linken, aber es ist der erste Ort, den ich vermuten würde. *»Du solltest aufhören, den erstbesten Platz zu nehmen, an dem du dich verstecken kannst. Sei ein bisschen hinterhältiger«*, geht mir Georgias Stimme durch den Kopf.

Ich laufe nach rechts und sehe ein weißes Zelt, das an der hinteren Wand aufgebaut ist. Im Inneren befinden sich Dutzende von lebensgroßen Engelsflügeln auf Metallständern, deren weiße Federn im gedämpften Licht düster sind. Es ist die einzige Möglichkeit, die ich habe, also eile ich hinein und suche mir meinen Weg zur Wand, um mich dann inmitten des weißen Meeres zu verkriechen. Meine Atmung klingt angestrengt, Angst und Anstrengung sind kurz davor, mich zu verraten. Ich presse den Mund auf die Rückseite meines Armes, um die Geräusche zu dämpfen. Ist Grace mir auf den Fersen?

Ich habe keine gute Sicht auf den Zelteingang, aber ich weiß, dass sie da draußen ist und ihr Messer bereithält. Evan ist schon lange weg. Ich habe nicht die Wahnvorstellung, dass er versuchen wird, mich zu retten. Die Angst in seinem Gesicht, als sie zustach, sagt mir, dass er keine Probleme damit hat, mich im Stich zu lassen, um seine eigene Haut zu retten. Etwas schlägt auf dem Betonboden auf – ein lautes *Klick* ertönt in der Dunkelheit. Ich schrumpfe noch ein wenig mehr zusammen und drücke mich mit dem Rücken an die Betonziegelwand.

»Delilah«, höre ich Graces Stimme aus dem dunklen Raum, an dem ich vorbeikam, durch die Finsternis hallen. Ich wische mir den Schweiß von der Stirn. Ich muss dabeibleiben, mich verstecken, und wenn ich eine Gelegenheit sehe, sie ergreifen.

Meine Gedanken huschen wieder in die Vergangenheit – Georgia sucht mich im Hinterhof, während ich versuchte, so ruhig wie möglich zu bleiben, trotz der Moskitos und der stickigen Sommerhitze. Das Bedürfnis, zu pullern, ist heute dasselbe wie damals. Verstecken war nie meine Stärke.

»Außerdem würde ich dich in der Dunkelheit finden können. Du leuchtest, egal wo du bist, Glühwürmchen.« Ich hoffe ausnahmsweise, dass Georgia sich geirrt hat.

KAPITEL ACHTUNDZWANZIG

Adam

DER CHOR IST SCHON zu lange fertig, und die Geräusche aus dem Backstagebereich bringen das Publikum zum Lachen. Schreie und Schläge und geflüsterte Stimmen – ein zutiefst merkwürdiger Anfang für einen normalerweise makellosen Gottesdienst. Mein Gehirn kribbelt, als würden Käfer über die Graue Substanz kriechen, während ich mit meinem Bedürfnis ringe, Emily in Sicherheit zu bringen. Sie ist dort hinten. Ich bin hier draußen. Wenn ich zu früh loslaufe – ich schaue auf die Himmlischen Polizisten, die entlang der Gänge verstreut sind – werde ich niemandem helfen können, besonders ihr nicht. Scheiße. Wo ist Noah? Ich fahre die Menge noch einmal mit meinen Augen ab und suche ihn in der Schar der Gläubigen. Er ist immer noch nicht da.

Das statische Wimmern eines Mikrofons pulsiert heiß durch die Lautsprecher, und mein Vater erscheint auf der Bühne. Er schreitet hinaus, und seine Schritte sind langsam, so als ob er plant, was er sagen will. Ich beuge mich vor, während die Menge schweigt, ihre Aufmerksamkeit auf den mythischen Propheten richtet, der auf großen Bildschirmen rund um das Heiligtum auftaucht.

Er bleibt in der Mitte der Bühne stehen, den Kopf gesenkt, die Hände vor sich verschränkt. So sieht er nur wie ein Mann aus. Nichts weiter. Sein ergrautes Haar ist ein wenig durcheinander, seine Schultern hängen herab, seine Beine sind ein wenig breiter aufgestellt als die eines jungen Mannes, weil er mehr Hilfe zum Ausbalancieren braucht. Selbst im hellen Scheinwerferlicht ist er verblichen, gebrechlich, sterblich. Kann es sonst noch jemand sehen?

Langsam hebt er den Kopf, bis seine Augen auf die regungslos verharrende Menge treffen. Jemand niest auf der anderen Seite des Heiligtums, und ein Baby beginnt zu schreien, verstummt aber schnell. Der Prophet hebt seine Handfläche in die Luft, sagt aber nichts.

Die Anbeter wenden sich einander zu, einige zucken mit den Schultern, andere flüstern. Sogar die Jungfrauen, die in der ersten Reihe sitzen, scheinen verunsichert zu sein, denn sie stecken die Köpfe zusammen und tuscheln untereinander, obwohl das verboten ist.

Nach ein paar weiteren langen Momenten der Stille

steht ein Kind vorne auf, hebt seine Hand und hält sie in der Luft, genau wie der Prophet. Ein anderes Kind in seiner Nähe tut dasselbe, dann ein weiteres. Bald breitet sich die Geste aus, bis die ganze Gemeinde sich erhebt, die Hände nach oben schießen. Neben mir steht Gene auf. Ich folge und hebe meine Hand, in der Hoffnung, dass niemand den Verband bemerkt.

Das ganze Heiligtum ist still und spiegelt den Propheten zu sich selbst zurück. Dies ist seine perfekte Welt. Das, wonach er so lange gestrebt hat – Übereinstimmung mit ihm, seinen Idealen, seinen Zielen. Was die Gemeindemitglieder wahrscheinlich als einen Akt der Unterstützung ansehen, ist in Wirklichkeit ein Akt der Unterwerfung. Sie werden einer höllischen Taufe unterzogen, ihre Individualität wird verleugnet, während sie die Gestalt und die Wünsche des Propheten annehmen.

Wir stehen so lange, dass ich mich frage, wie sehr meine Hand wehtun wird, wenn das Blut wieder in sie zurückkehrt. Langsam senkt der Prophet die Hände und bedeutet allen, sich zu setzen. Geräusche von Sitzkissen, die sich zusammendrücken, alten Leuten, die stöhnen, und Menschen, die sich niederlassen, füllen den gesamten Raum und verstummen dann.

»Meine Geliebten.« Er öffnet seine Hände und richtet sie zur Gemeinde. »Ihr seid gesegnet, und ihr habt mich gesegnet. Ohne eure Liebe wäre die Himmlische Mission nicht das, was sie heute ist. Stark, gottesfürchtig und fromm. Eure Großzügigkeit hat uns gedeihen und unseren Einfluss wachsen lassen. Wir haben das Evangelium in jedem Winkel des Planeten verbreitet, und wir haben es gemeinsam im Licht des Herrn getan.«

Die *Amen* kommen von allen Seiten. Gene neben mir fügt ein inbrünstiges hinzu, sobald die anderen etwas abgeklungen sind.

Der Prophet hält inne und baut die Vorfreude auf wie Wassertropfen, die nach und nach hinzufügt werden, bis die Wassermenge größer und größer wird und ihr Gewicht sie nach unten zieht. Sein Flüstern ist kaum ein Zischen. »Aber in jedem Garten gibt es eine *Schlange*.«

Einige Mitglieder atmen hörbar ein, andere starren geradeaus, und ihre Aufmerksamkeit scheint zu verlangen, dass der Prophet den Verräter offenbart.

»Unsere kleine Kirche ist nicht anders. Hier haben wir ein neues Eden geschaffen, jeder von uns arbeitet auf seine himmlische Belohnung hin. Aber so wie Adam und Eva im Garten gediehen und von der Schlange angegriffen wurden, werden auch wir angegriffen. Ich habe euch viele Male von den Mächten des Bösen erzählt, die außerhalb unserer Mauern leben und uns Schaden zufügen wollen. Sie sind immer noch da, meine Freunde.« Er schüttelt den Kopf. »Sie werden immer da sein. Aber der wahre Untergang des Menschen kommt immer von innen. Und er kommt immer von einer *Frau*.«

Gene rutscht auf seinem Platz hin und her, Unruhe durchströmt das Publikum, und jeder blickt auf seinen

Nachbarn oder die Frau des Nachbarn und fragt sich, wer die Schuldige ist.

»Während wir am Bau der Siedlung gearbeitet haben, hat sich im Kern unserer Kirche eine Fäulnis breitgemacht. An den Wurzeln unseres Baumes sozusagen. Manchmal ist eine Fäulnis so stark, dass man den Baum nicht retten kann, egal was man tut. In solchen Fällen ist es eine Gnade, ihn zu fällen, den Stumpf zu verbrennen, neu anzufangen.«

Bewegung an den Rändern fällt mir ins Auge. Die Protektoren hantieren an den Riegeln der Doppeltüren, die aus dem Heiligtum herausführen. Lautlos betätigen sie die Schließmechanismen und verschließen die Türen. Meine Nackenhaare stellen sich auf, und ich umfasse die Rückseite des Sitzes vor mir.

Der Prophet schüttelt theatralisch den Kopf. »Ich hätte es wissen müssen, als mein Erstgeborener sich gegen mich wandte.«

Ein weiteres Keuchen erschüttert die Menge. Gene spuckt ein »Zum Teufel …?« aus und wendet sich dann an seine beiden Mädchen neben ihm. »Hört nicht auf Daddy.«

Die Kleinere nickt. »Habe nichts gehört.«

Ich ergreife seinen Arm. »Du musst von hier verschwinden.«

»Was?« Seine buschigen Brauen erheben sich, als er mir zum ersten Mal in die Augen schaut. »Hey, du bist …«

»Du musst gehen, verstehst du? Wenn du

hierbleibst, werden du und deine Mädchen sterben.« Ich zeige auf die nächste Tür, die noch nicht verschlossen ist. »Geh jetzt oder bleib und stirb.«

»… Erlösung gilt hier nicht. Ich dachte es mir schon, als Adam anfing, vom Weg abzukommen. Aber das war eine vergebliche Hoffnung. Er kehrte nie wieder in die Herde zurück. Zu weit gegangen, in seiner Liebe zu einer weiteren Schlange versunken, wandte er sich von seinem Propheten ab. Aber sie ist nicht diejenige, die die Fäulnis verursacht hat. Nein. Man hätte sich um sie kümmern können. Der Zerfall reicht viel, viel tiefer. Und es ist die Art, die ausgebrannt werden muss.«

Gene sitzt wie versteinert da, und seine Augen sind weit aufgerissen.

»Hör ihm zu.« Ich zeige auf den Propheten und greife Gene an der Vorderseite seines verblichenen T-Shirts. »Hör zu, was er sagt.«

»Nur heiliges, reinigendes Feuer kann unsere unsterblichen Seelen retten. Und es muss heute passieren. Genau jetzt.« Er dröhnt weiter, aber ich richte meine Aufmerksamkeit auf Gene. Ich kann sie nicht alle retten, aber ich kann dies tun.

Gene schluckt heftig und steht auf. »Mädchen, kommt.« Er nimmt das kleinere an die Hand, und das andere folgt, als sie an mir vorbeilaufen und aus der Tür gehen. Eine weitere Familie folgt, und dann stellt sich eine weitere in die Reihe, aber ein Protektor versperrt ihnen den Weg und stößt sie zurück, während er die Tür schließt und verriegelt.

Panik breitet sich langsam aus, wie ein Grasfeuer nach einem nassen Sommer. Aber der Aufruhr wächst, während der Prophet weiterhin Feuer und Schwefel predigt. Zuerst höflich versuchen sie die Türen, die sich nicht bewegen wollen, zu öffnen. Ich stehe auf und mache mich auf den Weg die Treppe hinunter. Niemand achtet jetzt auf mich, ihre Konzentration liegt auf der aufsteigenden Angst.

»Und mein Sohn«, klagt mein Vater, »sein Ungehorsam tut am meisten weh. Aber ich weiß, warum. Jetzt kenne ich die Ursache.« Er holt tief Luft und wirft beide Hände gen Himmel. »Warum, Vater, hast du mich mit einer Frau wie Rachel verflucht? Sie ist die Schlange. *Sie* nahm ihn mir weg. Sie hetzte meine Kinder, meine Jungfrauen, meine Frauen gegen mich auf. Sie. Aber der Vater des Feuers kam zu mir, warnte mich letzte Nacht in einem Traum. Deshalb kann ich uns alle jetzt retten. Ich lasse nicht zu, dass die Schlange uns lebendig frisst. Euer Prophet wird euch immer beschützen, und der Herr hat mir die Fähigkeit dazu gegeben.«

Ich mache stetige Fortschritte in Richtung Bühne, während die Panik wächst und von einer Person zur nächsten springt wie heiße Asche oder eine Krankheit.

»Die Schlange wird nicht gewinnen. Ihretwegen werde ich meinen Sohn nie wiedersehen. Er wird es nicht zu meinem Himmlischen Zuhause schaffen. Er ist verloren. Aber ihr alle werdet mit mir dort sein. In Herrlichkeit. Wir werden nicht darauf warten, dass die Schrecken der Welt hierherkommen und uns unser

Leben rauben. Und wir werden *nicht* der Schlange nachgeben, die uns auch jetzt noch verfolgt. Meine Protektoren haben Dynamit an diesem heiligen Ort platziert. Als Märtyrer zu sterben ist ein viel besseres Ende, als der Verlockung der Schlange zum Opfer zu fallen.«

Jetzt werfen sich die Männer gegen die Türen, das Holz erzittert, aber sie geben nicht nach. Kinder weinen, und irgendwo jammert jemand. Sogar die Himmlischen Polizisten schreien – einige versuchen, die Menge zu beruhigen, andere treten gegen die Türen.

Ich bahne mir meinen Weg durch die Menge und rase durch den Mittelgang. »Hier! Ich bin hier!«

Papa schaut in meine Richtung, und seine Augen weiten sich, als er mich sieht. »Der verlorene Sohn ist zurückgekehrt.«

KAPITEL NEUNUNDZWANZIG

Delilah

DAS HEILIGTUM IST SELTSAM STILL, die Stille ein Versprechen von schrecklichen Dingen, die kommen werden. Ich zupfe an den Flügeln vor mir und ziehe ein Stück des Drahtes weg, der ihre Form bildet. Das weiße Metall gibt nicht so leicht nach, und die Flügelspitzen rutschen über den Boden, als ich ziehe. Ich ziehe ein paar heraus, dann halte ich inne und lausche, ob ich Grace hören kann.

»Delilah«, die Stimme von Grace, triefend vor Bedrohung, kommt näher. Ich schaue auf die Seite des weißen Zeltes, die mir am nächsten ist, dann erstarre ich, als ich sehe, wie ein Schatten vorbeizieht. Sie ist nah, zu nah. Ich übe ein wenig Druck auf den Draht aus, eine leichte Berührung, die kein Geräusch macht, aber auch nicht viel dazu beiträgt, dass er abgezogen wird.

Der Prophet beginnt seine Predigt, aber ich nehme sie nicht wahr.

Der Schatten bewegt sich weiter und verschwindet außerhalb meines Sichtfelds. Der Eingang zum Zelt ist auf der anderen Seite, also drehe ich mich, um die weißen Klappen zu beobachten. Ich atme tief durch und wende noch ein wenig mehr Kraft für den Draht auf. Er ist fast locker, als mich ein reißendes Geräusch zusammenzucken lässt.

Ich wende mich dem Lärm zu. Eine silberne Klinge durchschneidet die Seite des Zeltes nur einen Meter von mir entfernt. Meine Anspannung steigert sich ins Unermessliche, und ich kann mich scheinbar nicht bewegen. Mein Herz schlägt mir bis in den Hals, und mein Kleid klebt an meinem verschwitzten Körper. Das Messer gleitet nach unten, erreicht den Boden und verschwindet.

Beweg dich, Emily. Verdammt, beweg dich! Ich lasse den Draht los, trete zurück, umrunde das nächste Paar Flügel und ducke mich dann, als Grace durch die Öffnung kommt, wie ein schwarzer Geist, der in den federleichten weißen Raum eindringt.

»Ich weiß, dass du hier drin bist«, flötet sie.

Ich möchte die Augen schließen, so tun, als wäre ich irgendwo anders. Aber das kann ich nicht. Ich kann nur zusehen, wie sie sich durch die Engelsflügel bewegt, ihr schwarzes Kleid über den Boden schleift und winzige Stücke weißer Federn aufwirbelt, die durch die Luft schweben. Ich drücke meinen Rücken an die Wand, greife nach vorne und versuche, nach losen Metallstücken in diesem Flügelsatz zu suchen. Meine Finger fahren die stabile Konstruktion ab, aber nichts gibt nach, bis ich ganz oben angekommen bin, wo sich die Flügel in der Mitte vereinigen. Ein Stück des Drahtes dort ist auf einer Seite gelöst. Ich ziehe, während Grace näherkrabbelt. Er gibt ein wenig nach, aber nicht genug.

»Komm einfach raus. Es ist nicht nötig, all diese hübschen Flügel mit deinem dreckigen Blut zu beschmutzen.«

Ich höre auf, mich zu bewegen, höre auf zu atmen, als sie sich rechts an mir vorbeischiebt. Sie hat mir den Rücken zugewandt und dreht ihren Kopf in alle Richtungen. Sie geht auf den Eingang zu, öffnet die Klappen, schiebt sich aus dem Zelt, und die Klappen schlagen wieder zu. Ich ziehe noch einmal sanft am Draht, und das Stück löst sich. Es ist nur etwa vier Zentimeter lang, aber als ich die Spitze berühre, ist das Metall scharf. Ich wickele meinen Schleier um das Ende in meiner Hand und fahre mit den Augen das Zelt ab.

Lautsprecher tragen die Stimme des Propheten durch den Backstagebereich, und sein Ton wird immer düsterer.

Ich gehe zur hinteren Ecke und berühre dabei nur einen Satz Federn über dem Boden. Ich bleibe stehen und lausche wieder nach Geräuschen von Grace, aber der Lärm aus dem Heiligtum übertönt nun alles. Ich weiß nicht, was vor sich geht, und ich kann auch nicht darüber nachdenken. Meine Aufmerksamkeit muss auf

Überleben und Flucht gerichtet sein. Ich krieche die Betonziegel entlang, mein Kleid verfängt sich an einigen der rauen Kanten, und ich bleibe stehen, als ich an die Ecke komme, wo das Zelt auf die Wand trifft.

Ich atme tief durch und schaue noch einmal nach dem Draht in meiner Hand, wobei ich mich vergewissere, dass der Schleier so gewickelt ist, dass ich ihn benutzen kann, ohne mich selbst zu verletzen. Ich versuche, meine Atmung zu beruhigen, und bereite mich darauf vor, aus den Federn zu schleichen und zu versuchen, Grace zu umgehen.

Als das Messer neben meinem Gesicht durch das Zelt reißt, schreie ich auf.

»Schlampe!« Grace zerschneidet das Zelt, während ich die Flügelreihe vor mir wegschiebe und loslaufe.

Ich stolpere aus den Zeltklappen und sehe, wie sie mit dem Messer vor der Brust auf mich zukommt.

Ich stehe auf und renne. Ich bin fast bei den Stoffkulissen, als ein Brennen wie Feuer über meinen Rücken streift. Ich schreie, während ich falle und mich dann zur Seite rolle, als Grace neben mir aufkommt und ihr Messer im Holzboden der Hauptbühne landet.

Sie zieht daran, während ich zurückkrieche. »Du hättest deinen Schleier anbehalten sollen. Ich wollte, dass du wie eine perfekte Braut aussiehst, wenn Adam dich blutüberströmt findet.«

Mein Rücken schlägt gegen die Wand, und ich zwinge mich trotz meiner schmerzenden Schulterblätter dazu, aufzustehen. »Du musst nicht so sein.« Ich halte den Draht an meiner Seite fest.

»Halt die Klappe.« Sie befreit das Messer und steht auf. »Denkst du, du bist die erste Schlampe, die sich zwischen Adam und mich stellt?«

»Was?« Ich versuche, mich zu beruhigen, mich auf sie vorzubereiten.

»Ich hatte eine Tochter. Wusstest du das? Faith war ihr Name.« Sie rollt mit den Augen. »Ein kleiner Rotzbraten. Ich dachte, wenn ich ihm ein Kind schenke, würde er mich heiraten und wir würden schließlich den Propheten entthronen und gemeinsam regieren. Aber nein.« Sie schwingt die Klinge in einem gefährlichen, wütenden Bogen. »Er vergötterte sie, katzbuckelte für den kleinen Scheißer. Ignorierte mich. Kümmerte sich nur um sie.«

»Er hat mir erzählt, sie sei gestorben.« Ich schlucke und halte meine Augen auf den Stahl gerichtet, den sie schwingt.

»Sie ist gestorben.« Sie nickt und hält inne. »Nach monatelanger Vergiftung starb sie. Es sollte nur ein paar Wochen dauern. Ich habe es nachgeschlagen. Arsen. Jeden Tag ein wenig in ihr Essen.« Sie macht eine Bewegung mit der freien Hand, als ob sie ein Gewürz auf das Essen streuen würde. »Einfach, nicht wahr?«

Ich kann das Entsetzen nicht unterdrücken, das mir die Haare zu Berge stehen und meine Zähne knirschen lässt. Meine Eingeweide rumoren, und Ekel verengt meinen Hals.

»Nein, natürlich war es das nicht«, knurrt sie. »Es dauerte Monate. *Monate,* in denen sie jede Nacht nach

Daddy rief, in seinem Bett schlief, kuscheln wollte und all die Aufmerksamkeit auf sich zog, die eigentlich mir zustand. Anstatt uns einander näherzubringen, trieb sie uns auseinander. Ich dachte, wenn ich sie töte, würde das alles wieder in Ordnung bringen. Aber dann hat er sich noch weiter entfernt!« Sie kommt näher und ist fast in Reichweite, um zuzustoßen.

Der Prophet spricht immer noch, und das Wort *Schlange* windet sich um uns herum und unterstreicht Graces Geständnis.

Ihr Gesicht verwandelt sich in ein Schmollen, als sie die Lippen spitzt. »Sie hat uns ruiniert. Adam hat mich danach nie mehr gewollt. Aber wenigstens wollte er auch keine andere haben.« Ihre Augen richten sich auf meine. »Bis *du* kamst.«

Ich umfasse den Draht fester, und der hauchdünne Schleier drückt sich um das Metall. »Ich wünschte, ich könnte sagen, dass ich Mitleid mit dir habe, dass du ein Opfer des Propheten bist, genau wie alle anderen hier.« Ich unterbreche unseren Blickkontakt und konzentriere mich auf das Messer in ihrer Hand. »Aber du bist keines. Du bist ein selbstgemachtes Monster.«

Ihr Schmollmund verschwindet, und blanker Hass erscheint in ihren Augen. »Wenigstens bin ich noch am Leben.« Sie stürzt sich vorwärts, mit der Klinge auf mein Herz zielend.

Ich weiche nach links aus, und mein verletzter Rücken schabt an der Wand entlang. Sie kommt wieder auf mich zu, hält das Messer gesenkt und sticht dann nach oben. Ich springe erneut zur Seite, und das Messer kratzt an der Wand hinter mir entlang.

Mit einem wütenden Schrei stürzt sie sich auf mich. Ich stolpere rückwärts, meine Füße bleiben an einem Stück der Dekoration hängen, und ich falle nach hinten in die Stoffbahnen, die von der Decke herabhängen. Sie polstern mich, halten mich aber auch aufrecht und in Reichweite ihrer Klinge. Sie sticht wieder zu. Ich rolle seitwärts und schiebe dann meine rechte Hand kräftig nach außen. Das Metall trifft auf Fleisch, und ich drehe mich, grunze vor Anstrengung, um es noch tiefer hineinzudrücken. Das Ende durchbricht den Schleier und schiebt sich in meine Handfläche, aber ich lasse nicht locker. Das tue ich erst, als sie das Messer fallen lässt und es auf den Holzlatten aufschlägt.

Ich schiebe sie zurück und lasse das Metall los, an dessen Ende immer noch der Schleier hängt. Blut befleckt den weißen Stoff, etwas davon ist meines, aber der Großteil von ihr.

Sie stolpert weg und greift nach dem Draht, dann schaut sie mit vor Überraschung geweiteten Augen zu mir auf. »Du hast mich verletzt.« Ungläubigkeit färbt ihre Stimme, während sie auf das Blut starrt, das aus der Wunde schießt. Sie taumelt weiter, ihr Absatz bleibt hängen, und sie fällt. »Ich blute.« Sie hält eine rote Hand hoch und wirft mir dann einen Blick zu, der bösartiger ist als alle zuvor. »Ich werde dich töten.« Sie schiebt ihren Fuß unter sich hervor und versucht, sich nach oben zu drücken.

Ich trete zurück.

Aber sie fällt und schnappt nach Luft, während sie sich auf die Seite rollt. Sie kann nicht aufstehen, und ich öffne meine zitternden Hände. Die rechte blutet, und die Tröpfchen färben den Boden unter mir. Aber das ist mir egal. Euphorie erfüllt mich. *Ich habe sie geschlagen.* Ich bin immer noch am Leben. Ich atme tief ein und schlinge meine Arme um mich, um zu versuchen, mich zusammenzuhalten, mich davor zu bewahren, angesichts der Ungeheuerlichkeit dessen, was ich gerade getan habe, auseinanderzubrechen. Ich habe sie geschlagen, aber ich habe ein Leben genommen. Es sollte mir leidtun … Aber das tut es nicht.

»Ich habe dich geschlagen«, flüstere ich.

Sie kann ihren Kopf nicht mehr halten, und ihre Augen schließen sich. »Du Schlampe.«

Die Welt kehrt zurück – Geräusche von Panik und die Stimme des Propheten, der über seinen *verlorenen Sohn* spricht.

Ich drehe mich um, gehe weg, und der Boden unter mir schwankt, während ich versuche, mich zu zentrieren. Die Stimme des Propheten ist weg, geblieben ist nur ein tiefer statischer Ton, der von den Lautsprechern ausgeht. Der Bereich beginnt sich zu erhellen, je näher ich an die Seite der Bühne komme.

»… müssen es jetzt tun.« Rachels Stimme ist ganz in der Nähe.

»Ich bekomme kein freies Schussfeld.«

»Erschieß Adam nicht!«

»Ich weiß!«, knurrt Castro zurück.

Ich stütze mich gegen einen Pfeiler. Blut rinnt meinen Rücken hinunter, und meine Hand brennt, als ob Stacheln von tausend Bienen auf mich losgehen.

»Töte ihn, wenn du kannst. Wir müssen etwas tun, bevor er den ganzen Ort zum Einsturz bringt. Es ist so ein Chaos.«

»… gekreuzigt, und dann warst du weg. Ich dachte, vielleicht die Engel …« Die Stimme des Propheten weht herein und hinaus. Er ist in der Nähe auf der Bühne. Aus dem Heiligtum kommen Schläge, Schreie und Gebrüll. Ein Aufruhr, aber eingeschlossen. Warum können sie nicht herauskommen?

Ich gehe weiter, bis ich Rachel sehe, deren Gesicht wegen der grellen Lichtleisten, die auf sie gerichtet sind, geisterhaft wirkt.

»Es ist vorbei, Papa. Alles davon.«

»Adam«, hauche ich und gehe noch ein paar Schritte vorwärts.

»Nimm mich einfach. Du brauchst nicht all diese Leute zu töten.« Adam klingt so vernünftig, so *nahe*. »Ich bin der Eine …«

»Das hätte nach Plan verlaufen müssen.« Rachel verschränkt die Arme vor sich. »Ich verstehe das nicht. Der Vater des Feuers hat es mir versprochen. Er hat es versprochen! Ich habe die Zeichen in diese Jungfrau geritzt und sie geopfert. Sie war dumm und hübsch, *perfekt*! Ich tat alles, was er von mir verlangte. Es sollte nicht so sein. Etwas stimmte nicht mit ihr. Vielleicht war sie nicht rein. Vielleicht hat Noah sie gefickt und es nicht zugegeben …«

Meine Ohren fangen an zu klingeln, und eine Wand von Alarmsignalen dröhnt in meinem Kopf. *Ich habe die Zeichen in diese Jungfrau geritzt und sie geopfert.*

Ich starre sie an, und die Wahrheit dringt durch. Das war der Grund, warum Noah es mir nicht sagen konnte. Rachel hat Georgia getötet.

Sie war es die ganze Zeit über gewesen. Diese schreckliche Gewissheit trifft mich wie ein körperlicher Schlag, aber ich lasse mich davon nicht zu Boden werfen.

Ich dränge mich vorwärts, ignoriere die Schmerzen in meinem Körper und die Risse in meiner Seele. Grace zu töten war Selbstverteidigung. Rachel zu töten wird Rache sein.

»Schieß!«, bellt sie.

Ich werde schneller und laufe zielstrebig auf sie zu. Ich werde meine Hände benutzen – oder was immer ich zu fassen bekomme. Meine Schwester verrottet wegen dieser Frau in der Erde, und ich werde sie dafür bezahlen lassen. Eine seltsame Art von Erleichterung überflutet mich, als ich mich an dem Schminksessel vorbeischiebe. Ich habe jetzt ein Ziel. Ich weiß, was ich zu tun habe. Keine Vermutungen mehr, keine Ermittlungen mehr. Es sind nur sie und ich.

»Er ist immer noch im verdammten Weg!« Castro lenkt meine Aufmerksamkeit auf die Bühne. Adam steht mit dem Rücken zu uns, während er zu seinem Vater spricht. Der Lärm hat so sehr zugenommen, dass ich nicht einmal mehr Bruchstücke verstehe, aber sie streiten sich.

Rachel stöhnt. »Es zerfällt alles. Er wusste es. Irgendwie *wusste* Leon es. Er befahl der Kathedrale, seine Bastard-Kinder dortzubehalten. Woher wusste er es?« Sie spricht schnell, wie zu sich selbst. »Leon muss sterben. Jetzt.« Sie blickt finster drein. »Erschieß ihn, auch wenn du Adam triffst. Das ist mir egal. Noah kann seinen Platz einnehmen. Erschieß den Propheten *jetzt*!«

Ich muss eine Entscheidung treffen, und ich habe nur eine Sekunde Zeit. Adam retten – oder Gerechtigkeit für Georgia. Es ist keine Wahl. Nicht wirklich. Mein Körper scheint sie für mich zu treffen, bevor ich überhaupt darüber nachdenke. Ich werfe mich auf Castro und reiße ihn zu Boden, während er einen einzigen Schuss abfeuert.

»*Puta!*«, schreit er, als wir fallen und ich auf ihm lande, während seine Waffe über den Boden rattert und am Bühnenrand in der Schwebe liegen bleibt. Sie wippt dort in Zeitlupe, so als ob sie sich nicht entscheiden kann, ob die Schwerkraft auf sie wirkt. Ich will, dass sie herunterfällt, dass sie sich in dem Chaos verliert, das im Auditorium vor sich geht.

Castro stößt mich weg, und ich drehe mich um. Ich sehe, dass Adam auf mich zukommt, aber sein Hinken bremst ihn.

»Adam!«, schreie ich und zeige auf Castro, der nach der Pistole greift, bevor sie über die Kante fällt.

Er dreht sich um, aber es ist zu spät.

Der Schuss wird abgefeuert und ein Leben erlischt.

KAPITEL DREISSIG

Adam

NOAH RENNT mit einer Waffe in der Hand durch den Mittelgang auf mich zu. Castro stolpert zur Seite, und ein roter Fleck breitet sich an seiner Taille aus.

Immer noch seine Waffe in der Hand haltend, tritt er auf mich zu. »*Pendejo.*«

»Ich habe dir gesagt, dass es so enden würde, Arschloch.« Ich ziehe meine Pistole und feuere einen Schuss ab. Er fällt und schlägt dumpf auf. Seine Augen sind offen und leer, und Blut sickert aus seiner Stirn. Noch nie in meinem ganzen Leben war mir irgendetwas gleichgültiger.

Ich eile an ihm vorbei und falle neben Emily auf die Knie.

»Geht es dir gut?« Ich hebe sie hoch.

Sie hat Blut auf ihrem weißen Kleid, und meine Hände werden kalt, als ich sie umdrehe.

Sie zuckt zusammen. »Mein Rücken. Grace hat mich mit dem Messer erwischt.«

»Verdammt.« Ich setze sie auf und untersuche die Wunde.

»Deine Hand.« Ich ziehe sie auf meinen Schoß.

»Das war ein Draht.« Ihre Lippe zittert. »Ich musste es tun.«

Ich kann dem, was sie sagt, nicht folgen, aber das macht nichts. Ich ziehe sie an meine Brust und halte sie fest. »Wir verschwinden von hier.«

Sie nickt, dann schaut sie hinter sich, und ihr Körper wird angespannt. »Wo ist deine Mutter?«

»Sie ist abgehauen, als Castro fiel.«

»Ich muss sie finden.« Ihr Tonfall ist teilnahmslos, kalt.

Ein mulmiges Gefühl macht sich in meinem Bauch breit, und ich drehe sie zu mir um. »Du weißt es, nicht wahr?«

»Ich weiß jetzt, dass sie es war.« Sie nickt. »Wie lange weißt du es schon?«

Schuldgefühle verschlimmern das Gefühlsgewirr in mir. »Eine Weile, aber ich weiß erst seit kurzem, dass Georgia deine Schwester war.«

»Ich muss sie finden.« Sie versucht, aufzustehen, aber ich halte sie fest.

»Wir werden sie finden. Zusammen. Aber ich muss zuerst dafür sorgen, dass du in Sicherheit bist.« Ich drehe mich um und sehe Noah, der mit dem Rücken zu mir steht und auf unseren Vater herabblickt, der in der Mitte liegt und seinen Arm umklammert.

»Ist er tot?«, rufe ich.

»Nein. Castros Kugel hat ihn nur gestreift.« Er schüttelt den Kopf, als mein Vater sich aufrichtet. »Dieser Wichser war schon immer nutzlos.«

Auf der anderen Seite der Bühne bewegen sich die Massen, als hätte sich eine Außentür geöffnet.

»Es kommt jemand.« Ich zeige auf die Bewegung und schiebe Emily hinter mich. Das Heiligtum leert sich. Jemand muss die Türen geöffnet haben. Aber wir müssen auch hinaus, bevor der ganze Ort um uns herum zusammenbricht. Dad ist nicht die Art von Mann, die blufft. Ich habe keinen Zweifel, dass das Heiligtum zur Sprengung vorbereitet ist.

Mein Vater stöhnt und kommt auf die Beine. Noah hält seine Waffe auf ihn gerichtet, während er das Blut an seinem Ärmel inspiziert.

Ich drücke Emilys unverletzte Hand. »Wir müssen gehen. Du bist verletzt.«

»Mir geht es gut«, sagt sie, aber das Zittern in ihrer Stimme sagt mir etwas anderes. »Ich muss deine Mutter finden.« Ihre Stimme ist dünn. »Es tut mir leid, Adam, aber ich werde sie umbringen.«

»Warte einfach …«

»Er gehört mir.« Jez taucht von der anderen Seite der Bühne auf, ein automatisches Gewehr in ihren Händen. Ein Dutzend anderer Frauen ziehen hinter ihr her, einige aus der Kapelle und ein paar Jungfrauen.

»Eve.« Emily versucht aufzustehen.

Ich muss ihr helfen, und als sie steht, steht sie aufrecht.

Mein Vater macht einen Schritt auf mich zu, die Hände ausgestreckt. »Sohn, du musst mich hier rausholen. Die Protektoren haben Dynamit verteilt, und wenn wir nicht …«

»Halt die Klappe.« Jez stößt ihn mit dem Lauf ihrer Waffe an »Mädchen, fesselt und knebelt ihn.«

Noah dreht sich zu mir. »Adam?«

Ich schüttele den Kopf. Wir werden uns nicht einmischen. Er kommt zu mir herüber und stellt sich neben mich.

Das Gesicht unseres Vaters zerfällt, und Tränen steigen in seinen Augen auf. »Jungs, bitte. Ich bin euer Vater.«

Ich dachte, ich würde zumindest eine Art von Trauer empfinden, wenn mein Vater sein Ende findet. Aber alles, was ich fühle, ist … nichts. Nicht eine gottverdammte Sache. Selbst als er anfängt, uns in einer Sprache zu verfluchen, die seit Jahrhunderten tot ist, ändert sich in mir nichts. Es gibt keine Reue oder Bedauern. Nur die Endgültigkeit des Urteils. Es wurde über ihn gefällt, und ich bin nur ein Zeuge. Ich drücke Emilys Hand. Sie ist die Einzige, die bei mir Gefühle auslöst, die mein Herz schlagen lässt. Nur für sie.

»Nein!« Der Prophet widersetzt sich, als die Frauen aus der Kapelle sich um ihn herum aufstellen und zwei von ihnen nach seinen Armen greifen, während eine Jungfrau ein Stück von ihrem Kleid abreißt und es benutzt, um ihm die Hände zu fesseln.

»Du hast ihr Blut auf deinem Boden vergossen.« Jez umkreist den Propheten, und ihre dunkelgrünen

Augen sind wie Glas. »Meine Liebe. Ihr Blut. Überall auf deinem dreckigen Boden. Wie konntest du das tun?«

Er öffnet seinen Mund, aber die andere Jungfrau schiebt ein Bündel Stoff hinein und knebelt ihn.

»Sie war so schön. Wusstest du, dass sie singen konnte?« Jez drückt die Spitze ihrer Waffe unter sein Kinn. »Wie ein Singvogel. Deshalb habe ich in der Kapelle Vögel gehalten. Sie erinnerten mich an sie. Und sie würden nur für *mich* singen.« Ihre Stimme ist laut in dem leeren Raum, und keine Lautsprecher sind nötig, um ihren Standpunkt zu vermitteln. »Du hast das Lied weggenommen. Du hast uns allen so viel weggenommen. Jetzt ist es Zeit für dich, zu bezahlen.«

Mein Vater reckt den Hals, um uns anzusehen, und seine Augen flehen uns an. Aber wieder berührt es mich nicht. Ich habe aufgegeben, und wenn ich zu ihm durchkommen könnte, würde ich ihm nur sagen, dass er sich mit seinem Schicksal abfinden soll.

»Nehmt ihn mit.« Jez stößt ihn zurück, und die Frauen packen ihn und drängen ihn von der Bühne.

Jez kommt zu uns herüber, ihr Rücken ist steif, ihre Schritte sicher. »Hat jemand von euch ein Problem damit?«

»Lasst ihn leiden.« Emilys Stimme ist rau, aber ehrlich.

Jez schaut sie an und nickt dann kurz. Mit einem weiteren Blick auf Noah und mich dreht sie sich um und folgt den anderen mit ihrer Beute. Als sich die Tür schließt, verstummt das Heiligtum.

»Heilige Scheiße.« Noah hockt sich hin und würgt trocken.

»Deine Mutter.« Emilys Augen durchstreifen die leere Kirche. »Ich muss sie finden.«

Ich will nicht, dass sie Rachel findet. Einfach, weil ich Emily vor jedem weiteren Tod bewahren möchte. Aber sie hat ihre Rache verdient, und ich kann sie nicht davon abhalten.

»Komm schon.« Ich ergreife ihren Ellenbogen und führe sie weg.

Wir sind fast am Bühneneingang, als die Tür auffliegt und Zion mit einem halben Dutzend Männern im Rücken hereinstürmt.

»FBI, keine Bewegung!« Zion zielt mit seiner Waffe auf mein Gesicht, und ich schiebe Emily hinter mich.

»Davis?« Ich schaue auf den Mann hinter Zion. Es ist derselbe FBI-Agent, dem ich vor ein paar Monaten die Scheiße aus dem Leib geprügelt habe, derjenige, der versucht hatte, das Gelände zu infiltrieren.

»Ja, ich bin's, Wichser. Und jetzt auf den Boden, Hände über den Kopf!«

Ich versuche, meine Überraschung in den Griff zu bekommen, und konzentriere mich auf Emily. »Sie ist verletzt. Die Frau hinter mir. Sie hat eine Menge Blut verloren. Bitte helft ihr.« Ich falle auf die Knie, die Hände auf dem Kopf, und Noah tut dasselbe.

»Ma'am, ich muss Sie bitten, sich auf den Boden zu legen.« Davis senkt seine Waffe, als ein anderer Beamter nach vorne stürmt und mir Handschellen anlegt.

»Ja, ich …« Ihre Worte werden abgeschnitten, als sie nach vorne fällt.

Zion eilt zu ihr und fängt sie auf. »Sanitäter!« Er nimmt sie in seine Arme, und ihre Augen sind geschlossen, ihr Gesicht ist blass.

»Helft ihr«, sage ich erstickt. Emotionen verschließen meine Kehle, und ich weiß genau, hier und jetzt, dass ich glücklich sterben würde, wenn sie gerettet wird. »Bitte.«

Zion trägt sie zur Tür und hält dann inne. »Wo ist das Dynamit?«

»Was?« Davis legt Noah Handschellen an.

»Ich habe es hier hinter diesem verdammten Schminktisch versteckt. Einen Ranzen voller Dynamit. Scheiße!« Er tritt den Schminktisch um, und die Glühbirnen zersplittern. »Durchsucht diesen ganzen gottverdammten Ort. Hört nicht auf, bis ihr es gefunden habt!«

Als er Emily aus meinem Sichtfeld trägt, sacke ich zusammen, da die Ereignisse ihren Tribut von meinem noch heilenden Körper fordern.

»Bitte rettet sie«, flüstere ich, schließe die Augen und sende ein Gebet an jeden, der zuhört.

KAPITEL EINUNDDREISSIG

Delilah

ZION LEGT mich auf eine Trage, und die Krankenwagenlichter blinken rot durch die dünne Haut meiner Augenlider.

»Was ist mit ihr passiert?« Die Stimme einer Frau, heiser und süß.

»Bin mir nicht sicher. Versorg sie einfach. Sie ist eine Zeugin. Die anderen sind abgehauen, also brauchen wir sie.« Zions Stimme ist schon weit entfernt. Gut. Ich will, dass er weg ist.

Ich öffne meine Augen für den Bruchteil einer Sekunde. Eine Reihe von Männern sind in der Nähe auf den Knien, die Hände hinter dem Rücken gefesselt. Ich schließe schnell die Augen, aber ich vermute, dass Zion alle Protektoren zusammengetrieben hat.

Die Sanitäterin ergreift mein Handgelenk und dreht meine Hand um, damit sie meine Handfläche inspizieren kann. »Verdammt, Schätzchen. Hier werden eine Menge Stiche nötig sein.« Ihre Hände fahren sanft den Rest meines Körpers ab, als weitere Sirenen – einige entfernt, einige ohrenbetäubend nah, die Szenerie durchschneiden. »Der Rest davon sieht okay aus. Lass uns nach der Rückseite schauen. Tommy, komm hier rüber und heb sie an, damit ich sie mir ansehen kann.«

Rauere Hände ergreifen meine Seiten und drehen mich vorsichtig um.

»Scheiße, würdest du mal einen Blick draufwerfen?« Ihre warmen Finger öffnen den Stoff auf meinem Rücken. »Ein sauberer Schnitt über den ganzen Rücken.«

Meine Ungeduld wächst mit jedem Kommentar, jeder Berührung. Sie müssen abgelenkt werden, damit ich gehen kann. Nach dem, was ich sehen konnte, als Zion mich hinaustrug, befinde ich mich hinter der Kirche auf dem breiten Parkplatz. Von hier aus kann ich, wenn ich es bis zum Tor schaffe – von dem ich sicher bin, dass es zu diesem Zeitpunkt nicht mehr bemannt ist – einen der Golfcarts oder ein Auto des Propheten nehmen und Rachel folgen. Ich weiß, wo sie hingeht. Ihre Verderbtheit führt nur zu einem Ort.

»Wir müssen vorfahren und sie ins Krankenhaus bringen«, sagt ein Mann und keucht dabei leicht, so als sei er gerade gerannt. »Es gibt noch ein paar andere Verletzte von der Massenpanik, ein paar Leute, die überrannt wurden, aber sie hat es mit Abstand am schlimmsten erwischt.«

»Komm schon. Bringen wir sie rein und machen die Sirene an.«

Sie legen mich wieder hin, legen mir Schultergurte um und heben mich in den Krankenwagen. Sobald sich die Türen schließen, öffne ich die Augen.

Eine Frau mit dunkler Haut und ordentlich geflochtenem Haar greift nach einer Blutdruckmanschette, als der Motor angeworfen wird. »Weißt du, ich habe immer Horrorgeschichten über diesen Ort gehört, aber ich wusste nicht, dass sie wahr sind.«

»Ja.« Die Stimme des Mannes vorne ist schwer zu hören über das Heulen der Sirene. »Mein Cousin kam eine Zeit lang hierher, bis es ihm zu seltsam wurde. Das sagt eine Menge aus, besonders, da er meine Cousine geheiratet hat.«

Sie lacht und wickelt die Manschette um meinen Arm, dann drückt sie das Stethoskop auf mich. Ich schließe die Augen, bevor sie mich erwischt.

Pump, pump, pump. Die Manschette wird enger, und ich versuche, herauszufinden, wo wir jetzt sind. Der Krankenwagen scheint sich zur Vorderseite der Kirche gedreht zu haben, weg von dort, wo ich hinmuss. Ich werfe einen Blick auf die hinteren Fenster und sehe die Fassade der Kirche, was meine Vermutung bestätigt. *Scheiße.*

»Seht euch das an.« Der Krankenwagen hält an, während die Sirene weiterhin ertönt.

»Was?« Der Sanitäter atmet mit einem Zischen aus.

»Feuerwehrautos haben diese Seite blockiert.«

»Ich glaube, ich habe einen anderen Weg zurück gesehen …«

»Ja, ich werde in diese Richtung fahren.« Der Krankenwagen dreht.

»Erhöhter Blutdruck, Schätzchen. Nicht gut.«

Du hast keine Ahnung. Ich liege still, während sie sich noch ein wenig bewegt und knisternde und reißende Auspackgeräusche neben meinem Kopf verursacht. Mein Verstand folgt dem Umriss der Kirche. Wir sind fast ganz hinten, am nächsten Punkt zum Tor, ohne auf den kurzen Weg bis dorthin einzubiegen.

»Ja, hier kommen wir durch.« Der Krankenwagen wird schneller.

Nein. Ich gebe meine Scharade auf und rutsche aus den Schultergurten. Der Krankenwagen hält plötzlich an.

»Geh aus dem Weg, du Blödmann«, schreit der Fahrer und hupt. Ich schiebe mich die Bahre hinunter und strecke meinen Arm nach der Tür aus.

»Nein, gute Frau.« Die Sanitäterin greift nach mir, aber ich drücke die Klinke nach unten und rutsche auf den Boden.

»Grant, warte mal. Sie ist wach und versucht zu …«

Ich springe aus dem Krankenwagen. Es geht tiefer nach unten, als ich dachte, und meine Knie knicken ein. Ich schlage auf dem Boden auf und drehe mich, wobei ich meine Beine auf dem kalten Bürgersteig aufschürfe. Der Schwung lässt nach, und ich bleibe liegen, stehe auf und renne. Das Tor ist nah, und niemand ist da, um mich aufzuhalten. Alle sind immer noch in der Kirche – Gläubige und Gesetzeshüter.

»Mädchen, komm zurück!«, schreit mir die freundliche Sanitäterin nach, aber ich habe mich schon unter dem Torarm hindurchgeduckt und rase die glatte Straße zum Haus des Propheten hinunter. Die kalte Luft beißt mir ins Gesicht, und die Wunde auf meinem Rücken brennt bei jedem Schritt, aber ich kann nicht aufhören. Es ist für Georgia. Es war schon längst Zeit, das zu erledigen.

Das Haus ragt vor mir auf, sein stoisches Backsteingesicht beobachtet meine Annäherung mit Beklommenheit. Ich gehe an der Seite vorbei und drehe mich nach hinten. Meine Lungen schreien bei jeder Ladung kalter Luft, aber meine Schritte sind leicht. Ich gehe in die richtige Richtung. Ich kann es fühlen.

Drei weiße Golfwagen parken auf der Rückseite des Hauses. Ich eile zum ersten und schaue auf die Zündung. Kein Schlüssel. Dasselbe bei den anderen beiden. *Scheiße*! Ich versuche, die Sitze anzuheben, um ein verstecktes Fach zu suchen, aber da ist nichts.

Ich werde länger brauchen, aber ich werde mich davon nicht aufhalten lassen. Ich drehe mich auf der Ferse um und laufe zum Herzen des Geländes.

Die Kellertür öffnet sich hinter mir mit dem vertrauten Klicken. Ich wirbele herum.

Hannah bleibt stehen, dann eilt sie zu mir hinaus. »Oh mein Gott!« Sie umarmt mich, und ihre Hände auf meinem Rücken entreißen mir einen Schrei.

Sie keucht und weicht zurück. »Oh Scheiße. Du bist schwer verletzt.« Sie zeigt auf die Kirche. »Dort oben sind Krankenwagen. Ich werde dich …«

»Nein.« Ich lehne mich gegen ihren ausgestreckten Arm. »Ich habe noch etwas zu erledigen.«

Sie blinzelt, dann verhärtet sich ihre Besorgnis zu einer Entschlossenheit, die meiner eigenen entspricht. »Ich auch.«

»Ich muss in die Kathedrale, aber ich kann die Schlüssel nicht finden. Weißt du, ob …«

Sie streckt ihre offene Handfläche aus. Ein silberner Schlüssel leuchtet in der Sonne. »Ich habe ihn im Haus gefunden. Bin durch ein Fenster eingebrochen und leicht hineingekommen. Los. Ich werde dich fahren.«

Ich setze mich auf den Beifahrersitz und blicke auf eine Rauchwolke, die durch ein zerbrochenes Fenster weiter hinten im Haus aufsteigt. »Du?«, frage ich.

Sie schaut nicht einmal hin. Sie legt einfach den Rückwärtsgang ein und steuert dann den Wagen den Hügel hinunter. »Wir werden alles niederbrennen. Jez hat es uns gesagt, und wir tun es. Meine Aufgabe ist erledigt. Jetzt ist es Zeit für die Beute.« Ihr Lächeln ist strahlend, als sie das Gaspedal durchtritt. Ich greife den Seitenholm mit meiner unverletzten Hand und halte mich fest, während der Wind an meinen Ohren heult.

»Sind alle rausgekommen?« Ich versuche, an meinem Ärmel zu reißen, um einen Wickel für meine Hand zu machen.

»Soweit ich weiß, ja.« Sie streckt sich zu mir aus, ergreift den Ärmel und zieht dann kräftig genug, um ihn an der Naht abzureißen. »Etwa die Hälfte der Mädchen lief in die Menge, aber die, die bleiben wollten, sind noch hier.«

»Danke.« Ich nehme den Ärmel und wickele ihn um meine Handfläche. »Noch hier? Du meinst die, die …«

»Diejenigen, die Gerechtigkeit wollen. Sie sind immer noch hier. Ich will auch Gerechtigkeit. Für Sarah. Für mich.« Sie fährt in einem engen Bogen an der Kapelle vorbei, und Flammen züngeln schon an der Dachkante von den herausgebrochenen Fenstern.

Dieser Ort schuldet uns allen etwas. Gerechtigkeit ist wirklich das einzige Wort dafür.

»Ich kann nicht glauben, dass es vorbei ist.« Sie schüttelt den Kopf. »Das FBI kriecht überall in der Kirche herum. Protektoren und Himmlische Polizisten sind in Handschellen. Es ist erledigt.«

»Jetzt kann es nicht mehr zurückkommen.« Ich schaue hinter mich, als ob die Kirche wie ein Bösewicht in einem Horrorfilm hinter uns hertaumeln würde. Aber da ist nichts außer einer leeren Straße und einem Winterhimmel.

»Das kann es nicht.« Sie greift herüber und drückt mein Knie. »Wir werden das nicht zulassen.«

Wir dringen tiefer in das Gelände ein, vorbei am Pfarrhaus. Zu meiner Schande denke ich gerade zum ersten Mal, seit diese ganze Tortur in der Kirche begann, an meine Mutter.

Mein Magen zieht sich zusammen. »Meine Mutter. Warte. Wir müssen sie holen. Sie ist …«

»Wir haben alle befreit. Deine Mutter auch. Sie ist

noch immer fertig vom Entzug, aber sie haben sie ins Kloster gebracht. Wir werden uns dort neu gruppieren, erst dann zünden wir es an.«

»Vielen Dank.« Ich unterdrücke meine Schuldgefühle. »Danke, dass ihr ihr geholfen habt.«

Sie zuckt nur mit den Schultern und wirft noch einen Blick auf das Pfarrhaus, während wir vorbeifahren. »Einige der Mädchen sind zur Rückseite des Grundstücks gegangen, wo sie all diese Bauarbeiten machen. Sie brennen den ganzen Scheiß nieder und holen dann die Planierraupen hierher. Jez hat an alles gedacht.« Sie lacht. »Bis vor eineinhalb Stunden wusste ich nicht einmal, dass diese Frau existiert, aber jetzt ist sie so etwas wie mein Lehrmeister.«

»Sie ist verletzt worden. Genau wie wir.« Ich kann ihr nicht sagen, wie schwer Jez verletzt ist, kann nicht über Chastity sprechen. Noch nicht. Aber ich weiß, dass der Verlust, den ich fühle, bei Jez noch viel tiefer geht. Ihre Liebe hat diesem Ort getrotzt, die Hölle des Propheten überstanden.

»Sie haben ohne uns angefangen.« Hannah biegt auf die Straße ein, die zum Strafkreis führt. Eine Gruppe von Frauen bildet einen Kreis um die Mitte, und ich kann erraten, wer sich darin befindet.

Der Schrei des Propheten ist undeutlich, als ob er Blut gurgeln würde. Hannah hält neben einer Reihe von Autos und Golfcarts.

Sie springt heraus, lässt aber den Schlüssel in der Zündung stecken. »Gehen wir.«

»Ich kann nicht. Ich muss etwas anderes …«

»Das darfst du nicht verpassen.« Sie nimmt meine Hand und zieht mich mit sich.

Ich habe keine Zeit für so etwas, aber ich lasse mich von ihr an den Rand führen. Sie lässt los, taucht in die Kampfszene ein und umarmt eine der Frauen aus der Kapelle. Die Menge teilt sich so weit, dass ich den Propheten sehen kann. Er wurde entkleidet und mit gespreizten Beinen am Boden festgesteckt. Der Knebel ist verschwunden, und Jez lässt einen der schwarzen Schlagstöcke der Oberin in ihrer Hand wirbeln.

»Oh, Prophet, wo ist dein Vater des Feuers jetzt?« Sie schwingt den Stock und schlägt ihm aufs Knie.

Er heult, und sein blutiges Gesicht verzerrt sich vor noch größerem Schmerz. Die Frauen haben den Schulungsraum des Klosters geplündert. Sie alle halten Peitschen, Schlagstöcke und Flogger in den Händen – und so, wie der Körper des Propheten aussieht, haben sie sich nicht zurückgehalten.

Er spuckt Blut. »Wenn du mich jetzt freilässt, wird dir der Herr verzeihen …«

Eine der Frauen aus der Kapelle tritt ihm in die Seite. Er schreit, und sie kniet sich neben ihn. »Weißt du noch, als du mir gesagt hast, dass ich ein gutes Mädchen bin, wenn ich nicht weine?« Sie zieht ihr Hemd herunter und zeigt Narben entlang der Oberseite ihrer Brüste, als ob jemand sie mit einer geraden Klinge geschnitten hätte. »Ich erinnere mich an jedes Mal, als du mich geschnitten hast. Jedes Mal, als du mich vergewaltigt hast. Jedes Mal, als du mir gesagt hast, ich sei ein gutes Mädchen.«

Die Frauen rufen »Bestrafe ihn!«. Ich schließe mich an, und die Kraft fließt durch uns alle, verbindet uns zu einer Schwesternschaft der Rache.

Sie zieht ein Messer aus ihrer Tasche und klappt es auf. »Jetzt sei ein guter Junge für mich.« Sie zieht die Klinge über seine Brust und hinterlässt eine tiefrote Linie.

Eine andere Frau kniet sich neben ihn, und eine grausame Geschichte von Folter und Vergewaltigung sprudelt von ihren Lippen, während sie ihre Hand um eine Peitsche zu einer Faust ballt.

»Nein, bitte …«

»Dies ist mein vollkommener Gehorsam.« Sie schlägt ihm hart ins Gesicht, seine Lippe platzt wieder auf, und Blut spritzt aus seiner Nase.

Ich ziehe mich zurück. Weil ich irgendwo sein muss … Und auch, weil ich das so sehr genieße, dass es mir Angst macht.

»Emily«, zeigt Jez auf mich. »Du bist dran.«

Die Frauen feuern mich an, und ich werde nach vorne gedrängt. Ich zucke wegen der Schmerzen in meinem Rücken und meiner Hand zusammen.

Ich sollte gehen. Sie tun lassen, was getan werden muss. Aber ich gehe nicht. Das kann ich nicht. Meine Seele bricht noch ein wenig mehr, als ich akzeptiere, dass ich dies tun muss, dass die Dunkelheit, die der Prophet in mir geschaffen hat, dafür sorgt, dass ich dies *brauche*. Um einen Teil meiner eigenen Qualen zu beenden, muss ich ihm Schmerzen zufügen. Und was noch schlimmer ist: Ich will es.

Ich knie nieder und schaue den Mann an, der so groß, so mächtig schien. Aber er ist keines von diesen beiden Dingen. Er ist nur ein nackter Mann, der über den Abgrund hinweg auf seinen Tod starrt.

Ich schaue ihm in die Augen und atme tief durch. »Weißt du noch, als du mir sagtest, ich sei eine Hure, die deinen Sohn verdorben hat?« Die Worte rollen leicht von meinen Lippen, während er auf dem kalten Boden zittert. Ich strecke meine Hand aus und warte auf jemanden, der mir eine Waffe gibt. Irgendeine. Der Griff eines Messers gleitet in meine Handfläche.

»Delilah, Adam würde nicht wollen, dass du …«

»Pst.« Ich schüttele den Kopf. »Erinnerst du dich an meine Freundin Sarah? Ja, das tust du. Sie war freundlich und stark, zwei Dinge, die du hasst. Also hast du deinen Sohn dazu gebracht, ihr die Kehle durchzuschneiden. Ich erinnere mich, und du dich auch.« Ich fange bei seinem Herzen an, ritze ein *S* ein, während er schreit und seinen Kopf hin und her wirft. Fleisch einzuritzen ist einfach, viel einfacher, als ich dachte. Der Rest von Sarahs Namen manifestiert sich in Blut, und ich lehne mich zurück. »Erinnerst du dich jetzt an sie?«

»Ja!«, schreit er. »Ich erinnere mich. Bitte nicht …«

»Du hast ihr wehgetan, sie getötet und so viel mehr getan. Ich bin sicher, dass du dich an alles erinnerst. An alles, was du mir, meinen Freundinnen, Adam, meiner

Mutter und meiner Schwester angetan hast.« Ich stehe auf und stelle mich zwischen seine gespreizten Beine.

Seine Augen werden noch größer, das rechte ist blutverschmiert. »D-Delilah.«

»Du hast mir einen guten Namen gegeben, wusstest du das?«

Die Frauen um mich herum fangen an, »Bestrafe ihn!« zu rufen, und ihre Stimmen klingen dunkel und kräftig.

»Deli…«

»In der Bibel nimmt Delilah Samsons Kraft, aber Gott gibt sie ihm zurück, und mit ihr kann er seine Feinde vernichten.« Ich begebe mich in Position und ziehe meinen rechten Fuß zurück. »Unsere Geschichte ist auch so, aber noch besser. Ich habe Adam in die Knie gezwungen, und *zusammen* haben wir uns erhoben und dich besiegt. Wir alle haben deinen Tempel niedergerissen.«

»Nein!«, schreit er, als ich Schwung hole und ihn genau zwischen seine Beine trete.

Die Frauen um mich herum schreien vor Schadenfreude und aufgestauter Wut. Wir sind sein Schicksal, seine Gerechtigkeit. Wir sind die Rache für all jene, die vor uns gekommen sind.

Seine Brust krampft, als er weint. Ich hoffe, er ertrinkt an seinen Tränen, ertrinkt an den Leiden, die er so vielen anderen auferlegt hat.

»Das ist nichts.« Jez lächelt ihn an. »Wenn sie alle satt sind, werde ich dir dieses erbärmliche Ding zwischen deinen Beinen abschneiden und es dir in den Hals stopfen.«

Noch lautere Schreie durchdringen den Tag, als ich mich zurückziehe. Jez nickt mir kurz zu, während ich mich umdrehe und zum Golfwagen eile.

Mein Herz schlägt leichter, mein schreckliches Bedürfnis nach Vergeltung ist vorübergehend gestillt.

Ich trete das Gaspedal durch, rase davon und hoffe, dass ich nicht zu spät komme.

KAPITEL ZWEIUNDDREISSIG

Delilah

ICH BLEIBE vor der Kathedrale stehen. Es steht keine Wache vor der Tür, aber der Ort scheint fest verschlossen zu sein. Ich lasse keine Erleichterung zu. Noch nicht. Erst wenn ich die Kinder sehe und weiß, dass sie in Sicherheit sind.

Ich steige aus dem Golfwagen und eile zu den großen Doppeltüren. Sie lassen sich nicht öffnen. Ich gehe zur Seite und versuche, ein Fenster zu finden, aber sie sind alle hoch über dem Boden und vergittert. Ich nehme an, der Prophet wollte Privatsphäre für seinen persönlichen Harem.

Ein schwacher Schrei dringt durch den Wald. Ich erzittere. Das ist der Prophet. Er leidet. Und es ist mir scheißegal. Ich gehe an der Fassade entlang und biege dann um die Ecke des großen Gebäudes. Eine kleine

Wiese trennt es von den Wäldern ringsum. Meine Schritte sind lautlos auf dem schlafenden Gras. Weiter vorne gibt es eine Tür und einen kleinen Weg, der zu einem gepflasterten Bereich mit einem Müllcontainer führt.

Ich versuche es an der Tür. Verschlossen. Aber daneben gibt es einen schwarzen Knopf, der eine Glocke sein muss. Soll ich klingeln? Ich betrachte die lange Seite des kahlen Gebäudes. Ich muss auf halber Länge sein, wahrscheinlich bei der Küche. Wenn jemand drin ist, dann ist es wahrscheinlich eine Oberin oder ein Kind. Wenn es ein Wachmann ist, bin ich erledigt. Wenn es Rachel ist … Ich werde mich darum kümmern.

Ich nehme meinen Mut zusammen und drücke vorsichtig auf den Knopf. Nach ein paar Sekunden erinnere ich mich daran, dass es Dutzende von unschuldigen Kindern im Inneren gibt – Kinder, die Rachel ermorden will. Also lehne ich mich fester gegen die Klingel und drückte eine ganze Minute lang, bevor ich loslasse. Niemand kommt. Ich werde einen anderen Weg hinein finden müssen.

Ich kehre ins Gras zurück und entferne mich vom Kücheneingang, aber ein Quietschen durchschneidet die Stille. Die Tür wird von einem kleinen Jungen, der nicht älter als fünf ist und sein Bestes gibt, dass die schwere Metallplatte nicht wieder zufällt, einen Spalt aufgeschoben.

Ich rase zurück und ziehe sie ganz auf, schlüpfe

hinein und schließe sie dann hinter mir. Wir sind in einer gekachelten Küche, alles aus rostfreiem Stahl und industriemäßig, mit dem Duft von scharfem Spülmittel und Zwiebeln in der Luft. Ich ziehe ihn hinter einen Vorbereitungstisch und lasse mich auf die Knie fallen.

»Hab keine Angst. Ich werde dir nicht wehtun.« Ich lege meine Finger für einen Moment auf meine Lippen und flüstere dann: »Geht es dir gut?«

Er schüttelt den Kopf, seine dunklen Augen sind wie die von Adam. »Mama ist nicht hier.«

»Ist überhaupt jemand hier?«

Er nickt. »Eine Frau. Die mit den Stangen.«

»Stangen?«

Dynamit, mischt sich mein Verstand ein.

»Sie sagte uns allen, dass wir in unseren Zimmern bleiben sollten und dass unsere Mamis bald hier sind. Aber ich habe gehört …« Er schaut zurück zur Tür und der Glocke darüber. »Habe ich was falsch gemacht?« Seine Augen tränen.

»Nein.« Ich ziehe ihn zu mir und lege meine Arme um seinen kleinen Körper. »Das hast du gut gemacht. Sehr gut sogar! Wie heißt du, mein Süßer?«

»Hesekiel.« Er schnieft.

Ich kenne ihn. Er ist Ruths Sohn. Gott, ich hoffe, sie hat es lebendig aus dem Haus des Propheten herausgeschafft. Ich ziehe ihn zurück, damit er mich anschaut, und sage: »Du musst etwas für mich tun, okay?«

»Okay.«

»Ich werde die Tür wieder öffnen. Du rennst raus in den Wald und versteckst dich, okay? Komm nicht raus, bis du jemanden in Polizeiuniform siehst.«

»Polizei?« Er neigt den Kopf.

Ich vergesse immer, wie weltfremd diese Kinder sind, wie behütet. »Wie die in der Kirche, die entlang der Gänge stehen. Blaue Uniformen und Abzeichen.« Ich klopfe mir auf die Brust, dann überlege ich es mir noch einmal. »Aber nicht sie.« Ich schüttele den Kopf, weil ich weiß, dass ich ihn verwirrt habe, also versuche ich etwas anderes. »Kennst du schon die Buchstaben?«

Er nickt, und zum ersten Mal erscheint ein Lächeln auf seinem Gesicht. Seine beiden oberen Schneidezähne fehlen. »Ja, ich lerne gerade lesen. Als Erster in meiner Klasse.«

»Gut.« Ich greife nach seinem Arm. »Das ist großartig. Wenn du jemanden siehst, der eine Weste mit den Buchstaben ›FBI‹ drauf trägt, kannst du rauskommen. Oder wenn sie ›FBI‹ sagen, dann kannst du rauskommen. Es ist wie Verstecken, verstehst du?«

»Ich bin der Beste im Versteckspielen.« Sein Lächeln wird breiter.

»Ich weiß, dass du es bist.« Ich drehe ihn um und führe ihn zur Tür. »Eine Sache noch. Ich werde mehr Kinder durch diese Tür hinausschicken, okay? Sorg dafür, dass sie sich bei dir verstecken. Wie ein großes Spiel. Und keiner von euch kommt raus, bis die Polizei kommt. FBI.«

»F – B – I.«

»Das ist richtig, Hesekiel. Du hast es verstanden. Geh jetzt und passt auf die anderen Kinder auf.« Ich scheuche ihn zur Tür hinaus, und er rennt über das Gras und in den Wald, dann verschwindet er hinter einem Baum.

KAPITEL DREIUNDDREISSIG

Adam

ZION REISST mich hoch und führt mich zur Außenseite der Kirche. Davis drängt Noah hinter mir heraus. Protektoren und Wachen sind an der Wand aufgereiht, alle in Handschellen, alle finster dreinblickend. Die Mitglieder der Kirche stehen neben ihren Autos oder sitzen mit laufenden Motoren darin und wärmen ihre Kinder. Niemand durfte das Grundstück verlassen.

Ich humple neben Zion her, der mich in einen schwarzen Geländewagen schiebt. Davis macht dasselbe mit Noah auf der anderen Seite. Sie steigen vorne ein, und Davis schnappt sich den Hörer des Funkgeräts vom Armaturenbrett.

»Sobald der Wagen für die Arschlöcher in Handschellen da ist, möchte ich, dass sich alle am Vordereingang formieren. Unser Haftbefehl gilt für das gesamte Gelände, aber wir müssen aufpassen, dass wir keine Beweise zerstören. Ein kontrollierter Einsatz.« Er legt das Funkgerät zurück und dreht sich um, um mich anzuschauen. »Es geht alles unter, Leute. Euer kleines Reich zerbröckelt.«

Noah versucht, seine gefesselten Hände auf die Seite zu ziehen. »Es sind Frauen und Kinder da drin. Das weißt du doch, oder? Wenn deine Männer mit Waffengewalt reingehen …«

»Wir wissen, was wir zu tun haben.« Zion wirft ihm einen bösen Blick zu.

»Alles, was ich jemals von dir gesehen habe, ist, dass du einen Mann trittst, während er am Boden liegt, und dich an Jungfrauen vergehst.« Noah zuckt mit den Schultern. »Aber was weiß ich schon?«

Zion schlägt auf die Metallstäbe, die uns trennen. »Ich war jahrelang undercover in dieser verdammten Grube, Arschloch. Halt dein verdammtes Maul.«

»Oh, aber ich glaube, du hast es genossen.« Noah grinst.

»Motherfucker, ich werde …«

»Bleib ruhig«, mischt sich Davis ein.

»Wo ist Emily?« Ich halte meine Hände hinter meinem Rücken und nestele an den Stichen meiner rechten Handfläche.

»Sie ist inzwischen auf dem Weg ins Krankenhaus.« Davis zeigt auf den modifizierten Bus, der sich auf der Hauptstraße nähert. »Der Bus ist fast da.«

»Agent Davis?« Eine Stimme ertönt aus dem Funkgerät.

Er nimmt es auf. »Sprechen Sie.«

»Wir haben ein Problem, Sir. Die Frau ist aus dem Krankenwagen entkommen und auf das Grundstück gerannt.«

Mein Herz klopft. Emily ist zurück zum Gelände gelaufen. Ich ziehe härter an den Nähten und bin befriedigt, als das Blut zu laufen beginnt. Ich ziehe meine Hände so weit wie möglich herum und versuche, das Blut auf meine Handgelenke zu schmieren.

»Die Frau?« Davis schlägt mit der Faust auf das Armaturenbrett. »Sie meinen unsere verdammte Kronzeugin?« Er lässt den Motor an, fährt über den nächstgelegenen Bordstein und dann weiter über unebenen Boden in Richtung des Krankenwagens in der Nähe des Eingangstors des gesperrten Geländes. Eine Sanitäterin steht vor der Hintertür und starrt auf die Straße, die zum Haus des Propheten führt.

Davis parkt neben dem Krankenwagen, springt heraus und knallt die Tür hinter sich zu.

»Ihr Jungs macht euch besser bereit.« Zion öffnet seine Tür. »Weil das Bundesgefängnis kein Picknick für Arschlöcher wie euch sein wird.« Noch einmal wird die Tür zugeschlagen, und Noah und ich sind allein.

»Wie sieht der Plan aus?« Er klappert mit seinen Handschellen.

»Emily sucht nach Mom. Wir müssen sie zuerst finden.«

»Mama?« Er räuspert sich. »Was werden wir tun, wenn wir sie finden?«

»Ich kann nicht zulassen, dass Emily sie tötet. Die Schuldgefühle werden sie irgendwann zerstören. Vielleicht nicht heute oder morgen, aber eines Tages werden sie sie erschlagen.« Ich beuge meinen Rücken und ziehe meinen verletzten Fuß auf die Sitzbank. Ich verrenke mich, um meine gefesselten Hände um meinen Fuß entlang und mein Bein hinauf zu schieben.

»Das kann ich auch«, spottet Noah und zieht sein Bein bis zum Sitz hoch. Sein Fuß rutscht ab, als er versucht, seine Hände darunterzuschieben.

»Ja, gut gemacht.« Ich beuge mein gesundes Bein und schiebe die Handschellen darum herum. Mit den Händen vor mir bin ich in der Lage, sie hochzuhalten und mehr an den Stichen zu ziehen. Jeder Moment, der vergeht, ist ein weiterer Moment, in dem Emily in Gefahr ist. Ich mache mir keine Illusionen darüber, dass Mama sie umbringen wird, wenn sie die Chance dazu bekommt. Sie steckt zu sehr drin, ist zu tief in den Lügen und Wahnvorstellungen der Himmlischen Mission versunken.

»Was zum Teufel machst du da?« Er versucht es noch einmal und bleibt mit den Handschellen unter seinem Fuß stecken.

»Was ich hier mache?« Ich werfe ihm einen schiefen Blick zu. »Wenn du deinen Scheiß auf die Reihe bekommst, *fliehen* wir.«

»Das bekomme ich hin.« Er bückt sich und bringt mit seinen Bemühungen den gesamten Geländewagen zum Schaukeln, während ich mit meiner Fingerspitze das Blut über meinen Handgelenken und Handrücken verteile.

Mit einem Grunzen schiebt er die Handschellen über ein Bein. »Einfach, siehst du?«

»Mach es mit dem zweiten und sag dann Bescheid.«

Das Heulen eines Feuerwehrautos ertönt, und ich schaue aus dem Fenster in Richtung des Geländes. Aus dem Haus des Propheten steigt Rauch auf, und die dunklen Säulen wehen in der kalten Brise weg. Das Feuer ist gerade erst ausgebrochen.

Endlich hat Noah seine Hände vor sich und ein Lächeln auf seinem roten und verschwitzten Gesicht. »Wie ich schon sagte, einfach.«

»Sicher.« Ich strecke meine Hände nach ihm aus und zeige mit meinem Kinn zu dem blutverschmierten Handgelenk. »Nimm die Manschette und ziehe.«

KAPITEL VIERUNDDREISSIG

Delilah

SOBALD HESEKIEL in den Bäumen verschwunden ist, schnappe ich mir den kleinen braunen Plastikkeil hinter der Tür und schiebe ihn unter sie, damit sie weit geöffnet bleibt. Die Tür hält, und ich ziehe ein wenig daran, um sicherzugehen. Sie ist festgeklemmt.

Ich schleiche durch die dunkle Küche und komme an dem großen Herd und einer weiteren Arbeitsplatte vorbei. Die weißen Fliesen unter meinen Füßen geben keine Geräusche von sich. Ich öffne die Tür zum Esszimmer. Sie knarrt nur ein wenig, aber es ist laut in dieser ruhigen Umgebung. Nichts passiert, also ziehe ich sie ganz auf und gehe in den Speisesaal. Die Lichter sind aus, die hohen Fenster erhellen gerade so viel, dass ich mich durch die Tische und in den Hauptkorridor bewegen kann.

Ein Wächter liegt neben den Türen, die zu den

Kinderzimmern führen, sein Kopf ist blutig, und auf der Wand befinden sich rote Spritzer. Ich gehe um ihn herum in den Kinderflur. Rachel ist nicht hier, die Räume sind dunkel. Ein Baby weint im Säuglingsbereich, also gehe ich zur nächsten Doppeltür und öffne eine davon nur einen Spalt breit.

Rachel steht in der Mitte der Halle, zieht Dynamitstangen aus dem schwarzen Schulranzen, reiht sie aneinander und dreht ihre Zündschnüre zusammen.

»Bring das Baby zum Schweigen oder ich töte es auf der Stelle!«, schreit sie jemanden an, den ich nicht sehen kann.

Ich ziehe mich zurück und schließe die Tür leise.

Die Kinderzimmer sind still, und ich hoffe, das liegt daran, dass sie leer sind. Ich gehe in den ersten Raum rechts von mir. Zwei kleine Mädchen mit weit aufgerissenen Augen kauern zwischen zwei Einzelbetten und haben die Arme umeinander gelegt.

»Habt keine Angst.« Ich knie mich hin. »Ich bin Emily. Wir werden ein Spiel spielen.«

»Aber die böse Frau hat gesagt, wir sollen hierbleiben und uns nicht bewegen.« Die Stimme des älteren Mädchens zittert.

»Wir hören nicht auf sie. Kommt mit mir.« Ich strecke meine Hand aus.

Das ältere Mädchen schaut mich misstrauisch an, aber das jüngere bricht aus ihrer Umarmung aus und kommt mit unsicheren Schritten zu mir. Sie hat blonde Locken und tiefbraune Augen.

»Hallo«, murmelt sie schüchtern und nimmt meine Hand.

Als das ältere Mädchen sieht, dass nichts Schlimmes passiert, kommt es auch.

»Wie ist dein Name, Süße?«

»Nazareth.«

»Was für ein hübscher Name.«

Sie errötet.

»Nazareth, kannst du deine Freundin für mich in die Küche bringen? Wir spielen ein kleines Spiel. Hesekiel versteckt sich in den Bäumen vor der Küchentür. Ich werde bald kommen und versuchen, ihn zu finden. Würdest du gerne mitspielen?«

Nazareth nickt.

»Großartig. Alles, was du tun musst, ist, durch die Küchentür hinauszugehen und dich mit Hesekiel verstecken, okay? Kannst du das machen?«

Sie nimmt die Hand des kleineren Mädchens. »Wir verstecken uns, und dann kommst du uns suchen?«

»Das sind die Spielregeln.« Ich lächele.

»Okay.«

Ich öffne ihre Tür und schaue in den Flur. Er ist leer, also führe ich sie hinaus in den Hauptbereich und tue mein Bestes, mich zwischen sie und den Körper des Wächters zu stellen. Sobald sie durch das Esszimmer hindurch sind, gehe ich zurück in den Kinderflügel und nehme mir den nächsten Raum vor.

Es ist dunkler hier drin, da die Fenster entlang der Dachkante nicht genug Licht spenden.

Ich schließe die Tür hinter mir. »Hallo?« Ich gehe

um das kleine Bett herum in die dunkelste Ecke des Raumes. »Ich werde dich nicht verletzen. Ich verspreche es. Komm einfach raus.«

»Ich kann nicht dasselbe versprechen.« Graces Stimme lässt mich innehalten, und sie stürzt sich mit dem gebogenen Messer des Propheten in der Hand aus dem Schatten auf mich.

Ich springe rückwärts, aber die Klinge erwischt mich am Arm, durchschneidet mein Kleid und hinterlässt einen oberflächlichen Schnitt.

Sie torkelt hervor, aber ihr Gesicht bleibt im Schatten, die Seite ihres Kleides dunkel von Blut. »Du wirst hier sterben.«

Ich weiche ihr aus, als sie wieder ausholt, aber sie scheint ihren ganzen Schwung beim ersten Schlag eingesetzt zu haben.

Sie taumelt näher heran, lässt eine blutige Hand an ihrer Seite hängen. »Du hast alles ruiniert. Alles! Du hast ihn mir weggenommen.« Ihre Stimme versagt mit einem Schluchzen. »Er sollte mir gehören. All dies sollte *mir* gehören. Nicht dir.«

Und ich glaube, sie ist in ihrem eigenen Kopf die Heldin ihrer Geschichte. Die ausgenutzte Frau, die einen Mann trotz allem liebte, die alles opferte, nur um bei ihm zu sein. So krank und verdreht sie auch ist, ich erinnere mich daran, dass sie auch ein Opfer ist – des Propheten, Adams und von mir.

Aber Verstehen ist nicht dasselbe wie Mitgefühl haben.

Ich lockere den Verband an meiner Hand so weit,

dass ich das Messer, das ich dort versteckt habe, nachdem ich es beim Propheten benutzt habe, herausziehen kann. »Lass es fallen, Grace. Wenn du jetzt damit aufhörst, könntest du leben. Du könntest jemand anderes sein.«

Tränen rollen über ihr Gesicht, und ihre Augen funkeln. »Es gibt niemand anderen. Nur mich. Die schwache, dumme Jenny, die dem Kloster beitrat und dachte, der Prophet sei von Gott auserwählt. Die dumme Jenny, die jede Regel befolgte, alles tat, was man von ihr verlangte, sich aber in den einen Mann verliebte, den sie nicht haben sollte. Jenny hatte es nicht verdient, zu leben. Sie war ein dummes Miststück wie all die anderen Jungfrauen. Also habe ich Jenny getötet.« Sie schlägt sich mit der Handfläche auf die Brust. »Sie ist hier drin tot. Ich will niemand anderes sein als Grace. Grace ist stark und klug. Sie kämpft für das, was sie will. Sie ist niemandes Opfer.« Ihr Rücken richtet sich nur für einen Moment auf, bevor sie nach Luft schnappt und an ihre Seite greift. »Aber du hast mir all das genommen.«

Ich drücke meinen Rücken in die Ecke, als sie näher an mich heranschlurft. »Grace, hör mir zu. Du kannst hier weggehen. Neu anfangen. Dies ist deine Chance. Vergiss mich. Vergiss Adam.« Selbst während ich die Worte sage, weiß ich, dass sie vergebens sind. Sie hat sich selbst zerstört – Jenny oder Grace oder wer auch immer sie ist – es ist nichts mehr übrig.

Sie schwankt und streckt das Messer aus, als sie

sich nähert. »Ich werde nicht zulassen, dass du ihn bekommst. Ich kann nicht.«

»Es tut mir leid.«

»Es tut dir leid?« Sie neigt den Kopf zur Seite. »Es tut dir leid, dass du die diebische Fotze bist, die mir meinen Mann gestohlen hat?«

»Nein.« Ich mache einen langen Atemzug. »Das hier tut mir leid.« Ich werfe mich von der Wand nach vorn und steche das Messer tief in ihre Brust.

Ihre Augen öffnen sich weit, die Überraschung verwandelt ihr Gesicht in eine Karikatur, als sie rückwärts auf das Bett in Kindergröße fällt. Ich folge ihr nach unten, lasse das Messer in ihr stecken.

Sie zuckt und lässt die gebogene Klinge mit einem Klappern zu Boden fallen. »Du …« Eine Blutblase platzt auf ihren Lippen.

Mitgefühl ist eine faszinierende Sache. Man kann es für jemanden, den man liebt, so tief empfinden, als ob seine Tränen die eigenen wären. Aber man kann es auch für andere verspüren. Den übelsten Feind. Ich schaue auf sie herab und erinnere mich daran, wie meine Mutter sagte, dass das Gegenteil von Liebe nicht Hass ist. Es ist Gleichgültigkeit. Das ist eine Emotion, die ich Grace gegenüber nie hatte. Ich habe sie mit der Kraft eines berstenden Sternes gehasst. Weil sie schrecklich und grausam ist, und auch, weil … ich unter den richtigen Umständen sie hätte sein können.

»Es tut mir leid«, flüstere ich, und meine Augen sind überraschend nass.

Sie ergreift meine Messerhand mit ihrer blutigen,

und ihre Augen schließen sich. Ihr Atem geht schnell. »Ich hasse dich.« Mit einem weiteren Atemzug hört sie auf, sich zu bewegen, und ihre Brust steht völlig still.

Ich warte, aber sie atmet nicht mehr, und ich weiß, dass sie weg ist.

Ich streiche ihr die Haare zurück und küsse ihre Stirn. »Brenn in der Hölle, Schlampe.«

Ich zögere, das Messer in ihrer Brust stecken zu lassen, aber am Ende tue ich es doch und hebe stattdessen das gebogene Messer vom Boden auf. Ich drehe es in meinen Händen und frage mich, ob es das ist, welches Georgia das Leben genommen hat. Der Gedanke schickt einen Ansturm von gleißender Wut durch mich hindurch. Grace hat bezahlen müssen. Jetzt ist Rachel an der Reihe.

Ich gehe von der Tür weg, eile in den Raum auf der anderen Seite des Flurs und sammele die Kinder dort zusammen. Ich nehme sie mit und gehe von Zimmer zu Zimmer. Die anderen Kinder akzeptieren meinen Plan eher, als sie ihre Brüder und Schwestern im Schlepptau sehen. Sobald sie zusammengetrieben sind, schicke ich sie alle in die Küche und treibe sie wie kostbare Lämmer hinaus – hoffentlich nicht zur Schlachtung. Sie rennen in den Wald und verstecken sich. Hesekiel schaut mit einem schüchternen Lächeln hinter seinem Baum hervor, und ich zeige ihm einen Daumen nach oben.

Es ist Zeit. Ich habe Glück, dass Rachel ihre Arbeit noch nicht beendet hat. Ich rase wieder den Flur hinunter und öffne die Tür zum Babyzimmer. Der

Stapel Dynamit liegt in der Mitte der Halle, und einige der Stangen sind mit den Zündern verbunden. Da Rachel nicht zu sehen ist, schiebe ich mich durch die Türen und eile hinein. Ein Baby hat Schluckauf, und ein anderes weint. Alle ihre Krippen sind in einem Halbkreis um das Dynamit herum aufgestellt.

Eine Oberin liegt mit aufgeschlitzter Kehle tot in der Ecke.

Ich schnappe mir die nächststehende Krippe und rolle sie in Richtung des Kinderbereichs.

»Das glaube ich nicht.« Rachel bricht mit einer Pistole in der Hand aus dem Schlafsaal der Ehefrauen durch die Türen. Sie feuert einen Schuss ab, und ich habe keine andere Wahl, als durch die Doppeltür zurückzutreten. Mein Bleiben würde die Babys entweder durch Schüsse oder eine Explosion gefährden. Sie feuert einen weiteren Schuss ab, der das Holz zersplittern lässt, während ich rückwärts falle.

Aber ich schlage nicht auf den Boden. Jemand packt mich und zieht mich auf den Boden.

»Was glaubst du, wohin du gehst, kleines Lamm?«

KAPITEL FÜNFUNDDREISSIG

Adam

EMILY IST ENDLICH in meinen Armen, wo sie hingehört. Eine weitere Kugel fliegt durch die Türen vor uns.

»Wen hast du verärgert?« Ich ziehe sie zur Seite, und wir kriechen durch eine der Seitentüren in ein Kinderzimmer.

Sie steht mir gegenüber und krallt sich in mein Hemd. »Deine Mutter.«

»Das habe ich mir schon gedacht.« Ich nehme ihr Gesicht in meine verstümmelten Hände und küsse sie.

Sie umklammert mich fest, ihr Mund öffnet sich für mich. Ich nehme und nehme, während weitere Schüsse durch die Halle dröhnen. Sie zieht sich zurück und sagt: »Die Babys sind immer noch da drin. Wir müssen …«

Ich küsse sie erneut, unfähig, etwas dagegen zu tun, weil ich sie lebendig und warm fühlen muss.

Als sie für mich schmilzt, ihr Körper lockerer wird, ihr Atem sich mit meinem vermischt, gebe ich ihren Mund auf, aber halte sie weiterhin fest.

»Sie hat einen Stapel Dynamit.« Ihre Zunge huscht über ihre geschwollenen Lippen, und ich muss meine gesamte Selbstkontrolle aufwenden, um nicht wieder ihren Mund zu beanspruchen. »Sie wird es jede Sekunde zünden und sie alle töten. Und uns.«

»Bleib hier.« Ich stehe auf und humpele in die Türöffnung. »Sie ist meine Mutter. Vielleicht wird sie auf mich hören.«

»Ich habe meine Meinung nicht geändert.« Sie zieht den Verband an ihrer verletzten Hand fest. »Ich werde sie töten.«

Ich seufze. »Ich weiß.« Ich schließe die Tür und drücke mich an die Wand. »Mama!«, rufe ich.

»Adam?« Ihre Stimme ist gefährlich nahe an den Doppeltüren zu hören. Sie muss kurz davor gewesen sein, unter Gewehrfeuer durchzubrechen.

»Ich bin es. Was machst du da?«

Sie öffnet die Tür mit dem Lauf ihrer Pistole, schaut mich an, und dann lächelt sie. »Du bist es wirklich. Gut. Du kannst mir helfen.« Ein Baby weint hinter ihr, und sein Schrei ist schrill und durchdringend. Sie geht durch die Türen und lässt sie zufallen.

»Helfen mit was?«

»Ich habe das Dynamit verteilt, aber ich kann nicht herausfinden, wie ich es zünden kann, ohne zu nah dran zu sein. Ich habe versucht, einige der Laken von den Betten der Huren zu nehmen, um sie als längere Zündschnur zu verwenden, aber dann«, sie deutet mit ihrer Waffe den Flur hinunter, »tauchte dieser Teufel von einem Mädchen auf.« Sie geht zur nächsten Tür und öffnet sie. »Sie hat sie gehen lassen. Die Kinder.« Sie geht weiter den Flur entlang, und als sie eine weitere Tür öffnet, keucht sie. Ich stelle mich hinter sie und bereite mich darauf vor, sie zu Fall zu bringen, als ich Grace im Raum liegen sehe, mit geschlossenen Augen, ohne sich zu bewegen. Für immer. Das Messer in ihrer Brust lässt keine Zweifel aufkommen.

»Und das hat sie auch getan!« Mama schlägt die Tür zu und wirbelt zu mir herum. »Sie hat meine Grace getötet. Hat sie hier liegen lassen wie ein Stück Müll am Straßenrand. Diese Hure, die du gefickt hast, macht alles kaputt! Wo ist sie?« Sie hat ihre Waffe nicht gesenkt, der Lauf war die ganze Zeit auf mich gerichtet. Sie ist vorsichtig.

»Sie ist unwichtig. Dies ist etwas zwischen uns. Was du hier machst, du …«

»Sie ist immer noch hier, nicht wahr?« Ihre glänzenden Augen fliegen zu den dunklen Türen links und rechts. »Du deckst sie.« Sie macht einen Schritt in den nächsten Raum, aber das Geräusch von zerbrechendem Glas lenkt ihre Aufmerksamkeit wieder auf den Schlafsaal der Frauen. »Was war das?«

»Ich weiß es nicht.« Ich nehme sanft ihren Ellenbogen und drehe sie mit dem Rücken zu mir um.

»Mama, du darfst diese Kinder nicht töten. Lass uns von hier verschwinden und …«

»Diese Bastarde müssen sterben. Sie sind eine Bedrohung für uns, Adam.« Sie nimmt einen ungemein vernünftigen Ton an. »Diese Kinder werden erwachsen, und dann werden sie dich eines Tages alle um den Thron herausfordern. Das können wir nicht riskieren.« Sie tätschelt meine Wange.

Eine Tür öffnet sich langsam hinter Mom, und Emilys blutiges weißes Kleid kommt Zentimeter für Zentimeter in Sicht.

Scheiße.

»Lass uns einfach gehen.« Ich lege eine Hand auf ihre Schulter und blicke in ihre Augen, die immer noch so scharf sind, wie sie immer waren, auch wenn ich in meinem Herzen weiß, dass sie vom Wahnsinn getrübt sind. »Die Behörden werden kommen und sie alle mitnehmen. Ihnen Adoptiveltern suchen. Sie werden nicht einmal wissen, wo sie herkommen.«

Die Tür öffnet sich weiter, und Emily tritt mit dem Opfermesser in der Hand hindurch.

»Sie werden es wissen. Es gibt jetzt DNA-Tests und alle möglichen Arten von Teufeleien. Sie werden es herausfinden. Außerdem müssen sie bestraft werden. Bastarde sind schmutzige, unreine Abscheulichkeiten. Sie haben hier keinen Platz.«

Emily schleicht sich näher heran, wie eine Katze, die sich an ihre Beute heranpirscht. Ich kann nicht zulassen, dass sie sich das selbst antut, und ich gebe nur ungern zu, dass ein kleiner Teil von mir – der kleine Junge, der ich früher war – meine Mutter warnen will, um sie zu retten. Aber sie ist zu tief gesunken. Niemand kann sie retten. Und sie muss sich für Georgias Tod verantworten.

Es gibt nichts, was ich tun kann. »Ich weiß, Mom, und ich stimme dir zu. Aber du willst kein Blut an deinen Händen haben. Damit zu leben wird dich zerbrechen.« Ich rede nicht mehr mit meiner Mutter. Ich spreche mit Emily, aber ich traue mich nicht, sie anzuschauen.

Meine Mutter schnaubt, und ihr Gesicht verzerrt sich zu der Hässlichkeit, die jetzt in ihr lebt. »Du bist schwach. Genau wie dein Vater.« Sie hebt den Lauf höher und richtet ihn auf meine Brust. »Ich war töricht, jemals zu glauben, du könntest Prophet werden. Du bist zu weich. Du willst die Bastarde verschonen, die dich eines Tages vernichten werden. Idiot!« Sie drückt mir die Pistole aufs Herz, als sich die Doppeltüren vom Schlafsaal leise öffnen.

Noah schleicht sich rein, aber Emily steht zwischen ihm und mir. Er hebt eine Pistole und zielt über Emilys Schulter auf Mom.

Sirenen heulen, und das Geräusch wird von Sekunde zu Sekunde lauter.

»Ich habe keine Zeit für so etwas, Adam.« Sie weicht von mir zurück. »Ich habe noch einen Sohn. Er ist noch dümmer als du, aber er lässt sich führen. Er wird der Prophet sein, aber wenn er mich auch enttäuscht, werde ich einen anderen finden. Blut bedeutet nicht mehr so viel wie früher.« Sie legt ihre andere Hand auf die Pistole, um sie ruhiger zu halten.

Emily ist fast bei ihr, das Messer erhoben.

Mein Herz bricht, ich schaue sie an, dann schüttele ich unmerklich den Kopf.

Mama verengt die Augen. »Was machst du …«

»Emily, runter!«, schreie ich und lasse mich gleichzeitig fallen.

Das Geräusch der Schüsse macht mich taub, und sengender Schmerz bricht an meinem Hals aus. Ich greife hoch, um die Stelle zu berühren, und meine Hand ist danach nass.

Ich schaue hinüber und sehe Mama auf dem Boden liegen. Ihre Augen sind geöffnet, ihr Mund bewegt sich lautlos, und unter ihr breitet sich eine Blutlache aus.

»Adam!« Emily rennt zu mir und hebt meinen Kopf in ihren Schoß. Ihre Hand verbindet sich mit der meinen und drückt auf die Wunde.

»Ist er …?« Noah lässt sich neben mich fallen, und sein Gesicht erbleicht. »Oh fuck, sie hat ihn am Hals erwischt.«

»So schlimm?«, versuche ich zu sagen, aber es kommt kein Ton aus meinem Mund, und der Schmerz in meinem Hals wird stärker.

»Versuch, nicht zu sprechen.« Seine Worte sind mitfühlend, trotz der Leere in seinen Augen. »Ich werde Hilfe holen.« Er erhebt sich und eilt aus der Halle.

»Es wird alles gut werden.« Emily blickt mich an

und versucht, trotz der Tränen in ihren Augen zu lächeln. »Es wird dir gut gehen.«

Ich liebe dich. Ich kann es nicht sagen, aber ich hoffe, sie kann mich trotzdem hören. *Ich werde dich immer lieben.* Ich blinzele, kann aber die Augen nicht mehr öffnen. *Du hast mich gerettet.* Ich möchte ihr danken, mich auf ihre Barmherzigkeit stürzen, ihr alles geben, was ich bin. Aber ich kann die Worte nicht formen.

Sie fliegen in meinem Geist davon wie ein Schwarm Krähen, der sich vor einem rauen Wind zerstreut.

Irgendwo weint ein Baby. Und dann bin auch ich weg, schwebe wie eine einzelne schwarze Feder in den sich verdunkelnden Himmel.

KAPITEL SECHSUNDDREISSIG

Emily

NOAH ZIEHT einen Flachmann aus seiner Tasche, schraubt ihn auf und setzt ihn an. Stirnrunzelnd zieht er ihn von seinem Mund fort und dreht ihn auf den Kopf. Kein einziger Tropfen fließt heraus.

»Scheiße.« Er stopft ihn wieder in seine Tasche.

Ich strecke die Hand nach ihm aus. Er nimmt meine unverletzte Hand in seine, während der Arzt die andere näht.

»Glaubst du, er ist schon draußen?« Seine Handfläche ist klamm.

Meine ist es auch. »Sie hätten etwas gesagt, oder?« Ich schaue auf die Tür, die in den strahlend weißen Flur führt. Eine Krankenschwester in einem hellrosafarbenen Kittel geht vorbei.

»Stimmt. Sie hätten etwas gesagt.« Er nickt, starrt aber trotzdem zur Tür hinaus.

Der Geruch von Wundalkohol brennt in meiner Nase, während die Ärztin einen anderen Teil meiner Hand abwischt. »Können Sie das fühlen?«, fragt sie.

Ich schaue nicht hin. »Ich habe nichts von dem gespürt, was sie getan haben.«

»Ich habe Sie gekniffen, also ist alles in Ordnung. Ich habe noch etwa ein Dutzend Stiche vor mir, und dann kümmere ich mich um Ihren Rücken.«

Sie hat bereits eine Art antiseptische Kompresse über meine Schulterblätter gelegt, aber die Nähte sind als Nächstes dran.

Ich starre aus der Tür und denke an meine Mutter. Sie liegt betäubt ein paar Zimmer weiter. Der kalte Entzug hat ihren Körper zerstört, und sie haben noch nicht den gesamten Schaden analysiert.

Aber ich kann nicht allzu lange an sie denken. Nicht, wenn mein Herz in einem Operationssaal drei Stockwerke tiefer liegt.

»Er wird es doch schaffen, oder?« Noah klopft mit dem Fuß auf die polierte weiße Fliese und schiebt seinen grauen Krankenhausstuhl etwas näher an mein Bett.

»Das wird er. Er ist stark.« Ich zucke zusammen, als ein Blitz aus Schmerzen meinen Arm hochschießt.

»Sie braucht mehr Schmerzmittel.« Noah deutet mit seinem Kinn auf die Ärztin.

»Danke.«

»Kein Problem.« Er drückt meine Hand und legt seinen Kopf auf dem Bettgitter ab. »Ich hab's versaut. Wenn ich schneller gewesen wäre, hätte er …«

»Du hast deine eigene Mutter getötet, um ihn zu retten. Um mich zu retten.« Ich schiebe ihn zurück. »Es gibt nichts, was du sonst noch hättest tun können. Und ich werde *niemals* aufhören, dir dankbar zu sein.«

Er zuckt mit den Schultern. »Irgendwie … ich weiß nicht. Es ist, als ob nicht ich den Abzug gedrückt habe. Ich musste es tun. Also habe ich es einfach … getan.«

»Es tut mir leid.« Ich kann mir nicht vorstellen, welch Überwindung es ihn gekostet hat, sie umzubringen.

»Das muss es nicht.« Er setzt sich auf. »Sie hat Georgia getötet. Sie war meine Mutter, aber Georgia war …«

»Ich weiß.« Ich treffe auf seinen traurigen Blick. »Sie war auch mein Ein und Alles.«

Ein Klopfen an der Tür lenkt meine Aufmerksamkeit ab. Zion kommt herein. Mein Magen zieht sich zusammen, als ich ihn sehe, und Noahs Griff an meiner Hand wird fester.

Er geht auf mein Bett zu, und sein FBI-Abzeichen hängt an seinem Hosenbund. »Emily.« Er wendet sich an Noah und sagt: »Ich würde lieber mit Miss Lanier allein sprechen.«

Ich lasse Noahs Hand nicht los. »Er kann bleiben.«

»Ich würde es vorziehen …«

»Sie sagte, ich kann bleiben.« Noah rutscht noch näher heran, als ob er meine Seite bewachen würde.

»Wenn die medizinische Versorgung beendet ist, möchte ich Ihre Aussage aufnehmen.«

Ich starre ihn an und versuche, den vor mir

stehenden Beamten mit den Gräueltaten in Einklang zu bringen, die er auf Befehl des Propheten begangen hat.

»Glauben Sie, Sie können das machen?«

»Geben Sie auch eine Erklärung ab?« Ich kann den herausfordernden Unterton nicht aus meiner Stimme heraushalten.

»Ja.« Er zieht sich einen Stuhl heran.

»Ich habe nicht gesagt, dass Sie sich setzen dürfen.«

Noah schnaubt.

Zion schiebt den Stuhl zurück und seufzt. »Ich bin hier nicht der Feind.«

»Sie sehen aus wie er, sprechen wie er. Sie *sind* es.« Ich schüttele den Kopf.

»Ich war im Undercover-Einsatz, Miss Lanier. Ich habe versucht, die gesamte Organisation von der Wurzel bis zum Blatt zu Fall zu bringen.«

»Werden Sie allen erzählen, was Sie getan haben? Wie Sie Noah geschlagen und getreten haben, während Sie Sarah verbluten ließen? Wie Sie getan haben, was der Prophet Ihnen gesagt hat? Wie Sie Ihre Jungfrau behandelt haben?«

Er legt seine Hände auf seine Hüften. »Ich tat, was ich tun musste.«

»Aber dennoch haben Sie sie nicht zu Fall gebracht. Das haben wir getan.« Ich erhebe Noahs Hand, die mit meiner verbunden ist. »*Wir* haben sie zu Fall gebracht.«

»Gegen alle sind noch Anklagen offen.« Seine Augen wandern zu Noah.

»Das kann nicht Ihr Ernst sein.« Ich starre ihn wütend an. »Noah hat seine eigene Mutter getötet, um einen Raum voller Kleinkinder zu retten!«

»Sie muss ruhig bleiben.« Die Ärztin legt die Nadel ab und entfernt ihre Brille mit der Strenge einer Lehrerin mit einem eisernen Willen. »Ihr Kreislauf ist im Moment zu stark belastet. Ich habe bereits eine Infusion bestellt. Sie ist dehydriert, halb verhungert, und sie hat Blut verloren.«

»Ich verstehe, Ma'am.« Er entschuldigt sich.

Es ist ein Schock, zu sehen, wie er sich einer Frau unterwirft. Und das allein sagt mir, dass die Ärztin recht hat. Mein Körper ist geschwächt, und ich leide auf allen Ebenen unter meiner Zeit in der Himmlischen Mission.

Ich richte meinen Blick wieder auf ihn. »Ich rede nicht mit Ihnen oder irgendjemandem, bis ich weiß, dass Adam und Noah nicht in Schwierigkeiten sind.«

»Ich kann nicht versprechen ...«

»Ich war noch nicht fertig.« Ich fahre fort: »Ich will, dass auch Jez und alle Frauen, die auf diesem Gelände waren, Immunität bekommen. Sie haben nichts Falsches gemacht.«

Zion räuspert sich. »Was Sie mit Grace gemacht haben, ist ein klassischer Fall von Notwehr. Aber, nun ja, diese Frauen haben einen Mann zu Tode gefoltert. Töteten ihn durch das Abschneiden seines ...« Er räuspert sich wieder. »Und dann rammten sie ihn in seinen Hals, bis er daran erstickte. Ganz zu schweigen davon, was sie ihm in den Anus geschoben haben.« Er schluckt.

»Sie haben keinen Menschen getötet. Der Prophet war ein Monster! Ein Serienvergewaltiger, Missbrauchstäter, Mörder – alles Mögliche. Wagen Sie es nicht, mir zu sagen, dass das, was sie getan haben, falsch war.« Mein Hals schnürt sich vor unvergossenen Tränen zusammen. »Adam wird gerade operiert. Wir wissen nicht einmal, ob er überleben wird. Und Sie haben die Nerven, hierherzukommen und mir zu sagen, was ich *Ihrer* Meinung nach am besten tun soll und was Sie von mir wollen.« Ich lehne mich nach vorne, weil ich ausholen und diesen Widerling verletzen muss, der jetzt so tut, als wäre er eine Art Retter. »Solange ich nicht weiß, dass alle meine Freunde in Sicherheit sind, können Sie sich meine Aussage in den Arsch schieben, Sie krankes Arschloch!«

»Sir, ich muss Sie bitten, zu gehen.« Die Ärztin legt ihre Nadel erneut ab und steht auf. »Sie kann mit dieser Art von Stress nicht umgehen.«

Zion tritt ein paar Schritte zurück. »Ich gehe.« Er wendet sich an Noah. »Aber ich würde gerne mit Ihnen reden, wenn ich darf, draußen im Flur.« Er geht hinaus, aber ich spüre, wie er direkt vor der Tür wartet.

»Du musst nicht mit ihm reden.« Ich atme tief durch, lehne mich zurück, und der Schmerz entlang meines Rückens lässt nach.

»Ich weiß.« Er drückt meine Hand und lässt mich dann los. »Aber ich kann mir genauso gut anhören, was er will. Keine Sorge, ich glaube, er hat unseren Standpunkt verstanden.« Er lächelt beinahe. »Eigentlich glaube ich, die Leute am anderen Ende des Krankenhauses wissen es auch.«

Ich würde mit den Schultern zucken, aber es tut zu sehr weh.

»Ich bin gleich zurück.« Er folgt Zion, und ich bleibe bei der Ärztin, die zu ihrer Arbeit zurückkehrt.

Ich blicke auf meine unverletzte Hand und sehe dunkelbraunes verkrustetes Blut unter den Nägeln. Ist es meins? Graces? Adams?

»Mit der Hand bin ich fertig.« Die Ärztin zieht ihr Stahltablett vom Bett weg. »Weiter geht's, legen Sie sich für mich bitte auf den Bauch. Ich nähe Ihren Rücken.«

Sie hilft mir, mich auf dem Bett umzudrehen und mich mit der offenen Rückseite meines Krankenhauskittels nach oben hinzulegen. »Der Schnitt an Ihrem Arm wird ohne zu nähen verheilen, aber es wird eine Narbe zurückbleiben.«

»Das ist okay«, murmele ich. »Ich habe eine Menge davon.«

DER RAUM IST DUNKEL, als ich aufwache, und für einen Moment bin ich wieder im Kloster. Auf dem Bauch liegend, auf die nächste Gräueltat wartend, die mir oder meinen Freundinnen widerfahren wird.

»Adam?«, rufe ich in die Dunkelheit.

»Ich bin es.« Noah streicht mein Haar von meiner Stirn. »Adam ist aufgewacht. Ich bin gekommen, um dich zu holen.«

»Ist er?« Ich versuche, mich aufzusetzen, aber mein Rücken zieht, und die Stiche brennen.

»Bleib, wo du bist.« Er drückt sanft auf meine Schulter. »Sie haben dich an eine Infusion und einige andere Sachen angeschlossen.«

»Ich bin eingeschlafen.«

»Ich weiß. Die Ärztin sagte, du warst erschöpft.«

»Er lebt?« Ich werde mir der Tatsache bewusst, die am wichtigsten ist.

Noah nickt und setzt sich neben mich. »Er ist ein zäher Bastard. Er wird durchkommen. Sie haben ihm eine Menge Blut gegeben und die Wunde an seinem Hals geflickt.«

»Ich muss ihn sehen.« Ich versuche, mich nach oben zu drücken.

»Das kannst du nicht.«

»Noah, ich werde zu ihm gelassen – oder ich werde diesen Ort zusammenschreien.«

»Meine Güte.« Er steht auf. »Okay. Warte. Bleib einfach hier, und vielleicht kann ich dich zu seinem Zimmer rollen.«

Ich falle ins Bett zurück, und der Schmerz in meinem Rücken ist fast unerträglich. »Ja.«

Er nimmt die Infusion und bringt sie am Bett an, dann löst er die Bremse. »Ich denke, so wird es gehen.«

Das Bett gleitet über den Boden, und die Räder

quietschen ein wenig, als er mich umdreht und in den Flur schiebt.

Er schaut in beide Richtungen. »Wenn ich erwischt werde …«

»Sei kein Dummkopf.«

Er lacht in dem ruhigen Korridor und nimmt Geschwindigkeit in Richtung der Aufzüge auf. Nachdem wir drinnen sind und die Türen sich schließen, sagt er leise: »Du erinnerst mich manchmal an sie, weißt du? Sie war mutig, wie du.«

»Georgia war viel mutiger. Das erste Kind in unserer Nachbarschaft, das das Sprungbrett in Sissy Lees Haus benutzte, das einzige Mädchen, das mit den Jungs Fußball spielte – sie hatte vor nichts Angst.«

»Sie war immer noch so. Die ganze Zeit, die sie bei mir war. Ich wünschte …« Seine Stimme verstummt, und der Aufzug gongt im zweiten Stock.

»Ich weiß. Ich wünsche es mir auch so sehr.«

Er schiebt mich in den Flur. Auf diesem Stockwerk ist mehr los, und ein paar der Krankenschwestern runzeln die Stirn, als er mich vorbeifährt, aber sie sagen nichts.

Die Räume sind anders, haben Glaswände und mehr piepende Maschinen. »Ist das die Intensivstation?«

»Ja, irgendetwas für frisch operierte Patienten. Ich bin mir ziemlich sicher, dass wir nicht hier sein sollten.«

»Bleib einfach ruhig.«

»Ich versuche es.«

»Hey, was wollte Zion?« Ich schlief ein, bevor ich Noah danach fragen konnte.

»Nichts Gutes. Er denkt, dass die Himmlische Mission jemanden zum Übergang braucht. Es gibt zu viele Mitglieder, die eine Gefahr darstellen könnten. Er will etwas aufbauen, damit ich …«

»Du sollst der neue Prophet werden?« Meine Haut wird kalt.

»Gott, nein. Nur ein Prediger. Jemand, mit dem die Leute vertraut sind. Ich soll die ganze Situation entschärfen und das Machtvakuum füllen, um zu verhindern, dass jemand anders versucht, den Platz meines Vaters einzunehmen und die Dinge wieder zum Laufen zu bringen.«

»Was bekommst du als Gegenleistung?«

»Freiheit. Für mich und Adam. Und für die Frauen.«

Ich traue keinem Deal, der von Zion angeboten wird, aber wenn es Adam und Noah vor dem Gefängnis bewahrt, könnte es vielleicht funktionieren. »Was wirst du tun?«

»Ich werde darüber nachdenken. Er will, dass ich am kommenden Sonntag predige. Ich weiß nicht, ob ich das kann.«

»Wir werden darüber reden. Sobald es Adam besser geht.«

»Ja.« Er rollt mich langsam zum Ende des Flures und hält dann vor einem der Räume an. »Warte. Lass mich sicherstellen, dass er bekleidet ist.«

Das bringt mich wirklich zum Lachen.

Er verschwindet in den Raum mit noch mehr piepsenden Maschinen als in den anderen. »Emily ist hier, um … Was bedeutet diese Bewegung überhaupt? Okay, ich weiß, was *diese* Bewegung bedeutet, und es ist unangebracht, Mann. Ich bringe sie hinein. Moment.«

Das Geräusch eines am Boden kratzenden Stuhls zerrt an meinen ungeduldigen Nerven. Adam ist nur wenige Zentimeter entfernt. Ich muss ihn sehen, ihn fühlen, mich selbst davon überzeugen, dass er wieder gesund wird.

Noah taucht endlich aus dem Raum auf und rollt mich mit dem Kopf zuerst hinein. Ich drehe mich auf die Seite, als Adam in Sicht kommt.

Sein Gesicht ist geschwollen, und ein weißer Verband bedeckt die rechte Seite seines Halses. Er versucht zu lächeln, aber es erstirbt schnell.

»Er kann noch nicht sprechen.« Noah schiebt mein Bett, bis es gegen das von Adam klappert.

Er greift nach mir. Ich stemme mich trotz der Schmerzen im Rücken und in der Hand hoch.

»Warte. Gebt mir eine Minute, ihr zwei!« Noah tritt hinter mich und hebt mich hoch, bis ich direkt neben Adam bin.

Ich lege meine Hand auf seine stoppelige Wange und streiche mit meinen Lippen über seine. »Ich liebe dich.«

Er ergreift meine Taille, und Liebe zeigt sich in seinen Augen, als er mich anblickt, als gäbe es nichts anderes auf der Welt.

»Ich schätze, ähm. Ich werde einfach … Ja, ich bin weg.« Noah entfernt sich und zieht den hauchdünnen Vorhang zu, um uns vor dem Rest der Station zu verstecken.

»Du wirst wieder gesund werden.« Ich küsse seine Nasenspitze.

Er ergreift sanft mein Handgelenk und drückt es, dann blickt er an meinem Körper hinunter und zieht eine Augenbraue hoch.

»Es wird mir gut gehen. Mach dir keine Sorgen. Die Hand wird heilen, und mein Rücken auch.« Ich schaue nach unten. »Aber ich werde Narben zurückbehalten.«

Er kippt mein Kinn hoch, bis sich unsere Augen schließen, dann lächelt er ein wenig und schüttelt den Kopf.

»Ach, das interessiert dich nicht?«

Er schüttelt wieder den Kopf, dann streckt er seine bandagierten Hände aus und rümpft die Nase.

»Du bist wohl auch vernarbt, was?«

Er nickt.

»Und wenigstens habe ich alle meine Zehen, richtig?«

Er macht ein leises knurrendes Geräusch, zieht mich fest an sich, und seine Hand schiebt sich unter das Krankenhaushemd und streichelt meine Hüfte. Gänsehaut breitet sich auf mir aus, und ich lege meinen Kopf auf seine Brust.

»Ich liebe dich«, flüstere ich wieder.

Er drückt meine Hüfte, küsst meine Stirn, und seine warmen Lippen sind Balsam für mein Herz.

Seine Kehle schließt sich, sein Körper spannt sich an vor Anstrengung. »Ich lasse dich niemals gehen, kleines Lamm.« Die Worte sind kaum ein raues Flüstern, aber sie schicken trotzdem ein Kribbeln durch mich hindurch.

Ich lächele an seiner Brust, bin sicher in seinen Armen, für immer in seinem Herzen.

EPILOG

Emily

ADAM HÄLT meine Hand fest in seiner, während wir vor der Kirche in einer schwarzen Limousine sitzen, und die hinteren Fenster uns vor den Kirchgängern verstecken, die mutig genug sind, für den Gottesdienst an diesem Sonntag zurückzukommen. Beamte in Zivil stehen vor den Haupttoren, und viele sind über das ganze Heiligtum verstreut. Trotzdem fühle ich mich hier nicht sicher. Ich glaube nicht, dass ich das jemals werde.

Noah zieht seinen Flachmann heraus, nimmt einen Schluck und bietet ihn dann Adam und mir an. Wir schütteln beide den Kopf.

»Darüber wollte ich schon lange mit dir reden.« Adams Stimme ist immer noch rau, als ob er Glas in der Kehle hätte. Aber die Ärzte sagen, dass er gesund werden wird. Aber, wie bei mir, wird es Narben geben.

»Ja, gut, du kannst es weiterhin wollen, denn heute ist nicht der Tag, an dem ich aufhöre zu trinken.« Er schaut aus dem Fenster und zerrt an seinem Kragen. »Musste ich wirklich eine Krawatte tragen?«

»Du bist der Prediger. Das musst du irgendwie. Außerdem seht ihr beide so gut aus.« Ich versuche, ein Lächeln zu erzwingen.

Noah verzieht das Gesicht.

Adam ergreift meine Hand ein wenig fester.

»Sie kennen den Plan. Es ist alles auf den Teleprompter geladen worden. Einfach.« Zion ist unser Fahrer für den Tag, obwohl mein Misstrauen immer noch Alarmglocken läuten lässt, wenn ich in seiner Nähe bin. »Erledigen Sie es einfach, und die Immunität steht. Und, wenn Sie sich dafür entscheiden, weiterzumachen …«

»Nein.« Noah schüttelt den Kopf.

Zion richtet seine Sonnenbrille. »Die Regierung hat nicht die Angewohnheit, religiösen Institutionen vorzuschreiben, wie sie ihre Geschäfte zu erledigen haben, aber wenn Sie einfach nur darüber nachdenken könnten, noch eine Weile zu bleiben, bis die Dinge geregelt wurden, dann würde das …«

»Er hat Nein gesagt.« Ich starre Zion im Rückspiegel an.

Er nickt und hält schließlich den Mund.

Adam beugt sich zu mir herüber und flüstert mir ins Ohr: »Du siehst wunderschön aus.«

Er hat es mir bisher schon dreimal gesagt, und jedes Mal werde ich rot. Er und Noah tragen klassische

Anzüge, aber Adam hat geknurrt, als ich versuchte, ein einfaches marineblaues Kleid für heute auszusuchen.

»Du kannst jede Farbe unter der Sonne tragen. Versteck dich nicht. Leuchte so, wie du leuchten sollst.« Seine Augen strahlen und senden Hitze durch mich hindurch. Ich möchte ihn so gern spüren, aber er hat sich immer noch nicht genug erholt, dass wir Liebe machen können. Aber bald.

»Emily?« Noah hat die Autotür geöffnet und hält mir seine Hand hin.

»Ich hab's kapiert.« Adam öffnet die Tür an seiner Seite und hilft mir heraus.

»Arschloch.« Noah schmunzelt über das Autodach.

Adam schlingt einen schützenden Arm um mich, als Zion und Davis uns in die Kirche führen. Eine Menge Medienvertreter haben sich auf dem Rasen rechts vom Eingang aufgestellt, ihre Kameras klicken, und das Video läuft. Ein paar Journalisten schreien Fragen über die *Gräueltaten* und das *Vermächtnis der Monroe-Familie,* aber wir halten die Köpfe gesenkt und eilen in die Kirche.

Zion, der immer noch seine Sonnenbrille trägt, führt uns zurück in den Flur der Klassenzimmer und zum Bühneneingang. Als er sie öffnet, kommt die Erinnerung so sehr wieder, dass ich stehen bleiben muss.

»Es ist in Ordnung.« Adam zieht mich fest an seine Seite. »Wenn du das nicht tun kannst, wird dir niemand Vorwürfe machen.«

Ich atme tief durch und schüttele die Geister der

Vergangenheit ab. Sie sind nicht hier. Kein Prophet, keine Rachel, keine Grace. Es gibt nur eine Bühne – Holzboden, Betonwände, einen weiten offenen Raum. Ich steige die Treppe hinauf und schaue dorthin, wo die Bühnenbeleuchtung am hellsten leuchtet. Keine Jungfrauen knien in der ersten Reihe, keine Kinder in Weiß, keine Himmlischen Polizisten. Nur noch mehr FBI-Beamte in Zivil, die die Leute zu ihren Sitzen dirigieren und gegenüber im anderen Flügel stehen.

»Sie sind in Sicherheit. Ich habe hier überall Leute. Niemand kommt in Ihre Nähe. Und jeder wurde beim Hereinkommen durchsucht.« Zion steht mit den Händen hinter dem Rücken vor mir. Wahrscheinlich sein bester Versuch, beruhigend zu wirken – aber er geht daneben. Ich werde in ihm nie etwas anderes als einen Protektor sehen.

Adam dreht mich von Zion weg, und wir schauen beide auf die Bühne. »Du bist wirklich in Sicherheit. Ich werde nicht zulassen, dass dir jemand wehtut. Das weißt du doch, oder?«

»Ja.« Ich hole tief Luft, während eine aufgenommene Hymne, *Turn Your Eyes Upon Jesus*, über das Soundsystem abgespielt wird. Noah murmelt etwas zu sich selbst und übt trotz des Teleprompters: »Einheit, Liebe, Akzeptanz, Heilung, Mitgefühl für andere …«

Adam weicht mir nicht von der Seite. »Wir können jederzeit gehen. Der Deal betrifft Noah. Nicht dich. Du musst nicht sprechen, wenn du nicht willst.«

Ich stelle mich auf meine Zehenspitzen und küsse sein glatt rasiertes Gesicht. »Ich liebe dich.«

Er schließt die Augen, als ob er die Worte genießt. »Jedes Mal, wenn du das sagst, ist es schwer zu glauben. Aber, weil du diejenige bist, die es sagt, glaube ich es *immer.*« Seine dunklen Augen finden mich wieder, und einfach so raubt er mir mit einem Kuss den Atem. Er gleitet mit seinen Händen an meiner Taille hinunter, während seine Zunge über meine streicht, sein Mund perfekt auf meinem liegt.

Noah räuspert sich.

Wir ignorieren ihn, und ich lege meine Hände auf Adams Schultern, während er mich eng an seine Brust zieht. Ich könnte mich in seinem Kuss verlieren. Vergessen, wo wir sind, den Schmerz und den Verlust ignorieren, den dieser Ort verkörpert, aber er lässt mich gehen.

»Es ist mir egal, was die Ärzte sagen, kleines Lamm.« Er lässt noch einen Kuss auf meine Lippen fallen. »Heute Nacht gehörst du mir.«

Meine Haut kribbelt überall, und ich lasse mich wieder auf die Fersen sinken.

»Nehmt euch ein Zimmer, Leute.« Noah schüttelt den Kopf, aber er kann sein Grinsen nicht verbergen.

»Emily, wann immer Sie bereit sind.« Zion steht mit verschränkten Armen da und schaut auf das Publikum. Die Kirche ist halb voll, der Rest schaut möglicherweise auf dem Himmelskanal von zu Hause aus zu. Oder vielleicht meiden sie jede Verbindung mit der Kirche und tun so, als ob der Prophet ihre Seelen nie zur Verdammnis bewegt hätte.

»Du schaffst das.« Adam drückt meine Hand noch einmal, tritt zurück, und seine Augen lassen mich nicht mehr los.

»Miss Lanier.« Ein Beamter reicht mir ein Mikrofon und zeigt mir, wie ich es einschalten kann.

Ich atme tief durch und gehe dann auf die Bühne. Die Lichter blenden mich, und ich kann die Menschenmenge nicht mehr sehen. Meine Worte sind nicht aufgeschrieben, deshalb zeigt der Teleprompter nur den Anfang von Noahs vorbereiteter Rede. Ich blicke nach oben und sehe mich selbst auf den riesigen Bildschirmen entlang des oberen Auditoriums. Mein Kleid – pfauenblau mit einer Empire-Taille und einem Saum, der über meine Knie fällt – schmeichelt meinem zu dünnen Körper und verbirgt die Bandagen, die ich immer noch über meinen Schnittwunden trage.

Ich bleibe auf einem schwarzen X stehen, schalte das Mikrofon an und führe es an meine Lippen. *Kann ich das machen*? Ich hole noch einmal Atem, und zu meiner Überraschung fließen die Worte aus mir heraus.

»Es gab einmal eine Zeit, da hatte ich eine Schwester.« Meine Stimme ist laut und hell durch die Lautsprecher. »Ihr Name war Georgia. Sie war die schönste Seele, die ich je getroffen habe. Klug, lustig, mutig. Sie war alles, was ich mir zu sein können wünschte.« Emotionen drohen mich zu ersticken, aber ich schiebe sie zur Seite. Jetzt muss ich die Wahrheit erst einmal so aussprechen, dass diese Leute sie hören werden. »Aber dann trat sie dem Kloster bei und starb. Als ich keine Antworten bekam, ging ich selbst ins Kloster, um herauszufinden, warum sie mir genommen worden war. Obwohl ich genau wusste, was das Kloster war. Einige von euch wussten es auch.« Ich räuspere mich. »Aber ich bin nicht hier, um anzuklagen oder zu urteilen, ich bin hier, um darüber zu reden, was mit Georgia passiert ist, was mit mir passiert ist und wie wir alle die Zukunft verändern können, um nicht die Fehler der Vergangenheit zu machen.«

Ich schaue zu Adam. Er steht verzückt da, sein Blick ist auf mich gerichtet, und seine Augen leuchten voller Stolz. Und er gibt mir die Kraft, weiterzumachen, von dem Missbrauch zu erzählen, von den Freundinnen, die ich gewonnen und verloren habe, und vor allem von der Liebe, die ich gefunden habe und die ich für den Rest meines Lebens in meinem Herzen behalten werde.

»ICH KANN MIT SICHERHEIT SAGEN, dass das die beste Predigt war, die ich je in der Himmlischen Mission gehört habe.« Davis trifft uns in der Lobby unseres Hotels in der Innenstadt von Birmingham. »Und die improvisierten Stellen … verdammt. Dass Sie sich nicht zum Bleiben überreden …«

»Ich brauche einen Drink.« Noah geht schnurstracks in Richtung Hotelbar.

Davis flucht leise.

»Lassen Sie ihn in Ruhe.« Adam geht weiter, sein Hinken ist noch da, aber weniger ausgeprägt. Ungeduldig zieht er mich mit sich, und ein Schauer schießt mir in die Zehen, weil ich weiß, warum er so ungeduldig ist.

Der Lärm draußen dringt in die Lobby ein, als die Tür geöffnet wird – Medien und Eiferer, die vor dem Hotel um Aufmerksamkeit buhlen. Wir haben keine Interviews gegeben, und das werden wir auch nicht. Es in der Kirche noch einmal zu erleben war genug für mich, und die Alpträume haben nicht aufgehört. Vielleicht werden sie es nie.

Davis beeilt sich, Schritt zu halten. »Wir müssen noch über Ihre Pläne sprechen. Wo Sie beide hingehen werden, was mit Emilys Mutter passieren soll. Wir brauchen Sie für die Verhandlungen. Es gibt eine Planung, die muss …«

Adam drückt den Fahrstuhlknopf und wendet sich Davis zu. »Verschwinden Sie, verdammt nochmal.«

Davis zögert. »Ich …«

»Lassen Sie es mich anders formulieren.« Adams Stimme, schon heiser, senkt sich auf ein tödliches Niveau. »Gehen Sie, verdammt nochmal, oder ich verprügle Sie wie damals auf dem Gelände.«

Davis glüht vor Wut, aber er rührt sich weg. »Dieses Gespräch ist noch nicht vorbei.«

Adam dreht ihm den Rücken zu. Dieses Gespräch ist *definitiv* vorbei.

Der Aufzug öffnet sich, und wir steigen ein. Adam drückt so stark auf den Knopf, der die Tür schließt, dass ich denke, dass er sich einen Finger brechen könnte.

Ich schiebe meine Handfläche an der Vorderseite seines Anzugs hinunter. »Irgendwann werden wir mit ihm reden müssen.«

»Nicht jetzt.«

Als sich die Türen endlich schließen, drückt er mich mit dem Rücken gegen die Seitenwand des Aufzugs. »Hast du eine Ahnung, wie stolz ich auf dich bin?«

Mein Herz fällt in sich zusammen, aber ich zucke ein wenig mit den Schultern. »Du hast es mir ein paarmal gesagt.«

»Nicht oft genug.« Er fährt mir mit der Hand durchs Haar. »Nicht annähernd genug.« Obwohl ich ihn erwarte, sendet sein Kuss immer noch Schockwellen durch mich. Sein Mund drückt gegen meinen, seine Zunge zeichnet den Saum meiner Lippen nach. Ich öffne mich für ihn, und er stöhnt. Seine Hände verheddern sich in meinen Haaren, als der Aufzug langsam zu unserer Etage aufsteigt.

Als sich die Tür öffnet, zieht er sich zurück, nimmt meine Hand und eilt in unser Zimmer.

Er greift für die Schlüsselkarte in seine Tasche, aber seine Feinmotorik ist noch nicht wiederhergestellt. Ich schiebe meine Hand hinein, ziehe sie für ihn heraus, und dann schiebe ich sie durch das Schloss. Die Vorfreude rauscht durch mich wie eine Droge.

Als das Licht grün wird und das Schloss klickt, schiebt er die Tür auf und zieht mich hinein. Er stößt mich gegen die Wand des Hotelzimmers, und sein Körper drückt sich gegen meinen, während sein Mund wieder die Oberhand gewinnt, mich küsst und liebkost, während seine Hände meinen Körper umkreisen. Ich schlinge meine Arme um seinen Nacken, stelle mich auf meine Zehenspitzen und spüre jedes bisschen Körperkontakt zwischen uns.

Er schiebt seinen Oberschenkel zwischen meine Beine, und mein Rock gibt ihm gerade genug Platz, um gegen meine empfindlichste Stelle zu drücken. Ich stöhne, und meine Zehen krümmen sich.

»Scheiße.« Er unterbricht unseren Kuss und nimmt mich in seine Arme, wobei er auf die Stelle oben auf meinem Rücken achtet, in dem die Fäden noch nicht gezogen sind.

Er trägt mich zum Bett, stellt mich hin und dreht mich um. Obwohl er ein paar Versuche braucht, schafft er es, mir das Kleid zu öffnen. Es fällt um meine Knöchel. Seine Finger fangen bei meinen Schultern an und berühren jedes Stückchen nackter Haut mit etwas, was an Ehrfurcht grenzt. Seine Lippen folgen ihnen und zeichnen einen Weg nach, der Gänsehaut verursacht und meinen Magen zum Zusammenziehen bringt.

Ich will das hier. Ich will *ihn* so sehr. Aber immer wenn ich meine Augen schließe, sehe ich die Wände meines Zimmers im Kloster, höre die Schreie der anderen Jungfrauen. Meine Atmung beschleunigt sich.

»Hey.« Er dreht mich um, damit ich ihn ansehe, und seine dunklen Augen sind voller Sorge. »Was geht hier oben vor?« Er zieht seine Fingerspitzen an meiner Schläfe entlang.

Tränen kribbeln hinter meinen Augen. »Ich denke, vielleicht bin ich jetzt verkorkst. Durch das, was passiert ist«, flüstere ich meine größten Ängste, in der Gewissheit, dass er das mehr als jeder andere verstehen wird. »Ich will nicht an diesen Ort denken, wenn wir zusammen sind. Ich will, dass alles neu und rein ist. Nur du und ich.«

Er küsst mich sanft. »Es sind nur du und ich. Niemand außer uns. Die Tür hinter mir? Du kannst sie öffnen und gehen, wann immer du willst. Du bist *frei.*« Er streichelt meine Wange. »Obwohl ich nicht versprechen kann, dass ich nicht folgen werde. Du hast es vielleicht nicht bemerkt, aber ich kann nicht ohne dich sein. Ich liebe dich.«

Ich atme tief ein und wieder aus. Er sagt die Wahrheit. Ich bin frei. Niemand schaut zu, es sind keine Hintergedanken im Spiel. Es sind nur wir, und all die Geister, die mich immer noch heimsuchen, passen nicht in den Raum zwischen uns. Ich werde das nicht zulassen.

Es ist ein Vertrauenssprung – ein Zeichen, dass ich an uns glaube – als ich ihn küsse. Er legt seine Hände auf meine Taille, und seine Daumen streicheln meine Hüftknochen. Ich schiebe meine Zunge in seinen

Mund, und er lässt mich die Führung übernehmen. Meine Finger wandern zu seinem Krawattenknoten, öffnen ihn und lassen die Krawatte auf den Boden fallen. Dann arbeite ich an seinen Knöpfen, während seine Hände etwas fester zugreifen und sein Herz schneller gegen meine Hand schlägt. Er versucht, sich im Zaum zu halten. Ich lächele ihm zu und genieße das, was sich zu einer gemeinen Verführung entwickelt hat.

Ich ziehe ihm das Hemd aus, und meine Hände gleiten über seine harte Brust zu seiner gemeißelten Taille. Als ich nach seiner Gürtelschnalle greife, stöhnt er mir in den Mund und streicht mit den Händen nach oben, um meinen BH zu öffnen. Die ganze Zeit sind unsere Zungen suchend und streichelnd, und unsere Atemzüge werden immer schneller. Die Anspannung in meinem Unterleib nimmt weiter zu, und ich weiß, dass mein Höschen nass ist.

Er lässt von dem BH ab, während ich seine Hose öffne und sie zu Boden fallen lasse.

»Keine Unterwäsche?« Ich starre auf seinen harten Schwanz, die glatte Haut und die abgerundete Eichel.

Er zuckt erst mit den Schultern, und dann zuckt er, weil ich mit dem Finger an der Seite entlangfahre.

Er unterbricht unseren Kuss, fällt auf die Knie und drückt seine Nase gegen meinen Venushügel. Er blickt mit halb geschlossenen Augen auf und fragt: »Darf ich?«

Meine Brustwarzen schmerzen, und ich denke, dass ich verbrennen könnte, aber ich nicke.

Er zieht mir das Höschen herunter, dann breitet er

seine Handfläche über meinem Bauch aus und schiebt mich sanft zurück, bis ich auf dem Bett sitze. Er spreizt meine Beine, schmiegt sich an mein weiches Fleisch, und ein Kribbeln schießt durch mich hindurch.

»Ich will dir Lust bereiten, kleines Lamm. Um dir zu zeigen, dass ich würdig bin.« Er küsst mich, und seine Zunge schlägt gegen meine Klitoris.

Ich kralle mich in die Tagesdecke.

Er drückt seinen Mund auf mich und öffnet mich weit, während seine Zunge von unten nach oben über mich streicht. Ich stöhne und spreize die Beine weiter.

Er nimmt die Einladung an und drückt seine Zunge in mich, während seine Handflächen meine Beine aufdrücken und er mich verschlingt. Ich betrachte ihn. Sein dunkles Haar fällt ihm auf die Stirn, und sein starker Rücken spannt sich an, während er mir mit seiner Zunge Lust verschafft. Ich führe eine Hand durch sein Haar, ziehe ihn näher heran und führe ihn zu meiner Klitoris. Er fährt mit der Zunge darüber, und meine Beine zittern. Dann nimmt er die Klitoris zwischen seine Zähne und beißt leicht hinein, bevor er mit der breiten Seite seiner Zunge immer wieder über sie streicht. Er beschleunigt das Tempo, und jede Berührung seiner Zunge ist eine Flamme, die das Feuer in mir zum Brennen bringt.

Er schiebt eine Hand meinen Schenkel hinauf und drückt einen Finger in mich.

Ich wölbe meinen Rücken und werfe meinen Kopf in den Nacken, während meine Hüften sich gegen ihn bewegen und seinem Rhythmus folgen. Er fügt einen weiteren Finger hinzu, bewegt sie in mir und streichelt mich gleichzeitig mit seiner Zunge. Meine Beine fangen an zu zittern, meine Hüften krampfen. Ich stehe am Abgrund, bereit, zu zerbrechen, um mich der Lust hinzugeben, die mir nur Adam bereiten kann.

Er krümmt seine Finger in mir, und ich falle. Er leckt den Orgasmus aus mir heraus, und mein Körper umklammert seine Finger, zerquetscht sie und schickt Funken der Entladung über meinen ganzen Körper. Ich stöhne leise und tief, genieße jede Welle köstlicher Glückseligkeit. Er stöhnt gegen mich, und sein leises Rumpeln verstärkt alles, schickt mir eine weitere Welle explosiven Vergnügens. Ich falle nach hinten, mein Körper erschlafft, und die letzten Nachbeben lassen meine Beine zucken, als er mich noch ein paar Male leckt.

»Adam«, hauche ich. »Ich brauche dich.«

Er küsst mich, gibt mir noch einen langen Schlag mit seiner Zunge, dann krabbelt er an meinem Körper hoch und zieht seine Schuhe und Hose aus.

Er hebt mich mit einem Arm hoch und legt mich sanft in die Mitte des Bettes. »Geht es dir gut?« Die echte Fürsorge in seinem Ton lässt mein Herz schmerzen, und ich schlinge meine Arme um ihn und küsse ihn wieder.

Sein Schwanz drückt gegen meine nasse Haut, und ich spreize mich weit für ihn.

Er spannt sich an. »Bist du bereit? Ich will nicht …«

»Ich bin bereit.« Die Hitze baut sich bereits in mir auf, und ich brauche ihn. Er ist der Einzige, der mich wieder zusammensetzen kann, der unsere Scherben zusammenfügen und uns ganz machen kann.

»Dein Rücken. Wird es wehtun?«

»Mir geht es gut.« Ich hebe meine Hüften an, und seine Eichel reibt an meiner Klitoris. Meine Haut kribbelt, und ich beiße mir auf die Lippe.

Er hält seinen Blick auf meine Augen gerichtet und positioniert sich vor meinem Eingang. Er schiebt sich mit einem Stöhnen langsam hinein, bis er vollständig in mir ist. Diesmal gibt es nur ein leichtes Brennen, das schnell vergeht.

»Ich will dir nicht wehtun.« Er zieht sich zurück und stößt wieder zu, als ob er einfach nicht anders kann.

»Das wirst du nicht.« Ich knabbere an seiner Unterlippe. »Erst, wenn ich nett darum bitte.«

Sein Wolfsgrinsen erscheint, und mein Herz schnurrt. Ein weiterer, härterer Stoß folgt.

Ich grabe meine Nägel in seine Schulter. »Du bist so süß, wenn du versuchst, sanft zu sein.«

Er küsst meinen Hals hinunter und beißt mich. »Gewöhn dich nicht daran.«

Gott, ja. Ich halte mich an ihm fest, während er fester und schneller drängt und sein Schwanz mich schlägt, während er mir in den Nacken und in die Schulter beißt. Ich schiebe meine unverletzte Hand in sein dunkles Haar, während er meine Brüste küsst. Er schiebt einen Arm unter mich und hebt meine Brust zu seinem Mund. Er beißt sanft in den Nippel, dann saugt er ihn ein und bearbeitet ihn mit der Zunge, während er in mich hämmert. Jeder Stoß sendet einen Lustschock durch meine Klitoris, und so, wie er mich hält, bin ich ihm ausgeliefert. Völlig entblößt und sicher in seinen Armen.

Er bewegt sich zur anderen Brust und schlingt eine Hand um meine Schulter, wobei er mich auf seinen dicken Schwanz herunterhebelt. Ich spreize meine Beine weiter, spüre jedes bisschen Körperkontakt zwischen uns und bin so erfüllt von ihm, dass es fast wehtut. Als er in meine Brust beißt, stöhne ich und reiße an seinen Haaren. Er beißt fester in die andere Brust und führt dann eine Hand zu meiner Klitoris.

»Adam«, keuche ich, als er mich wieder hinlegt und meinen Mund erneut in einem rauen Kuss beansprucht. Es ist chaotisch – Zähne und Lippen und Zungen – und alles, was ich brauche. Das wirbelnde Verlangen in mir verschmilzt an der Stelle, an der seine Finger mich streicheln, und ich fühle, wie sich die Entladung nähert. Meine Bewegungen werden ungleichmäßiger, und meine Hüften sind kurz davor, zu verkrampfen. Als sie das tun, komme ich mit einem langen Stöhnen. Er schluckt es und hämmert immer noch in mich, während mein Orgasmus mich von innen nach außen dreht und die Lust aus mir herauswringt.

»Fuck, kleines Lamm.« Er stößt tief zu und wird härter, während er stöhnt. Sein Schwanz zuckt in mir, als er kommt, und ich ziehe ihn zu mir heran und beiße in seinen Hals, während sich die Anspannung löst, unsere Körper gesättigt sind, und unsere Seelen verschlungen. Er entspannt sich auf mir.

»Ich liebe dich so sehr.« Er drückt seine Stirn an meine. »Ich kann meine Vergangenheit und meine Fehler nicht wiedergutmachen. Aber ich werde jeden gottverdammten Tag daran arbeiten, dich glücklich zu machen. Ich schwöre es.«

Ich lächele, und mein Herz flattert wie ein zufriedener Vogel. »Ich liebe dich auch.«

Er schließt die Augen. »Sag es noch einmal.«

Ich lache und küsse seine Nasenspitze. »Ich liebe dich.«

»Das ist alles, was ich brauche.« Er öffnet die Augen und schaut in den tiefsten Teil von mir, den Teil, in dem er sich spiegelt. »Du bist alles, was ich je gebraucht habe.«

BONUSKAPITEL

Adam

»Das ist krank.« Noah starrt sie an, als die Frauen sich vor uns aufstellen und die schwarzen Masken über die Gesichter ziehen.

»Auf mehr als eine Weise.« Ich ziehe mein Handy aus der Tasche und schalte die Videofunktion ein. »Bist du bereit?«

»Mehr als bereit. Seitdem Emily uns erzählt hat, was er getan hat …« Noah lässt seine Knöchel knacken, und sein Bedürfnis nach Gewalt spiegelt mein eigenes wider.

Ich werfe ihm mein Handy zu. »Ich hole den Ehrengast.«

»Mädchen.« Jez geht die Reihe hinunter und verteilt Strap-ons an das Dutzend Frauen, das sie nur für dieses besondere Ereignis rekrutiert hat. Das war nicht schwer. Viele der Damen aus der Kapelle sind immer noch auf Blutrache gegen ehemalige Kunden aus. Dies ist eine heißbegehrte Gelegenheit für sie.

Ich verlasse den schummrigen Keller, und mein Gang ist endlich wieder normal. Es hat Monate gedauert, aber ich habe mich an die Geisterzehen und den Verlust von etwas Beweglichkeit in meinen Fingern gewöhnt. Ich werde nie ganz der Alte sein, aber solange ich genug für Emily bin, ist das alles, was für mich zählt.

»Ich mag dich wütend, *Liebling.*« Sie spuckt dem Gefangenen ins Gesicht. »Aber ich liebe es, wenn du Angst hast.«

Er zieht an seinen Fesseln, kann aber nirgendwo hin, und der Knebel in seinem Mund sorgt dafür, dass er seine Lügen für sich behält.

Sie richtet sich auf und tritt gegen das Bein seines Stuhls. Er zuckt zusammen und duckt sich.

»Mein Gott.« Ich gehe zu ihr und nehme sie in die Arme. »Du bist wie ein Racheengel.« Ich fahre mit meinen Fingern durch ihr weiches Haar und ziehe sie zu mir. Seit ihrer Zeit auf dem Gelände hat sie zugenommen, und ihre weichen Kurven sind der ständige Brennpunkt meiner Fantasie, wann immer ich von ihr weg bin.

Sie legt ihre Handflächen auf mein Gesicht, während ich sie küsse, und schmilzt an mir. Ihre warme Haut und ihr süßer Atem sind wie eine tröstende Brise. Meine Hände wandern zu ihrem Po und kneifen ihn sanft, während sie ihre Brüste gegen meinen Oberkörper drückt. Scheiße, ich will sie jetzt und hier nehmen.

Ich drücke sie gegen die Wand des Lagerhauses, fahre mit meinen Händen an ihrem Körper hoch und bedecke ihre Brüste.

Sie dreht ihren Kopf dorthin, wo er sitzt und seinen Kopf verrenkt, damit er uns sehen kann. »Er schaut zu.«

»Lass ihn.« Ich beanspruche wieder ihren Mund und hebe ihren kurzen Rock an. »Kein Höschen, kleines Lamm?« Mein Schwanz wird noch härter, und es ist mir egal, ob die ganze Stadt zusieht, ich muss in ihr sein.

Sie errötet, und ihre Wangen erhitzen sich wie zwei Äpfel in der Sonne.

Ich öffne den Reißverschluss meiner Hose, ziehe meinen Schwanz heraus und reibe die Spitze über ihre süße Nässe. »Nass für mich.« Ich grinse. »Ich denke, Rache macht dich heiß.«

»Du machst mich heiß.« Sie zieht ihr Oberteil nach unten und legt ihre harten Nippel frei.

»Gottverdammt.« Ich stoße schnell und hart in sie hinein. Ihre Titten wackeln von der Kraft und ich beuge mich hinunter und fange eine in meinem Mund ein, und sauge an ihr, während ich eines ihrer Beine hoch gegen meine Taille ziehe.

»Adam.« Sie fährt mit den Fingern durch mein Haar, zerzaust es und zieht an den Strähnen. Aber ich will sie hart und schmutzig, also nehme ich ihre Handgelenke und halte sie über ihrem Kopf fest.

»Beschreibe dem Senator, was mein Schwanz mit dir macht, kleines Lamm. Sag ihm, was ich dich fühlen lasse.« Ich reibe mich an ihr, reibe ihre Klitoris, während ich sie tief ficke.

Sie keucht. »Voll. So voll. Oh mein Gott.«

Ich knabbere an ihrem Ohr. »Erzähle ihm mehr.«

»Adam gibt mir das Gefühl, ganz zu sein. Gibt mir das Gefühl – oh, Gott, ich kann ohne seinen Mund, seinen Schwanz, seine Finger nicht leben …« Sie stöhnt, als ich härter zustoße, und unsere Haut aneinanderklatscht. »Ich will nur ihn.«

»Das ist alles.« Ich lasse ihre Handgelenke los, ergreife ihren Arsch, hebe sie an und spreize sie weit, während ich zustoße. »Meine.« Ich beiße ihr in den Hals und muss mehr Spuren an ihr hinterlassen, als ich schon habe.

Ihre Beine schlingen sich um meine Taille, und ich greife mir eine ihrer Titten, drücke fest zu und drehe die Spitze zwischen Daumen und Zeigefinger.

»Adam.«

»Was tue ich für dich, kleines Lamm?« Ich kann fühlen, wie sich ihr Körper anspannt, ihre Hüften sich verkrampfen.

Sie gräbt ihre Nägel in meinen Nacken, und ihre Augen schließen sich.

Ich ficke sie mit animalischem Verlangen, beanspruche sie, weigere mich, sie gehen zu lassen. »Sag es ihm. Was lasse ich dich machen?«

Sie holt tief Luft, und dann fühle ich, wie ihre Muschi mich in einem heißen Rhythmus zusammendrückt. »Adam lässt mich kommen.« Das letzte Wort kommt als ein Stöhnen aus ihrem Mund, das mich dazu bringt, meine Ladung tief in sie zu schießen und sie mit meinem Sperma zu füllen. Ich bewege mich noch ein paar Male, drücke mich fest in sie hinein und besitze sie genauso wie sie mich.

Ich habe Abdrücke auf ihrem Hals und ihrer Brust hinterlassen. Ich küsse sie und lecke das Brennen weg. Aber ich bereue es nicht und werde es nie bereuen.

Ich ziehe sie von meinem Schwanz, stelle sie auf ihre Füße und schließe den Reißverschluss. Sobald ihr Rock wieder an seinem Platz ist, schaut sie zu mir auf, und ihre Lippen sind geschwollen und ihre Augenlider schwer. »So gut.«

»Ich liebe dich.« Ich küsse sie noch einmal, diesmal sanfter.

Die Tür zum Keller öffnet sich, und Noah streckt seinen Kopf herein. »Was zum Teufel dauert so lange?« Als er Emilys rosafarbene Wangen und ihr vom Sex zerzaustes Haar sieht, rollt er nur mit den Augen und geht zu dem Stuhl, auf dem der Senator angekettet ist. »Komm schon, Fuckbird, lass uns zur Sache kommen. Die Mädchen sind bereit.«

»Bleib hier.« Ich küsse Emilys Stirn.

»Nein.« Sie kippt ihr Kinn hoch. »Ich muss das sehen.«

Ich zögere. »Es wird brutal werden. Jez ist nicht in einer barmherzigen Stimmung.«

Ihre grauen Augen werden stahlhart. »Ich auch nicht.«

Scheiße, ich liebe diese Frau.

»Wie du möchtest.« Ich küsse sie wieder auf die Stirn, dann gehe ich hinüber, helfe, Evan vom Stuhl zu befreien, und dann schleifen Noah und ich ihn die Treppe hinunter zu einem Metalltisch.

Jez – sie trägt keine Maske – fesselt ihm die Knöchel, während eine andere Frau sich um seine Handgelenke kümmert, so dass er mit dem Gesicht nach unten auf dem Tisch liegt. Er quiekt gegen seinen Knebel.

Jez beugt sich zu ihm herunter. »Du willst diesen Knebel raushaben?«

Er nickt.

Ich sitze in einem Metallstuhl an der Wand, und Emily sitzt auf meinem Schoß.

Noah nimmt mein Telefon. »Maske, Jez. Die Show fängt gleich an.«

Sie packt Evan an den Haaren. »Erinnere dich an mein Gesicht. Denk für die nächste Stunde oder so daran, während wir an dir arbeiten, okay?« Sie lacht und zieht eine schwarze Maske auf.

Noah drückt den Knopf, um die Aufnahme zu starten. Er geht die Reihe der Frauen entlang, die ganz in Schwarz gekleidet sind und verschiedene Größen und Schattierungen von Strap-ons über ihren schwarzen Hosen befestigt haben.

Jez lockert Evans Knebel und zieht ihn heraus.

Er zuckt und dreht sich zu Emily und mir um. »Lasst mich gehen.«

Emily schüttelt den Kopf. Ich reibe über ihren

Rücken. Wenn sie sich aufregt, werde ich sie die Treppe hinauftragen und von diesem Ort wegbringen.

»Du hast einen schönen Mund.« Jez streichelt seine Wange und fährt mit der Hand den großen lila Schwanz hinunter, der an ihrem Schritt befestigt ist.

»Liebling, bitte.« Er blickt Emily mit großen und flehenden Augen an.

Sie spannt sich an. »Ich bin nicht dein Liebling.«

»Du kannst nicht zulassen …«

»Ich teile dich nur, Evan. Du hast gesagt, du stehst auf Teilen, richtig?« Sie bewegt sich auf Jez zu. »Dies sind meine Freunde. Ich lasse sie dich für eine kleine Weile ausleihen, so wie du es magst. Genieß es, *Liebling*. Oh, und wenn du versuchst, uns zu verfolgen oder irgendetwas darüber zu sagen, kann ich dir garantieren, dass dieses kleine Video sich verbreiten wird, zusammen mit deiner Transaktion, mich vom Propheten zu kaufen. Ich habe den Papierkram, Arschloch.« Ihre Stimme zittert vor Wut.

»Bitte. Ich habe dich geliebt. Ich wollte dich haben. Ich wollte dich retten vor …«

»Ich brauchte nicht gerettet zu werden.« Sie schüttelt den Kopf und lehnt sich an mich zurück.

Ich schlinge meine Arme um sie und kuschele mich in ihren Nacken. »Du machst mich schon wieder heiß.«

Sie gleitet mit ihrer Handfläche über meinen Oberschenkel und drückt mich.

»Sind wir hier fertig? Ich muss meinen Schwanz nass machen.« Jez reißt seinen Kopf hoch. »Öffne dich für mich, süßes Ding.« Sie deutet mit dem Kinn zu der Reihe der Frauen. »Kommen wir zur Sache.«

Er schreit wieder, aber der Schwanz von Jez stoppt das Geräusch, als sie ihn tief hineinrammt. Er würgt, aber sie hört nicht auf. Keine von ihnen tut das. Sie wechseln sich ab, während Noah es filmt und dabei sogar einige kunstvolle Blickwinkel einfängt.

Emily entspannt sich in meinen Armen, und ihre Atmung verlangsamt sich, während der Gerechtigkeit Genüge getan wird.

Wir können uns nicht von der Finsternis der Himmlischen Mission befreien, aber wir können sie nutzen, um die Bastarde bezahlen zu lassen. Und ich werde so lange Rache üben, wie Emily es will. Ich bewege meine Hand hoch zu ihrem Bauch. Er fängt jetzt an, sich zu runden. Sie legt ihre warme Hand auf meine.

Ein neues Leben.

Ein neuer Anfang.

Ein Herzschlag, der in der Dunkelheit begonnen hat, wird im Licht unserer Liebe erblühen.

LESEPROBEN

Hier endet die Geschichte von Delilah und Adam. Wenn Ihnen ihre rabenschwarze Liebesgeschichte gefallen hat, dann hinterlassen Sie bitte eine Rezension.

Wollen Sie mehr Dark Romance von Celia Aaron? Hier finden Sie alle ihre Bücher: www.greyeaglepublications.com/de/book-author/celia-aaron.

Wenn Ihnen dieses Buch gefallen hat, werden Sie auch diese beiden dunklen Liebesromane lieben: *Er Will Mich* von Ava Lohan und *Verschleppt* von Anna Zaires. Blättern Sie um, um einen spannenden Auszug aus jedem Buch zu entdecken!

AUSZUG AUS ER WILL MICH VON AVA LOHAN

Es fehlen noch siebzehn Tage bis zum Ablegen meines Gelübdes. Wenn ich das Kloster retten will, bin ich gezwungen, den Deal seines neuen arroganten Besitzers zu akzeptieren.

Er will mich, eine Novizin, für ganze zwei Wochen. Mein Körper im Austausch für das Kloster. Dies ist die einzige Chance, die er mir bietet, um nicht mein Zuhause zu verlieren.

Aber Kegan Anderson ist nicht wie die meisten anderen: Er ist der Chef der Lust, Long Islands exklusivstem und unanständigsten Privatclub. Und dorthin will er mich bringen.

Kegan ist es gewohnt, seinen Körper und die seiner Angestellten zu verkaufen. Er fühlt für niemanden etwas und geht nie mehr als einmal mit derselben Person ins Bett, es sei denn, sie bezahlt dafür.

In diesen vierzehn Tagen kann ich ihm meinen Körper nicht verweigern, aber ich muss in der Lage sein, mein Herz zu schützen und die Anziehungskraft zu ignorieren, die ich für ihn empfinde und das, was er mich fühlen lässt. Weil Kegan eine Bestie ist. Und eine Bestie liebt nicht, sie zerstört.

»Sagen Sie mir, Mr. Anderson, ist das das Mädchen?«

Sie drehte mich an meinen Schultern um, so als könnte ich mich nicht allein bewegen, bevor sie mich auf eine Tür zuschob, die ich beim Betreten nicht bemerkt hatte. Ich blinzelte und erblasste, während sie mich drängte, ein paar weitere Schritte vorwärtszugehen. Ich würde diese grünen Augen überall erkennen, und ich hatte gedacht, dass ich sie nie wiedersehen würde. Sie hatten mich seit unserem ersten und einzigen Treffen für eine lange Zeit gequält. Bei Nacht, bei Tag, im Gebet. Ich errötete, und mein Atem stockte. Der Junge vom Beichtstuhl. Zwei Jahre waren vergangen, und er schien noch schöner geworden zu sein, wenn das möglich war. Ich konnte mir die Wirkung, die er auf mich hatte, nicht erklären. Er hatte seinen Rücken gegen die makellose Wand gelehnt. Das weiße Hemd spannte über den breiten

Schultern und schien auf die Haut geklebt zu sein, so dass man sich die Muskeln vorstellen konnte, die sich unter ihm verbargen. Die Ärmel waren bis zum Ellenbogen hochgekrempelt. Die Haut war gebräunt. Er war groß. Seine dunkle Jeans schmiegte sich perfekt um die Oberschenkel, so als ob sie speziell für ihn angefertigt worden wäre. Es war unmöglich, meine Augen davon abzuhalten, über seinen Körper zu gleiten. Ich hatte keine Ahnung, was er beruflich tat, aber ich war mir sicher, dass er eine Spur ohnmächtiger Frauen hinterließ, wo auch immer er vorbeikam. Er war definitiv der heimliche Schwarm seiner Kolleginnen. Und an der Universität, von der ich vermutete, dass er sie gerade beendet hatte, hatte er wahrscheinlich ein Massaker an Frauenherzen begangen.

Was wollte so ein Typ in einem Nonnenkloster?

Er erwischte mich dabei, wie ich ihn bewundernd anschaute, und lächelte.

Ich schluckte hörbar und versuchte, den Knoten zu lösen, der sich in meinem Hals gebildet hatte.

Dieses Lächeln hätte dem Teufel gehören können, denn es hätte jeden Engel vom Himmel fallen lassen können. Der Junge, der mich betrachtete, hatte eine böse Ausstrahlung. Wie eine schlechte Gesellschaft. Wie diejenigen, vor denen meine Eltern Angst hatten, als ich zur Highschool ging. Trotz der Kleidung, die er trug, erweckte er nicht den Eindruck, einer der Jungen zu sein, die Väter für ihre Töchter wollen würden. Ich erinnerte mich auch zu gut an seine Worte von dem

Tag, als ich ihn traf, und ich hatte das Gefühl, dass er diesen Weg fortgesetzt hatte.

Ich konnte etwas Dunkles in ihm spüren.

In seinen Augen sehen.

»Ja.«

Und in seiner Stimme.

Ich bekreuzigte mich.

»Sie haben gleich beim ersten Mal die Richtige erwischt.« Er fuhr sich mit einer attraktiven Geste eine Hand durch sein Haar und sah die Mutter Oberin an, die sich hingesetzt hatte. »Sie waren wirklich gut, Schwester, das muss ich Ihnen lassen.«

»Es freut mich, Ihnen eine Freude gemacht zu haben, Mr. Anderson.« Aus ihrem Ton wurde deutlich, wie sehr sie ihn verachtete. »Wir haben nicht viele echte Blondinen hier im Kloster.« Mit gerunzelter Stirn blickte ich von einem zum anderen. Sie sahen sich schweigend an. Mit jeder Minute, die verging, verstand ich die paradoxe Situation, in der ich mich befand, weniger. »Mutter, was ist los?« Ich ging um den Schreibtisch herum, um zu ihr zu gelangen, und widersetzte mich dem Drang, meinen Schleier vom Boden aufzuheben, um ihn wieder aufzusetzen. Ich konnte die Augen des jungen Mannes auf dem heiligen Gewand spüren. Ich tat so, als gäbe es nur sie und mich, denn auch wenn das nicht einfach war, musste ich meinen Kopf davon abhalten, sich auf ihn zu konzentrieren.

»Du bist für ein Geschäft hier.« Endlich sah mich

die Mutter Oberin an. »Mr. Andersons Großvater ist gestorben, und er hat das Kloster geerbt.«

Ich verstand nicht, was das mit mir zu tun hatte. Mutter Oberin zog einige Dokumente aus der Schublade. »Mr. Anderson beabsichtigt, die Immobilie zu einem exorbitanten Preis zu verkaufen, den unser Kloster nicht bezahlen kann. Wir können diese Summe einfach nicht auftreiben, Schwester Rose.«

»Ich möchte ein Luxushotel daraus machen. Es sei denn …« Der Typ, dessen Namen ich nicht einmal kannte, zündete sich eine Zigarette an und ließ mich wie versteinert zurück. Ich sah die Mutter Oberin zusammenzucken, aber sie sagte nichts, ließ sich das klare Fehlverhalten und die Respektlosigkeit ihr gegenüber nicht anmerken. Sie stützte ihr Kinn auf ihre Hände und sah ihn voller Abneigung an. »Sie werden in die Hölle kommen, Kegan Anderson.«

Kegan. Das war sein Name.

Er nahm die Worte der Mutter Oberin als Kompliment. Er lachte leise und sinnlich. »Da bin ich mir sicher, Schwester.« Er führte die Zigarette an seine Lippen. Eine sexy Bewegung, die meinen Unterleib in Brand setzte. Ich beobachtete ihn, besorgt darüber, was er mit dem Kloster vorhatte. Ein Hotel. Ich hatte gehofft, dass es ein schlechter Witz war. Kegans zusammengekniffene Augen waren so grün wie die Blätter der Pflanzen, die die Mutter Oberin bis kurz vor seinem Eintreten gelobt hatte. »Und deshalb werde ich mir jedes Laster bis zum Ende meiner Tage erlauben.

Wenn ich in die Hölle komme, gehe ich gerne dorthin, um die Sünden zu verbüßen, die es wert waren, begangen zu werden.« Er richtete seine Aufmerksamkeit auf mich. »Stimmst du mir zu, Schwester Rose?« Auf seinen Lippen breitete sich ein übermütiges Grinsen aus.

Ich öffnete meinen Mund. Ich konnte meinen Ohren nicht trauen. So mit zwei Nonnen zu reden! Konnte man so dreist sein? Hätte ich das Sara, meiner besten Freundin unter den Novizinnen, erzählt, hätte sie mir nicht geglaubt. Es wäre schwer zu glauben, dass es eine solche Einstellung zu Frauen in der Kirche gab.

Ich berührte das Kruzifix, das ich um meinem Hals trug, und war dabei so wütend auf ihn, dass ich ihm am liebsten ins Gesicht schlagen wollte.

Kegan Anderson, ein Junge, den ich zweimal in den zwanzig Jahren meines Lebens gesehen hatte, plante, das einzige Zuhause, das ich hatte, in ein Hotel zu verwandeln und mich allein zurückzulassen, ohne die Familie, die ich mir in den letzten zwei Jahren aufgebaut hatte. Und trotzdem … als er sprach, zündete er mich an wie ein Streichholz, und ich konnte nicht anders, als seinen Körper zu bewundern. Und die Art und Weise, wie er meinen Namen sagte … er sprach ihn aus, als verspräche er Schwierigkeiten.

Ich berührte eine meiner Wangen. Sie war heiß. Ich kochte innerlich und äußerlich vor Erregung und Wut.

Kegan sah aus, als wolle er wieder lachen, und mir platzte der Kragen. »Das ist nicht komisch. Was wird mit uns passieren, wenn du daraus ein Hotel machst?« Ich zeigte auf das Büro der Mutter Oberin, die mich erstaunt ansah. Meine Stimme war voller Wut, der Wut, die die Vorstellung, ohne ein Zuhause zu sein, in mir hervorrief. Es würde noch etwas mehr als zwei Wochen dauern, bis ich eine richtige Nonne wurde und den Rest meines Lebens in einem Kloster verbrachte, in das ich mich eingelebt hatte und das mich beschützte, und er, dieses schöne und arrogante Wesen, war gekommen, um meinen Traum, meine Sicherheit zu zerstören.

»Jede von uns wird in andere Klöster im ganzen Land versetzt werden. Es tut mir leid, Rose, aber ich glaube nicht, dass du bei den Freunden bleiben wirst, die du gewonnen hast.« Die Stimme der Mutter Oberin erinnerte mich an die meiner Mutter, wenn sie mich tröstete, indem sie mir sagte, dass auch schlechte Dinge Schönes hervorbringen könnten. Aber so war es nicht gewesen. Ich hatte meine Familie einmal verloren. Ich hatte nicht die Absicht, auch die neue zu verlieren, die ich mir erschaffen hatte. Tränen stiegen in meinen Augen auf, aber ich unterdrückte sie.

»Es muss eine Alternative geben.« Ich schrie beinahe. Ich legte meine Hände auf den Holzschreibtisch. Die Mutter Oberin nahm ihre Augen nicht von den Papieren in ihrer Hand. Ihr niedergeschlagener Gesichtsausdruck schien sie um Jahre altern zu lassen.

Kegan war unsere Wut anscheinend gleichgültig, als er zum Fenster ging und seine Zigarette in den Garten warf. Die Mutter Oberin kommentierte sein neues Fehlverhalten nicht einmal. Frustriert beobachtete ich ihn und nutzte die Tatsache, dass er mir den Rücken zudrehte. Ich betrachtete ihn von oben bis unten. Er sah aus wie ein Gott, eine Gottheit des Olymps, die ins Kloster geschickt wurde, um in meinem Leben zu wüten. Plötzlich drehte er sich um. Ich sah schnell weg, aber nicht schnell genug. Ich bemerkte den Hauch eines Grinsens auf seinen vollen, perfekten Lippen. »Hast du eine Lösung für mich, Schwester Rose?«, spottete er und rieb sich die Hände.

Hatte ich eine? »Du könntest uns das Kloster schenken«, schlug ich vor.

Ich erwartete, dass er mich auslachen würde, aber stattdessen blickte er mich nur mit zur Seite geneigtem Kopf an. Eine widerspenstige Haarsträhne fiel ihm ins Gesicht und verdeckte beinahe sein rechtes Auge. Er schien meinen Vorschlag in Betracht zu ziehen, aber innerlich wusste ich, dass es nicht so war.

Nur ein großzügiger Wohltäter hätte so etwas gemacht. Und Kegan Anderson schien das nicht zu sein.

Du bist für ein Geschäft hier.

Die Worte der Mutter Oberin wirbelten in meinem Kopf herum. Und sie verbanden sich mit denen des neuen Besitzers unseres Klosters. *Ich möchte daraus ein Luxushotel machen. Es sei denn ...*

»Es sei denn, *was*?«

Etwas in seinen Augen leuchtete auf und machte sie so hell wie die Sonne selbst. Ein Lächeln erschien auf seinem Gesicht. Die Erinnerung an das gleiche Lächeln, das ich nur einmal gesehen hatte, war in mir noch lebendig. Während ich darauf wartete, die Antwort zu hören, schlug mein Herz ein wenig schneller.

»Es sei denn, du entscheidest dich dazu, Zeit mit mir zu verbringen.«

AUSZUG AUS VERSCHLEPPT VON ANNA ZAIRES

Entführt und auf eine einsame Insel verschleppt.

Ich hätte niemals gedacht, dass mir so etwas passiert. Ich hätte mir niemals vorstellen können, dass eine zufällige Begegnung kurz vor meinem achtzehnten Geburtstag mein Leben völlig umkrempeln würde.

Jetzt gehöre ich ihm. Julian. Dem Mann, der genauso rücksichtslos wie gutaussehend ist – dem Mann, dessen Berührungen mich brennen lassen. Ein Mann, dessen Zärtlichkeit ich verstörender finde, als seine Grausamkeit.

Mein Entführer ist ein Rätsel für mich. Ich weiß nicht, wer er ist, oder warum er mich verschleppt hat. In ihm ist eine Dunkelheit – eine Dunkelheit, die mir genauso Angst macht, wie sie mich anzieht.

Mein Name ist Nora Leston und das ist meine Geschichte.

Leah holt mich um 21.00 Uhr ab.

Sie hat sich fürs Clubben zurechtgemacht – dunkle, glänzende Jeans, ein glitzerndes Schlauchtop und hochhackige Overknees. Ihr blondes Haar ist vollkommen weich und glatt und fällt wie ein markanter Wasserfall ihren Rücken hinab.

Ich dagegen trage immer noch meine Turnschuhe. Meine Schuhe fürs Clubbing habe ich in dem Rucksack, den ich in Leahs Auto lassen werde. Ein dicker Pulli versteckt das aufreizende Top, welches ich trage. Ich bin nicht geschminkt, und mein langes braunes Haar ist zu einem Pferdeschwanz gebunden.

So verlasse ich das Haus, um keinen Verdacht zu erregen. Ich sage meinen Eltern, dass ich den Abend mit Leah bei Freunden zu Hause verbringe. Meine Mutter lächelt und wünscht mir viel Spaß.

Jetzt, mit fast achtzehn, habe ich keine Ausgehsperre mehr. Oder vielleicht habe ich sie noch, aber sie ist zumindest nicht offiziell. Solange ich nach Hause komme, bevor meine Eltern anfangen, sich Sorgen zu machen – oder ich ihnen zumindest sage, wo ich bin –, ist alles in Ordnung.

Sobald ich in Leahs Auto sitze, beginne ich mit meiner Verwandlung.

Weg mit dem dicken Pulli und raus mit dem

verführerischen Tanktop, das ich darunter habe. Ich trage einen Push-up-BH, um mein etwas zu klein ausgefallenes Kapital zu maximieren. Die Träger des BHs sind durchaus vorzeigbar, weshalb es mich nicht stört, wenn sie hervorschauen. Ich habe nicht so coole Schuhe wie Leah, aber ich habe es geschafft, meine hübschesten schwarzen Absatzschuhe herauszuschmuggeln. Sie vergrößern mich um etwa zehn Zentimeter. Da ich jeden einzelnen von ihnen benötige, ziehe ich die Schuhe gleich an.

Als Nächstes hole ich meinen Schminkbeutel hervor und klappe die Sonnenblende herunter, um den Spiegel zu benutzen.

Vertraute Gesichtszüge blicken mich an. Große, braune Augen und klar definierte schwarze Augenbrauen dominieren mein kleines Gesicht. Rob hat mir einmal gesagt, ich würde exotisch aussehen. Ein wenig kann ich das gerade selbst erkennen. Auch wenn ich nur zu einem Viertel Latina bin, sieht meine Haut immer ein wenig gebräunt aus, und meine Wimpern sind außergewöhnlich lang. Künstliche Wimpern nennt Leah sie, aber sie sind hundertprozentig echt.

Ich habe kein Problem mit meinem Aussehen, auch wenn ich mir häufig wünsche, größer zu sein. Das sind meine mexikanischen Gene. Meine Großmutter war klein, und das bin ich auch, obwohl meine Eltern beide durchschnittlich groß sind. Das wäre mir auch egal, würde Jake nicht große Mädchen mögen. Ich glaube nicht einmal, dass er mich im Gang überhaupt sieht;

ich befinde mich im wahrsten Sinne des Wortes nicht auf seiner Augenhöhe.

Seufzend trage ich Lipgloss und ein wenig Lidschatten auf. Ich benutze nicht zu viel Make-up, weil ich ganz natürlich am besten aussehe.

Leah dreht das Radio auf, und die neuesten Hits dröhnen durch das Auto. Ich lache und fange an, mit Rihanna mitzusingen. Leah fällt auch ein, und jetzt schmettern wir beide die S&M-Texte mit.

Ohne es zu merken, kommen wir auch schon am Club an.

Wir betreten ihn so, als würde er uns gehören. Leah schenkt dem Türsteher ein strahlendes Lächeln, und wir zücken unsere Ausweise. Sie lassen uns ein, kein Problem.

Wir waren noch niemals zuvor in diesem Club. Er befindet sich in einem älteren, leicht heruntergekommenen Teil des Zentrums von Chicago.

»Wie bist du auf diesen Club gekommen?«, rufe ich Leah zu. Ich muss schreien, um die Musik zu übertönen.

»Ralph hat mir davon erzählt«, brüllt sie zurück, und ich verdrehe die Augen.

Ralph ist Leahs Ex-Freund. Sie haben sich getrennt, als er anfing, sich seltsam zu benehmen, aber sie reden trotzdem noch miteinander. Ich glaube, dass er Drogen nimmt oder so etwas. Ich bin mir nicht sicher, und Leah erzählt mir, aus falscher Loyalität zu ihm, nichts. Er ist der König des Zwielichts, und die Tatsache, dass die Empfehlung für diesen Ort von ihm kam, ist nicht sehr beruhigend.

Aber was soll's. Sicherlich ist die Gegend nicht die Beste, aber die Musik ist gut, und die anderen Gäste sind auch eine nette Mischung.

Wir sind hier, um Party zu machen, und genau das tun wir auch die nächste Stunde lang. Leah bringt ein paar Jungs dazu, uns einen Longdrink auszugeben. Wir trinken nicht mehr als einen pro Kopf. Leah, weil sie uns nach Hause fahren muss – und ich, weil ich Alkohol nicht gut vertrage. Wir sind vielleicht jung, aber wir sind nicht blöd.

Nach den Longdrinks tanzen wir. Die beiden, die uns eben die Drinks ausgegeben haben, tanzen mit uns, aber wir ziehen uns nach und nach von ihnen zurück. Sie sind nicht wirklich süß. Leah findet eine Gruppe heißer Typen im Studentenalter, und wir pirschen uns an sie heran. Sie beginnt eine Unterhaltung mit einem von ihnen, und ich schaue ihr lächelnd dabei zu. Sie ist gut, was diesen ganzen Flirtkram betrifft.

Unterdessen teilt meine Blase mir mit, dass es Zeit sei, die Damentoilette aufzusuchen. Also verlasse ich Leah und folge meiner Blase.

Auf dem Rückweg bitte ich den Barmann um ein Glas Wasser. Nach dem ganzen Tanzen habe ich Durst.

Er reicht es mir, und ich schütte es gierig hinunter. Als ich fertig bin, stelle ich das Glas ab und schaue auf.

Direkt in ein Paar stechend blaue Augen.

Er sitzt an der gegenüberliegenden Seite der Bar,

etwa drei Meter von mir entfernt – und er starrt mich an.

Ich starre zurück. Ich kann nichts dagegen tun. Er ist wahrscheinlich der bestaussehendste Mann, der mir jemals begegnet ist.

Sein Haar ist dunkel und leicht gelockt. Sein Gesicht ist hart und männlich, alle seine Gesichtszüge sind perfekt symmetrisch. Geradlinige Augenbrauen über diesen auffallend blassen Augen. Ein Mund, der zu einem gefallenen Engel gehören könnte.

Mir ist plötzlich sehr warm, als ich mir vorstelle, wie dieser Mund meine Haut, meine Lippen berührt. Wenn ich leicht erröten würde, hätte mein Gesicht schon die Farbe von Roter Bete.

Er steht auf, geht auf mich zu und hält mich immer noch mit seinem Blick fest. Er geht entspannt. Ruhig. Er ist sich völlig sicher. Und warum auch nicht? Er ist umwerfend, und er weiß es.

Als er näher kommt, bemerke ich, dass er ein großer Mann ist. Groß und gut gebaut. Ich weiß nicht, wie alt er ist, aber ich denke, er ist näher an der Dreißig als an der Zwanzig. Ein Mann, kein Junge.

Er steht neben mir, und ich muss mich darauf konzentrieren, zu atmen.

»Wie heißt du?«, fragt er sanft. Seine Stimme dringt durch die Musik, ihr tiefer Ton ist selbst in dieser lauten Umgebung deutlich zu hören.

»Nora«, sage ich leise und schaue zu ihm hinauf. Ich bin völlig hypnotisiert, und ich bin mir ziemlich sicher, dass er das weiß.

Er lächelt. Seine sinnlichen Lippen öffnen sich und geben den Blick auf gleichmäßige, weiße Zähne frei. »Nora. Ein schöner Name.«

Er stellt sich nicht vor, weshalb ich meinen Mut zusammennehme und ihn frage: »Wie heißt du?«

»Du kannst mich Julian nennen«, antwortet er, und ich beobachte, wie sich seine Lippen bewegen. Ich war noch nie zuvor so fasziniert von den Lippen eines Mannes.

»Wie alt bist du, Nora?«, will er als Nächstes wissen.

Ich blinzele. »Einundzwanzig.«

Sein Gesichtsausdruck verdunkelt sich. »Lüg mich nicht an.«

»Fast achtzehn«, gebe ich zögernd zu. Ich hoffe, er wird es nicht dem Barmann erzählen und mich rausschmeißen lassen.

Er nickt, so als habe ich seine Vermutungen bestätigt. Und dann hebt er seine Hand und berührt mein Gesicht. Leicht, zart. Sein Daumen streicht gegen meine Oberlippe, so als würde er neugierig sein, wie sie sich anfühlt.

Ich bin so schockiert, dass ich einfach nur dastehe. Niemand hat das jemals getan, mich so beiläufig, so besitzergreifend berührt. Mir ist heiß und gleichzeitig kalt. Ein Angstschauer läuft mir über den Rücken. Er zögert nicht, bei dem, was er macht. Er fragt nicht um Erlaubnis, hält nicht inne, um zu sehen, ob ich seine Berührung zulasse.

Er berührt mich einfach. So als habe er das Recht

dazu. So als gehöre ich zu ihm.

Ich atme zitternd ein und nehme Abstand. »Ich muss gehen«, flüstere ich, und er nickt erneut, betrachtet mich mit einem unleserlichen Ausdruck auf seinem wunderschönen Gesicht. Ich weiß, er lässt mich gehen, und erbärmlicherweise bin ich ihm dankbar dafür – weil irgendetwas tief in mir spürt, dass er auch leicht hätte weiter gehen können, dass er nicht nach den normalen Regeln spielt.

Und dass er wahrscheinlich das gefährlichste Wesen ist, welches ich jemals getroffen habe.

Ich drehe mich um und gehe durch die Menge. Meine Hände zittern, und mein Herz schlägt zum Zerspringen.

Ich muss raus hier, also schnappe ich mir Leah und lasse mich von ihr nach Hause fahren.

Als wir aus dem Club gehen, blicke ich zurück und sehe ihn wieder. Er starrt mich immer noch an.

Sein Blick enthält ein dunkles Versprechen – etwas, was mich erschaudern lässt.

ÜBER DIE AUTORIN

Celia Aaron ist eine USA-Today-Bestsellerautorin und ehemalige Anwältin, die Liebesromane liebt. Von Dark bis Light Romance, von gruselig bis lustig, von real bis Fantasy – wenn es heiß ist und es ihr gefällt, schreibt sie es. Danke, dass Sie dieses Buch gelesen haben.

Für weitere Informationen über Celia und ihre Bücher besuchen Sie bitte www.celiaaaron.com.